Raymond T. Chandler

RAYMOND
CHANDLER
ALFAGUARA

Todos os direitos desta edição reservados à
Editora Objetiva Ltda.
Rua Cosme Velho, 103
Rio de Janeiro — RJ — Cep: 22241-090
Tel.: (21) 2199-7824 — Fax: (21) 2199-7825
www.objetiva.com.br

TÍTULO ORIGINAL
The Long Goodbye

CAPA
Retina_78

FOTO DO AUTOR
George Platt Lynes/ Latinstock/ Corbis

REVISÃO
Fatima Fadel
Cristhiane Ruiz
Bruno Fiuza

EDITORAÇÃO ELETRÔNICA
Abreu's System Ltda.

CIP-BRASIL. CATALOGAÇÃO NA PUBLICAÇÃO
SINDICATO NACIONAL DOS EDITORES DE LIVROS, RJ
C43L

Chandler, Raymond
O longo adeus / Raymond Chandler ; tradução Braulio Tavares. - 1. ed. - Rio de Janeiro : Objetiva, 2014.

Tradução de: *The Long Goodbye*
395p. ISBN 978-85-7962-330-1

1. Ficção americana. I. Tavares, Braulio. II. Título.

14-13909 CDD: 813
CDU: 821.111(73)-3

O LONGO ADEUS

RAYMOND CHANDLER

TRADUÇÃO, PREFÁCIO
E ORGANIZAÇÃO DE
BRAULIO TAVARES

SUMÁRIO

Prefácio

Muitos leitores consideram *O longo adeus* (1953), sexto romance de Raymond Chandler, o melhor de todos. Alguns são tão radicais que o consideram o último, minimizando a importância de *Playback*, o sétimo, publicado cinco anos depois. Têm lá seus argumentos: *Playback* é uma novelização de um roteiro que nunca foi filmado, e segundo o próprio Chandler é o único de seus livros que ele escreveu bêbado do começo ao fim. É decerto um livro menor, mas, como qualquer obra do autor, tem qualidades únicas.

Em todo caso, escrever O *longo adeus*, também o livro mais extenso do autor, deve ter sido uma provação, porque coincidiu com os últimos anos de vida de sua esposa, Cissy, que morreu após uma longa doença e invalidez, um ano depois do lançamento do livro.

É uma narrativa que começa indo em várias direções e parece contar diferentes histórias, mas após o clímax todas as pontas são amarradas de maneira satisfatória, de um modo que não somente revela a verdade oculta por trás dos crimes, mas também amplia o significado dos acontecimentos e mostra Philip Marlowe em seus momentos mais obstinadamente quixotescos. Chandler dizia que era incapaz de conceber um enredo por antecipação; partia dos personagens e ia deixando as coisas acontecerem. Reescrevia muito, para poder voltar atrás e fazer a parte já escrita ficar coerente com o que estava inventando no presente. Que tenha conseguido isso nas condições em que este livro foi escrito é uma pequena façanha.

O longo adeus é a história da amizade entre o detetive Philip Marlowe e Terry Lennox, que ele considera "um sujeito de quem é impossível não gostar". Ferido na guerra, meio alcoólatra, mas sempre um gentleman (com aquele cavalheirismo britânico que Chandler tanto admirava e tentava emular), Terry é casado com uma milionária e acaba se envolvendo num crime que muitos diriam ser inevitável. Foi o acaso que aproximou os dois homens, e a generosidade de Marlowe (como se vê logo no primeiro capítulo) que os envolveu. Ao longo da narrativa, Marlowe assume uma série de tarefas sem ser formalmente contratado por nenhum cliente (e, quando há uma oferta, ele declina). Torna-se uma investigação de natureza totalmente pessoal, por variados motivos.

Alguns críticos chegaram a insistir na presença de traços homossexuais na amizade de Marlowe e Lennox; um deles foi Michael Mason, num dos artigos compilados em *The World of Raymond Chandler* (1977), e Gershon Legman, sobre o qual Chandler escreveu: "Mr. Legman me parece pertencer àquela numerosa classe de americanos neuróticos que não conseguem imaginar uma amizade íntima entre dois homens como sendo outra coisa senão homossexual." Os críticos observam detalhes como a frequência de mulheres criminosas e de bandidos simpáticos, o modo como Marlowe se deixa (ou se faz) espancar quase masoquistamente por policiais e por gângsteres, o modo como Chandler frequentemente se demora a descrever a beleza masculina. Outras observações são bobas, como Mason vendo feminilidade no fato de Marlowe (que mora sozinho) se dedicar com gosto a tarefas domésticas como fazer a cama, preparar suas refeições, servir café às visitas.

Marlowe, como os cavaleiros medievais que em parte o inspiraram, sente-se na obrigação de defender os fracos e oprimidos, e isso não inclui apenas as mulheres. Terry Lennox é um grande personagem pela qualidade cambiante do seu comportamento pessoal, do seu senso ético. É um homem digno, mas também um fraco, e Marlowe se sente na obrigação de defendê-lo até contra ele mesmo. E não podendo mais defender sua pessoa, dedica-se a defender sua reputação, mesmo batendo de frente com policiais, bandidos e autoridades.

Chandler gostava de escrever cartas imensas para desconhecidos com cujas cartas ele simpatizava. Um deles foi o inglês D. J. Ibberson, para quem ele enviou em 1951 o seu texto mais longo e informativo sobre o *background* do personagem de Marlowe (a carta está transcrita no fim deste livro). Entre muitas outras coisas (biografia, família, casas, escritório, bebida, armas etc.), Chandler comenta a profissão de Marlowe, e diz que na vida real um homem como aquele não poderia ser detetive particular, mas esta era uma maneira sensata de envolvê-lo em aventuras perigosas e crimes violentos sem forçar a credibilidade.

O longo adeus é uma aventura pessoal de Philip Marlowe. Ele não começa com sua contratação por parte de um milionário decadente ou de uma loura voluptuosa, como nos pastiches e paródias. Marlowe entra na história como um cidadão qualquer. E neste livro o capítulo 21 serve para um contraponto entre a aventura de Marlowe e o trabalho cotidiano de um "detetive consultivo" (o termo criado por Sherlock Holmes), a quem as pessoas trazem seus problemas pessoais: "São pessoas que estão enfrentando um problema qualquer e precisam de algumas luzes a respeito. Escuto suas histórias, eles escutam meus comentários, e eu embolso meu pagamento" (como dizia Holmes). Já a agência de detetives Carne, do capítulo 15, é um misto de realismo e de *pulp fiction*: não espere encontrar ali o cavalheirismo fidalgo de Marlowe.

Chandler alternou na vida longos períodos de bebedeira e outros de abstinência. A bebida está sempre presente neste romance. Nos primeiros contatos com Lennox, o detetive começa a ficar de olho no modo como o outro bebe. Wade, o escritor bêbado e irascível, deve ser um alter-ego de Chandler em alguns aspectos. É um tipo que, como diz Marlowe, quando bebe a única certeza que você tem é que ele vai se transformar em outra pessoa, totalmente diferente. Chandler devia conhecer também o mundo e os submundos da medicina: a medicina mercantil, a clandestina, o mercado negro, o charlatanismo com cenografia sofisticada. Sanatórios--prisão, lugares distantes onde um homem rico pode beber até ir pro espaço, e ter alguém ali para trazê-lo de volta. Drogas de todo tipo saltam por toda parte, pílulas para dormir. Médicos de araque escorregadios, vívidos, cheios de truques.

Na correspondência e nos artigos de Chandler é possível acompanhar as suas opiniões sobre o romance policial, que para ele era acima de tudo uma questão de personagens e estilo. Em 1939, numa carta ao editor Alfred A. Knopf, que o lançou e sempre apostou na qualidade literária de seus thrillers, ele dizia, em 1939: "Sinto-me mais atraído por uma situação onde o mistério é resolvido mais pela revelação e pelo entendimento de um único personagem, sempre em evidência, do que pela longa e às vezes tortuosa concatenação de circunstâncias."

Seu estilo tornou-se famoso pelo diálogo ríspido, pelos símiles inesperados, as descrições rápidas e certeiras; são esses os elementos mais fáceis de parodiar, e foram muito parodiados e imitados desde então. Mas sua técnica narrativa consiste principalmente numa descrição quase fotográfica do que está acontecendo entre os personagens, do contraste entre essa ação e o diálogo (cada um revelando ou sugerindo algo sobre o outro) e os comentários de Marlowe, que raramente são explicativos. Enquanto os autores de *pulp fiction* usavam a figura do detetive como uma espécie de explicador dos fatos, Chandler faz Marlowe contar a história ao leitor, mas nunca revela totalmente suas intenções. Ele é um mistério a mais, uma incógnita a mais numa história narrada de maneira nítida, mas que geralmente nos surpreende, pela decisão do autor de reduzir a identificação entre o leitor e o detetive.

Braulio Tavares

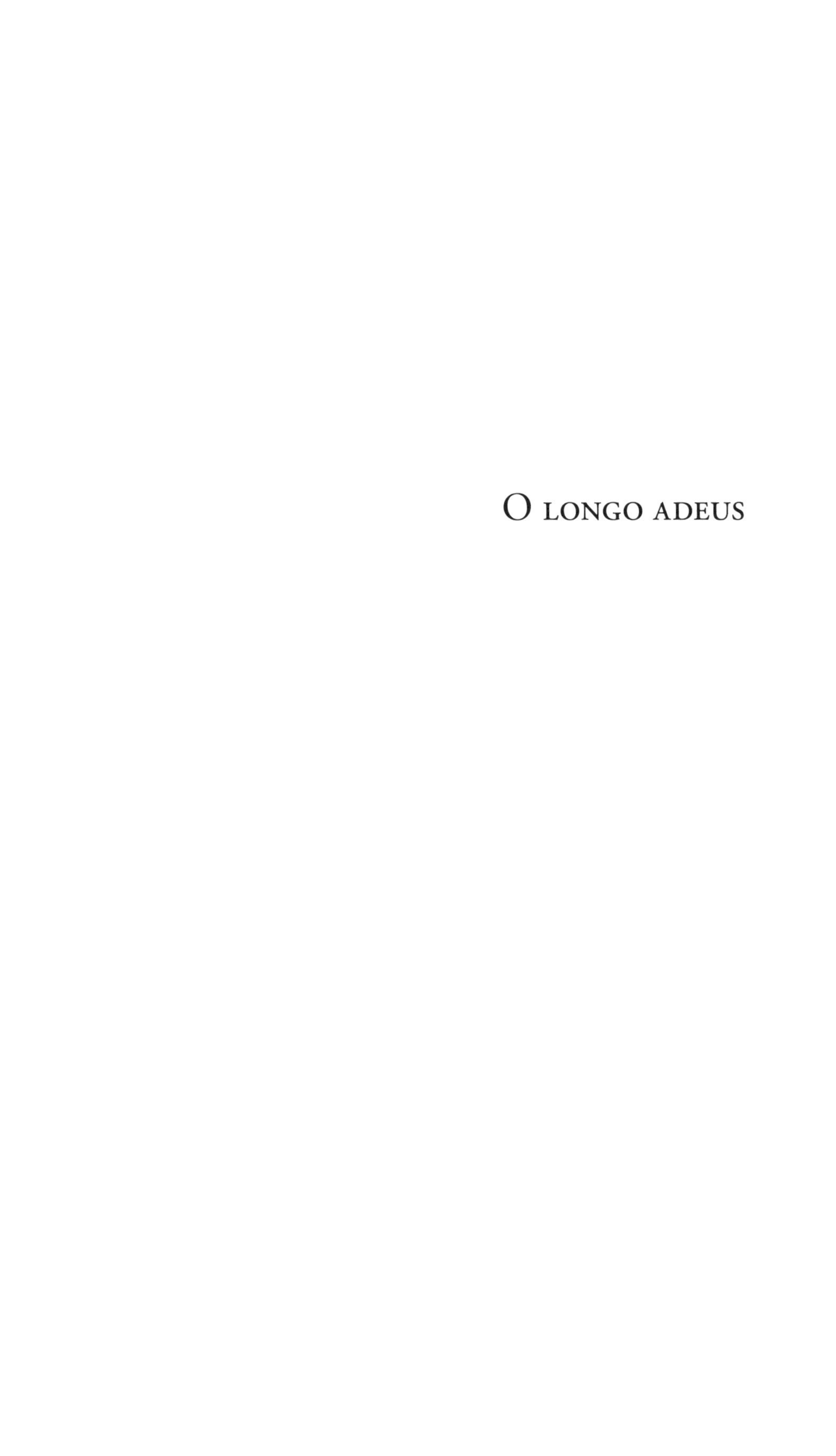

O longo adeus

1

Da primeira vez em que pus os olhos em Terry Lennox ele estava bêbado, num Rolls-Royce Silver Wraith, em frente ao terraço do The Dancers. O manobrista tinha trazido o carro e mantinha a porta aberta porque o pé esquerdo de Terry Lennox ainda balançava do lado de fora, como se ele tivesse esquecido que tinha um pé. Seu rosto tinha aparência jovem, mas os cabelos eram brancos como ossos. Pelos olhos dava para ver que estava bêbado até a raiz dos cabelos, mas fora isso ele parecia apenas mais um rapaz bacana, vestindo *dinner jacket*, que tinha gasto dinheiro demais numa espelunca que existe para esse propósito e nenhum outro.

Havia uma garota com ele. Seu cabelo tinha uma adorável tonalidade escura de ruivo e ela mantinha um sorriso distante nos lábios, e sobre os ombros uma pele de arminho azul que quase fazia o Rolls-Royce parecer um carro igual a qualquer outro. Mas não fazia. Nada pode fazer.

O manobrista era aquele tipo habitual, durão pela metade, num paletó branco com o nome do restaurante bordado na frente em letras vermelhas. Já estava ficando de saco cheio daquilo.

"Olhe, mister", disse ele, com a voz tensa, "seria incômodo demais puxar a perna pra dentro do carro pra eu meio que poder fechar a porta? Ou é melhor eu abrir a porta toda para o senhor cair pra fora?".

A garota deu-lhe um olhar que deveria tê-lo atravessado e saído pelo menos meio palmo do lado oposto. Isso não chegou a lhe dar uma tremedeira. O Dancers está cheio de gente que deixa você sem ilusões sobre o que o dinheiro ganho no golfe pode fazer pela personalidade de alguém.

Um carro esporte baixo, sem capota, entrou no estacionamento e um homem desceu dele, depois de usar o acendedor do painel num cigarro longo. Usava um pulôver axadrezado, calças largas amarelas e botas de montaria. Ao caminhar soltava nuvens de incenso, sem se dignar a dar sequer uma olhada para o Rolls-Royce. Provavelmente o achava cafona. Ao pé da escadaria que conduzia ao terraço fez uma pausa para encaixar um monóculo no olho.

A garota disse, num rompante de charme: "Tenho uma ideia ótima, querido. Por que não tomamos um táxi até sua casa e pegamos o conversível? Está uma noite tão linda para ir pela estrada até Montecito. Conheço um pessoal de lá que está dando uma festa na piscina."

O rapaz de cabelo branco respondeu, educadamente: "Lamento muito, mas não tenho mais o conversível. Fui obrigado a vender." Pela sua voz e sua articulação, alguém pensaria que ele não bebera nada mais forte do que suco de laranja.

"Vendeu, querido? O que quer dizer com isso?" Ela deslizou no banco do carro, afastando-se dele um pouco, mas sua voz pareceu deslizar para mais longe ainda.

"Quero dizer que tive de vender. Pra comprar comida."

"Ah, entendo." Um merengue com sorvete não teria derretido nela naquele momento.

Agora o manobrista tinha enquadrado o rapaz de cabelos brancos num patamar de baixa renda onde poderiam dialogar. "Olhe aqui, campeão", disse ele, "tenho que guardar um carro. Outro dia a gente leva um papo, quem sabe".

Ele escancarou a porta. O bêbado prontamente escorregou do banco do carro e caiu sentado no asfalto. De modo que eu fui até lá meter o bedelho. Eu sei que é sempre um erro interferir no que um bêbado está fazendo. Mesmo que seja um conhecido seu, alguém que goste de você, nada o impede de armar um soco e acertar seus dentes. Agarrei-o por baixo dos braços e consegui pô-lo de pé.

"Muitíssimo obrigado", disse ele educadamente.

A garota deslizou para trás do volante. "Ele fica tão britânico quando está bêbado", disse ela, numa voz de aço inoxidável. "Obrigada por ajudá-lo."

"Vou colocá-lo no banco de trás", disse eu.

"Sinto muito, mas estou atrasada para um compromisso." Ela passou marcha e o Rolls começou a avançar. "Ele é só um cão sem dono", continuou ela com um sorriso frio. "Talvez você possa achar uma casa para ele. Está no olho da rua — mais ou menos."

E assim o Rolls-Royce desceu a rampa que conduzia ao Sunset Boulevard, virou à direita e sumiu. Eu estava olhando ainda naquela direção quando o manobrista voltou. E ainda segurava o sujeito, que a essa altura estava num sono profundo.

"Bem, é uma forma de resolver o problema", disse eu ao cara de paletó branco.

"Claro", disse ele com cinismo. "Por que perder tempo com um bêbado? Com umas curvas daquelas..."

"Você o conhece?"

"Ouvi a patroa chamar ele de Terry. Afora isso, não sei a diferença entre ele e o traseiro de uma vaca. Mas só estou trabalhando aqui há duas semanas."

"Pega meu carro, por favor", disse eu, entregando-lhe o tíquete.

Quando ele finalmente chegou com meu Olds, era como se eu estivesse segurando um saco de chumbo. O manobrista me ajudou a colocá-lo no banco da frente. O rapaz abriu um olho, disse muito obrigado e voltou a dormir.

"É o bêbado mais educado que já vi", falei para o manobrista.

"Eles vêm em todos os formatos e tamanhos e em todos os modelos", disse ele. "Todos uns vagabundos. Esse aqui parece ter feito uma plástica."

"É mesmo." Dei-lhe um dólar e ele agradeceu. Tinha razão sobre a cirurgia plástica. O lado direito do rosto do meu novo amigo era meio rígido e esbranquiçado e costurado com pequenas cicatrizes muito finas. A pele das cicatrizes tinha uma aparência luzidia. Uma cirurgia plástica, e bem radical.

"O que vai fazer com ele?"

"Levá-lo para casa e fazer ele despertar o bastante pra me dizer onde mora."

O cara sorriu. "Ok, mané, vai em frente. Se fosse eu, jogava ele no meio-fio e seguia em frente. Esses pinguços dão um baita trabalho, e pra nada. Eu tenho uma filosofia pra essas coisas. Do jeito que anda a concorrência hoje em dia, o cara tem de poupar energia pra se proteger nos clinches."

"Basta ver você pra perceber que funciona", disse eu.

Ele pareceu desconcertado e quando começou a ficar furioso eu já tinha dado partida no carro e ido embora.

Ele tinha razão em parte, é claro. Terry Lennox acabou me dando problemas até não poder mais. Mas, tudo bem, está na linha do meu trabalho.

Naquele ano eu estava morando numa casa na Yucca Avenue, no distrito de Laurel Canyon. Era uma casinha na encosta numa rua sem saída com uma longa escadaria de degraus de madeira subindo até a porta da frente e um pequeno bosque de eucaliptos do lado oposto da rua. A casa era mobiliada e pertencia a uma mulher que tinha se mudado por uns tempos para Idaho, para fazer companhia à filha que ficara viúva. O aluguel era barato, em parte porque a proprietária podia querer voltar a qualquer momento, e em parte por causa dos degraus. Ela estava ficando velha demais para poder encarar aquela subida toda vez que voltava para casa.

Consegui levar o bêbado lá para cima, não sei como. Ele tentava ajudar, mas suas pernas pareciam feitas de borracha, e ele insistia em adormecer no meio de cada pedido de desculpas. Consegui destrancar a porta e arrastá-lo para dentro. Estendi-o no sofá e o cobri com uma colcha, e deixei que dormisse. Ele roncou como um ancião durante uma hora. Depois acordou de repente e quis ir ao banheiro. Quando voltou, olhou para mim, me examinando, apertando os olhos, até perguntar onde diabo estava. Eu lhe disse. Ele falou que se chamava Terry Lennox, morava num apartamento em Westwood e não havia ninguém esperando por ele. Sua voz era clara e nem um pouco pastosa.

Ele disse que uma xícara de café preto cairia bem. Quando eu a trouxe, ele bebericou com cuidado, segurando o pires bem junto à xícara.

"Como vim parar aqui?", perguntou, olhando ao redor.

"Você apareceu bêbado num Rolls, lá no The Dancers. Sua garota o largou lá e caiu fora."

"Isso", disse ele. "Claro que ela estava coberta de razão."

"Você é inglês?"

"Morei lá. Não nasci lá. Se for possível chamar um táxi, irei para casa."

"Estou com meu carro lá embaixo."

Ele desceu a escadaria sem ajuda, desta vez. Não falou muito durante o trajeto até Westwood, exceto para dizer que era muita gentileza de minha parte e que lamentava estar dando tanto trabalho. Provavelmente já tinha dito aquilo a tanta gente que se transformara em algo automático.

O apartamento dele era pequeno, abafado, impessoal. Era como se ele tivesse se mudado para lá naquela mesma tarde. Numa mesinha de café diante de um grande sofá-cama verde havia uma garrafa de scotch pela metade, gelo derretido num balde e três garrafas vazias de água com gás e dois copos e um cinzeiro de vidro cheio de pontas de cigarro com e sem batom. Não havia uma única foto ou objeto pessoal em todo o lugar. Aquilo podia ser um quarto de hotel alugado para um encontro ou para uma despedida, para uma conversa regada a alguns drinques, para dar uma faturada. Não parecia um lugar onde uma pessoa vivesse.

Ele me ofereceu um drinque. Eu falei que não, obrigado. Não me sentei. Quando fui embora, ele voltou a me agradecer, mas não como se eu tivesse subido uma montanha por causa dele, nem como se aquilo fosse algo demais. Estava um pouco trêmulo, meio tímido, mas cortês como o diabo. Ficou parado na porta até que o elevador automático subiu e eu entrei. Ele podia não ter outra coisa, mas tinha boa educação.

Ele não tinha voltado a falar na garota. Também não disse que estava sem emprego e sem perspectivas, e que tinha gasto praticamente seu último dólar no The Dancers com uma bonequinha de classe que não ficou o suficiente para garantir que ele não ia ser jogado numa cela pela radiopatrulha, ou roubado por um taxista bandalha e despejado num terreno baldio.

Enquanto o elevador descia, tive um impulso de voltar e tirar dele a garrafa de scotch, mas não era da minha conta, e em todo caso não ia adiantar. Eles sempre dão um jeito de arranjar bebida quando precisam dela.

Dirigi de volta para casa mordendo o lábio. Sou tido como durão, mas havia alguma coisa no jeito do rapaz que me tocou. Não sei o que poderia ser, a menos que fosse o cabelo branco, ou as cicatrizes no rosto ou a voz clara ou os modos bem-educados. Talvez isso fosse o bastante. Não havia nenhum motivo para que eu voltasse a vê-lo algum dia. Ele era apenas um cão sem dono, como a garota tinha dito.

2

Foi na semana após o Dia de Ação de Graças que voltei a vê-lo. As lojas ao longo do Hollywood Boulevard estavam começando a ficar abarrotadas de lixo natalino superfaturado, e os jornais já bradavam o quanto seria terrível se você não antecipasse suas compras de Natal. Seria terrível em qualquer hipótese. Sempre é.

A cerca de três quarteirões de distância do meu escritório vi um carro da polícia parado em fila dupla e os dois fardados dentro dele observando alguma coisa junto a uma vitrine na calçada. Essa coisa era Terry Lennox — ou o que restava dele —, e não era uma visão muito atraente.

Ele estava encostado à fachada da loja. Precisava estar encostado a alguma coisa. Sua camisa estava suja e aberta no colarinho, parte dela sobrando por baixo do paletó. Não fazia a barba havia quatro ou cinco dias. Seu nariz estava com aspecto doentio. A pele estava tão pálida que as longas cicatrizes mal apareciam. E seus olhos estavam fundos como buracos redondos na neve. Percebi com clareza que os policiais estavam prestes a detê-lo, de modo que fui depressa até lá e o peguei pelo braço.

"Se endireite e caminhe", falei, com voz durona. Mas pisquei o olho para ele. "Pode andar? Está muito bêbado?"

Ele me examinou meio fora de foco e depois deu seu sorriso de lado. "Bebi um pouco", sussurrou. "Mas agora estou meio... esvaziado."

"OK, mas mexa-se. Você já está com um pé na cadeia."

Ele fez um esforço e me deixou conduzi-lo pelo meio dos transeuntes parados na calçada até o meio-fio. Havia um táxi parado no ponto e eu abri a porta.

"O outro está na vez", disse o taxista, apontando outro táxi adiante. Ele virou a cabeça e viu Terry. "Se é que vai querer", completou.

"É uma emergência. Meu amigo está doente."

"Pois sim", disse ele. "Mande ele adoecer em outro lugar."

"Cinco dólares", eu disse, "e me mostre esse sorriso lindo".

"Ah, tá bom", disse ele, enfiando uma revista com um marciano na capa por trás do retrovisor. Abri mais a porta e enfiei Terry Lennox lá dentro, e então vi a sombra do carro da polícia escurecendo as janelas do lado oposto. Um policial de cabelo grisalho desceu do carro e se aproximou. Rodeei o táxi e fui ao seu encontro.

"Um instante aí, companheiro. O que está havendo aí? Esse cavalheiro de roupa suja é seu amigo?"

"Amigo o bastante para eu saber que ele precisa de ajuda. Ele não está bêbado."

"Por motivos financeiros, sem dúvida", disse o policial. Estendeu a mão e eu coloquei nela a minha licença de detetive. Ele olhou e devolveu. "Oh-oh", disse. "Um detetive particular recolhendo um cliente." Sua voz mudou, ficando mais áspera. "Isso diz alguma coisa a seu respeito, sr. Marlowe. E quanto a ele?"

"Ele se chama Terry Lennox. Trabalha com cinema."

"Que legal." Ele se inclinou para olhar dentro do táxi, onde Terry estava encolhido num canto. "Eu diria que ele não trabalhou muito ultimamente. Diria que ele não dormiu sob um teto ultimamente. Diria até que ele está praticando a vagabundagem e que talvez a gente o leve."

"A cota de detenções de vocês não pode estar assim tão baixa", disse eu. "Não em Hollywood."

Ele ainda estava olhando para Terry. "Qual é o nome de seu amigo aqui, camarada?"

"Philip Marlowe", disse Terry, bem devagar. "Ele mora em Yucca Avenue, em Laurel Canyon".

O policial puxou a cabeça de dentro do carro e endireitou-se. Fez um gesto com a mão. "Talvez você tenha acabado de dizer isso a ele."

"Talvez. Mas não disse."

Ele me olhou por um ou dois segundos. "Vou aceitar dessa vez", disse. "Mas tire esse sujeito da rua." Entrou no carro e foi embora.

Entrei no táxi e rodamos os poucos quarteirões dali até o estacionamento, onde passamos para o meu carro. Estendi a nota de cinco para o taxista. Ele me deu um olhar empertigado e balançou a cabeça.

"Só o que o taxímetro está marcando, cara, e se quiser pode arredondar. Já andei ao deus-dará em outros tempos. Em Frisco. Ninguém me apanhou pra me botar num táxi. Aquela é uma cidade com coração de pedra."

"San Francisco", disse eu, mecanicamente.

"Eu chamo de Frisco", disse ele. "E que se danem os grupos de minorias. Obrigado." Pegou o dólar que lhe estendi e foi embora.

Dirigi até um drive-in onde se vendiam uns hambúrgueres que não tinham gosto de carne e que até um cão rejeitaria. Fiz com que Lennox comesse dois e tomasse uma cerveja, e depois o levei para casa. Os degraus voltaram a lhe dar trabalho, mas ele sorriu, e arfou, e completou a escalada. Uma hora depois já tinha feito a barba, tomado um banho, e parecia humano novamente. Sentamos na sala com dois drinques leves.

"Foi sorte você lembrar o meu nome", falei.

"Fiz questão disso", disse ele. "Andei me informando sobre você. Era o mínimo que podia fazer."

"Por que não me ligou? Estou aqui o tempo todo. E também tenho um escritório."

"Por que iria incomodá-lo?"

"Tenho a impressão de que você acaba incomodando alguém. Tenho a impressão de que você não tem muitos amigos."

"Oh, eu tenho amigos, sim", disse ele, "de certo modo". Ficou girando o copo sobre o tampo da mesa. "Pedir ajuda não é uma coisa fácil, principalmente quando a culpa é toda nossa." Ele me deu um sorriso fatigado. "Talvez eu pare de beber qualquer dia desses. Todo mundo diz isso, não é?"

"Leva cerca de três anos."

"Três anos?" Ele pareceu chocado.

"Geralmente é isso. É um mundo diferente desse aqui. Você tem que se acostumar a uma paleta de cores mais suaves, a sons mais baixos. Tem que aceitar as recaídas. Todas as pessoas que você conhecia bem vão lhe parecer meio estranhas. Você não vai mais gostar de alguns deles, e eles também não vão gostar de você."

"Não iria mudar muita coisa", disse ele. Virou a cabeça para olhar o relógio na parede. "Tenho uma mala guardada na estação rodoviária de Hollywood, uma mala que vale duzentos dólares. Se eu conseguir resgatá-la, posso comprar uma mais barata e colocar essa no prego, e conseguir o bastante para uma passagem de ônibus até Las Vegas. Posso arranjar um emprego por lá."

Não falei nada. Apenas assenti com a cabeça e continuei sentado, dando atenção ao meu copo.

"Você está pensando que eu podia ter tido essa ideia antes", disse ele, suavemente.

"Estou pensando que por trás disso tudo tem algo que não é da minha conta. O tal emprego é coisa certa ou é uma mera esperança?"

"É coisa certa. Um cara que conheço dos tempos do Exército está com um grande clube lá, o Terrapin Club. Ele é meio trambiqueiro, é claro, todos eles são, mas a outra metade dele é um cara legal."

"Posso lhe arranjar a passagem de ônibus e um pouco mais. Mas preferiria ter certeza de que vou pagar por uma coisa garantida. Telefone para seu amigo."

"Obrigado, mas não é preciso. Randy Starr não vai me deixar na mão. Nunca fez isso. E a minha mala pode me render cinquenta dólares. Tenho experiência disso."

"Olhe", disse eu, "eu posso fornecer quanto você precisar. Não sou um pateta de coração mole. Pegue o que ofereci e faça bom uso. Quero que você saia do meu pé, porque tenho um pressentimento sobre você".

"É mesmo?" Ele olhou para dentro do copo. Estava apenas molhando os lábios no líquido. "A gente se encontrou duas vezes apenas, e você agiu de uma maneira imaculadamente limpa comigo. Qual é seu pressentimento?"

"O pressentimento de que na próxima vez em que a gente se encontrar você vai estar envolvido num problema e eu não vou conseguir tirá-lo. Não sei por que tenho essa impressão, mas tenho."

Ele passou dois dedos de leve pelo lado direito do rosto. "Talvez seja isso aqui. Me faz parecer um tanto sinistro, acho. Mas é um ferimento honroso, ou pelo menos o resultado de um."

"Não é isso. Isso aí não me incomoda nem um pouco. Sou um detetive particular. Você é um problema que eu não tenho que resolver. Mas o problema está lá. Pode chamar de palpite. Se quiser ser polido além da conta, chame de uma sensibilidade ao caráter alheio. Talvez aquela garota não o tenha deixado na mão lá no The Dancers somente porque você estava bêbado. Talvez ela tenha sentido alguma coisa também."

Ele deu um sorriso pálido. "Já fui casado com ela. Ela se chama Sylvia Lennox. Casei com ela por dinheiro."

Fiquei de pé e o olhei de um modo severo. "Vou fazer uns ovos mexidos. Você precisa de comida."

“Espere um instante, Marlowe. Você está imaginando por que é que, se eu estava na pior, e Sylvia tem um monte de dinheiro, eu não pedi nada a ela. Já ouviu falar em orgulho?”

“Tenha dó, Lennox.”

“Mesmo? Meu orgulho é de um tipo diferente. É o orgulho de um cara que não tem nada mais além disso. Sinto muito se isso o incomoda.”

Fui para a cozinha e preparei um pouco de bacon canadense e ovos mexidos e café e torradas. Comemos no recanto onde eu tomava meu café da manhã. A casa pertencia a um período em que isso era habitual.

Falei que tinha de passar no escritório e na volta poderia pegar sua mala. Ele me deu o tíquete. Seu rosto já estava mais corado e os olhos não estavam mais tão fundos que fosse preciso puxá-los de volta com os dedos.

Antes de sair, fui buscar a garrafa de uísque e a pus sobre a mesa, diante do sofá.

“Use um pouco do seu orgulho nisso aqui”, falei. “E telefone para Vegas, mesmo que só para me fazer um favor.”

Ele apenas sorriu e encolheu os ombros. Eu ainda estava chateado quando desci os degraus na direção da rua. Não sabia por que, tanto quanto não sabia por que um sujeito prefere passar fome e vagar pelas calçadas em vez de penhorar seu guarda-roupa. Ele jogava de acordo com regras próprias, fossem elas quais fossem.

A mala era a coisa mais horrível que eu já tinha visto. Era coberta de pelica branqueada, e quando nova devia ter tido uma tonalidade clara de creme. Os acessórios eram de ouro. Fabricada na Inglaterra e, se fosse possível comprar uma daquelas ali na Califórnia, seria algo em torno de oitocentos dólares e não duzentos.

Larguei-a com força no chão diante dele. Olhei a garrafa sobre a mesa. Não tinha sido tocada. Ele estava tão sóbrio quanto eu. Estava fumando um cigarro, mas com cara de quem não estava gostando muito.

"Liguei para o Randy", disse ele. "Estava chateado por eu não ter ligado antes."

"É preciso um estranho para poder ajudá-lo", disse eu. "Foi um presente de Sylvia?", perguntei, apontando a mala.

Ele olhou pela janela. "Não. Foi um presente que ganhei na Inglaterra, muito antes de conhecê-la. Há muito, muito tempo. Gostaria de deixá-la aqui com você, se puder me emprestar uma mala velha."

Puxei cinco notas de vinte da carteira e as coloquei diante dele. "Não preciso de garantia."

"Minha ideia não era essa. Você não é dono de loja de penhor. É só porque eu não a quero comigo em Vegas. E não preciso desse dinheiro todo."

"Está bem. Você guarda o dinheiro e eu guardo a mala. Mas essa casa é fácil de assaltar."

"Não faz diferença", disse ele, com desinteresse. "Nenhuma diferença."

Trocou de roupa e jantamos no Musso's lá pelas cinco e meia. Sem bebida. Ele pegou o ônibus em Cahuenga e eu voltei para casa pensando numa coisa e noutra. Sua mala vazia estava em cima da cama onde ele a tinha esvaziado e transferido seu conteúdo para uma maleta um pouco menor que lhe emprestei. A mala dele tinha uma chave de ouro, que estava encaixada numa das fechaduras. Tranquei-a vazia, amarrei a chavezinha na alça e a guardei na prateleira de cima do meu armário de roupas. Ela não parecia estar vazia pra valer, mas o que havia ali não era da minha conta.

Era uma noite quieta e a casa pareceu mais vazia do que o habitual. Alinhei as peças do xadrez e comecei a jogar uma Defesa Francesa contra Steinitz. Ele me derrotou em quarenta e quatro lances, mas eu o fiz suar pelo menos duas vezes.

O telefone tocou às nove e meia e a voz que falou era uma que eu já tinha escutado antes.

"É o sr. Philip Marlowe?"

"Sim. Sou Marlowe."

"Aqui é Sylvia Lennox, sr. Marlowe. Nós nos vimos uma noite, rapidamente, em frente ao The Dancers, no mês passado.

Depois fiquei sabendo que o senhor foi atencioso o bastante para fazer com que Terry chegasse em casa."

"É, eu fiz isso."

"Imagino que saiba que eu e ele não estamos mais casados, mas eu ando um pouco preocupada com ele. Abandonou o apartamento que tinha em Westwood e ninguém parece saber onde ele se encontra."

"Vi como estava preocupada, quando nos encontramos."

"Olhe, sr. Marlowe, eu fui esposa desse cara. Não tenho muita paciência com gente bêbada. Talvez eu tenha sido um pouco insensível. Talvez eu tivesse algo muito importante para fazer. O senhor é um detetive particular e podemos inclusive chegar a um acordo profissional, se preferir assim."

"Não precisamos de acordo nenhum, sra. Lennox. Ele está num ônibus, indo para Las Vegas. Ele tem um amigo lá que vai lhe dar um emprego."

A voz dela se alegrou no mesmo instante. "Oh... para Las Vegas? Como ele é sentimental. Foi lá que nos casamos."

"Ele deve ter esquecido", disse eu, "senão teria ido para outro lugar".

Em vez de bater o telefone ela deu uma risada. Era uma risadinha mimosa. "O senhor é sempre tão rude com seus clientes?"

"A senhora não é uma cliente, sra. Lennox."

"Posso ser um dia. Quem sabe? Digamos então: com as suas amigas?"

"Mesma resposta. O rapaz estava na pior, faminto, sujo, sem um centavo. A senhora podia tê-lo encontrado, se se dispusesse a gastar seu tempo. Ele não queria nada da senhora daquela vez, e provavelmente não vai querer nada agora."

"Isso", disse ela com frieza, "é algo de que o senhor não tem a menor noção. Boa noite". E desligou.

Ela tinha toda razão, e eu não tinha nenhuma. Mas eu não me sentia errado. Só magoado. Se ela tivesse ligado meia hora antes eu podia estar magoado o bastante para dar uma bela surra em Steinitz — só que ele estava morto havia cinquenta anos e o jogo de xadrez estava todo num livro.

3

Três dias antes do Natal recebi um cheque de um banco de Las Vegas no valor de cem dólares. Com ele vinha uma nota rabiscada num papel com timbre de hotel. Ele me desejava feliz Natal e tudo que houvesse de bom e dizia que esperava me rever em breve. O detalhe estava no pós-escrito. "Sylvia e eu estamos vivendo uma segunda lua de mel. Ela pede por favor que não se chateie com ela por estar fazendo mais uma tentativa."

Fiquei sabendo do restante numa dessas colunas sociais de esnobes nos jornais. Não as leio muito, só quando fico sem nada do que ter raiva.

"Este correspondente está todo alvoroçado com a notícia de que os queridos Terry e Sylvia Lennox estão mais uma vez juntos, e em Las Vegas. Ela é a filha mais nova do multimilionário Harlan Potter, de San Francisco, e Pebble Beach, é claro. Sylvia pediu a Marcel e Jeanne Duhaux uma redecoração completa da sua mansão em Encino, do piso ao teto, no mais *sensacional* estilo *dernier cri*. Curt Westerheym, o penúltimo de Sylvia, queridos, deu-lhe de presente de casamento o chalezinho de somente dezoito quartos, como vocês certamente se lembram. E vocês certamente perguntarão: E o que aconteceu com Curt? Perguntaram? Bem, Saint Tropez tem a resposta, e, pelo que fiquei sabendo, em caráter definitivo. E também uma duquesa de azul, azulíssimo sangue francês, com duas crianças não menos que adoráveis. E o que está achando Harlan Potter desse recasamento? Essa é outra coisa que vocês podem querer perguntar. Aí, só se pode adivinhar. O sr. Potter é uma dessas pessoas que *nunca*, mas nunca mesmo, dão entrevistas. E a privacidade de vocês, queridas, como é que anda?"

Joguei o jornal num canto e liguei o televisor. Depois do vômito de cachorro que era a coluna social até os lutadores de telecatch pareciam uma boa coisa. Mas os fatos concretos eram provavelmente verdadeiros. Na coluna social era melhor que fossem.

Eu tinha uma imagem mental do tipo de chalezinho de dezoito quartos que combinaria com alguns dos milhões dos Potter, sem falar na decoração dos Duhaux dentro do mais recente simbolismo subfálico. O que eu não conseguia visualizar mentalmente era Terry Lennox circulando em volta de uma das piscinas em bermudas coloridas e interfonando ao mordomo para que pusesse o champanhe no gelo e terminasse de grelhar a perdiz. Não havia razão para que eu imaginasse isso. Se o rapaz queria ser o ursinho de pelúcia de alguém, isso não me dizia respeito. Eu apenas não queria encontrá-lo de novo. Mas eu sabia que iria encontrá-lo, sim — mesmo que apenas por conta da sua maldita mala de pelica incrustada de ouro.

Eram cinco horas de um entardecer chuvoso de março quando ele adentrou o meu dilapidado empório mental. Parecia outra pessoa. Mais velho, muito sóbrio e severo, e lindamente tranquilo. Parecia alguém que tinha aprendido a cair e sair rolando. Usava uma capa de chuva branca perolada e luvas, mas estava sem chapéu e seu cabelo branco era liso como o peito de um pombo.

"Vamos para um bar tranquilo onde a gente possa tomar alguma coisa", disse ele, como se tudo tivesse sido dez minutos atrás. "Se você tiver tempo, claro."

Não apertamos as mãos. Nunca fizemos isso. Ingleses não ficam apertando as mãos uns dos outros o tempo todo como fazem os americanos, e embora ele não fosse inglês tinha alguns dos maneirismos.

Eu disse: "Vamos passar lá em casa e pegar aquela sua mala vistosa. Está meio que me incomodando."

Ele abanou a cabeça. "Seria uma gentileza de sua parte se pudesse guardá-la para mim."

"Por quê?"

"Sei lá, eu sinto assim. Você se importa? É uma espécie de elo com um tempo em que eu não passava de um esbanjador fracassado."

"Que se dane isso tudo", falei. "Mas você é quem sabe."

"Se está preocupado achando que ela pode ter sido roubada..."

"Problema seu também. Vamos, vamos tomar aquela coisa."

Fomos para o Victor's. Ele estava dirigindo um Jupiter-Jowet cor de ferrugem com uma capota muito fina sob a qual só havia lugar para nós dois. O carro tinha um revestimento em couro claro e o acabamento parecia todo em prata. Não sou muito detalhista com carros, mas a maldita máquina me deixou com água na boca por algum tempo. Ele disse que chegava a cem quilômetros em segunda. Tinha uma caixa de marchas compacta, a alavanca mal chegava ao joelho dele.

"Quatro marchas", disse ele. "Ainda não inventaram câmbio automático para uma máquina como essa. E na verdade não é preciso. Você pode engatar uma terceira até mesmo na subida, e em todo caso isso é o máximo que vai conseguir usar dentro do trânsito."

"Presente de casamento?"

"Não, não, aquele tipo de presente vi-na-vitrine-e-achei-a-sua-cara. Eu sou um cara muito mimado."

"Que bom", disse eu. "Se não vier depois a conta."

Ele me deu uma olhada rápida e depois voltou a se concentrar no asfalto molhado. Limpadores moviam-se gentilmente sobre o pequeno para-brisa. "Conta? Há sempre uma conta, meu velho. Você acha talvez que eu não seja feliz, é isso?"

"Desculpe. Me precipitei."

"Eu sou rico. Quem diabo quer ser feliz?" Na voz dele havia uma amargura que para mim era coisa nova.

"Como anda a bebida?"

"Com elegância total, amigo velho. Por alguma estranha razão eu pareço ser capaz de lidar com essa substância. Mas nunca se sabe, não é mesmo?"

"Talvez você nunca tenha sido um bêbado de verdade."

Sentamos numa mesa do canto no Victor's e pedimos gimlets. "Eles não sabem preparar um gimlet aqui", disse ele. "O que chamam de gimlet é somente um pouco de suco de limão ou de lima e gim e um pouco de açúcar e de bitter. Um verdadeiro gimlet é metade gim e metade Rose's Lime Juice e nada mais. Dá de goleada num martíni."

"Nunca fui muito detalhista com bebida. E então, como se arranjou com Randy Starr? Lá no meu setor ele é tido como alguém que joga pesado."

Ele se recostou, pensativo. "Acho que é mesmo. Acho que todos eles são. Mas isso não se reflete nele. Posso lhe citar uns dois ou três sujeitos no mesmo ramo em Hollywood que encarnam o personagem por inteiro. Randy nem liga. Em Las Vegas ele é um homem de negócios como qualquer outro. Procure-o na próxima vez que for lá. Ele vai virar seu colega."

"Não é muito provável. Não gosto de marginais."

"Isso é só uma palavra, Marlowe. O mundo é assim. Duas guerras o deixaram desse jeito e vai ter que ser assim agora. Randy, eu e outro cara enfrentamos uma situação certa vez. Isso criou uma espécie de ligação entre nós."

"Então por que não lhe pediu ajuda quando estava precisando?"

Ele virou o resto do seu drinque e fez um sinal para o garçom. "Porque ele não podia recusar."

O garçom repôs os nossos drinques e eu falei: "Para mim tudo isso é blá-blá-blá. Se por acaso o cara devia algo a você, veja as coisas do ponto de vista *dele*. Ele gostaria de ter uma chance de pagar de volta."

Ele balançou a cabeça devagar. "Sei que você tem razão. Claro que eu pedi um emprego a ele. E trabalhei enquanto o mantive. Mas nunca pedi favores nem os aceitei."

"Mas aceitou de um estranho."

Ele me olhou direto no olho. "O estranho pode ir em frente e fazer de conta que não está ouvindo nada."

Tomamos três gimlets, nenhum deles duplo, e ele não pareceu sentir nada. Aquela quantidade era bastante para começar a animar um viciado. Portanto eu avaliei que ele estaria curado àquela altura.

Ele me levou de volta ao escritório.

"Vamos dar um jantar hoje às oito e quinze", disse ele. "Só quem é milionário pode dar um jantar assim. Só criados de milionários estão dispostos a passar por isso hoje em dia. Muita gente fantástica vai aparecer."

Dali em diante tornou-se uma espécie de hábito dele passar lá no escritório às cinco. Não íamos sempre ao mesmo bar, mas acabávamos indo mais vezes ao Victor's do que a qualquer outro. Talvez tivesse para ele algum tipo de associação de que eu não tinha conhecimento. Ele nunca bebia muito, e ficava surpreso com isso.

"Deve ser uma espécie de maleita", disse ele. "Quando vem, vem pra valer. Quando não vem, é como se a gente nunca tivesse tido isso."

"O que não entendo é por que motivo um sujeito coberto de privilégios quer beber na companhia de um detetive particular."

"Está sendo modesto?"

"Não. Só estou perplexo. Sou um sujeito bastante sociável, mas eu e você não vivemos no mesmo mundo. Não sei nem mesmo por onde você transita, a não ser que fica em Encino. Acho que sua vida doméstica é satisfatória."

"Eu não tenho vida doméstica."

Voltamos a beber gimlets. O lugar estava quase vazio. Havia as entradas e saídas casuais dos bebedores compulsivos que vinham dar início aos trabalhos sentados nos banquinhos do balcão, aquele tipo de cara que estende a mão para o primeiro drinque com todo o cuidado possível, vigiando as próprias mãos, para não derrubar nada no trajeto.

"Não entendi. Era para entender?"

"Superprodução, mas com pouco roteiro. É como eles dizem lá nos estúdios. Acho que Sylvia é bastante feliz, embora não necessariamente devido a mim. Em nosso círculo isso não importa muito. Há sempre alguma coisa para fazer, quando você não tem que trabalhar e não precisa se preocupar com o custo. Na verdade não tem muita graça, mas os ricos não sabem disso. Eles nunca se divertiram. Eles nunca têm desejos muito fortes, a não ser pela esposa de alguém, e mesmo assim é um desejo muito pálido comparado ao que a mulher de um encanador sente por uma cortina nova para a sala."

Não falei nada. Deixei que a bola continuasse com ele.

"Na verdade tudo o que faço é matar o tempo", disse ele, "e ele dá trabalho para morrer. Um pouco de tênis, um pouco de golfe, um pouco de natação e de equitação, e o prazer de ver os amigos de Sylvia se preparando para enfrentar um almoço quando ainda não se livraram da ressaca".

"Na noite em que você viajou para Vegas ela disse que não gostava de gente bêbada."

Ele deu um sorriso torto. Eu estava ficando tão acostumado com as cicatrizes do seu rosto que só o percebi quando uma mudança de expressão realçou aquele seu lado imóvel.

"Ela quis dizer gente bêbada e sem grana. Quando têm dinheiro eles se tornam gente que bebe bem. Se vomitarem na varanda, quem resolve é o mordomo."

"Você não tinha que aceitar as coisas desse jeito."

Ele acabou seu drinque com um só gole e ficou de pé. "Tenho que correr, Marlowe. Além disso, você está ficando entediado, e Deus sabe se eu também não estou."

"Eu não estou entediado. Estou acostumado a ouvir os outros. Mais cedo ou mais tarde vou acabar descobrindo por que você quer virar um animalzinho de estimação."

Ele correu os dedos levemente por cima das cicatrizes. Tinha um sorriso remoto. "Você devia tentar imaginar por que ela me quer ao lado dela, e não por que eu quero ficar lá, esperando com paciência, na minha almofada de cetim, até que alguém se lembre de dar tapinhas na minha cabeça."

"Você gosta de almofadas de cetim", disse eu, enquanto me punha de pé para acompanhá-lo. "Gosta de lençóis de seda, gosta de tocar campainhas para chamar o mordomo com aquele sorriso cheio de deferência."

"Pode até ser. Eu cresci num orfanato em Salt Lake City."

Saímos para aquele anoitecer fatigado e ele disse que gostaria de caminhar um pouco. Tínhamos vindo no meu carro, e daquela vez eu tinha sido rápido o bastante para pagar a conta antes que ele o fizesse. Eu o vi se afastar. O clarão da vitrine de uma loja se refletiu em seu cabelo branco por um momento até que ele sumiu por entre a névoa ligeira.

Eu gostava mais quando ele estava bêbado, ao deus-dará, faminto e sujo e orgulhoso. Será? Talvez eu apenas gostasse de me sentir superior. Era difícil entender as razões do comportamento dele. No meu trabalho existe uma hora de fazer perguntas e uma hora de deixar o sujeito fervendo até que esteja cozido. Todo bom policial sabe disso. É muito parecido com o xadrez e o boxe. Alguns adversários você tem que cercar e tentar derrubá-los. Outros, basta ficar trocando golpes e eles se derrotam a si mesmos.

Ele teria me contado a história de sua vida, se eu lhe pedisse. Mas eu nunca nem sequer perguntei como o rosto dele tinha ficado desfigurado daquela maneira. Se perguntasse e ele tivesse me dito, é possível que isso tivesse salvo uma ou duas vidas. É possível, apenas.

4

A última vez que bebemos num bar foi em maio, e num horário mais cedo que o habitual, logo depois das quatro. Ele parecia cansado e um pouco mais magro, mas olhou ao redor com um lento sorriso satisfeito.

"Gosto de um bar que acabou de abrir para iniciar a noite. Quando o ar aqui dentro está fresco e limpo e tudo está brilhando e o barman está se dando uma última olhada no espelho para ver se a gravata está reta e o cabelo bem penteado. Gosto das garrafas bem arrumadinhas na parede de fundo e dos espelhos reluzentes e daquela sensação de expectativa. Gosto de ver o cara misturar o primeiro coquetel da noite e colocá-lo sobre a toalha engomada, com o guardanapo bem dobradinho do lado. Gosto de saboreá-lo devagar. O primeiro drinque tranquilo da noite, num bar sossegado — isso é maravilhoso."

Eu concordei com ele.

"A bebida é como o amor", disse ele. "O primeiro beijo é mágico, o segundo é íntimo, o terceiro é rotina. Depois a gente tira a roupa da garota."

"E isso é ruim?", perguntei.

"É emoção de primeira ordem, mas uma emoção impura — impura no sentido estético. Não estou esnobando o sexo. É uma coisa necessária, e não tem por que ser uma coisa feia. Mas é algo que sempre tem que ser bem manobrado. Torná-lo glamoroso é uma indústria de bilhões de dólares, em que cada centavo é necessário."

Ele olhou em volta e deu um bocejo. "Não tenho dormido bem. Esse lugar aqui é bem legal. Mas daqui a algum tempo os bebuns vão encher o salão e falar alto e dar risadas e as malditas mulheres começarão a gesticular com as mãos e contorcer o rosto e retinir suas malditas pulseiras e exalar aquele encanto empacotado que a certa hora da noite vai ter um cheiro indisfarçável de suor."

"Vá devagar", disse eu. "Muito bem, elas são humanas, elas suam, elas ficam sujas, elas precisam ir ao banheiro. Você estava esperando o quê? Borboletas de ouro esvoaçando numa nuvem rosa?"

Ele esvaziou o copo e o ergueu de cabeça para baixo e ficou olhando uma gota muito lenta se formar na borda, estremecer e pingar no chão.

"Lamento por ela", disse ele devagar. "É uma piranha total. Talvez eu goste dela também, de uma maneira um tanto remota. Um dia ela vai precisar de mim e eu serei o único cara por perto sem uma talhadeira na mão. E então o mais provável é que eu caia fora."

Somente olhei para ele. "Você é um ótimo divulgador de si mesmo", falei depois de um momento.

"Sim, eu sei. Sou do tipo fraco, sem tutano e sem ambição. Conquistei um anel de latão e fiquei chocado ao ver que não era ouro. Um cara como eu tem só um grande momento na vida, um salto perfeito do trapézio mais alto. Depois ele passa o tempo que lhe resta tentando não cair da calçada para a sarjeta."

"Qual é o propósito disso tudo?" Peguei um cachimbo e comecei a enchê-lo.

"Ela está com medo, está apavorada."

"Com o quê?"

"Não sei. A gente já não conversa muito. Talvez seja com o pai dela. Harlan Potter é um filho da puta sem sentimentos. Uma mera fachada de dignidade vitoriana. Por dentro é tão brutal quanto um capanga da Gestapo. Sylvia é uma vagabunda. Ele sabe disso, ele fica furioso com isso, mas não há nada que possa fazer. Mas ele espera e fica espiando e se acontecer de Sylvia se meter num escândalo realmente sério ele vai parti-la em duas e enterrar as duas metades a mil quilômetros uma da outra."

"Você é o marido dela."

Ele ergueu o copo vazio e o bateu com força na quina da mesa. O copo se partiu com um tinido. O barman observou, mas não disse nada.

"Assim, meu camarada. Desse jeito aqui. Oh, claro, eu sou o marido dela. É isso que está nos documentos. Eu sou os três degraus brancos e a grande porta de entrada verde e a argola de metal com a qual você dá uma batida longa e duas rápidas e logo uma criada o deixa entrar naquele bordel de cem dólares."

Fiquei de pé e larguei algum dinheiro em cima da mesa. "Você fala como o diabo", disse, "e parece que só fala de si mesmo. A gente se vê depois".

Saí andando e o deixei sentado ali, chocado e pálido, a julgar pelo que posso dizer dentro do que os bares chamam de iluminação. Ele falou alguma coisa para mim, mas segui em frente.

Dez minutos depois já lamentava ter agido assim, mas dez minutos depois eu já estava muito longe. Ele não veio mais ao meu escritório. Nunca mais, nem uma só vez. Eu o tinha acertado bem onde doía.

Não o avistei durante todo o mês seguinte. Quando o vi, eram cinco da manhã e o dia começava a clarear. A campainha tocava insistentemente e me arrancou da cama. Desci arrastando os pés e cruzei a sala e abri a porta. Ele estava lá, com a aparência de quem não dormia havia uma semana. Vestia um sobretudo leve, com a gola revirada para cima, e parecia tremer de frio. O chapéu de feltro escuro estava puxado sobre os olhos.

Tinha uma arma na mão.

5

A arma não estava apontada para mim, ele apenas a segurava. Era uma automática de calibre médio, fabricação estrangeira, com certeza não era uma Colt nem uma Savage. Com aquele rosto lívido e as cicatrizes e a gola revirada e o chapéu enterrado nos olhos e a pistola ele parecia saído diretamente de um filme de gângster de antigamente, do tipo chute na cara.

"Você vai me levar de carro até Tijuana para pegar um avião que sai de lá às dez e quinze", disse ele. "Tenho passaporte e visto, e tudo pronto, menos o transporte. Por motivos que não vêm ao caso não posso tomar um trem ou um ônibus ou um avião aqui em L.A. Quinhentos dólares seria um preço razoável para essa corrida?"

Fiquei parado na porta e não fiz menção de chamá-lo para entrar. "Quinhentos mais a pistola?", perguntei.

Ele baixou os olhos para ela com ar ausente. Então a enfiou no bolso.

"Pode servir de proteção", disse ele, "para você. Não para mim".

"Entre aí, então." Afastei-me para um lado e ele entrou, com um andar exausto, e deixou-se cair numa poltrona.

A sala ainda estava escura, por causa dos altos arbustos que a proprietária deixara crescer até tapar as janelas. Acendi a lâmpada e peguei um cigarro. Acendi-o. Fiquei olhando para ele. Agitei meus cabelos que já estavam agitados. Coloquei no rosto o velho sorriso cansado.

"Por que diabos eu iria desperdiçar uma manhã tão linda como essa dormindo? Dez e quinze, é isso? Bem, há tempo de sobra. Vamos até a cozinha e eu faço um café."

“Estou numa bela enrascada, detetive.” Detetive, essa era a primeira vez que ele me tratava assim. Mas até que combinava com o modo como ele tinha chegado, o jeito que se vestia, a pistola e tudo o mais.

“Vai ser uma lindeza de dia. Uma brisa suave. Você pode escutar aqueles eucaliptos velhos e rugosos do outro lado da rua sussurrando uns para os outros. Lembrando os velhos tempos na Austrália quando os pequenos cangurus passavam saltando sob os ramos das árvores e os ursinhos coalas corriam, levando outros nas costas. Sim, eu já captei a ideia geral de que você está numa enrascada. Falaremos sobre isso depois que eu tiver tomado duas xícaras de café. Minha cabeça fica sempre muito aérea na hora em que acordo. Vamos debater com os senhores Huggins e Young.”

“Olhe aqui, Marlowe, isto não é hora para—”

“Nada tema, amigo velho. O sr. Huggins e o sr. Young são dois dos melhores que há. Eles fabricam o café Huggins-Young. É a obra da vida inteira deles, é o seu orgulho e a sua alegria. Algum dia tomarei providências para que eles recebam o reconhecimento que tanto merecem. Até agora, tudo que ganharam foi apenas dinheiro. Não pode achar que se contentariam com isso.”

Com esse fecho brilhante eu o deixei lá e fui para a cozinha, na parte de trás da casa. Liguei a torneira de água quente e peguei a cafeteira na prateleira. Molhei a haste central e fui colocando medidas de café na parte de cima. A essa altura a água já descia fumegando da torneira, eu enchi até a metade a parte de baixo da engenhoca, e a coloquei sobre a chama acesa. Coloquei a parte de cima e a rosqueei até que encaixasse.

Ele já tinha chegado à porta. Estava encostado ao beiral, mas logo se afastou e foi para a mesa no canto, e ali se sentou. Ainda estava tremendo. Peguei uma garrafa de Old Grand-Dad na prateleira e servi uma dose num copo grande. Eu sabia que ele ia precisar de um copo grande. Mesmo assim ele teve que usar ambas as mãos para erguê-lo até a boca. Engoliu, pousou com força o copo na mesa e recostou-se com um gesto brusco.

“Quase desmaiei”, murmurou ele. “Sinto como se não dormisse há uma semana. Não dormi nada na noite passada.”

A cafeteira estava quase borbulhando. Abaixei a chama e fiquei olhando a água subir pelo tubo de vidro. Aumentei a chama apenas o bastante para fazê-la ficar passando por cima da borda e voltei a abaixá-la rapidamente. Mexi a água com o pó e voltei a tampar. Marquei meu *timer* para três minutos. Muito metódico esse sujeito, Marlowe. Nada pode interferir em sua técnica de fazer café. Nem mesmo uma pistola na mão de um personagem em desespero.

Servi outra dose para ele. "Fique sentado aí", falei. "Não diga uma palavra. Basta ficar aí."

Ele conseguiu erguer a segunda dose com uma mão só. Lavei rapidamente o rosto no banheiro e a sineta do *timer* tocou exatamente quando voltei para a cozinha. Desliguei o fogo e coloquei a cafeteira sobre um descanso de palhinha na mesa. Por que contei todos estes detalhes? Porque a atmosfera carregada fazia cada pequeno gesto parecer uma performance, um movimento diferente dos outros, e de enorme importância. Era um desses instantes hipersensitivos em que todos os movimentos que você faz automaticamente, por mais que estivessem enraizados, por mais que fossem habituais, tornam-se atos voluntários, cada um deles. Você fica como um homem aprendendo a andar depois da pólio. Você não faz nada sem reparar, nada mesmo.

O café já tinha descido todo e o ar entrava roncando como sempre e o café borbulhou e depois ficou quieto. Removi a parte de cima da cafeteira e a coloquei no escorredor ajustado à tampa.

Servi duas xícaras e derramei uma dose dentro do café dele. "Preto para você, Terry." No meu, coloquei dois torrões de açúcar e um pouco de creme. Eu já estava voltando ao normal. Não prestei atenção ao ato de abrir a geladeira e tirar a caixa de creme.

Sentei de frente para ele. Ele não tinha se mexido. Estava jogado no canto da parede, rígido. Então, sem nenhum aviso prévio, desabou a cabeça sobre a mesa, soluçando.

Não deu nenhuma atenção quando estendi o braço e tirei a pistola do seu bolso. Era uma Mauser 7.65, uma belezinha.

Cheirei. Retirei o pente de balas. Estava cheio. Nenhuma bala na agulha.

Ele levantou a cabeça, viu o café e bebeu um pouco, devagar, sem olhar para mim. "Não atirei em ninguém", falou.

"Bem... pelo menos não recentemente. E a pistola precisaria ter sido limpa. Não posso imaginar que você tenha atirado com isso em alguém."

"Vou lhe contar tudo", disse ele.

"Espere um instante." Tomei meu café tão depressa quanto pude sem queimar a boca, e enchi a xícara de novo. "O negócio é o seguinte", disse eu. "Tenha muito cuidado com o que vai me dizer. Se quer mesmo que eu leve você para Tijuana, há duas coisas que não vai poder me dizer. Uma — ei, você está me escutando?"

Ele assentiu, muito de leve. Olhava sem expressão para a parede acima da minha cabeça. As cicatrizes estavam mais esbranquiçadas nessa manhã. A pele dele era de um branco quase mortal, mas as cicatrizes pareciam reluzir de encontro a ela do mesmo jeito.

"Uma", repeti devagar. "Se você cometeu um crime ou qualquer coisa que a lei possa considerar um crime, estou falando de crime sério, não pode me dizer. Dois: se você tem conhecimento concreto de que algum crime assim foi cometido, também não pode me falar a respeito. Não se quiser que eu o leve a Tijuana. Está claro?"

Ele me olhou nos olhos. Os olhos dele entraram em foco, mas continuaram sem vida. O café estava atuando nele. Não tinha cor no rosto, mas já estava firme. Enchi de novo sua xícara e a batizei do mesmo modo.

"Falei que estava numa enrascada", disse ele.

"Eu ouvi. Não quero saber que tipo de enrascada. Tenho que ganhar a vida, e tenho que proteger minha licença."

"Eu podia ameaçá-lo com a arma", disse ele.

Sorri e empurrei a arma através da mesa. Ele a olhou, mas não quis tocá-la.

"Você não poderia me ameaçar para chegar a Tijuana, Terry. Nem através da fronteira, nem para entrar num avião. Sou um homem que de vez em quando lida com armas durante o trabalho. Vamos esquecer a arma. Seria muito engraçado eu dizendo à polícia que fiquei com tanto medo que tive de fazer o que você mandava. Supondo, é claro, coisa que ainda não sei, que houvesse alguma coisa para contar à polícia."

"Escute", disse ele, "vai ser somente lá pelo meio-dia, ou talvez até mais tarde, que alguém vai bater na porta. Os criados sabem que é melhor não perturbá-la quando ela dorme até tarde. Mas lá pelo meio-dia a criada vai bater na porta e entrar. E ela não vai estar no quarto".

Dei um gole do café e não falei nada.

"A empregada vai perceber que ninguém dormiu naquela cama", continuou ele. "Então vai olhar em outros lugares. Há uma grande casa de hóspedes por trás da casa principal. Tem sua própria rampa de acesso, garagem, tudo. Sylvia passou a noite ali. A criada mais cedo ou mais tarde vai encontrar o que está lá."

Franzi a testa. "Vou ter que ser muito cuidadoso com as perguntas que vou lhe fazer, Terry. Ela não poderia ter dormido fora de casa?"

"As roupas dela estariam jogadas pelo quarto inteiro. Ela nunca guarda nada. A criada iria deduzir que ela jogou um robe por cima do pijama e saiu daquele jeito. O único lugar possível seria a casa de hóspedes."

"Não necessariamente", falei.

"Seria a casa de hóspedes. Que diabos, você acha que eles não sabem o que acontece na casa de hóspedes? Os criados sempre sabem."

"Vá em frente", falei.

Ele correu o dedo ao longo do lado não ferido do rosto, com força bastante para deixar uma longa marca vermelha. "E lá na casa de hóspedes", disse devagar, "a criada vai achar...".

"Sylvia caída de bêbada, paralisada, estupidificada, chapada até a ponta das sobrancelhas", disse eu com aspereza.

"Oh." Ele pensou nisso. Pensou bastante. "Claro", continuou, "é isso mesmo que aconteceria. Sylvia não costuma encher a cara. Quando passa do ponto é sempre com um resultado meio drástico".

"A história acaba aí", falei. "Mais ou menos. Me deixe improvisar um pouco. Na última vez em que bebemos juntos eu fui um pouco rude com você, fui embora, como deve lembrar. Fiquei muito irritado com você. Pensando melhor depois, percebi que você estava apenas sendo irônico para não ter que encarar uma catástrofe. Você diz que tem passaporte e visto. É preciso um certo tempo para conseguir um visto para o México. Eles não deixam qualquer um entrar com tanta facilidade. Portanto, já faz algum tempo que você está planejando cair fora. Eu estava imaginando quanto tempo mais você seria capaz de aguentar."

"Acho que eu me sentia meio que na obrigação de estar por perto, achava que ela poderia precisar de mim para algo mais do que uma proteção para manter o velho a distância, sem se intrometer muito. Aliás, liguei para você hoje à noite."

"Tenho sono pesado. Não ouvi."

"Então fui a um lugar que conheço, um banho turco. Fiquei lá uma ou duas horas, tomei um banho a vapor, dei um mergulho, tomei uma chuveirada fria, fiz massagem e dei alguns telefonemas de lá mesmo. Deixei o carro na esquina de LaBrea com Fountain. Vim andando desde lá. Ninguém me viu entrar na sua rua."

"Esses telefonemas tinham a ver comigo?"

"Um deles foi para Harlan Potter. O velho voou ontem para Pasadena, a negócios. Não tinha aparecido em casa. Tive dificuldade em localizá-lo. Mas finalmente ele me atendeu. Eu lhe disse que lamentava muito, mas que estava indo embora." Ele disse isso olhando de lado através da cozinha, para a janela por cima da pia, e ao arbusto de tecoma que se movia de encontro à persiana.

"Como ele reagiu?"

"Lamentou também. Me desejou sorte. Perguntou se eu precisava de algum dinheiro." Deu uma risada áspera. "Dinheiro. São as letras com que ele começa o alfabeto. Eu lhe disse que não, que tinha o bastante. Depois, liguei para a irmã de Sylvia. Mais ou menos a mesma história. Isso é tudo."

"Quero saber uma coisa", falei. "Alguma vez você já a flagrou com um homem na casa de hóspedes?"

Ela abanou a cabeça. "Nunca tentei. Não teria sido difícil. Nunca foi."

"Seu café está esfriando."

"Não quero mais café."

"Havia muitos caras, hein? Mas você voltou e casou com ela de novo. Concordo que ela é uma gracinha, mas mesmo assim—"

"Já lhe disse que eu não valho nada. Diabos, por que a deixei da primeira vez? Por que, depois disso, enchia a cara cada vez que a encontrava? Por que preferi rolar na sarjeta do que pedir-lhe dinheiro? Ela foi casada cinco vezes, sem contar comigo. Cada um deles voltaria com o menor aceno do dedinho dela. E não seria apenas por um milhão de dólares."

"Ela é uma graça", eu disse. Olhei o relógio. "Por que tem de ser exatamente o voo das dez e quinze em Tijuana?"

"Sempre há espaço nesse voo. Ninguém de L.A. vai querer sobrevoar as montanhas num DC-3 quando pode pegar um Constellation e dentro de sete horas estar na Cidade do México. E os 'Connies' não param no lugar onde quero descer."

Fiquei de pé e me encostei na pia.

"Muito bem, vamos fechar a conta agora, e não me interrompa. Você veio aqui na minha casa agora de manhã, sob forte emoção, e me pediu para levá-lo a Tijuana para embarcar num voo. Você trazia uma pistola no bolso, mas não quer dizer que eu a tenha visto. Você me disse que aguentou aquela situação o mais que pôde, mas que na noite passada resolveu romper com tudo. Encontrou sua esposa bêbada, desacordada, e achou que tinha havido um homem lá com ela. Saiu e foi a um banho turco para passar o tempo até o amanhecer, e depois ligou para os dois parentes mais próximos de sua esposa e comunicou o que ia fazer. Aonde foi depois disso não é da minha conta. Você já tinha os documentos necessários para entrar no México. Como entrou lá não é da minha conta também. Somos amigos e eu fiz o que você me pediu, sem muitas perguntas. Por que não o faria?

Você não está me pagando nada. Você tem carro, mas estava perturbado demais para dirigir. Problema seu, também. Você é um cara emotivo, sofreu um ferimento sério na guerra. Acho que eu devia pegar seu carro e enfiá-lo numa garagem qualquer onde ele ficasse protegido."

Ele meteu a mão no bolso e empurrou um chaveiro de couro por cima da mesa.

"O que acha?", perguntou.

"Depende. Ainda não terminei. Você não levou nada consigo a não ser a roupa do corpo e algum dinheiro que tinha recebido de seu sogro. Deixou para trás tudo que ela lhe deu, inclusive aquela linda maquinazinha que você estacionou na esquina de LaBrea e Fountain. Queria ir embora o mais limpo possível, para ir embora de vez. OK, vou acreditar nisso tudo. Agora me deixe fazer a barba e me vestir."

"Por que está fazendo isso, Marlowe?"

"Tome um drinque enquanto me apronto."

Saí da cozinha e o deixei encolhido naquele recanto. Ele ainda estava usando o chapéu e o sobretudo. Mas agora havia mais vida nele.

Fui ao banheiro e fiz a barba. Estava no quarto dando o nó da gravata quando ele surgiu à porta. "Lavei as xícaras, para qualquer eventualidade", disse ele. "Mas andei pensando. Talvez fosse melhor você chamar a polícia."

"Chame você. Não tenho nada para comunicar a eles."

"Quer que eu faça isso?"

Virei-me e lhe dei um olhar duro. "Ora dane-se", falei, quase gritando. "Pelo amor de Deus, não pode simplesmente deixar as coisas como estão?"

"Sinto muito."

"Claro que sente muito. Caras como você sempre sentem muito, e sempre quando já é tarde."

Ele se virou e foi para a sala.

Terminei de me vestir e tranquei toda a parte traseira da casa. Quando cheguei à sala ele tinha adormecido numa poltrona, a cabeça caída para um lado, o rosto sem cor alguma, o corpo frouxo de exaustão. Parecia digno de pena. Quando toquei no seu ombro, ele acordou devagar, como se houvesse uma distância enorme entre o lugar de onde vinha e o lugar onde eu estava.

Quando o vi bem desperto, perguntei: "O que me diz de uma mala? Ainda tenho aquele seu treco de pelica, na prateleira do meu armário."

"Está vazia", disse ele, com desinteresse. "E chama muito a atenção."

"Você vai chamar muito mais a atenção se embarcar sem bagagem."

Voltei para o quarto, subi nos degraus à frente do armário e puxei a mala para baixo. Por cima da minha cabeça estava o alçapão do forro; empurrei-o para cima, enfiei o braço o mais longe que pude e larguei o chaveiro de couro por trás de uma das vigas empoeiradas ou o que quer que houvesse ali.

Desci segurando a mala, limpei a poeira e joguei algumas coisas dentro dela: um pijama nunca usado, pasta de dentes, uma escova de dentes reserva, um par de toalhas baratas e panos de chão, um pacote de lenços de algodão, um tubo de creme de barbear de quinze centavos, e um daqueles aparelhos de barbear que eles dão de graça com um pacote de lâminas. Nada era usado, nada tinha marca, nada chamava a atenção — exceto que se fossem mesmo dele teriam sido de melhor qualidade. Coloquei também um quartilho de bourbon ainda no pacote. Tranquei a mala deixando a chave num dos fechos e a carreguei até a sala. Ele tinha adormecido de novo. Abri a porta da frente sem acordá-lo e levei a mala para a garagem e a pus no conversível atrás do banco dianteiro. Tirei o carro, fechei a garagem e subi de volta a escada para acordá-lo. Terminei de trancar tudo e fomos embora.

Dirigi com boa velocidade, mas não o bastante para levar uma multa. Mal conversamos durante o trajeto. Também não paramos para comer. Não tínhamos tanto tempo assim.

O pessoal da fronteira não tinha nada a nos dizer. No alto da meseta varrida pelo vento onde fica o aeroporto de Tijuana parei perto do escritório e esperei que Terry comprasse a passagem. As hélices do DC-3 já se moviam devagar, só o bastante para ir esquentando. Um piloto alto e bonitão, de uniforme cinza, conversava com um grupo de quatro pessoas. Um dos homens tinha cerca de 1,90 metro e carregava um estojo de arma de fogo. Ao seu lado havia uma garota de calça comprida, e um homem baixinho de meia-idade e uma mulher de cabelo grisalho tão alta que o fazia parecer insignificante. Três ou quatro sujeitos visivelmente mexicanos também estavam por ali. Estes pareciam ser os únicos passageiros. A escada estava encostada à porta, mas ninguém parecia ansioso para subir. Então uma comissária de bordo mexicana desceu a escada e postou-se do lado, esperando. Não parecia haver um serviço de alto-falantes. Os mexicanos subiram para o avião, mas o piloto continuou conversando com os americanos.

Havia um grande Packard estacionado perto de mim. Desci e fui dar uma espiada na licença no painel. Talvez algum dia eu aprenda a não me meter no que não é da minha conta. Quando pus a cabeça para fora vi a mulher grisalha olhando na minha direção.

Então Terry se aproximou, pisando no cascalho.

"Tudo pronto", disse ele. "É aqui que a gente se despede."

Estendeu a mão. Eu a apertei. Ele parecia bem, agora, apenas cansado, infernalmente cansado.

Puxei a mala de pelica do banco traseiro e a depositei sobre o cascalho. Ele a olhou com irritação.

"Eu lhe disse que não queria isso", disse, com voz cortante.

"Há um quartilho de boa bebida aí dentro, Terry. Um pijama e algumas outras coisas. Tudo completamente anônimo. Se não a quer, deixe-a no guarda-volumes. Ou jogue fora."

"Tenho os meus motivos", disse ele, empertigado.

"E eu também."

De repente ele sorriu. Segurou a mala e apertou meu braço com a outra mão. "Está bem, companheiro. Você é quem manda. E lembre, se as coisas ficarem difíceis, você tem carta branca. Não me deve nada. Tomamos uns drinques juntos, ficamos amigos, e eu falei demais a meu respeito. Deixei cinco notas de cem na sua lata de café. Não fique chateado."

"Preferia que não tivesse feito isso."

"Nunca vou conseguir gastar nem metade do que tenho."

"Boa sorte, Terry."

Os dois americanos estavam subindo a escada do avião. Um sujeito atarracado, de rosto moreno, saiu do edifício do escritório e começou a acenar e apontar.

"Suba", falei. "Eu sei que você não a matou. É por isso que estou aqui."

Ele oscilou um pouco e se firmou. Todo o seu corpo se enrijeceu. Virou-se devagar, depois olhou para trás.

"Sinto muito", disse. "Mas você está enganado. Vou subir nesse avião, bem devagar. Você vai ter tempo bastante, se quiser me deter."

Começou a andar. Fiquei olhando. O cara na porta do escritório esperava, mas não estava impaciente. Os mexicanos raramente estão. Quando Terry se aproximou, ele se inclinou sorridente e deu uns tapinhas na mala de couro. Depois deu um passo de lado e Terry cruzou a porta. Logo depois saiu do outro lado, na porta onde os funcionários da alfândega aguardam quem chega. Caminhava ereto e lentamente, sobre o cascalho, na direção da escada. Parou lá e ficou olhando para mim. Não fez nenhum sinal, não acenou. Eu também não. Então ele subiu, entrou no avião e a escada foi retirada.

Entrei no Olds e liguei a ignição e dei ré e fiz uma curva e comecei a atravessar o pátio de estacionamento. A mulher grisalha e o homenzinho continuavam parados na pista. A mulher agitava um lenço. O avião começou a taxiar rumo ao começo da pista, levantando poeira. Fez meia-volta e os motores começaram a acelerar, com um ruído ensurdecedor. Ele foi se movendo devagar, mas ganhando velocidade a cada metro.

A poeira erguia-se em nuvem por trás e por fim ele decolou. Eu o vi se erguer devagar no meio da ventania até desaparecer no céu azul e límpido a sudeste.

Então fui embora. Na fronteira, ninguém me deu sequer o olhar que se dá aos ponteiros de um relógio.

6

O caminho de volta de Tijuana é longo, e um dos trajetos mais monótonos de todo o Estado. Tijuana não é nada: tudo o que eles querem lá é o seu dinheiro. O garoto que desliza até o seu carro e olha com grandes olhos melancólicos e diz, "Me dê aí uma moeda, por favor, mister", vai tentar vender-lhe a irmã na próxima frase. Tijuana não é o México. Nenhuma cidade de fronteira é alguma coisa a mais do que uma cidade de fronteira, assim como um porto não é nada mais do que um porto. San Diego? Uma das baías mais belas do mundo e nada mais, a não ser marinheiros e alguns barcos de pesca. À noite parece um conto de fadas. As marés são tão suaves quanto uma velha senhora cantando hinos. Mas Marlowe tem que voltar para casa para contar suas colherinhas.

A estrada ao norte é monótona como uma cantiga de marinheiro. Você cruza uma cidade, desce um morro, passa por um trecho de praia, cruza outra cidade, desce outro morro, passa por um trecho de praia.

Eram duas da tarde quando cheguei e eles estavam esperando por mim num sedã escuro sem insígnias da polícia, sem luz vermelha, somente a antena dupla, e não são só os carros da polícia que as têm. Eu já estava na metade da escada quando eles desceram do carro e gritaram para mim, a dupla de sempre nos ternos de sempre, com os movimentos pesadões de sempre, como se o mundo estivesse encolhido e silencioso esperando que eles lhe dissessem o que fazer.

"Seu nome é Marlowe? Queremos falar com você."

Mostrou a insígnia por um segundo. Pelo pouco que vi ele podia ser até do Controle de Pragas. Tinha o cabelo louro e grisalho, e um jeito viscoso. Seu parceiro era alto, de boa aparência, bem-vestido, e ostentava uma maldade meticulosa; um capanga bem-educado. Os dois tinham olhos atentos, olhos que sabiam esperar, olhos pacientes e cuidadosos, frios, cheios de desdém. Ganham esses olhos no desfile de formatura da academia de polícia.

"Sargento Green, Delegacia Central de Homicídios. Este é o detetive Dayton."

Subi e abri a porta. Não se aperta a mão de policiais de cidade grande. É chegar perto demais deles.

Eles sentaram na sala. Abri as janelas e a brisa entrou com um murmúrio. Foi Green quem falou.

"Um cara chamado Terry Lennox. Conhece?"

"Tomamos uns drinques juntos, de vez em quando. Ele mora em Encino, é casado com uma mulher rica. Nunca fui na casa dele."

"De vez em quando", repetiu Green. "Quanto é isso?"

"É uma expressão vaga. Foi justamente o que eu quis dizer. Pode ser uma vez por semana ou uma vez a cada dois meses."

"Conhece a esposa?"

"Vi uma vez, rapidamente, antes de eles se casarem."

"Quando foi a última vez que o viu, e onde?"

Peguei um cachimbo na mesinha e comecei a enchê-lo. Green inclinou-se para a frente, ficando mais próximo. O sujeito alto estava sentado mais longe, com uma esferográfica a postos sobre um caderninho de lombada vermelha.

"Esse é o momento em que eu digo: 'O que significa tudo isto?', e vocês dizem: 'Nós fazemos as perguntas aqui.'"

"Então, você responde a elas, certo?"

Acendi o cachimbo. O tabaco estava um pouco úmido. Precisei de algum tempo para acendê-lo direito, e de três fósforos.

"Tenho tempo bastante", disse Green. "Mas já gastei uma boa parte dele esperando lá fora. Então, desembuche logo, camarada. Sabemos quem você é. E você sabe que não estamos aqui pra abrir o apetite."

"Estava só pensando", disse eu. "Costumávamos ir ao Victor's, muitas vezes, e um pouco menos ao Green Lantern e ao Bull and Bear — é aquele lugar no fim do Strip que quer ser parecido com uma estalagem inglesa..."

"Pare de ganhar tempo."

"Quem morreu?", perguntei.

O detetive Dayton falou. Tinha uma voz dura, madura, do tipo não-se-meta-a-esperto-comigo. "Responda à pergunta,

Marlowe. Isso aqui é uma investigação de rotina. É tudo que você tem que saber."

Vai ver que eu estava cansado e irritável. Ou talvez me sentisse um pouco culpado. Eu podia chegar a odiar aquele cara mesmo sem conhecê-lo. Seria capaz de olhar para ele do outro lado de uma cafeteria e sentir vontade de chutar seus dentes.

"Vá à merda, Jack", respondi. "Guarde a pose para os menores infratores. E mesmo eles vão pensar que é só um cavalo relinchando."

Green deu uma risadinha. No rosto de Dayton não aconteceu nenhuma mudança perceptível, mas de repente ele pareceu ser dez anos mais velho e vinte anos mais maldoso. A respiração produzia um pequeno silvo ao passar pelo seu nariz.

"Ele foi aprovado na prova de Direito", disse Green. "Você não pode brincar com Dayton."

Levantei devagar e fui até a estante de livros. Peguei o exemplar encadernado do Código Penal da Califórnia. Entreguei-o a Dayton.

"Poderia me mostrar por gentileza a seção onde se diz que eu sou obrigado a responder às suas perguntas?"

Ele estava conseguindo se controlar. Ia me agredir e ambos sabíamos disso. Mas ele estava esperando o ponto de ruptura. Isso queria dizer que ele não tinha certeza se Green ficaria do seu lado se ele passasse dos limites.

Ele disse: "Todo cidadão tem que cooperar com a polícia. Cooperar de todos os modos, inclusive pela ação física, e principalmente respondendo a perguntas de uma natureza não incriminatória que a polícia ache por bem lhe fazer." Ao dizer isso sua voz era dura, e nítida, e experiente.

"É assim que funciona", disse eu. "Na maior parte, por um processo de intimidação, direta ou indireta. Na lei, essa obrigação não existe. Ninguém é obrigado a dizer nada à polícia, em nenhum momento, em nenhum lugar."

"Ora, cale essa boca", disse Green com impaciência. "Você está fugindo da raia e sabe disso. Sente aí. A mulher de Lennox foi assassinada. Numa casa de hóspedes, junto à casa onde eles moram em Encino. Lennox fugiu. Em todo caso, não pudemos localizar ele. Isso significa que estamos procurando um suspeito num caso de assassinato. Isso basta?"

Joguei o livro em cima de uma cadeira e voltei a sentar no sofá, de frente para Green. "Então, por que vieram falar comigo?", perguntei. "Nunca pisei naquela casa. Já lhe disse isso."

Green esfregou as mãos nas coxas, para cima e para baixo, para cima e para baixo. Sorriu com tranquilidade. Dayton estava imóvel em sua cadeira. Os olhos dele me devoravam.

"Seu número de telefone foi rabiscado numa caderneta no quarto dele nas últimas vinte e quatro horas", disse Green. "É um bloco do tipo calendário e a página de ontem foi arrancada, mas é possível ver a marca na página de hoje. Não sabemos quando ele ligou pra você. Não sabemos pra onde ele foi, nem por que, nem quando. Mas temos que perguntar, é claro."

"Por que na casa de hóspedes?", perguntei, sem achar que ele ia responder, mas ele o fez.

Ele enrubesceu um pouco. "Parece que ela ia lá com frequência. À noite. Recebia visitas. Os criados podiam ver as luzes, através das árvores. Carros entravam e saíam, às vezes tarde da noite, às vezes muito tarde mesmo. Isso já basta, hein? Não se engane. O cara é Lennox. Ele desceu pra lá por volta de uma da manhã. O mordomo o viu, por acaso. Voltou sozinho, após uns vinte minutos. Depois disso, nada. As luzes continuaram acesas. De manhã, nada de Lennox. O mordomo vai até a casa de hóspedes. A madame está nua como uma sereia na cama, e posso te dizer que ele não reconheceu ela pelo rosto. Praticamente não havia nenhum. Foi feito em pedaços com uma estatueta de um macaco de bronze.

"Terry Lennox jamais faria uma coisa assim", falei. "Claro, ela o traía. Essa história é antiga. Ela sempre o traiu. Tinham se divorciado e casado de novo. Não acho que ele gostasse, mas por que iria ficar furioso só agora?"

"Ninguém sabe o porquê disso", respondeu Green com paciência. "Acontece o tempo todo. Com homens e com mulheres. Um sujeito aguenta, e aguenta, e aguenta. E um dia não aguenta mais. Ele mesmo não deve saber por que perdeu o controle ali, naquele instante. Mas acontece, e uma pessoa morre. E então nós temos um trabalho a fazer. E então fazemos a você uma pergunta bem simples. Pare de ficar se esquivando, se não vai ter que ir conosco."

"Ele não vai falar, sargento", disse Dayton, num tom ácido. "Ele leu o livro que tem as leis. Todo mundo que leu o livro que tem as leis pensa que as leis estão lá dentro."

"Você fique tomando notas", disse Green, "e deixe seu cérebro em paz. Se se comportar bem vamos deixar você cantar *Mother Machree* na cantina da polícia".

"Vá pro inferno, sargento, se posso dizer isso com o devido respeito à sua patente."

"Por que vocês dois não brigam?", perguntei a Green. "Quando ele cair eu seguro."

Dayton pousou o bloco e a caneta de lado, cuidadosamente. Ficou de pé, com um brilho maldoso no olhar. Caminhou até onde eu estava e parou na minha frente.

"Levante, espertinho. Só porque eu cursei faculdade não quer dizer que eu tenha de ouvir piadinhas de um inseto como você."

Comecei a me levantar. Ainda estava meio desequilibrado quando ele me acertou. Me mandou um belo gancho de esquerda e completou com um cruzado. Ouvi sinos tocando, mas ainda não era a hora da ceia. Deixei-me cair na cadeira e sacudi a cabeça. Dayton continuou ali. Agora estava sorrindo.

"Vamos tentar de novo", disse ele. "Você não estava preparado. Não foi jogo limpo."

Olhei para Green. Estava contemplando o polegar como se analisasse uma unha quebrada. Não me mexi nem disse nada, esperando que ele erguesse os olhos. Se eu me levantasse de novo, Dayton voltaria a me acertar. Podia me acertar de novo de qualquer maneira. Mas se eu me levantasse e ele me acertasse, eu o faria em pedaços, porque seus golpes mostraram que ele era acima de tudo um boxeador. Colocava os golpes no lugar certo, mas precisaria me bater muito para me vencer pelo cansaço.

Green falou, com uma voz distante: "Bom trabalho, Billy. Deu ao cara exatamente o que ele queria. Motivo pra se calar."

Então ergueu os olhos e disse, com suavidade: "Vou falar mais uma vez, pra ficar claro, Marlowe. Quero saber a última vez em que você viu Terry Lennox, onde, como, sobre o que conversaram, e de onde você estava chegando ainda há pouco. Sim... ou não?"

Dayton continuava ali, descontraído, bem posicionado. Havia um brilho suave e ameaçador nos seus olhos.

"E quanto ao outro cara?", perguntei, ignorando-o.

"Que outro cara?"

"Lá no local, na casa de hóspedes. Sem roupa. Não vai me dizer que ela desceu até lá pra jogar paciência."

"Isso vem depois. Quando a gente encontrar o marido."

"Ótimo. Se isso não der muito trabalho, afinal vocês já vão ter um bode expiatório."

"Se não falar, vai ter que ir conosco, Marlowe."

"Como testemunha material?"

"Testemunha o cacete. Como suspeito. Suspeito de cumplicidade após o crime. Ajudou um suspeito a fugir. Meu palpite é que você levou o cara pra algum lugar. E nesse momento tudo o que eu preciso é de um palpite. O capitão pode ser um cara duro, hoje em dia. Ele conhece as regras, mas pode se distrair de vez em quando. Isso pode ser muito ruim pra você. De um modo ou de outro vamos fazer você falar. Quanto mais trabalho der, mais certeza a gente tem de que vale a pena."

"Está conversando demais", disse Dayton. "Ele sabe isso tudo."

"Tenho que explicar a todo mundo", disse Green, com calma. "Mas ainda funciona. Vamos lá, Marlowe. Vou denunciar você."

"Certo", falei. "Pode denunciar. Terry Lennox era meu amigo. Já investi nele uma quantidade razoável de sentimento. O bastante para não jogar tudo no lixo só porque um tira me manda falar. Vocês têm uma acusação contra ele, talvez mais do que deram a entender. Têm o motivo, a oportunidade e o fato de que ele sumiu. O motivo é um assunto antigo, que já não faz efeito, virou uma parte do acordo entre ele e a esposa. Não admiro esse tipo de acordo, mas ele é esse tipo de cara — um pouco fraco e muito cavalheiro. O resto não quer dizer nada, exceto que, se ele sabia que ela estava morta, sabia que seria um suspeito preferencial para vocês. No inquérito, se houver algum, e se eu for interrogado, vou ter que responder às perguntas. Não tenho que responder às de vocês agora. Estou vendo que você é um cara legal, Green. E que seu amigo é somente mais um cara que gosta de exibir um distintivo porque tem um complexo de poder. Se querem problema, é só deixar que ele me bata de novo. Vou quebrar até a esferográfica dele."

Green ficou de pé e me deu um olhar triste. Dayton não se mexeu. Era o tipo de valentão que se esgota depressa. Precisava de mais algum tempo para alisar o pelo.

"Vou usar o telefone", disse Green. "Mas já sei qual vai ser a resposta. Você é um doente, Marlowe. Um cara muito doente. Saia da minha frente!" Esta última frase foi para Dayton. Ele deu meia-volta e foi recolher a caderneta.

Green foi até o telefone e o ergueu devagar, o rosto marcado pelas rugas de longos anos de um ofício ingrato. Esse é o problema com os tiras. Você está pronto para odiá-los até a medula e de repente aparece um que o trata como um ser humano.

O capitão disse que me levassem até lá, na marra.

Me puseram as algemas. Não deram uma busca na casa, o que me pareceu um descuido deles. Talvez acharam que eu era experiente demais para ter alguma coisa ali que me incriminasse. Nisso estavam enganados. Se tivessem trabalhado sério teriam encontrado as chaves do carro de Terry Lennox. E quando o carro fosse achado, como seria mais cedo ou mais tarde, iriam testar aquelas chaves nele e descobririam que ele tinha se encontrado comigo.

Na verdade, como acabou se descobrindo, isso não significaria nada. O carro nunca foi encontrado pela polícia. Foi roubado durante aquela noite, levado provavelmente para El Paso, onde ganhou chaves novas e papéis falsos, e negociado na Cidade do México. Um procedimento de rotina. A maior parte desse dinheiro voltaria em forma de heroína. Parte da política de boa vizinhança, como dizem os marginais.

7

O oficial da Homicídios naquele ano era o capitão Gregorius, um tipo de tira que vai se tornando mais raro, mas nem por isso está extinto. O tipo que resolve crimes usando a luz na cara, o cassetete macio, o chute nos rins, o joelho no saco, o soco no peito, a bastonada na base da espinha. Seis meses depois ele foi indiciado por perjúrio perante o júri, liberado sem julgamento, e depois morreu pisoteado por um dos garanhões do seu rancho no Wyoming.

Agora, eu era seu prato principal. Ele sentou por trás da mesa, sem paletó, e as mangas arregaçadas quase até os ombros. Era careca como um tijolo e começava a ficar barrigudo como todos os homens musculosos ficam na meia-idade. Seus olhos eram cinza peixe. Seu nariz enorme era uma rede de vasos capilares estourados. Estava bebendo café, e com bastante ruído. As costas de suas mãos pesadas e grosseiras eram cobertas de pelos grossos. Tufos grisalhos despontavam de suas orelhas. Ele manuseou alguma coisa sobre a mesa e olhou para Green.

Green disse: “Tudo o que a gente tem contra ele é que se recusa a falar, capitão. O telefone anotado nos levou até ele. Passou o dia fora e não quer dizer aonde foi. Conhece Lennox bastante bem, mas não quer dizer a última vez que viu ele.”

“Acha que é valente”, disse Gregorius com desdém. “A gente pode consertar isso.” Disse isso como quem não se importa de um jeito ou do outro. Provavelmente não se importava mesmo. Para ele, ninguém era valente. “O caso é que o promotor já está vendo as manchetes. Ele tem razão, considerando quem é o pai da garota. Vamos fazer um favor a ele, e botar esse cara nos eixos.”

Olhou para mim como se eu fosse uma ponta de cigarro, ou uma cadeira vazia. Somente uma coisa em sua linha de visão, sem nenhum interesse para ele.

Dayton falou, respeitosamente: "É bastante óbvio que toda a atitude dele foi planejada pra criar uma situação onde ele pudesse se recusar a falar. Ele citou a lei pra nós e me obrigou a lhe dar um soco. Perdi a linha, capitão."

Gregorius lhe deu um olhar frio. "Deve ser fácil te fazer perder a linha, se um vagabundo como esse consegue. Quem tirou as algemas?"

Green disse que tinha sido ele. "Ponha de volta", disse Gregorius. "Aperte. Ponha alguma coisa pra ele ficar aprumado."

Green pôs as algemas de volta, ou pelo menos começou a fazê-lo. "Atrás das costas", rosnou Gregorius. Ele algemou minhas mãos por trás. Eu estava sentado numa cadeira de encosto pesado.

"Mais apertado", disse Gregorius. "Até doer."

Green apertou as algemas. Minhas mãos começaram a ficar dormentes.

Gregorius finalmente me olhou cara a cara. "Pode falar agora. Vá direto ao assunto."

Não respondi. Ele se recostou na cadeira e sorriu. Sua mão se estendeu devagar e se fechou sobre o copo de café. Ele se inclinou um pouco para a frente. O copo deu um salto, mas eu o evitei jogando o corpo para o lado. Caí com força por cima do ombro, rolei no chão e fui me levantando devagar. Minhas mãos estavam muito entorpecidas agora. Eu não podia senti-las. Os braços, acima das algemas, começavam a doer.

Green me ajudou a sentar de novo na cadeira. O café pegajoso estava espalhado sobre o assento e o encosto, mas a maior parte dele estava no chão.

"Ele não gosta de café", disse Gregorius. "E é ligeirinho. Se mexe depressa. Bons reflexos."

Ninguém falou nada. Gregorius me examinou com olhos de peixe.

"Aqui, amigo, uma licença de detetive não vale mais do que um cartão de visitas. Agora, vamos ao seu depoimento. Primeiro um relato verbal. Depois a gente transcreve. Conte tudo. Quero ouvir, vejamos, uma descrição completa dos seus movimentos a partir das dez horas de ontem à noite. Eu falei completa. Essa delegacia está investigando um homicídio e o principal suspeito está desaparecido. Você tem conexão com ele. O cara pega a esposa no flagra e transforma a cara dela numa pasta de carne e osso e cabelo ensanguentado. A nossa velha conhecida, a estatueta de bronze. Não é muito original, mas serve. Se está achando que algum maldito detetive particular vai citar a lei pra mim num assunto como esse, amigo, pode se preparar pra passar um mau bocado. Não tem um só distrito policial nesse país que possa fazer o serviço usando um Código Penal. Você tem informações, e eu preciso delas. Você pode muito bem dizer que não sabe de nada e eu posso muito bem não acreditar. Mas você nem sequer disse que não sabia. Você não vai me fazer de otário, amigo. Não vale a pena. Vamos em frente."

"Pode tirar essas algemas, capitão?", perguntei. "Quero dizer, se eu der o depoimento?"

"Pode ser. Seja breve."

"Se eu lhe dissesse que não vi Lennox nas últimas vinte e quatro horas, não falei com ele e não tenho ideia de onde ele pode estar, isso o deixaria satisfeito, capitão?"

"Talvez, se eu acreditasse."

"Se eu lhe dissesse que encontrei Lennox, e onde, e quando, mas não fazia ideia de que ele tivesse assassinado alguém ou de que um crime havia sido cometido, e também não fazia ideia de onde ele poderia estar nesse momento, isso o deixaria satisfeito?"

"Com um pouco mais de detalhes eu poderia te dar atenção. Coisas assim como: onde, quando, qual era a aparência dele, sobre o que conversaram, para onde ele foi. Isso pode resultar em algo."

"Com o seu jeito de proceder", disse eu, "pode resultar em me considerarem como cúmplice".

Os músculos da mandíbula dele se contraíram. Seus olhos estavam da cor de gelo sujo. "E então?"

"Não sei", falei. "Preciso de aconselhamento legal. Gostaria de cooperar. O que acha de termos aqui a presença de alguém do gabinete do promotor?"

Ele soltou uma risada rouca. A risada acabou bem rápido. Levantou-se devagar e rodeou a mesa. Inclinou-se sobre mim, bem próximo, com a mão enorme apoiada no tampo da mesa, e sorriu. Então, sem mudança na expressão do rosto, ele me acertou no lado do pescoço com um punho que parecia um bloco de ferro.

O golpe percorreu um trajeto de quinze ou vinte centímetros, não mais. Quase me arrancou a cabeça. Minha boca se encheu de bile. Senti gosto de sangue misturado. Não ouvia mais nada a não ser um barulho ensurdecedor na minha cabeça. Ele se inclinou sobre mim, ainda sorrindo, a mão esquerda ainda apoiada na mesa. Sua voz parecia vir de muito longe.

"Eu já fui um cara durão, mas estou ficando velho. Esse soco é tudo que você vai receber de mim. Temos uns caras aqui na cadeia que deveriam estar trabalhando nas docas. Talvez não devessem estar com a gente, porque não são caras de dar soquinhos perfumados e fraquinhos como o nosso amigo Dayton aqui. Eles não têm quatro filhos nem um jardim de rosas, como o Green. Eles se dedicam a outros divertimentos. Aparecem de todo tipo, e a força de trabalho é escassa. E então, tem mais alguma ideia engraçada sobre o que é capaz de nos dizer, e se vai se dar o trabalho de dizer?"

"Não com essas algemas, capitão." Até para dizer isso era doloroso.

Ele voltou a se inclinar sobre mim e senti o cheiro de seu suor e o odor da corrupção. Então ele se endireitou e rodeou a mesa, voltando a largar o traseiro pesadão na cadeira. Apanhou um esquadro de desenho sobre a mesa e experimentou sua aresta com o polegar, como se fosse a lâmina de uma faca. Olhou para Green.

"O que está esperando, sargento?", disse.

"Ordens." Green pronunciou a palavra entre os dentes, como se odiasse o som da própria voz.

"Preciso dizer? Você é um cara com experiência, é o que diz no seu registro. Quero um relatório detalhado dos movimentos desse sujeito nas últimas vinte e quatro horas. Talvez um pouco mais, mas vamos começar por aí. Quero saber o que ele fez em cada minuto desse tempo. Quero isso assinado, verificado, e com testemunhas. Quero isso em duas horas. Depois quero ele aqui de volta, limpo, arrumado e sem marcas. E só uma coisa mais, sargento."

Ele fez uma pausa e deu para Green um olhar que teria congelado uma batata fumegante.

"Na próxima vez que eu fizer algumas perguntas civilizadas a um suspeito, não quero ver você por perto me olhando como se eu tivesse arrancado uma orelha dele."

"Sim, senhor." Green virou-se para mim. "Vamos lá", disse, com voz ressentida.

Gregorius me mostrou os dentes. Eles precisavam de uma limpeza, e rápido. "Vamos ver sua frase de despedida, parceiro."

"Sim, senhor", disse eu, educadamente. "O senhor provavelmente não tinha a intenção, mas me fez um favor. Com a assistência do detetive Dayton. Resolveram um problema pra mim. Homem nenhum gosta de trair um amigo, mas eu não trairia nem sequer um inimigo para entregá-lo a vocês. O senhor não é apenas um gorila, é um incompetente. Não sabe realizar a mais boba das investigações. Eu estava me equilibrando numa corda bamba, e poderia ter sido empurrado em qualquer direção. Mas o senhor tinha que abusar de mim, jogar café na minha cara e me dar socos quando eu estava numa posição em que não podia fazer outra coisa senão aguentá-los. De agora em diante eu não vou lhe dizer nem sequer que horas são nesse relógio aí na parede."

Por algum motivo estranho ele ficou ali sentado, quieto, e me deixou falar. Depois sorriu. "Você não passa de um cara que odeia a polícia. É isso que você é, seu detetive de quinta, um cara que odeia a polícia."

"Há lugares onde ninguém odeia a polícia, capitão. Mas nesses lugares o senhor não seria um policial."

Ele aceitou essa também. Acho que foi capaz de absorver. Provavelmente já tinha escutado coisas piores inúmeras vezes. Nisso, o telefone em sua mesa tocou. Ele o olhou e fez um gesto. Dayton rodeou a mesa com agilidade a atendeu.

"Escritório do capitão Gregorius. Detetive Dayton falando."

Ficou escutando, e suas elegantes sobrancelhas se contraíram. Ele disse, baixinho:

"Um momento, senhor, por favor."

Estendeu o fone para Gregorius.

"Comissário Allbright, senhor."

Gregorius fez uma careta. "É mesmo? O que esse pentelho de merda está querendo?" Ele apanhou o receptor, e o segurou um instante enquanto compunha a fisionomia. "Gregorius, comissário."

Escutou. "Sim, está aqui no meu escritório. Andei fazendo umas perguntas. Não colaborou. Não colaborou nem um pouco... Como é que é?" Uma careta feroz surgiu de repente em seu rosto, retorcendo as feições. O sangue lhe escureceu a testa, mas sua voz não se alterou nem um pouco. "Se isso é uma ordem direta, ela deveria ser dada através do supervisor dos detetives, comissário... Claro. Agirei de acordo, enquanto sai a confirmação. Claro... Que diabo, não. Ninguém encostou um dedo nele... Sim, sim senhor. Agora mesmo."

Pousou o aparelho, e acho que sua mão tremia um pouco. Seus olhos passearam pelo meu rosto e depois foram na direção de Green. "Tire essas algemas", disse, com voz inexpressiva.

Green pegou a chave e abriu minhas algemas. Esfreguei as mãos, aguardando a sensação de formigamento com a volta de circulação.

"Leve ele pra cadeia", disse Gregorius, lentamente. "Suspeita de homicídio. O promotor acaba de tirar o caso das nossas mãos. Beleza de sistema que a gente tem aqui."

Ninguém se mexeu. Green estava ao meu lado, respirando forte. Gregorius olhou para Dayton.

"E você, o que está esperando, pateta? Um sorvete, por acaso?"

Dayton quase se engasgou. "Não me deu nenhuma ordem, comandante."

"Me trate por 'senhor', que diabo! Sou 'comandante' para os sargentos e daí pra cima. Não pra você, menino. Não pra você. Cai fora."

"Sim, senhor." Dayton caminhou depressa para a porta e saiu. Gregorius ficou de pé, pesadamente, e foi até a janela, onde ficou parado, de costas para a sala.

"Vamos, vamos andando", disse Green, perto do meu ouvido.

"Tire ele daqui antes que eu lhe dê um chute na cara", disse Gregorius na direção da janela.

Green foi até a porta e a abriu. Eu já ia atravessá-la quando Gregorius exclamou: "Pare! Feche essa porta!"

Green fechou a porta e encostou-se nela.

"Venha cá, você!", me disse Gregorius, quase ladrando.

Não me mexi. Fiquei parado, olhando para ele. Green também não se mexeu. Houve uma pausa ameaçadora. Então Gregorius atravessou a sala bem devagar e me encarou frente a frente. Enfiou as mãos enormes nos bolsos. Balançou o corpo para frente e para trás.

"Ninguém encostou um dedo nele", disse, como que falando consigo mesmo. Seus olhos eram remotos, sem expressão. Sua boca se mexia convulsivamente.

Então ele cuspiu na minha cara.

Deu um passo para trás. "Isso é tudo. Obrigado."

Deu meia-volta e retornou para a janela. Green abriu a porta novamente.

Cruzei a porta tateando em busca do meu lenço.

8

A cela número 3 do pavilhão de pequenos delitos tinha um beliche duplo como o de um trem de passageiros, mas a cadeia não estava muito cheia, e fiquei com a cela só para mim. Naquele pavilhão você é bem tratado. Recebe dois lençóis, nem sujos nem limpos, e um colchão cheio de nós, com três dedos de espessura, sobre uma treliça de metal. Há uma privada com descarga, uma pia, papel higiênico e um sabonete arenoso e cinzento. O bloco de celas é limpo e não cheira a desinfetante.

Alguns presos são encarregados da limpeza. E não há escassez de presos.

Os guardas da cadeia examinam você, e têm olhos espertos. Se você não estiver bêbado ou for psicopata, e se não se comportar como um desses dois, tem o direito de continuar com seu cigarro e seus fósforos. Até a audiência preliminar, você fica com sua própria roupa. Depois dela, usa o uniforme de sarja da prisão, sem gravata, sem cinto, sem cadarços. Você senta no beliche e espera. Não tem nada mais a fazer.

Na cela dos bêbados não é tão bom assim. Não há beliche, nem cadeira, nem lençóis, nada. Você fica no chão de concreto. Senta na privada e vomita no próprio colo. Isso é o fundo do poço. Já vi acontecer.

Embora ainda fosse dia, a luz do teto estava acesa. Na porta de metal do bloco de celas havia um cesto de barras de ferro ao redor da portinhola. As luzes eram controladas pelo lado de fora. Eram apagadas às nove da noite. Ninguém aparecia à porta, ninguém dizia nada. Você podia estar no meio da leitura de uma frase no jornal ou na revista. Sem nenhum som, sem um clique, sem um aviso — escuridão. E ali você ficava até o amanhecer de um dia de verão, sem nada para fazer a não ser dormir, se pudesse, fumar, se tivesse o que fumar, e pensar, se você tivesse algo para pensar que não o fizesse sentir-se muito pior do que não pensando em coisa alguma.

Na cadeia um homem não tem personalidade. Ele é um pequeno problema de manutenção e umas poucas anotações nos registros. Ninguém quer saber quem o ama ou quem o odeia, qual é a aparência dele, o que foi que ele fez com sua vida. Ninguém reage à sua presença a não ser que ele crie algum problema. Ninguém o maltrata. Tudo que se pede a ele é que se dirija quietinho para sua cela e fique quietinho ali. Não há nada contra o que lutar, nada de que sentir raiva. Os carcereiros são uns sujeitos calmos, sem animosidade ou sadismo. Todas as histórias que você já leu sobre gente urrando e gritando, batendo nas barras de ferro, passando colheres ao longo delas, guardas correndo de cassetete em punho — tudo isso fica na cadeia principal. Uma cadeia pequena é um dos lugares mais quietos que existem no mundo. Você pode caminhar ao longo de um típico corredor de celas à noite e não ver nada através das barras a não ser um corpo envolto num lençol marrom, ou um tufo de cabelo, ou um par de olhos abertos para o nada. Você pode ouvir alguém roncar. De vez em quando pode ouvir alguém tendo um pesadelo. A vida na cadeia é uma vida em suspenso, sem propósito e sem sentido. Em outra cela você pode ver um homem que não consegue dormir ou mesmo tentar dormir. Ele está sentado na beira do beliche, sem fazer nada. Ele olha para você ou não olha. Você olha para ele. Ele não diz nada e você não diz nada. Não há nada a ser comunicado.

Na extremidade do bloco de celas pode haver outra porta de metal que conduz à sala de identificação. Uma das suas paredes é coberta por uma malha de arame pintada de preto. Na parede do fundo, há linhas verticais formando uma régua indicadora de altura. No alto, luzes muito fortes. Geralmente você é levado para lá de manhã cedinho, antes de o capitão responsável pelo período noturno largar o serviço. Você fica parado junto às linhas que medem a altura, as luzes são acesas e não há luzes por trás da malha de arame. Mas há uma porção de gente ali: policiais, detetives, cidadãos que foram roubados ou assaltados ou que foram vítimas de um golpe ou tiveram seus carros roubados à mão armada ou que caíram num conto do vigário e perderam todas as suas economias. Você não enxerga nem ouve nenhum deles. Ouve apenas a voz do capitão do turno da noite. A voz lhe chega com força e com clareza. Ele manda você executar manobras como se você fosse um cão amestrado. Ele é cansado e cínico e competente. Ele é o mestre de cerimônias da peça que está em cartaz há mais tempo na História, mas não tem mais interesse por ela.

"Muito bem, você. Fique parado. Barriga pra dentro. Queixo pra dentro. Os ombros pra trás. Cabeça nivelada. Olhando pra frente. Vire à esquerda. Vire à direita. De frente outra vez, e estenda as mãos. As palmas pra cima. As palmas pra baixo. Arregace as mangas. Nenhuma cicatriz visível. Cabelo castanho-escuro, um pouco de cabelo grisalho. Olhos castanhos. Altura, um metro e oitenta e cinco. Peso, cerca de oitenta e cinco. Nome,

Philip Marlowe. Ocupação, detetive particular. Muito bem, bom te ver, Marlowe. Isso é tudo. O próximo."

Obrigado, capitão. Muito agradecido pela sua atenção. Esqueceu de me mandar abrir a boca. Eu tenho algumas boas restaurações e uma coroa de porcelana de primeira qualidade. Daquelas coroas de porcelana de oitenta e sete dólares. Esqueceu também de olhar dentro do meu nariz, capitão. Uma porção de cicatrizes lá dentro. Cirurgia de desvio do septo, e o sujeito era um açougueiro. Duas horas de operação, naquele tempo. Ouvi dizer que hoje em dia se faz em vinte minutos. Ganhei isso jogando futebol, capitão, um pequeno erro de cálculo na hora de bloquear um chute. Acabei bloqueando o pé do sujeito — depois que ele acertou a bola. Uma penalidade de quinze jardas, e é mais ou menos essa a extensão da fita de gaze ensanguentada que tiraram do meu nariz, polegada por polegada, depois da operação. Não estou me gabando, capitão. Só dizendo. São as coisas pequenas que realmente contam.

No terceiro dia um guarda destrancou minha cela no meio da manhã.

"Seu advogado está aqui. Apague o cigarro. Não no chão."

Joguei a ponta do cigarro na privada. Ele me levou para a sala de visitas. Um homem alto, pálido, de cabelo escuro, estava parado, olhando pela janela. Sobre a mesa via-se uma pasta de couro marrom, bem volumosa. Ele se virou. Esperou a porta se fechar. Então, sentou-se no local onde a pasta de couro estava, no lado oposto de uma mesa de carvalho cheia de cicatrizes que havia sido retirada da Arca. Noé a tinha comprado de segunda mão. O advogado abriu uma cigarreira de prata trabalhada, colocou-a diante de si e me olhou de cima a baixo.

"Pode sentar, Marlowe. Quer um cigarro? Meu nome é Endicott. Sewell Endicott. Recebi instruções para representá-lo sem custos ou despesas de sua parte. Acho que você gostaria de sair daqui, não é?"

Sentei e peguei um cigarro. Ele estendeu o isqueiro aceso.

"Prazer em revê-lo, sr. Endicott. Já nos encontramos... quando o senhor era promotor."

Ele assentiu. "Não me lembro, mas é bem possível." Deu um sorriso leve. "Aquele cargo não tinha muito o meu perfil. Acho que não sou tigre o bastante."

"Quem o mandou?"

"Não estou autorizado a dizer. Se me aceitar como seu advogado, meus honorários serão pagos."

"Acho que isso significa que ele foi apanhado."

Ele ficou apenas me olhando. Dei uma baforada no cigarro. Era um daqueles cigarros que vêm com filtros. Tinha gosto de neblina aspirada através de um algodão.

"Se está se referindo a Lennox", disse ele, "e evidentemente é o caso, então, não — eles não o pegaram".

"Por que o mistério, sr. Endicott? A respeito de quem o mandou."

"Meu contratante deseja permanecer anônimo. É um privilégio do meu contratante. Você me aceita?"

"Não sei", disse eu. "Se eles não pegaram Terry, por que estão me segurando aqui? Ninguém me perguntou nada, ninguém chegou perto de mim."

Ele franziu a testa e baixou os olhos para os seus dedos longos, brancos, delicados. "O promotor, sr. Springer, se encarregou pessoalmente desse caso. Talvez ele esteja muito ocupado e ainda não pôde vir interrogá-lo. Mas você tem direito à denúncia e a uma audiência preliminar. Posso tirá-lo daqui com um habeas corpus. Você provavelmente conhece a lei."

"Estou preso como suspeito de homicídio."

Ele encolheu os ombros, impaciente. "Isso é apenas uma fórmula. Você poderia ter sido detido por uma infração de trânsito ao ir para Pittsburgh, ou por doze motivos diferentes. O que eles provavelmente têm em mente é cumplicidade após o fato. Você levou Lennox para algum lugar, não é mesmo?"

Não respondi. Joguei no chão aquele cigarro sem gosto e pisei nele. Endicott voltou a dar de ombros e a franzir a testa.

"Vamos presumir que o fez, em benefício da argumentação. Para considerá-lo cúmplice, eles têm que provar que houve intenção. No caso, isso quer dizer a consciência de que um crime havia sido cometido, e de que Lennox era um fugitivo. Em qualquer um dos casos, é afiançável. Claro que o que você é na verdade é uma testemunha material. Mas um homem não pode ser mantido na prisão por ser uma testemunha material, pelas leis desse estado, a não ser por uma ordem do tribunal. Ele não é uma testemunha material enquanto um juiz não o declarar assim. Mas o pessoal da polícia sempre dá um jeito de fazer as coisas do jeito que quer."

"Sim", disse eu. "Um detetive chamado Dayton me espancou. Um capitão da Homicídios chamado Gregorius jogou um copo de café em mim, me deu no pescoço um golpe capaz de estourar uma artéria — veja, ainda está inchado. E quando um telefonema do comissário de polícia Allbright o impediu de me entregar à turma da pesada na prisão, ele cuspiu na minha cara. O senhor tem razão, sr. Endicott. O pessoal da polícia sempre faz as coisas do jeito que gosta."

Ele olhou o relógio de pulso de uma maneira bem evidente. "Quer pagar a fiança e sair daqui ou não?"

"Obrigado. Acho que não estou interessado. Um sujeito que pagou fiança para ser liberado é um sujeito meio culpado, aos olhos do público. E, se consegue ser absolvido depois, é porque teve um advogado esperto."

"Isso é bobagem", disse ele, impaciente.

"OK, é bobagem. Eu sou um bobo. Se não fosse, não estaria aqui. Caso o senhor esteja em contato com Lennox, diga a ele que pare de se preocupar comigo. Não estou aqui por causa dele. Estou por minha causa. Não tenho queixas. Faz parte do meu trabalho. Estou numa profissão em que a pessoa me procura porque tem problemas. Problemas grandes, problemas pequenos, mas sempre são problemas que eles querem manter longe da polícia. Acha que continuariam me procurando, se qualquer brutamontes com um distintivo fosse capaz de me pendurar de cabeça para baixo e me obrigar a falar?"

"Entendo seu ponto de vista", disse ele, devagar. "Mas deixe-me corrigi-lo num detalhe. Eu não estou em contato com Lennox. Mal o conheço. Trabalho para a Corte de Justiça, como todos os advogados. Se eu soubesse onde Lennox está, eu não poderia ocultar essa informação ao promotor. O máximo que eu conseguiria seria negociar para que ele se entregasse num lugar e num horário combinados, depois que eu conversasse com ele."

"Ninguém, senão ele, se daria ao trabalho de mandá-lo aqui para me ajudar."

"Está me chamando de mentiroso?" Ele esticou o braço para apagar o cigarro, esfregando-o na face de baixo da mesa.

"Acho que me lembro de que o senhor nasceu na Virginia, sr. Endicott. Aqui nesse país nós temos uma espécie de fixação histórica nos virginianos. Pensamos neles como a flor da cavalaria e da honra sulista."

Ele sorriu. "Muito bem dito, e eu bem gostaria que fosse verdade. Mas estamos perdendo tempo. Se o senhor tivesse um mínimo de juízo teria dito à polícia que não via Lennox fazia uma semana. Não precisava ser verdade. Sempre poderia contar a verdade depois, sob juramento. Não há nenhuma lei proibindo mentir para a polícia. Eles contam com as mentiras. Ficam mais satisfeitos quando ouvem uma mentira do que quando alguém simplesmente se recusa a cooperar. Isso, sim, é visto como um desafio direto à sua autoridade. O que espera ganhar agindo assim?"

Não respondi. Eu não tinha resposta. Ele ficou de pé e apanhou o chapéu, enquanto fechava a cigarreira com um estalido e a guardava no bolso.

"Você tinha que fazer uma bela duma cena", disse ele, friamente. "Apelar para os seus direitos, ficar do lado da lei. Até que ponto um homem pode ser esperto, Marlowe? Um homem como você deve ser capaz de se virar. A lei não é a justiça. É um mecanismo muito imperfeito. Se você apertar os botões certos e tiver um pouco de sorte, talvez a justiça apareça. Um mecanismo: é isso que a lei foi criada para ser. Acho que você não está em condições de ser ajudado. Então, vou me retirar. Pode entrar em contato comigo se mudar de ideia."

"Vou me segurar por mais um ou dois dias. Se eles apanharem Terry, não vão mais se preocupar em saber como ele fugiu. Vão se preocupar apenas com o grande circo que poderão armar em torno do julgamento. O assassinato da filha do sr. Harlan Potter é material para manchetes no país inteiro. Um sujeito como Springer, que só age para agradar o público, pode chegar a procurador-geral com os dividendos desse show, e daí para a cadeira de governador, e dali—" Calei-me e deixei o restante meio que flutuando no ar.

Endicott deu um sorrisinho desdenhoso. "Não acho que o senhor saiba muita coisa a respeito do sr. Harlan Potter", disse.

"E se Lennox não for apanhado, eles nem vão querer saber como foi que ele fugiu, sr. Endicott. Tudo o que vão querer é esquecer a história toda, e bem depressa."

"Você já imaginou todo o cenário, não é, Marlowe?"

"Tive tempo de sobra. E tudo que sei sobre o sr. Harlan Potter é que ele é dono de cem milhões de dólares e de nove em cada dez jornais. Como está sendo a publicidade?"

"A publicidade?" A voz dele ficou gelada ao dizer isso.

"Isso mesmo. Não veio ninguém da imprensa me visitar. Eu pensava que ia fazer o maior sucesso através dos jornais. Conseguir um monte de clientes. Detetive particular vai para a cadeia, mas não denuncia parceiro."

Ele andou até a porta e se virou quando colocou a mão na maçaneta. "Você é um cara divertido, Marlowe. Em algumas coisas parece uma criança. Sim, cem milhões podem comprar muita publicidade. E também podem, amigão, sendo bem empregados, comprar um belo de um silêncio."

Abriu a porta e saiu. Então veio um guarda e me levou de volta para a cela número 3 da cadeia.

"Acho que não vai demorar muito aqui conosco, se lhe mandaram Endicott", disse ele com simpatia ao me trancar. Eu disse que tomara que ele tivesse razão.

9

O guarda do primeiro turno da noite era um sujeito louro, enorme, com ombros maciços e um sorriso amistoso. Um sujeito de meia-idade, que já tinha sobrevivido tanto à piedade quanto à fúria. Tudo o que ele queria era passar oito horas tranquilas, e agia como se tudo fosse a coisa mais simples do mundo. Foi ele quem destrancou a porta.

"Visita pra você. Do escritório do promotor. Não dormiu, hein?"

"Está um pouco cedo para mim. Que horas são?"

"Dez e catorze." Ele parou no umbral e correu os olhos pela cela. Um lençol estava desdobrado em cima do beliche inferior, outro estava servindo de travesseiro. Havia algumas toalhas de papel amassadas no cesto de lixo e um rolo de papel higiênico na beirada da pia. Ele fez um sinal de aprovação. "Algum objeto pessoal?"

"Só eu mesmo."

Ele deixou a porta da cela aberta. Caminhamos ao longo de um corredor silencioso até o elevador, e descemos até o andar da sala de visitas. Um homem gordo num terno cinzento estava junto à mesa, fumando um cachimbo *corncob*. Tinha sujeira embaixo das unhas e cheirava mal.

"Sou Spranklin, do escritório do promotor", disse ele com voz áspera. "Sr. Grenz quer vê-lo lá em cima." Ele retirou um par de algemas que trazia no cinto. "Vamos ver se o tamanho está correto."

O guarda das celas e o supervisor de visitas acharam graça, parecendo divertir-se muito com aquilo. "O que foi que houve, Sprank? Está com medo de ser atacado no elevador?"

"Não quero problema", resmungou ele. "Um cara fugiu de mim uma vez. Comeram o meu rabo por causa disso. Vamos lá, garoto."

O supervisor estendeu-lhe um formulário que ele assinou fazendo um floreio. "Eu nunca corro um risco desnecessário", disse. "Numa cidade como essa, ninguém sabe ao certo com quem está lidando."

Uma patrulha trouxe para dentro um bêbado com a orelha sangrando. Caminhamos para o elevador. "Você está com problemas, garoto", disse Spranklin depois que entramos no elevador. "Um problema grande danado." Aquilo parecia lhe dar uma vaga satisfação. "Um sujeito pode se meter com muitos problemas numa cidade como essa."

O ascensorista virou a cabeça e piscou o olho para mim. Eu sorri.

"Não tente nada, garoto", disse Spranklin com severidade. "Já atirei num cara uma vez. Tentou fugir. Comeram o meu rabo por causa disso."

"Você não tira isso da cabeça, não é mesmo?"

Ele ficou pensativo um pouco. "É", disse. "Mas seja como for eles dão um jeito de comer o seu rabo. Essa cidade é foda. Não respeita nada."

Saímos do elevador e cruzamos a porta dupla do escritório do promotor. A sala de telefone estava deserta, os cabos todos plugados pelo resto da noite. Ninguém nos bancos de espera. Luzes acesas em uma ou duas salas. Spranklin abriu a porta de uma pequena sala iluminada que continha uma escrivaninha, um arquivo, uma ou duas cadeiras de madeira, e um sujeito musculoso com queixo duro e olhos estúpidos. Tinha o rosto vermelho e estava acabando de colocar algo dentro da gaveta da escrivaninha.

"Podia bater antes", ladrou ele na direção de Spranklin.

"Desculpe, sr. Grenz", gaguejou Spranklin. "Estava de olho no prisioneiro."

Ele me empurrou para dentro da sala. "Tiro as algemas dele, sr. Grenz?"

"Eu não sei pra que merda você as botou", disse Grenz com azedume. Ficou olhando Spranklin liberar as algemas dos meus pulsos. Ele tinha um molho de chaves do tamanho de uma laranja, e teve dificuldade em achar a chave certa.

"OK, se manda", disse Grenz. "Espere aí fora pra levar ele de volta."

"Eu acho que meu turno já acabou, sr. Grenz."

"Seu turno só acaba quando eu disser que acabou."

Spranklin enrubesceu e esgueirou sua bunda enorme através da porta. Grenz olhou furioso na sua direção, e depois que a porta se fechou voltou o mesmo olhar contra mim. Puxei uma cadeira e sentei nela.

"Não mandei sentar", latiu Grenz.

Peguei um cigarro que estava solto no meu bolso e o enfiei nos lábios. "E também não dei licença para fumar", rugiu Grenz.

"Eu tenho licença para fumar na cela. Por que não poderia aqui?"

"Porque aqui é o meu escritório. Eu dito as regras aqui." Havia um odor acre de uísque flutuando por cima da escrivaninha.

"Tome uma dosezinha", disse eu. "Vai ficar mais calmo. A gente chegou e acabou interrompendo."

Ele jogou as costas com força contra o encosto da cadeira. Seu rosto ficou vermelho-escuro. Eu risquei um fósforo e acendi o cigarro.

Depois de um longo minuto Grenz disse, suavemente: "OK, valentão. Acha que é muito macho, não é? Quer saber de uma coisa? Aqui entra gente de todo tamanho e de todo formato. Mas quando vão embora, o tamanho é um só — pequeno. E o formato é o mesmo — curvado."

"Quer conversar o que comigo, sr. Grenz? E não se importe comigo se precisar atacar aquela garrafa. Eu sou um cara que toma uns goles de vez em quando, quando estou cansado, nervoso e com excesso de trabalho."

"Você não parece muito preocupado com a confusão em que se meteu."

"Eu não sabia que tinha me metido numa confusão."

"Vamos chegar lá. Enquanto isso, quero uma declaração sua, detalhada."

Ele apontou para um gravador instalado junto à escrivaninha. "Gravamos agora e amanhã temos tudo transcrito. Se o chefe ficar satisfeito com o seu depoimento, pode liberar você, desde que se comprometa a não deixar a cidade. Vamos lá." Ele ligou o gravador. Sua voz era fria, precisa, e no tom exato de uma ameaça. Mas sua mão direita continuava indo por perto da gaveta. Ele era ainda muito jovem para ter aquelas veias roxas no nariz, mas já as tinha, e o branco de seus olhos não estava com uma cor muito boa.

"Eu fico tão cansado disso", disse eu.

"Cansado de quê?", perguntou ele.

"Homenzinhos duros em escritoriozinhos duros dizendo palavrinhas duras que não significam porra nenhuma. Estou na cadeia há cinquenta e seis horas. Ninguém me bateu, ninguém veio se fazer de valente pra cima de mim. Não foi preciso. Eu estava ali à disposição, pra quando precisassem. E por que eu estava lá? Fui detido por uma mera suspeita. Que merda de sistema legal é esse onde um homem pode ser jogado na cadeia somente porque um tira não obteve resposta para uma pergunta? Que provas ele tinha contra mim? Um número de telefone rabiscado num bloco. E o que ele esperava provar me detendo? Nada, a não ser que tinha poder pra agir assim. E agora lá vem você no mesmo tom — tentando me impressionar com o poder que é capaz de produzir de dentro dessa caixa de charutos que chama de escritório. E aí manda essa sua babá medrosa me buscar na cela, tarde da noite. Acha que só porque passei cinquenta e seis horas numa cela meu cérebro virou papa de aveia? Acha que vou chorar no seu colo e pedir que alise minha cabeça porque estou me sentindo muito só naquela cela tão grande? Que é isso, Grenz. Pegue aí a garrafa e vire um ser humano. Estou pronto para achar que você está somente fazendo sua obrigação. Mas tire essa soqueira dos dedos antes de começar. Se você é grande não precisa dela, e se precisa dela não é grande o bastante para me jogar na parede."

Ele ficou ali, ouvindo e me olhando. Depois deu um sorriso azedo. "Belo discurso", disse. "Agora que descarregou sua bile, vamos ver a sua declaração. Quer responder a perguntas específicas ou prefere falar à vontade?"

"Eu estava falando por falar", disse eu. "Somente para ouvir o som da minha voz. Não estou fazendo nenhuma declaração. Você é advogado e sabe que nada me obriga."

"Tem razão", disse ele com frieza. "Eu conheço a lei. Eu conheço o trabalho da polícia. Estou lhe oferecendo uma chance de sair limpo dessa. Se não quiser aceitar, está OK quanto a mim.

Posso convocar você amanhã às dez da manhã e fazer uma audiência preliminar. Você pode ser solto sob fiança, mas saiba que trabalharei contra. E se conseguir, vai ser pesada. Vai lhe custar muita grana. Isso é apenas uma das coisas que podemos fazer."

Havia um papel sobre a mesa. Ele o pegou, leu o que estava escrito e emborcou o papel.

"Qual é a acusação?", perguntei.

"Seção 32. Cumplicidade após o fato. É um delito. Pode lhe render até cinco anos em San Quentin."

"É melhor pegarem Lennox primeiro", disse eu, cuidadosamente. Grenz tinha uma carta na manga, percebi pela sua atitude. Eu não podia saber até que ponto, mas tive certeza de que ele sabia de algo.

Ele se recostou na cadeira, pegou uma caneta e começou a girá-la devagar entre as palmas das mãos. Depois sorriu. Estava gostando.

"Lennox é um cara difícil de esconder, Marlowe. Com a maioria das pessoas a gente precisa de uma foto, e que seja uma boa foto. É diferente com um cara que tem um lado do rosto coberto de cicatrizes. Sem falar que tem o cabelo todo branco, com menos de trinta e cinco anos. Temos quatro testemunhas, talvez mais.

"Testemunhas de quê?" Eu estava com um gosto amargo na boca, como a bile que tinha experimentado quando o capitão Gregorius me espancou. Isso me lembrou que meu pescoço ainda doía e estava inchado. Eu o esfreguei, com cuidado.

"Não se faça de bobo, Marlowe. Um juiz da corte superior de San Diego e sua esposa estavam por acaso se despedindo do filho e da nora deles, que embarcaram naquele avião. Todos os quatro viram Lennox, e a esposa do juiz viu o carro que o levou até lá, e viu quem estava com ele. Você não tem chance."

"Que beleza", disse eu. "Como localizou esse pessoal?"

"Um boletim especial pelo rádio e pela TV. Uma descrição completa dele, e mais nada. O juiz telefonou."

"Parece bom", disse eu, num tom apreciativo. "Mas vai precisar de mais do que isso, Grenz. Vai ter que apanhá-lo, e provar que ele cometeu um homicídio. E depois vai ter que provar que eu sabia."

Ele deu num piparote com o dedo no telegrama que estava segurando. "Acho que vou tomar aquela dose", disse. "Tenho feito muito serão ultimamente." Abriu a gaveta e pôs em cima da mesa a garrafa e um copo pequeno. Encheu-o até a borda e o virou de um trago só. "Melhor", disse. "Muito melhor. É pena que não posso oferecer uma dose enquanto você está detido." Ele arrolhou a garrafa e a empurrou para o lado, mas ainda ao alcance da mão. "Oh, sim, vamos ter que provar alguma coisa, como você disse. Bem, talvez a gente já tenha conseguido uma confissão, meu camarada. Que azar, hein?"

Um dedo pequenino mas muito frio começou a se mover ao longo da minha espinha, como um inseto gelado se arrastando.

"Então por que precisam de uma declaração minha?"

Ele sorriu. "Gostamos das coisas bem organizadas. Lennox vai ser trazido e processado. Precisamos de tudo o que for possível reunir. Não é tanto uma questão do que queremos de você, mas do quanto podemos fazer vista grossa a seu respeito, se cooperar conosco."

Fiquei olhando enquanto ele remexia nos papéis, mexia-se na cadeira, olhava para a garrafa e precisava de toda a sua força de vontade para não agarrá-la de novo. "Talvez você precise de um roteiro completo", disse ele de repente, com um olhar maroto. "Bem, espertinho, lá vai, só pra mostrar que não estou brincando."

Eu me inclinei na direção da mesa e ele pensou que eu queria pegar a garrafa. Agarrou-a num gesto brusco e a guardou na gaveta. Tudo o que eu queria era colocar o resto do cigarro no cinzeiro. Recostei-me, acendi outro. Ele falou com rapidez.

"Lennox desceu do avião em Mazatlán, um ponto de conexão numa cidade com trinta e cinco mil habitantes. Desapareceu por duas ou três horas. Então, um homem alto com cabelo negro e pele escura e o que parecia ser uma porção de cicatrizes de faca no rosto embarcou no avião rumo a Torreón, sob o nome de Silvano Rodriguez. Falava um bom espanhol, mas não o bastante para alguém com um nome como aquele. Era alto demais para um mexicano com uma pele daquela cor. O piloto deu um alarme a respeito dele. A polícia demorou a aparecer em Torreón. A polícia mexicana não é propriamente um foguete. O que sabe fazer melhor é atirar em gente. Quando chegaram ao aeroporto, o sujeito tinha fretado um avião pequeno e já estava rumo a uma cidadezinha nas montanhas, chamada Otatoclán, um lugar para férias de verão, à beira de um lago. O piloto do voo fretado tinha treinado no Texas para piloto de combate. Falava bom inglês. Lennox fingiu não entender o que ele dizia.

"Se é que *era* Lennox", sugeri.

"Espere aí, meu camarada. Era Lennox sim, com certeza. OK, ele desembarcou em Otatoclán e fez check-in num hotel de lá, dessa vez sob o nome de Mario de Cerva. Tinha uma arma, uma Mauser 7.65, o que no México não quer dizer muita coisa, é claro. Mas o piloto do avião achou que alguma coisa não cheirava bem naquele sujeito, e conversou com as autoridades locais. Eles puseram Lennox sob vigilância. Checaram as informações com a Cidade do México e fecharam o cerco sobre ele."

Grenz ergueu uma régua à altura dos olhos e fez de conta que fazia mira com ela, um gesto sem sentido apenas para não precisar olhar para mim.

Eu disse: "Uh-hum. Um rapaz esperto, esse seu piloto, e trata bem os clientes. Essa sua história não cheira bem."

Ele ergueu os olhos para mim, de repente. "O que nós queremos", disse, secamente, "é um processo rápido, e que ele alegue homicídio em segundo grau, que nós vamos aceitar. Existem alguns aspectos que é preferível não mexer. Afinal de contas, a família é poderosa".

"Ou seja, Harlan Potter."

Ele assentiu, com brevidade. "Na minha opinião, toda essa história é um pouco escorregadia. Springer pode fazer a festa com algo assim. Tem de tudo. Sexo, escândalo, dinheiro, uma esposa bela e infiel, um marido que é um herói com ferimentos de guerra — imagino que foi lá que ele ganhou as cicatrizes —, que diabo, isso renderia manchetes por semanas a fio. Cada pasquim desse país iria cair de boca. Portanto, vamos agilizar as coisas e encerrar com rapidez." Ele deu de ombros. "OK, se é isso que o chefe deseja, ele é quem sabe. E então, vou ter a sua declaração?" Ele se virou para o gravador, que durante todo aquele tempo estava ronronando, suave, com a luz acesa na frente.

"Desligue isso", disse eu.

Ele girou o corpo para me encarar e me deu um olhar ameaçador. "Está gostando da cela?"

"Não chega a ser das piores. A gente não encontra boas companhias, mas quem precisa delas? Seja razoável, Grenz. Você está querendo me transformar num dedo-duro. Talvez eu seja um cara teimoso, ou mesmo sentimental, mas também sou um homem prático. Digamos que um belo dia você precisasse contratar um detetive particular — sim, sim, sei que você detesta considerar essa ideia —, mas digamos que você estivesse numa situação em que sua única saída fosse essa. Você contrataria um detetive que dedurou um amigo?"

Ele me fitou com ódio.

"Mais uma ou duas coisas. Não lhe ocorreu que as táticas de disfarce de Lennox foram transparentes demais? Se ele queria ser preso, não precisava ter tanto trabalho. Se não queria, ele tem juízo bastante para não querer se disfarçar de mexicano em pleno México."

"E isso quer dizer o quê?" Grenz agora estava quase rosnando.

"Quer dizer que é bem possível que você esteja me vendendo uma invenção sua, e que nunca existiu nenhum Rodriguez com cabelo tingido e nenhum Mario de Cerva em Otatoclán, e que você tem tanta ideia sobre o paradeiro atual de Lennox quanto sobre o local onde o pirata Barba Negra enterrou seu tesouro."

Ele pegou a garrafa de novo. Serviu-se de outra dose e a entornou com presteza, como da outra vez. Foi relaxando, devagar. Girou o corpo na cadeira e desligou o gravador.

"Eu bem que gostaria de ter lhe dado um corretivo", disse, com uma voz rascante. "Você é o tipo do cara esperto que eu gosto de amaciar. Esse seu vacilo vai ficar pendurado sobre a sua cabeça por muito tempo. Você vai andar com ele e comer com ele e dormir com ele. E na próxima vez que andar fora da linha vai morrer por causa dele. Mas por enquanto eu vou fazer uma coisa que só me dá vontade de vomitar."

Estendeu a mão e puxou para perto de si o papel emborcado, virou-o para cima e assinou. A gente sempre percebe quando um homem está escrevendo o próprio nome; ele faz um movimento diferente com a mão. Depois, ficou de pé, rodeou a mesa, escancarou a porta do cubículo e berrou o nome de Spranklin.

O gordinho surgiu logo, cheirando a suor. Grenz entregou-lhe a folha de papel.

"Assinei sua ordem de soltura", disse para mim. "Sou um servidor público e às vezes o dever me impõe coisas desagradáveis. Se importa de saber por que assinei?"

Fiquei de pé. "Se quiser me dizer..."

"O caso Lennox está encerrado, cavalheiro. Não existe mais caso Lennox. Ele escreveu uma confissão completa hoje à tarde no seu quarto de hotel e se matou. Em Otatoclán, do jeito que te contei."

Fiquei ali parado, olhando para um vazio. Pelo canto do olho vi Grenz recuar um passo, lentamente, como se achasse que eu fosse acertá-lo. Minha expressão, por alguns instantes, não deve ter sido muito agradável. No momento seguinte ele estava de novo por trás da mesa, e Spranklin me pegava pelo braço.

"Vamos lá, ande", disse ele, com uma voz esganiçada. "Um cara precisa voltar cedo pra casa de vez em quando."

Acompanhei-o e fechei a porta ao sair. Fechei-a com delicadeza, como se fosse a porta de um quarto onde alguém tivesse acabado de morrer.

10

Peguei a cópia em carbono do registro dos meus objetos pessoais, virei-o e assinei o recebimento no verso. Coloquei as coisas de volta nos bolsos. Havia um homem arriado sobre a extremidade do balcão e quando dei a volta para sair ele se endireitou e falou comigo. Teria cerca de um metro e noventa, e era magro como um arame.

"Precisa de carona?"

Naquela luz mortiça ele parecia um jovem envelhecido, do tipo cínico e cansado, mas não tinha ar de vigarista. "Quanto custa?"

"É grátis. Sou Lonnie Morgan do *Journal.* Estou encerrando o dia."

"Ah, repórter de polícia."

"Só por essa semana. Em geral cubro a prefeitura."

Saímos do prédio e fomos para o carro dele no estacionamento. Olhei para o céu. Dava para ver algumas estrelas, mas o brilho das luzes era forte demais. Era uma noite fresca e agradável. Respirei com gosto. Depois entramos no carro e ele deu a partida.

"Moro perto de Laurel Canyon", falei. "Pode me deixar em qualquer lugar."

"Eles trazem o sujeito pra cá", disse ele, "mas ninguém quer saber como ele volta pra casa. Esse caso me interessa, de uma maneira um tanto repulsiva".

"Ao que parece, não há nenhum caso", disse eu. "Terry Lennox se suicidou hoje à tarde. É o que eles dizem. O que eles dizem."

"Muito conveniente", disse Lonnie Morgan, olhando para a frente, através do para-brisa. O carro deslizava mansamente pelas ruas desertas. "Isso ajuda eles a construir o muro."

"Que muro?"

"Alguém está construindo um muro em volta do caso Lennox, Marlowe. Você é bastante esperto pra perceber isso, não? O assunto não está tendo a cobertura que seria de se esperar. O promotor viajou hoje para Washington. Participar de uma convenção. Deixou pra trás o melhor naco de publicidade que poderia ter em muitos anos. Por quê?"

"Não adianta perguntar a mim. Eu estava no freezer."

"Porque alguém o convenceu de que valeria a pena, foi por isso. Não estou falando de nada grosseiro como um maço de notas. Alguém prometeu a ele alguma coisa que ele considera importante e só existe uma pessoa ligada ao caso com poder para isso. O pai da garota."

Eu recostei minha cabeça num canto do carro. "Parece meio improvável", falei. "E quanto à imprensa? Harlan Potter é dono de alguns jornais, mas e a concorrência?"

Ele me relanceou um olhar divertido e voltou a se concentrar na direção. "Já foi jornalista?"

"Não."

"Quem publica e possui jornais são homens ricos. Os ricos pertencem todos ao mesmo clube. Claro, existe competição — uma competição dura e violenta por circulação, por coberturas exclusivas, por furos de reportagem. Mas somente na medida em que isso não prejudique o prestígio, os privilégios e a posição social dos proprietários. Se houver esse risco, a tampa se fecha. E a tampa do caso Lennox, meu amigo, acaba de ser fechada. O caso Lennox, se fosse trabalhado corretamente, iria vender uma quantidade absurda de jornais. É uma história que tem de tudo. O julgamento iria trazer repórteres especializados do país inteiro. Mas não vai haver julgamento algum. Porque Lennox saiu do jogo antes de chegar a esse ponto. Como eu disse, uma coisa muito conveniente para Harlan Potter e sua família."

Eu me endireitei e lhe dei um olhar duro.

"Está dizendo que essa história toda é uma armação?"

Ele torceu a boca de modo sardônico. "Quem sabe se o pobre Lennox recebeu um pouco de ajuda para o suicídio. Talvez tenha resistido um pouquinho à prisão. A polícia do México tem coceira no dedo que aperta o gatilho. Se você estiver a fim de fazer uma aposta, aposte que ninguém contou os buracos de bala."

"Acho que você está errado", falei. "Conheci Terry Lennox bastante bem. Ele já jogou a toalha há muito tempo. Se eles o trouxessem com vida, ele deixaria. Teria se conformado com uma acusação de homicídio simples."

Lonnie Morgan abanou a cabeça, discordando. Eu sabia o que ele ia dizer, e ele o disse. "Sem chance. Só se ele tivesse atirado nela, ou dado uma pancada em sua cabeça. Aí, sim, é possível. Mas houve brutalidade excessiva. O rosto dela foi reduzido a polpa. Homicídio em segundo grau seria o melhor que ele poderia conseguir, e mesmo isso iria dar o que falar."

Eu disse: "Talvez você tenha razão."

Ele me olhou de novo. "Você disse que conhecia o cara. Acha que foi uma armação?"

"Estou cansado. Não estou muito bem pra pensar agora à noite."

Houve uma longa pausa. Então Lonnie Morgan disse, calmamente: "Se eu fosse um cara inteligente de fato, em vez de um repórter pé de boi, eu pensaria que talvez ele não a tivesse assassinado, afinal."

"É uma ideia."

Ele enfiou um cigarro na boca e acendeu um fósforo riscando-o no painel. Fumou em silêncio com a testa do rosto magro franzida o tempo todo. Chegamos a Laurel Canyon e eu lhe indiquei onde virar a esquina no bulevar e como chegar à minha rua. O carro dele roncou para subir a ladeira e parou diante da minha escada de madeira.

Desci do carro. "Obrigado pela carona, Morgan. Aceita um drinque?"

"Aceitarei na próxima vez. Acho que você prefere ficar sozinho."

"Tenho tempo bastante para ficar sozinho. Tempo demais até."

"Você tem um amigo de quem se despedir", disse ele. "Deve ter sido um amigo, se você topou ficar em cana esse tempo todo por causa dele."

"Quem disse que eu falei isso?"

Ele deu um sorriso, de leve. "Só porque não posso publicar não significa que eu não saiba, meu camarada. Tchau. Nos vemos por aí."

Bati a porta do carro e ele fez a manobra e desceu a ladeira. Quando as luzes traseiras sumiram na esquina eu subi os degraus, apanhei os jornais e entrei em casa. Acendi todas as luzes e escancarei todas as janelas. O lugar estava abafado.

Fiz um pouco de café, bebi, e recolhi as cinco notas de cem deixadas na lata de café. Estavam enroladas, bem apertadas, enfiadas na parte lateral, por dentro do pó. Andei de um lado para outro com a xícara na mão, liguei a TV, desliguei, sentei, fiquei de pé, sentei de novo. Passei os olhos pelos jornais que tinham sido empilhados diante da minha porta. O caso Lennox começava grande, mas nos jornais daquela manhã já tinha passado para um caderno interno.

Havia uma foto de Sylvia, mas nenhuma de Terry. Havia uma pequena foto minha que eu nunca tinha visto. "Detetive particular de L.A. detido para interrogatório." Uma grande foto da casa dos Lennox em Encino. Era uma casa em estilo pseudoinglês com uma porção de tetos pontudos, e não devia sair por menos de cem mangos lavar aquelas janelas. Erguia-se numa colina num terreno de cerca de um hectare, o que é uma boa quantidade de terreno na região de Los Angeles. Havia também uma foto da casa de hóspedes, que era uma miniatura da casa principal. Era cercada de árvores. Ambas as fotos tinham, visivelmente, sido tiradas de uma certa distância, e depois ampliadas e cortadas. Não havia fotos do que o jornal chamava "o quarto da morte".

Eu já tinha visto aquilo antes, na cadeia, mas agora li e observei tudo com olhos diferentes. A única coisa que captei foi que uma garota rica e bonita tinha sido assassinada e que a imprensa tinha sido mantida completamente a distância. Portanto, a pressão tinha começado a acontecer desde o princípio. Os editores das páginas criminais deviam ter rangido os dentes, e rangido em vão. Fazia sentido. Se Terry ligou para o sogro em Pasadena na mesma noite em que ela foi morta, haveria uma dúzia de guardas em volta da casa antes mesmo de a polícia ser notificada.

Mas havia algo que não batia de jeito nenhum — o modo como ela tinha sido espancada. Ninguém seria capaz de me convencer de que Terry fizera aquilo.

Apaguei as luzes e me sentei junto à janela aberta. Num arbusto lá fora, um tordo soltou alguns trinados e ficou curtindo seu efeito antes de dar a noite por encerrada. Meu pescoço coçava, de modo que fiz a barba, tomei uma ducha, fui para a cama e me deitei, escutando, como se lá ao longe na escuridão pudesse se ouvir uma voz, aquele tipo de voz calma e paciente que deixa todas as coisas mais claras. Não ouvi nada e percebi que não iria ouvir. Ninguém viria me explicar o caso Lennox. Nenhuma explicação era necessária. O assassino tinha confessado, e estava morto. Não haveria nem sequer um inquérito.

Como Lonnie Morgan do *Journal* tinha observado, era muito conveniente. Se Terry Lennox tinha assassinado a esposa, ótimo. Não havia necessidade de processá-lo e trazer à tona todos os detalhes desagradáveis. Se não tinha assassinado ninguém, ótimo, também. Um homem morto é o melhor bode expiatório que existe. Ele não pode contradizer ninguém.

11

Pela manhã, fiz a barba de novo e me vesti e dirigi para a cidade como sempre e estacionei no local de sempre e se o rapaz do estacionamento por acaso sabia que eu agora era uma importante personalidade pública conseguiu esconder isso de maneira exemplar. Subi as escadas, cruzei o corredor e peguei o molho de chaves para destrancar minha porta. Um sujeito moreno, elegante, me observava.

"Você é Marlowe?"

"E daí?"

"Fique por aí", ele disse. "Um cara quer falar com você." Ele descolou as costas da parede e saiu caminhando com indolência.

Entrei no escritório e peguei a correspondência. Em cima da escrivaninha havia outro pacote ainda maior, deixado ali pela mulher da limpeza noturna. Fui rasgando os envelopes, depois de abrir as janelas, e jogando fora o que não me interessava, e que era praticamente tudo. Pus para funcionar a campainha da porta da frente, enchi o cachimbo, acendi-o e fiquei ali sentado esperando que alguém pedisse socorro.

Pensei em Terry Lennox, de um modo distanciado. Ele já estava se afastando para bem longe, com seu cabelo branco, seu rosto marcado, seu charme delicado e seu tipo peculiar de orgulho. Não pretendi julgá-lo nem analisá-lo, do mesmo modo que nunca lhe fizera nenhuma pergunta sobre como tinha se ferido ou como lhe acontecera esse casamento com alguém como Sylvia. Ele era como uma pessoa que a gente encontra numa viagem de navio e chega a conhecer bastante bem, mas nunca conhece de verdade. Tinha sumido, como o cara de quem você se despede no cais do porto e vamos manter contato, meu velho, e você sabe que não vai, e que ele também não vai. O mais provável é que você nunca mais veja o cara novamente. E, se o vir, ele será uma pessoa completamente diferente, um rotariano a mais num vagão-restaurante. Como andam os negócios? Ah, nada mal. Você está bem. Você também. É, preciso perder um pouco de peso. Todo mundo, não é? Lembra aquela viagem no *Franconia* (ou qualquer coisa assim)? Ah, claro, uma viagem bacana, não foi?

Viagem bacana coisa nenhuma. Você quase morreu de tédio. Só puxou conversa com aquele sujeito porque não havia ninguém mais em torno que pudesse lhe interessar. Talvez tivesse sido assim comigo e com Terry Lennox. Não, não tanto. Eu era dono de um pedaço dele. Tinha investido meu tempo e meu dinheiro nele, e três dias na geladeira, para não falar de um soco no queixo e uma porrada no pescoço que ainda me incomodava cada vez que eu engolia. Agora ele estava morto e eu não podia nem mesmo devolver seus quinhentos dólares. Isso me magoava. São sempre as pequenas coisas que magoam a gente.

A campainha da porta e o telefone tocaram ao mesmo tempo. Atendi primeiro o telefone porque a campainha significava apenas que alguém tinha entrado na minha miniatura de sala de espera.

"É o sr. Marlowe quem fala? Sr. Endicott quer lhe falar. Um momento, por favor."

Ele surgiu na linha. "Aqui é Sewell Endicott", disse, como se não soubesse que a maldita secretária já tinha me informado seu nome.

"Bom dia, sr. Endicott."

"Bom saber que eles o soltaram. Acho que possivelmente você teve a ideia correta ao não opor resistência."

"Não chegou a ser uma ideia. Foi apenas teimosia."

"Duvido que voltem a incomodá-lo sobre esse assunto. Mas se isso ocorrer e você precisar de ajuda, fale comigo."

"Por que eu o faria? O cara está morto. Eles teriam um trabalhão para provar que ele esteve comigo. Depois teriam que provar que eu tinha informações sobre algum crime que ele tivesse cometido. E então teriam que provar que ele de fato cometeu um crime, ou que estava fugindo da justiça."

Ele limpou a garganta. "Talvez", disse, com cuidado, "você não tenha sido informado de que ele deixou uma confissão completa".

"Fui informado, sr. Endicott. Estou falando com um advogado. Estarei errado se lhe disser que essa confissão também teria que ser legitimada, tanto em relação à autenticidade quanto à veracidade do que afirma?"

"Receio que não tenha tempo para travar uma discussão jurídica", disse ele, em tom incisivo. "Estou embarcando para o México com uma tarefa bastante dolorosa para cumprir. Pode adivinhar do que se trata?"

"Uh-hum. Depende de quem o senhor está representando. Ainda não me disse, lembra?"

"Lembro bem demais. Bem, Marlowe, adeus. Minha oferta de ajuda ainda vale. Mas deixe-me dar também um pequeno conselho. Não fique tão seguro de que já se safou. Sua profissão o deixa muito vulnerável."

Ele desligou. Coloquei o fone de volta no aparelho, cuidadosamente. Fiquei sentado por alguns instantes com a mão pousada sobre ele e uma carranca no rosto. Depois varri do rosto a carranca e fui abrir a porta que dava acesso à sala de espera.

Um homem estava sentado junto à janela, folheando uma revista. Vestia um terno cinza-azulado com um padrão xadrez azul-claro quase invisível. Nos pés cruzados calçava mocassins pretos, do tipo com dois ilhós, que são quase tão confortáveis quanto sapatos de caminhada e não acabam com um par de meias toda vez que você dá a volta ao quarteirão. Seu lenço branco estava dobrado num quadrado e por trás dele via-se um par de óculos escuros. Seu cabelo era escuro, espesso, ondulado. Sua pele tinha um bronzeado profundo. Ele ergueu à minha entrada um par de olhos vivos e rápidos, e sorriu por baixo de um bigode finíssimo. Sua gravata era marrom, com um nó borboleta, por cima de uma camisa reluzente de branca.

Ele jogou a revista para um lado. "As idiotices que essas revistas vagabundas publicam!", disse. "Estava lendo uma matéria sobre Costello. Ah, sim, eles sabem tudo sobre Costello. Tanto quanto eu sei sobre Helena de Troia."

"Posso ajudá-lo?"

Ele me olhou de cima a baixo sem pressa. "Tarzã num patinete vermelho", disse.

"O quê?"

"Você. Marlowe. Tarzã em cima de um grande patinete vermelho. Eles te amassaram muito?"

"Um pouco. E por que isso é da sua conta?"

"Depois que Allbright falou com Gregorius?"

"Não. Depois disso, não."

Ele assentiu brevemente. "Você tem muita ousadia em pedir a Allbright pra gastar munição com aquele palerma."

"Perguntei em que isso é da sua conta. Aliás, eu não conheço o comissário Allbright e não pedi a ele pra fazer coisa alguma. Por que ele faria algo por mim?"

Ele me encarou preguiçosamente. Ficou em pé devagar, com movimentos graciosos como os de uma pantera. Cruzou a saleta e olhou para dentro do meu escritório. Fez um aceno de cabeça para mim e entrou. Era aquele tipo de sujeito que toma conta do ambiente em que está. Entrei depois dele e fechei a porta. Ele ficou parado junto da escrivaninha, olhando em volta com uma expressão divertida.

"Você é baixa renda", disse. "Muito baixa renda."

Fui para trás da escrivaninha e esperei.

"Quanto você fatura por mês, Marlowe?"

Deixei passar, e acendi o cachimbo.

"Setecentos e cinquenta, não mais", disse ele.

Larguei o fósforo queimado no cinzeiro e dei uma baforada.

"Você é um vagabundo, Marlowe. Um catador de amendoins. Você é uma coisa tão pequena que a gente precisa de uma lente de aumento pra te ver."

Eu não disse absolutamente nada.

"Suas emoções são baratas. Você inteirinho é barato. Você sai por aí com um camarada, tomam uns drinques, contam umas piadas, você lhe repassa uma grana quando ele está mal, e pronto, você agora está vendido a ele. Como um garoto de colégio que lê *Frank Merriwell*. Você não tem tutano, nem cabeça, nem contatos, nem know-how, então você faz somente uma pose, uma atitude, e espera que as pessoas chorem de pena. Tarzã num enorme patinete vermelho." Ele sorriu um sorrisinho fatigado. "Na minha contabilidade, você não vale um vintém."

Ele se inclinou sobre a mesa e me esbofeteou na cara, com as costas da mão, de um jeito distraído e desdenhoso, sem querer me machucar, e o sorrisinho se manteve firme em seu rosto. Então, quando nem com isso fiz o menor movimento, ele se sentou lentamente, encostou um cotovelo na escrivaninha e pousou o queixo moreno na mão morena. Seus olhinhos de pássaro me encaravam e neles não havia nada além daquele brilho.

"Sabe quem eu sou, vagabundo?"

"Seu nome é Menendez. A rapaziada o trata por Mendy. Você opera no Strip."

"É mesmo? E como eu fiquei assim tão importante?"

"Não posso saber. Você provavelmente começou como cafetão em algum puteiro mexicano."

Ele tirou do bolso uma cigarreira de ouro e acendeu um cigarro marrom com um isqueiro dourado. Soltou uma fumaça acre e fez um gesto de assentimento. Pôs a cigarreira de ouro sobre a mesa e a acariciou com os dedos.

"Eu sou um sujeito grande e ruim, Marlowe. Ganho muito dinheiro. Tenho que ganhar muito dinheiro pra poder molhar a mão dos caras cuja mão eu preciso molhar pra poder ganhar muito dinheiro, pra molhar a mão dos caras cuja mão eu preciso molhar. Tenho meu pouso em Bel-Air que custou noventa mil e já gastei mais do que isso só para deixar aquilo no ponto. Tenho uma esposa linda, loura platinada, e dois filhos que estão em escola particular, lá no leste. Minha mulher tem cento e cinquenta mil em joias e mais setenta e cinco mil em roupas e casacos de pele. Eu tenho um mordomo, duas criadas, uma cozinheira, um motorista, sem falar nesse gorila que me acompanha. Aonde eu vou sou querido por todos. O melhor de tudo, a melhor comida, as melhores bebidas, as melhores suítes dos hotéis. Tenho uma propriedade na Flórida e um iate com tripulação de cinco. Tenho um Bentley, dois Cadillacs, uma camioneta Chrysler e um MG que é do meu menino. Daqui a mais dois anos a menina ganha o dela. E você, tem o quê?"

"Não tenho muita coisa", disse eu. "Esse ano tenho uma casa onde morar — toda pra mim."

"Não tem mulher?"

"Somente eu. Além disso, tenho isso tudo que você está vendo, mais mil e duzentos dólares no banco e alguns milhares em ações. Isso responde à sua pergunta?"

"Qual foi seu melhor pagamento por um trabalho?"

"Oitocentos e cinquenta."

"Deus do céu, até onde uma pessoa pode cair?"

"Pare com essa canastrice e diga logo o que quer."

Ele apagou o cigarro fumado pela metade e imediatamente acendeu outro. Recostou-se na cadeira. Pendeu o lábio na minha direção.

"Éramos três caras numa trincheira, comendo", disse ele. "Um frio dos infernos, neve por toda parte. A gente estava comendo de latas. Comida fria. Algumas granadas, depois uma descarga de morteiros. A gente estava azul de frio, e estou dizendo azul, Randy Starr, eu e esse Terry Lennox. Uma granada de morteiro cai do céu exatamente ali onde estávamos, e por alguma razão ela não explode. Aqueles boches são cheios de truques. Têm um senso de humor meio atravessado. Às vezes você pensa que ela falhou e três segundos depois ela não falha. Terry a agarrou e estava fora da trincheira antes que Randy e eu saíssemos do lugar.

Estou dizendo muito rápido, meu irmão. Como um bom jogador de bola. Ele se atirou de cara no chão e jogou aquela coisa pra longe, mas ela explodiu ainda no ar. A maior parte passou por cima da cabeça dele, mas um estilhaço pegou bem no lado do rosto. Nesse momento os boches fizeram uma carga, e no instante seguinte a gente não estava mais ali."

Menendez parou de falar e me mandou o brilho firme dos seus olhos escuros.

"Obrigado por me contar", disse eu.

"Você sabe aceitar uma piada, Marlowe. Você é legal. Randy e eu conversamos sobre esse assunto e concordamos que o que tinha acontecido com Terry Lennox era bastante pra foder o juízo de qualquer um. Por algum tempo pensamos que ele tinha morrido, mas não. Os boches pegaram ele. Trabalharam nele um ano e meio. Fizeram um trabalho decente mas o maltrataram demais. Gastamos dinheiro pra descobrir isso, e gastamos dinheiro pra encontrar ele. Mas a gente tinha ganho dinheiro demais com o mercado negro depois da guerra. Dava pra ter essa despesa. Tudo o que Terry ganhou, salvando nossas vidas, foi metade de um rosto novo, cabelo branco e um desarranjo nos nervos. Lá no leste ele enchia a cara, de vez em quando era recolhido por alguém, desmoronava. Tem alguma coisa na mente dele, mas a gente nunca sabe o quê. A notícia seguinte é de que ele casou com essa moça rica e melhorou de vida. Ele termina o casamento, vai de novo pro fundo do poço, casa de novo com ela, e ela aparece morta. Randy e eu nada podemos fazer por ele. Ele não deixa, a não ser aquele trabalho rápido em Vegas. E quando ele se mete numa encrenca de verdade ele não nos procura, ele vem atrás de um vagabundo como você, um cara que a polícia trata no tapa. E é aí que *ele* morre, sem dizer adeus pra gente, e sem nos dar a chance de retribuir. Eu podia tirar ele do país mais depressa do que um trapaceiro tira um ás da manga. Mas não, ele vai chorando pra você. Isso me magoa. Um vagabundo, um sujeito que a polícia trata no tapa."

"A polícia pode dar tapas em qualquer um. O que quer que eu faça a respeito?"

"Deixe pra lá", disse Menendez, tenso.

"Deixar o quê?"

"Deixe de tentar ganhar dinheiro ou publicidade com o caso Lennox. Acabou, está encerrado. Terry está morto e ninguém quer que ele seja incomodado. O cara já sofreu bastante."

"Um marginal com sentimentos", disse eu. "Me corta o coração."

"Feche o bico, baixa renda. E fique bem fechado. Mendy Menendez não discute com outros caras. Ele diz, e eles escutam. Procure outro jeito de ganhar uma grana. Entendeu?"

Ele ficou de pé. A entrevista tinha acabado. Ele recolheu as luvas. Eram de pelica branca como a neve. Davam a impressão de nunca terem sido usadas. Um sujeito vaidoso, esse sr. Menendez. Mas, por trás daquilo tudo, um sujeito perigoso.

"Não estou atrás de publicidade", falei. "E ninguém me ofereceu dinheiro algum. Por que fariam isso, e em troca do quê?"

"Não faça gracinhas, Marlowe. Você não passou três dias na geladeira somente porque tem bom coração. Você foi pago. Não vou dizer quem foi, mas faço uma ideia. E essa figura em quem estou pensando tem muito mais com que pagar. O caso Lennox está encerrado, e vai continuar encerrado, mesmo que..." Ele se deteve de repente e bateu com as luvas na quina da mesa.

"Mesmo que não seja Terry o assassino dela", disse eu.

Sua surpresa foi tão tênue quanto a camada de ouro de uma aliança de aluguel. "Eu bem que gostaria de acompanhar seu raciocínio, baixa renda. Mas não faz sentido. Se fizesse, e Terry quisesse que as coisas fossem assim, então é assim que vai ficar."

Não falei nada. Depois de algum tempo ele sorriu devagar. "Tarzã num grande patinete vermelho", rosnou. "Um cara durão. Pois me deixe entrar aqui e passear em cima dele. Um cara que se aluga por uns níqueis e vinténs e que é tratado no tapa por qualquer um. Sem dinheiro, sem família, sem futuro, sem nada. A gente se cruza por aí, baixa renda."

Fiquei com a mandíbula contraída, olhando o brilho da cigarreira de ouro no canto da mesa. Eu me sentia velho e cansado. Levantei-me devagar e apanhei a cigarreira.

"Está esquecendo isso", disse eu, rodeando a mesa.

"Tenho uma dúzia delas", disse ele com desdém.

Quando cheguei perto dele estendi o braço. A mão dele a apanhou distraidamente. "E o que diz de meia dúzia desses?", perguntei, e o atingi com toda a força no meio da barriga.

Ele se curvou, gemendo. A cigarreira caiu no chão. Ele recuou até a parede e suas mãos se agitavam convulsivamente para a frente e para trás. A respiração entrava em seus pulmões com dificuldade. Estava coberto de suor. Bem devagar, e com um enorme esforço, ele se ergueu e ficamos outra vez cara a cara. Ergui a mão e passei o dedo ao longo da linha de sua mandíbula. Ele ficou imóvel. Por fim deixou aparecer um sorriso no rosto moreno.

"Não achei que tivesse coragem", disse.

"Na próxima vez traga uma arma — ou não me chame de baixa renda."

"Eu tenho um cara pra carregar a arma para mim."

"Pois traga ele quando vier. Vai precisar."

"Você é um sujeito difícil da gente ficar puto, Marlowe."

Afastei a cigarreira com o pé, depois me curvei para apanhá-la e a estendi para ele. Ele a apanhou e guardou no bolso.

"Eu não estava entendendo você", falei. "Por que estava desperdiçando seu tempo em vir até aqui me infernizar. Aí começou a monotonia. Todo valentão é monótono. É como jogar com um baralho só feito de ases. Você tem tudo e você não tem nada. Está somente ali, olhando pra você mesmo. Não me admira que Terry não tenha te procurado pra pedir ajuda. Seria como pedir dinheiro emprestado a uma puta."

Ele apertou cuidadosamente o estômago com dois dedos. "É uma pena que tenha dito isso, baixa renda. Às vezes a gente faz uma piada a mais do que devia."

Andou até a porta e a abriu. Do lado de fora, o guarda-costas que estava encostado à parede se endireitou e se virou para ele. Menendez fez um gesto com a cabeça. O guarda-costas entrou no escritório e me encarou, sem nenhuma expressão.

"Olhe bem pra cara dele, Chick", disse Menendez. "Fique certo de poder reconhecer ele, se for o caso. Vocês dois talvez tenham que resolver algo daqui a pouco tempo."

“Já vi ele, chefe”, disse o sujeito, falando com os lábios contraídos que todos eles usam. “Ele não vai me incomodar.”

“Não deixe que ele te acerte no estômago”, disse Menendez com um sorriso azedo. “O gancho de direita dele não é muito engraçado.”

O guarda-costas me sorriu com menosprezo. “Ele não ia chegar tão perto.”

“Bem, até outra vez, baixa renda”, disse Menendez, e saiu.

“A gente se vê”, disse o guarda-costas friamente. “O nome é Chick Agostino. Acho que vai me reconhecer.”

“Como um jornal usado”, disse eu. “Me lembre de não pisar na sua cara.”

Os músculos do seu queixo incharam. Ele deu meia-volta e foi atrás do patrão.

A porta foi se fechando devagar com a sua alavanca pneumática. Fiquei à escuta mas não ouvi os passos dos dois se afastando pelo corredor. Andavam macio como gatos. Só para ter certeza, abri a porta de novo depois de um minuto e olhei. Mas o corredor estava vazio.

Voltei para a escrivaninha e me sentei e fiquei algum tempo tentando imaginar por que um bandido local de certa importância como Menendez achava que valia a pena vir pessoalmente ao meu escritório para me avisar que me comportasse bem, minutos após eu receber um recado semelhante, ainda que expresso de outra forma, por parte de Sewell Endicott.

Não cheguei a lugar algum, portanto achei que bem podia fazer uma terceira tentativa. Ergui o fone e fiz uma chamada para o Terrapin Clube em Las Vegas, pessoa a pessoa, de Philip Marlowe para o sr. Randy Starr. Não valeu. O sr. Starr não se encontrava na cidade, será que eu gostaria de falar com outra pessoa? Não, não gostaria. Não estava com muita vontade de falar sequer com o próprio sr. Starr. Tinha sido apenas uma fantasia passageira. Ele estava longe demais para poder me bater.

Depois disso, nada aconteceu durante três dias. Ninguém me bateu, ninguém me alvejou ou me chamou ao telefone para dizer que eu ficasse bem-comportado. Ninguém me contratou para descobrir o paradeiro da filha extraviada, da esposa infiel, do colar de pérolas perdido ou do testamento que sumiu. Fiquei ali sentado, olhando para a parede. O caso Lennox morreu tão rapidamente quanto tinha brotado. Houve um rápido inquérito, para o qual fui convocado. Ele se realizou num horário estranho, sem anúncio prévio e sem um júri. O legista proferiu seu veredito, segundo o qual a morte de Sylvia Potter Westerheym di Giorgio Lennox tinha sido causada com intenções homicidas por seu marido, Terence William Lennox, já falecido em local fora da jurisdição do escritório do legista. Presume-se que uma confissão dele foi inserida nos autos. Presume-se também que foi autenticada de modo satisfatório para o legista.

O corpo foi liberado para o funeral. Levaram-na de avião para o norte, onde foi sepultada no jazigo da família. A imprensa não foi convidada. Ninguém deu entrevistas, muito menos o sr. Harlan Potter, que nunca as deu a ninguém. Ele era alguém tão difícil de avistar quanto o Dalai Lama. Caras com cem milhões de dólares vivem um estilo de vida peculiar, por trás de uma barreira de criados, guarda-costas, secretárias, advogados e executivos domesticados. Presume-se que eles comem, dormem, cortam o cabelo, usam roupas. Mas nunca se sabe ao certo. Tudo o que se lê ou se ouve a respeito deles foi elaborado por uma equipe de especialistas em relações públicas que ganham uma bela grana para criar e manter em nome dele uma personalidade apresentável, algo simples, limpo e agudo como uma agulha esterilizada. Não precisa ser verdade. Basta ser consistente com os fatos conhecidos, e os fatos conhecidos a gente pode contar nos dedos.

No fim da tarde do terceiro dia o telefone tocou e eu me vi falando com um homem que dizia se chamar Howard Spencer, representante na Califórnia de uma editora de Nova York, em breve viagem de negócios, e ele tinha um problema que gostaria de discutir comigo, se eu concordasse em encontrá-lo no bar do Ritz-Beverly Hotel às onze horas da manhã seguinte.

Perguntei que tipo de problema.

"Trata-se de um caso delicado", disse ele. "Mas de natureza totalmente ética. Se não chegarmos a um acordo, o senhor receberá pelo tempo despendido, naturalmente."

"Obrigado, sr. Spencer, mas não é preciso. Alguém que eu conheço terá recomendado meu nome?"

"Alguém com informações a seu respeito — inclusive seu recente envolvimento com a lei, sr. Marlowe. Posso dizer que foi isso que chamou minha atenção. Meu problema, contudo, não tem nenhuma relação com esse trágico episódio. É só que... bem, podemos falar sobre isso tomando um drinque, é bem melhor do que pelo telefone."

"Tem certeza de que quer se misturar com um sujeito que esteve em cana?"

Ele riu. Sua risada e sua voz eram ambas agradáveis. Ele falava do jeito que os nova-iorquinos costumavam falar antes de aprenderem o Flatbush.

"Do meu ponto de vista, sr. Marlowe, isso constitui uma recomendação. Não o fato, permita dizer, de que o senhor esteve, como disse, em cana, mas o fato, digamos, de que o senhor parece ser extremamente reticente, mesmo sob pressão."

Era um desses sujeitos que falam cheios de vírgulas, como num romance muito grosso. Pelo menos era assim ao telefone.

"Está bem, sr. Spencer. Estarei lá amanhã."

Ele agradeceu e desligou. Imaginei quem poderia ter feito a recomendação. Pensei em Sewell Endicott e liguei para ele para conferir. Mas ele tinha passado a semana fora da cidade, e não voltara ainda. Não fazia muita diferença. Mesmo no meu ramo de atividade a gente de vez em quando deixa um cliente satisfeito. E eu precisava de um trabalho, por causa do dinheiro — ou pelo menos eu pensava assim, até que naquela noite voltei para casa e encontrei a carta com o retrato do presidente Madison dentro.

12

A carta estava na caixa de correio vermelha e branca ao pé da minha escada. O pica-pau no topo da caixa, preso ao braço giratório, estava erguido, e mesmo assim eu talvez nem tivesse olhado dentro dela, porque nunca recebo correspondência em casa. Mas o pica-pau tinha perdido a ponta do bico há pouco tempo. Via-se a cor da madeira recém-exposta. Algum garotinho esperto praticando com sua pistola atômica.

A carta trazia a marca de *Correo Aéreo* no envelope e uma galeria de selos mexicanos e palavras que eu poderia ou não ter reconhecido se o México não estivesse ocupando tanto minha mente nos últimos tempos. Não consegui ler o carimbo da agência de origem. Era carimbado à mão e a almofada devia estar seca havia muito tempo. A carta era pesada. Subi a escada e sentei na sala para lê-la. O anoitecer estava muito silencioso. Talvez uma carta de um homem morto já traga consigo seu próprio silêncio.

Ela começava sem data e sem preâmbulo.

> Estou sentado junto à janela do segundo andar, num quarto de um hotel não dos mais limpos num lugar chamado Otatoclán, uma cidade de montanha, com um lago. Há uma caixa de correio bem abaixo da janela e, quando o mozo vier trazer o café que pedi, ele topou colocar a carta no correio para mim, e a erguer na mão para que eu possa vê-la antes que ele a coloque na ranhura. Se ele fizer isso recebe uma nota de cem pesos, o que para ele é dinheiro pra burro.
>
> Por que toda essa lenga-lenga? Há um sujeito moreno com sapatos pontudos e uma camisa suja, do lado de fora da porta do meu quarto, de olho nela. Ele está esperando alguma coisa. Não sei o que é, só sei que ele não me deixa sair à rua. Não me interessa, eu só quero é que a carta seja postada. Quero que você aceite esse dinheiro porque eu não preciso dele e porque a gendarmerie local vai botá-lo no bolso,

com certeza. Isso não é para comprar nada. Digamos que é um pedido de desculpas por ter lhe causado tantos problemas e um gesto de admiração por um cara muito decente. Fiz tudo errado dessa vez, como faço sempre, mas ainda tenho a arma. Meu palpite é que você provavelmente formou sua própria ideia a uma certa altura. Eu posso tê-la assassinado, e talvez o tenha feito mesmo, mas eu nunca teria feito aquelas outras coisas. Esse tipo de brutalidade não tem nada a ver comigo. Então, alguma coisa está errada. Mas não tem importância, nenhuma importância. O principal agora é evitar um escândalo desnecessário e inútil. O pai e a irmã dela nunca me fizeram mal. Têm as vidas deles para viver, e eu estou "por aqui" de repulsa pela minha. Sylvia não me tornou um sem-teto, eu já era um. Não posso lhe dar nenhuma resposta clara sobre por que ela casou comigo. Suponho que foi um capricho. Pelo menos ela morreu ainda jovem e linda. Dizem que a luxúria envelhece um homem, mas mantém jovem uma mulher. Dizem muita besteira. Dizem que os ricos podem sempre se proteger e que o seu mundo é um eterno verão. Eu vivi com eles, e eles são pessoas entediadas e sozinhas.

Escrevi uma confissão. Isso me dá náuseas, e dá um pouco de medo. A gente lê sobre situações assim nos livros, mas o que você leu não é verdade. Quando é com você que acontece, quando tudo que você tem é a arma no bolso, quando você está encurralado num hotelzinho sujo em terra estranha, e tem somente um caminho de fuga — acredite, amigão, não existe nada sublime ou dramático nisso. É algo sujo e sórdido, muito triste e muito mau.

Então, esqueça isso tudo, me esqueça. Mas antes disso tome um gimlet por mim no Victor's. E na próxima vez que fizer café me sirva uma xícara, bote um dedo de bourbon, me acenda um cigarro e ponha perto da xícara. Depois, esqueça disso tudo. Terry Lennox, câmbio e desligo. E então adeus.

Bateram na porta. Deve ser o mozo com o meu café. Se não for, deve haver um tiroteio. Em regra geral eu gosto dos mexicanos, mas não das cadeias que eles têm. Até logo.

TERRY

Isso era tudo. Dobrei de novo a carta e a guardei no envelope. Sim, tinha sido mesmo o *mozo* com o café. Não fosse assim eu nunca teria posto os olhos naquela carta. Não com um retrato de James Madison dentro. Um retrato de Madison numa nota de cinco mil dólares.

Ela estava ali à minha frente, verdinha e estalando, em cima da mesa. Eu nunca tinha visto uma daquelas antes. Muita gente que trabalha em banco também nunca viu. É provável que tipos como Randy Starr e Menendez andem com uma delas no bolso da calça. Se você entrar num banco e pedir uma delas, eles não vão ter. Vão ter que pedi-la em seu nome para o Federal Reserve. Pode levar vários dias. Existe apenas um milheiro delas em circulação em todos os Estados Unidos. A minha tinha uma aura brilhante em volta; ela produzia sua própria luz solar.

Sentei ali e olhei para ela um longo tempo. Depois guardei-a na minha pasta de correspondência e fui para a cozinha fazer aquele café. Fiz o que ele me pediu, sentimental ou não. Servi duas xícaras e pus um pouco de bourbon na dele e a pus diante da cadeira onde ele sentara naquela madrugada quando o levei para o aeroporto. Acendi um cigarro para ele e o coloquei num cinzeiro ao lado da xícara. Olhei o vapor se elevando do café e o filete de fumaça subindo do cigarro. Lá fora, na árvore de tecoma, um pássaro passeava, falando consigo mesmo num chilreio baixo e batendo com as asas de vez em quando.

Então o café parou de soltar vapor e o cigarro parou de queimar e virou apenas uma guimba morta na borda de um cinzeiro. Joguei-a na lata de lixo embaixo da pia. Derramei o café, lavei a xícara e a guardei.

Isso foi tudo. Não parecia muita coisa em troca de cinco mil dólares.

Mais tarde fui assistir a uma sessão tardia no cinema. O filme não me disse nada. Eu mal percebia o que estava acontecendo. Era apenas barulho e rostos enormes. Quando voltei para casa preparei uma abertura Ruy Lopez bastante sem brilho, e isso também não me disse nada. Então fui para a cama.

Mas não dormi. Às três da manhã eu estava caminhando pela casa, ouvindo Khachaturian trabalhar numa fábrica de tratores. Ele chamava aquilo de concerto para violino. Eu chamo aquilo de ventilador com a correia solta, e que se dane.

Uma noite em claro é tão rara para mim quanto um carteiro gordo. Se não fosse pelo sr. Howard Spencer no Ritz-Beverly eu teria enxugado uma garrafa e apagado totalmente. E na próxima vez em que avistasse um cara bêbado num Rolls-Royce Silver Wraith eu partiria a toda em qualquer direção. Não existe armadilha tão mortal quanto a que a gente prepara para si mesmo.

13

Às onze horas eu estava sentado no terceiro reservado do lado direito de quem entra vindo da sala de jantar anexa. Estava encostado na parede e podia ver qualquer um que entrasse ou saísse. Era uma manhã clara e sem smog, sem neblina alta, e o sol deixava ofuscante a superfície da piscina que começava junto à parede envidraçada do bar e se estendia até o salão de jantar. Uma garota de maiô branco lustroso e com aparência voluptuosa subiu a escada que levava ao trampolim. Observei a banda branca que aparecia entre o bronzeado de suas coxas e o maiô. Observei carnalmente. Depois ela sumiu da minha visão, oculta pela inclinação do telhado. Um instante depois eu a vi mergulhando, fazendo um movimento de volta e meia no ar. A espuma se elevou alto o bastante para cruzar com o sol e produzir alguns arco-íris que eram quase tão bonitos quanto a garota. Então ela subiu pela escadinha e desafivelou sua touca branca e sacudiu as madeixas descoloridas. Caminhou rebolando até uma mesinha branca e sentou do lado de um cara com aparência de lenhador, usando calças brancas cheias de bolsos, óculos escuros e um bronzeado tão uniforme que ele não podia ser outra coisa a não ser um salva-vidas de piscina. Ele estendeu um braço para ela e deu-lhe um tapinha na coxa. Ela abriu uma boca que parecia um balde de apagar incêndio e gargalhou. Isso extinguiu meu interesse por ela. Não pude ouvir a gargalhada, mas aquele buraco em seu rosto quando ela descerrou os dentes foi o bastante.

O bar estava quase vazio. Três reservados mais adiante, dois sujeitos com ares de espertos tentavam vender um ao outro pedaços da 20th Century Fox, usando gestos com os braços em vez de dinheiro. Tinham um telefone na mesa, entre os dois, e de vez em quando disputavam no palitinho para ver qual deles iria telefonar para Zanuck para lhe vender a grande ideia. Eram jovens, bronzeados, ávidos, cheios de vida. Colocavam mais atividade muscular num telefonema do que eu despenderia carregando um gordo nas costas até um quarto andar.

Havia um sujeito melancólico sentado no balcão, conversando com o barman, que lustrava um copo e o escutava com aquele sorriso de plástico que as pessoas usam quando estão fazendo tudo para não gritar. O cliente era um homem de meia-idade, muito bem-vestido, e bêbado. Precisava conversar, e não teria parado mesmo que não precisasse mais falar. Era educado, amigável, e quando pude escutá-lo sua voz não estava muito pastosa, mas dava para ver que ele acordava bebendo e só parava à noite, quando adormecia de novo. Continuaria assim pelo resto da vida, e sua vida não passava disso. Nunca daria para saber por que ficou assim, porque, mesmo que ele o dissesse, não seria a verdade. Na melhor das hipóteses uma recordação distorcida das verdades que ele conhecia. Existe um homem triste como aquele em todos os botequins tranquilos do mundo inteiro.

Olhei o relógio e o poderoso editor estava vinte minutos atrasado. Eu ia esperar meia hora e depois sumir. Nunca vale a pena deixar o cliente impor as regras. Se ele for capaz de manobrar você, vai ficar pensando que todo mundo pode fazer a mesma coisa, e não é para isso que ele o contrata. Ademais, naquele momento eu não estava precisando de trabalho a ponto de deixar algum palerma da Costa Leste me usar para segurar as rédeas do seu cavalo, algum tipinho executivo em seu escritório revestido de madeira no 85º andar, com um painel cheio de botões e um interfone, e uma secretária exibindo um modelito desenhado por Hattie Carnegie e um par de olhos grandes, belos, carregados de promessas. Aquele era o tipo de cliente que diz a você para estar ali às nove em ponto, e, se você não estiver sentado quietinho com um sorriso no rosto quando ele pousar ali duas horas depois segurando um gim duplo, ele vai ter um tal paroxismo indignado de capacidade administrativa que vai precisar de cinco semanas em Acapulco antes de voltar a sentir firmeza no próprio taco.

O velho garçom veio se aproximando e espreitou meu resto de scotch e água. Fiz um sinal afirmativo com a cabeça e ele assentiu com seu tufo de cabelos brancos, e nesse preciso instante um sonho entrou no salão. Por um momento me pareceu que não houve um único som dentro do bar, que os espertinhos deram pausa nas suas espertezas e que o bêbado no balcão interrompeu seu balbucio, e foi como aquele instante em que o maestro dá uma batidinha com a batuta, ergue os braços e os mantém suspensos no ar.

Ela era esguia, bastante alta, num vestido perfeito de linho branco, com um lenço branco de bolinhas pretas em volta do pescoço. Seu cabelo tinha o louro pálido das princesas dos contos de fadas. Sobre ele havia um pequeno chapéu onde o cabelo se aconchegava como um pássaro em seu ninho. Os olhos eram de um tom azul aciano, uma cor muito rara, e tinham cílios longos e quase que claros demais. Parou junto à mesa do lado oposto ao da minha e começou a tirar uma luva muito branca e o velho garçom ajeitou a mesa diante dela de um modo como nenhum garçom jamais ajeitou uma mesa para mim. Ela sentou, pôs as luvas por baixo da alça da bolsa e lhe agradeceu com um sorriso tão encantador, tão extraordinariamente puro, que o deixou quase paralisado. Ela lhe disse algo numa voz muito baixa. Ele afastou-

-se às pressas, o tronco curvado para a frente. Ali vai um sujeito que tem uma missão na vida.

Fiquei olhando para ela. Ela me flagrou olhando. Ergueu o olhar um centímetro apenas e eu deixei de existir. Mas onde quer que eu estivesse eu estava prendendo a respiração.

Existem louras e louras, e hoje em dia isso virou quase uma piada. Toda loura tem algo a seu favor, com exceção talvez daquelas metálicas, tão louras quanto um zulu oxigenado, e de temperamento tão delicado quanto uma calçada. Existe a lourinha mimosa que gorjeia e pipila, e a loura grande e escultural que mantém você a distância com um olhar gelado. Existe a loura que lhe dá aquele olhar de baixo para cima e exala aquele cheiro maravilhoso e estremece e se pendura no seu braço e está sempre muito, muito cansada quando você leva ela pra casa. Ela faz aquele gesto desamparado e está com aquela maldita dor de cabeça e você tem vontade de nocauteá-la, mas você está feliz por descobrir a existência da dor de cabeça antes de ter investido demasiado tempo e dinheiro e esperança nela. Porque a dor de cabeça estará sempre ali, uma arma que nunca perde o fio e que é mais mortal do que o punhal de um assassino ou o frasco de veneno de Lucrécia Bórgia.

Existe a loura macia e dócil e alcoólatra que não liga para o que está usando contanto que seja um casaco de peles e não liga para onde está indo contanto que seja ao Starlight Roof e haja champanhe à vontade. Existe a loura pequenina, petulante, que age como uma amiguinha e faz questão de pagar por si mesma e é toda ensolarada e cheia de bom senso e sabe judô de cabo a rabo e é capaz de arremessar um caminhoneiro por cima do ombro sem perder mais do que uma linha da leitura de um editorial da *Saturday Review*. Existe a loura pálida, muito pálida, que tem anemia de um tipo não fatal mas incurável. Ela é muito lânguida, muito crepuscular, e fala muito baixinho com uma voz que parece não vir de lugar nenhum, e você não pode tocá-la com a ponta do dedo, primeiro porque você mesmo não quer, e segundo porque ela está lendo *The Waste Land*, ou Dante no original, ou Kafka ou Kierkegaard, ou estudando provençal. Ela adora música e quando a Filarmônica de Nova York está tocando uma peça de Hindemith ela é capaz de lhe dizer qual das seis violas de gamba está atrasada um quarto de tempo. Ouvi dizer que Toscanini também é capaz disso. São duas pessoas, então.

E por fim existe aquela loura-espetáculo que vai sobreviver a três chefes de quadrilha e depois casar com uns dois caras donos de um milhão de dólares cada e encerrar a carreira como dona de uma *villa* cor-de-rosa em Cap Antibes, de um Alfa-Romeo esporte completo com piloto e copiloto, e cercada por um grupo de aristocratas que ela irá tratar com a mesma afetuosa indiferença de um duque idoso dando boa-noite ao seu mordomo.

O sonho que estava na mesa em frente à minha não pertencia a nenhum desses tipos, não pertencia sequer ao mesmo mundo delas. Era inclassificável, algo tão remoto e límpido quanto água da montanha, e tão elusivo quanto a coloração que ela tem. Eu ainda a estava contemplando quando uma voz disse ao meu lado:

"Estou absurdamente atrasado. Peço desculpas. Pode pôr a culpa nisso! Meu nome é Howard Spencer. Você é Marlowe, imagino."

Virei a cabeça e olhei para ele. Era de meia-idade, bem rotundo, vestindo-se como quem não liga a mínima para isso, mas bem barbeado, com cabelo ralo penteado para trás por cima de uma cabeça bem larga entre as orelhas. Usava um paletó vistoso, trespassado, o tipo da coisa que mal se vê na Califórnia, exceto num visitante bostoniano. Seus óculos eram sem aro, e ele dava tapinhas numa pasta de documentos como se ela fosse um velho cão felpudo, uma pasta que era sem dúvida o "isso" a que se referia.

"Três manuscritos totalmente inéditos. Ficção. Seria muito embaraçoso perdê-los antes de termos a chance de rejeitar cada um deles." Ele fez um sinal para o velho garçom, que acabava de dar um passo atrás depois de pousar alguma coisa comprida e verde em frente ao sonho. "Eu tenho um fraco por coisas que contêm gim e laranja. Um drinque muito bobo, na verdade. Aceita um? Ótimo."

Fiz um sinal afirmativo e o velho garçom afastou-se.

Apontando a pasta, perguntei: "Como sabe que vai rejeitá-los?"

"Se fossem bons, não teriam sido deixados pessoalmente pelo autor no meu hotel. Estariam nas mãos de algum agente em Nova York."

"Então, para que trazê-los?"

"Em parte para não ferir sensibilidades. Em parte por causa daquela uma-possibilidade-em-mil que é o sonho de todo editor. Mas na verdade é porque você está num coquetel e acaba sendo apresentado a todo tipo de pessoas, e algumas delas escreveram romances, e você já bebeu o bastante para estar se sentindo benevolente e cheio de amor pela humanidade, então você diz a eles que adoraria ver o que eles acabaram de escrever. E o manuscrito é entregue no seu hotel com tal presteza que você se sente forçado a pelo menos fazer o ritual da leitura. Mas não acho que você esteja interessado na vida e nos problemas de um editor."

O garçom trouxe as bebidas. Spencer alcançou a sua e virou um gole substancial. Não tinha reparado na garota dourada na mesa oposta. Toda a sua atenção estava voltada para mim. Ele era bom de contato.

"Faz parte do meu trabalho", disse eu. "Consigo ler um livro de vez em quando."

"Um dos nossos autores mais importantes mora por aqui", disse ele, com jeito casual. "Talvez você tenha lido alguma coisa dele. Roger Wade."

"Uh-hum."

"Entendi", disse ele, com um sorriso triste. "Você não se interessa por romances históricos. Mas eles vendem horrores."

"Não é uma questão de interesse, sr. Spencer. Dei uma olhada num livro dele certa vez. Me pareceu uma porcaria. É errado para mim dizer isso?"

Ele sorriu. "Oh, não. Muita gente é da mesma opinião sua. A questão é que no presente momento ele é automaticamente um best-seller. E todo editor precisa de alguns autores assim, do jeito que andam os custos hoje em dia."

Olhei na direção da garota dourada. Ela tinha acabado sua limonada ou o que quer que fosse, e estava olhando para um relógio de pulso microscópico. O bar estava começando a encher, mas não com muito barulho. Os dois espertos continuavam gesticulando um para o outro e o bebum solitário no balcão tinha arranjado dois companheiros. Olhei de volta para Howard Spencer.

"Tem alguma relação com o seu problema?", perguntei. "Me refiro a esse tal de Wade."

Ele assentiu. Estava me examinando com todo cuidado. "Me fale um pouco ao seu respeito, sr. Marlowe. Quer dizer, se isso não o incomoda."

"Falar o quê? Sou um detetive particular, e já tirei minha licença há um certo tempo. Sou um lobo solitário, solteiro, chegando à meia-idade, e não sou rico. Já fui mais de uma vez para a cadeia e não atuo em casos de divórcio. Gosto de bebida, de mulheres, de xadrez e de poucas coisas mais. A polícia não simpatiza muito comigo, mas conheço uns dois ou três policiais com quem consigo conviver. Sou nativo daqui, nascido em Santa Rosa, meus pais já faleceram, não tenho irmãos ou irmãs, e se alguém me apagar num beco escuro algum dia, se isso ocorrer, como pode ocorrer a qualquer um na minha profissão, e a muitas pessoas em outras profissões ou até sem profissão alguma, não há ninguém para sentir o chão sumir debaixo dos seus pés."

"Entendo", disse ele. "Mas nada disso me diz precisamente o que quero saber."

Terminei de beber meu drinque de gim e laranja. Não gostei muito. Sorri para ele. "Deixei um detalhe de fora, sr. Spencer. Eu tenho um retrato de Madison aqui no meu bolso."

"Um retrato de Madison? Receio que eu não—"

"Uma nota de cinco mil dólares", disse eu. "Sempre ando com ela. Meu talismã."

"Meu Deus", disse ele em voz baixa. "Isso não é terrivelmente perigoso?"

"Quem foi mesmo que disse que depois de certo ponto todos os perigos são iguais?"

"Acho que foi Walter Bagehot. Ele estava se referindo à atividade de um consertador de chaminés." Ele sorriu. "Desculpe, mas eu sou um editor. Você é legal, Marlowe. Vou fazer uma aposta em você. Se não o fizesse você me mandaria pro inferno. Certo?"

Sorri de volta para ele. Ele chamou o garçom e pediu mais um par de drinques.

"Muito bem, é o seguinte", disse ele, com cuidado. "Estamos tendo um problema sério com Roger Wade. Ele não está conseguindo finalizar um livro. Está perdendo a mão e há alguma coisa por trás disso. O homem parece estar desmoronando. Acessos terríveis de bebedeira e de fúria. De vez em quando, desaparece por vários dias seguidos. Não faz muito tempo que empurrou a esposa escada abaixo e a mandou para o hospital com cinco costelas partidas. Não há problemas entre os dois, no sentido costumeiro, não, nada disso. O sujeito fica transtornado, apenas isso, toda vez que bebe." Spencer recostou-se na cadeira e me olhou com expressão lúgubre. "Esse livro dele precisa ser terminado. Precisamos demais dele. Até certo ponto, meu emprego depende disso. Mas precisamos de algo mais. Queremos salvar um escritor de muito talento e que é capaz de coisas melhores do que o que fez até agora. Alguma coisa está muito errada. Nessa minha viagem até aqui ele se recusou a me receber. Sei que isso parece um caso mais indicado para um psiquiatra. A sra. Wade discorda. Ela está convencida de que ele está perfeitamente são, mas que alguma coisa o está corroendo por dentro até matá-lo. Uma chantagem, por exemplo. Os Wade estão casados há cinco anos. Deve ter aparecido alguma coisa do passado distante para incomodá-lo. Pode ser inclusive, e estou somente especulando, um caso de atropelamento e fuga e alguém tem provas contra ele. Não sabemos do que se trata. Queremos saber. E estamos dispostos a pagar bem para resolver esse problema. Se for de fato um caso de tratamento médico, muito bem, então é isso. Se não, tem que haver uma explicação. E enquanto isso a sra. Wade tem que ser protegida. Pode ser que ele a mate na próxima vez. Nunca se sabe."

Chegou a segunda rodada de drinques. Deixei o meu intacto e vi Spencer virar metade do seu de um trago só. Acendi um cigarro e fiquei olhando para ele.

"Você não precisa de um detetive", falei. "Precisa de um mágico. O que diabo eu posso fazer? Se por coincidência eu estivesse lá na hora exata, e ele não fosse tão forte que eu não pudesse dominá-lo, eu poderia pô-lo a nocaute e levá-lo para a cama. Mas eu teria que já *estar* lá. É uma chance de cem contra um. Você sabe disso."

"Ele é mais ou menos do seu tamanho", disse Spencer, "mas não tem a mesma condição física. E você pode estar lá o tempo todo".

"Difícil. E bêbados geralmente são espertos. Ele certamente iria escolher um momento em que eu estivesse longe para dar o seu espetáculo. Eu não estou no mercado como enfermeiro."

"Um enfermeiro não serviria de nada. Roger Wade não é o tipo de homem que aceitaria um. É um sujeito muito talentoso que foi levado a perder o autocontrole. Ganhou dinheiro demais escrevendo porcaria pra gente ignorante. Mas a única salvação para um escritor é escrever. Se existe alguma coisa boa nele, vai aparecer."

"OK, vou comprar sua versão", respondi, cansado. "Ele é sensacional. Também é muito perigoso. Tem uma culpa secreta e tenta afogá-la na bebida. Esse não é o tipo de caso pra mim, sr. Spencer."

"Entendi." Ele olhou o relógio de pulso com uma expressão preocupada que franziu todo o seu rosto e o fez parecer menor e mais velho. "Bem, não se pode dizer que eu não tentei."

Estendeu a mão para a gorda pasta ao seu lado. Ergui os olhos até a garota dourada. Ela estava se preparando para sair. O garçom de cabelos brancos a rodeava, segurando a conta. Ela lhe deu algum dinheiro, um sorriso adorável e ele ficou com a expressão de quem tinha apertado a mão de Deus. Ela retocou o batom, voltou a calçar as luvas, e o garçom arrastou a mesa de lado para que ela se afastasse.

Olhei para Spencer. Ele estava de cenho franzido, olhando o copo na beira da mesa. Tinha a pasta pousada sobre os joelhos.

"Olhe aqui", disse eu, "posso marcar um encontro com o cara e fazer uma avaliação, se quiser. Conversarei com a mulher dele. Mas tenho a impressão de que ele vai me enxotar pra fora da casa".

Uma voz que não era a de Spencer disse:

"Não, sr. Marlowe, não creio que ele fosse capaz disso. Pelo contrário, acho que vai simpatizar com o senhor."

Olhei direto para aquele par de olhos violeta. Ela estava parada junto à mesa. Me ergui e fiquei curvado contra os fundos do reservado, naquela posição desajeitada de quem não tem como deslizar para fora.

"Por favor, não se levante", disse ela, numa voz feita daquele material que eles usam para delinear as bordas das nuvens de verão. "Sei que lhe devo um pedido de desculpas, mas me pareceu importante ter uma chance de observá-lo antes de me apresentar. Sou Eileen Wade."

Spencer resmungou: "Ele não está interessado, Eileen."

Ela sorriu com suavidade. "Não acho."

Tentei me aprumar. Eu estava parado ali meio em desequilíbrio, respirando pela boca aberta, como uma mocinha em idade escolar. Ela era mesmo uma delícia. Vista de perto, era de deixar um cara paralisado.

"Não falei que não estava interessado, sra. Wade. O que eu disse, ou tentei dizer, foi que não acho que seja capaz de produzir algum resultado, e que talvez fosse um grande erro tentar intervir. Talvez só fizesse piorar as coisas."

Ela ficou muito séria. O sorriso desapareceu. "Está tomando sua decisão cedo demais. Não pode julgar as pessoas pelo que elas fazem. Se tiver de julgá-las, que seja pelo que elas são."

Fiz um vago sinal de assentimento. Porque era exatamente isso que eu pensava a respeito de Terry Lennox. A julgar pelos fatos ele não era grande coisa, a não ser por aquele breve instante de heroísmo na trincheira — se é que Menendez tinha falado a verdade —, mas os fatos de modo algum contavam a história completa. Ele era um homem de quem era impossível não gostar. Quantas pessoas assim a gente encontra na vida?

"E para isso é preciso conhecê-las", continuou ela, delicadamente. "Adeus, sr. Marlowe. Se mudar de ideia..." Ela abriu rapidamente a bolsa e me entregou um cartão. "E obrigada por ter vindo."

Ela cumprimentou Spencer com um gesto da cabeça e partiu. Observei-a saindo do bar, cruzando o anexo envidraçado e indo para o restaurante. Caminhava de um jeito lindo. Vi-a passar pela arcada que conduzia ao saguão. Vi o último vislumbre da sua saia branca quando virou a esquina. Depois sentei novamente e agarrei meu gim com laranja.

Spencer estava me observando. Havia uma certa dureza no seu olhar.

"Trabalhou bem", disse eu, "mas deveria ter olhado para ela de vez em quando. Uma beleza como essa não fica sentada à nossa frente durante vinte minutos sem que a gente pelo menos dê uma olhada."

"Muito estúpido de minha parte, não foi?" Ele estava tentando sorrir, mas não estava com vontade. Não tinha gostado de como eu fiquei olhando para ela. "As pessoas têm essas ideias estranhas a respeito dos detetives particulares. Quando pensam em pôr um deles dentro da própria casa—"

"Não pense que vai ter este aqui na sua casa", disse eu. "De qualquer modo, pense em outra história primeiro. Não vai convencer ninguém de que um sujeito, bêbado ou sóbrio, jogaria essa beldade escada abaixo e lhe quebraria cinco costelas."

Ele ficou vermelho. Suas mãos se cerraram sobre a pasta. "Acha que eu sou um mentiroso?"

"E qual é a diferença? Você já fez seu papel. E é bem capaz de ter também um certo tesão pela madame."

Ele ficou bruscamente de pé. "Não gosto do seu tom de voz", disse. "E não sei se gosto de *você*. Me faça um favor e esqueça essa história toda. Acho que isso aqui paga o seu tempo."

Jogou uma nota de vinte em cima da mesa e algumas de um para o garçom. Parou um instante, olhando para mim. Seus olhos brilhavam e o rosto ainda estava vermelho. "Sou casado e tenho quatro filhos", disse abruptamente.

"Parabéns."

Ele fez um barulhinho com a garganta, deu meia-volta e saiu. Saiu bem rápido. Olhei-o se afastando e depois parei de olhar. Virei o resto do meu drinque, tirei o maço de cigarros, sacudi-o até pôr um para fora, enfiei-o na boca e o acendi. O velho garçom aproximou-se e olhou para o dinheiro.

"Posso trazer-lhe mais alguma coisa, senhor?"

"Não. Isso aí é todo seu."

Ele apanhou as notas devagar. "É uma nota de vinte dólares, senhor. O cavalheiro se enganou."

"Ele sabe ler. O dinheiro é todo seu, já disse."

"Fico muito grato, com certeza. Se está seguro do que diz, senhor..."

"Bem seguro."

Ele acenou com a cabeça e se afastou, ainda com aparência preocupada. O bar estava ficando cheio. Uma dupla de semivirgens aerodinâmicas passou por mim, gorjeando e acenando. Eram conhecidas dos dois espertos no outro reservado. O ar começou a se encher de gritinhos e de unhas escarlates.

Fumei metade do meu cigarro, fazendo caretas para nada em particular, e depois me levantei para sair. Me virei para pegar os cigarros e algo esbarrou em mim com força, por trás. Era bem o que eu precisava. Virei e dei de cara com um tipo bonitão, de ombros largos, num terno de flanela forrada. Tinha um braço estendido, como cabe a um sujeito simpático, e o sorriso quinze-por-cinco do vendedor bem-sucedido.

Agarrei-o pelo braço e girei o seu corpo. "Qual é o problema, rapaz? A passagem é muito estreita pra caber sua personalidade?"

Ele desvencilhou o braço e assumiu um ar de valentão. "Não se meta a engraçado, otário. Posso afrouxar o seu queixo pra você."

"Há, há", disse eu. "Por que não vai jogar nos Yankees e tentar marcar um ponto com uma baguete?"

Ele cerrou o punho volumoso.

"Pense na sua manicure, querido", disse eu.

Ele conseguiu se controlar. "Dessa vez não tem nada pra você, espertinho", disse. "Outra hora, quando eu tiver menos coisas na cabeça."

"E pode ter menos?"

"Vamos, caia fora", rosnou ele. "Mais uma gracinha e vai precisar de dentadura nova."

Sorri para ele. "Ligue pra mim, rapaz. Mas só quando tiver um diálogo melhor."

Sua expressão mudou. Ele riu: "Trabalha na tela, cara?"

"Só naquelas que eles pregam nas paredes da agência de correio."

"Vejo você no livro de ocorrências", disse ele, e se afastou, ainda sorrindo.

Tudo foi muito idiota, mas serviu para me tirar daquele estado de espírito. Cruzei o anexo e o saguão do hotel até a entrada principal. Parei antes de sair para pôr os óculos escuros. Somente quando entrei no carro lembrei de olhar o cartão que Eileen Wade me entregara. Era um cartão gravado em relevo, mas não era um cartão formal de visitas, porque tinha o endereço e o telefone. Sra. Roger Stearns Wade, 1247 Idle Valley Road, telefone Idle Valley 5-6324.

Eu sabia muita coisa a respeito de Idle Valley, e sabia que aquilo ali havia mudado muito desde a época em que tinha portões na entrada, uma polícia particular, a jogatina no cassino do lago e as garotas de programa de cinquenta dólares. Dinheiro discreto tomou conta da área depois que o cassino fechou. Dinheiro discreto transformou aquilo num loteamento dos sonhos. Um clube tornou-se proprietário do lago e da faixa de terra à sua frente, e caso eles não quisessem você no clube não havia como entrar e brincar na água. Era exclusivo, no único sentido restante da palavra que não significa algo simplesmente caro.

Eu combinava tanto com Idle Valley quanto uma cebolinha em conserva numa banana-split.

Howard Spencer me telefonou no fim da tarde. Tinha superado a irritação e queria pedir desculpas por não ter conduzido muito bem a situação, e será que eu tinha pensado melhor no assunto?

"Irei conversar com ele se ele me chamar. De outro modo, não."

"Entendi. Bem, há um bônus substancial se—"

"Olhe, sr. Spencer", disse eu com impaciência, "o senhor não pode alugar o destino. Se a sra. Wade está com medo do cara, ela pode sair de casa. O problema é *dela*. Ninguém pode protegê-la do próprio marido vinte e quatro horas por dia. Não existe proteção a esse ponto, nesse mundo. Mas isso não é tudo que o senhor quer. O senhor quer saber por que, como e quando o sujeito descarrilou, e tomar providências para que isso não aconteça novamente — pelo menos até que ele termine de escrever o livro. E isso depende somente dele. Se ele quiser escrever o maldito livro, mesmo, pra valer, ele vai suspender a bebida até terminar de escrevê-lo. O senhor está querendo demais".

"Está tudo misturado", disse ele. "Tudo é um único problema. Mas acho que compreendo. Tudo isso tem um nível de sutileza acima das suas operações habituais. Bem, adeus. Estou voando de volta para Nova York hoje à noite."

"Tenha uma boa viagem."

Ele agradeceu e desligou. Esqueci de dizer-lhe que tinha dado sua nota de vinte ao garçom. Ainda pensei em ligar de novo para falar isso, depois pensei que ele já estava se sentindo bem miserável.

Fechei o escritório e fui rumo ao Victor's tomar um gimlet, como Terry tinha me pedido em sua carta. Acabei mudando de ideia. Não estava me sentindo sentimental o bastante. Em vez disso fui ao Lowry's, tomei um martíni e saboreei umas costelas com Yorkshire pudding.

Quando cheguei em casa liguei a TV e fiquei assistindo às lutas de boxe. Não eram nada boas, apenas uma porção de dançarinos que deviam estar trabalhando para Arthur Murray. Tudo o que sabiam fazer era aplicar jabs e pular de um lado para outro e fazer fintas para desequilibrar o adversário. Nenhum deles era capaz de um golpe com força bastante para acordar a própria avó durante um cochilo. A plateia vaiava e o juiz não parava de bater palmas pedindo mais ação, mas eles continuavam se esquivando e saltando e aplicando longos jabs de esquerda. Mudei de canal e fiquei assistindo a uma série policial. A ação transcorria num quarto de vestir e os rostos eram cansados, mais do que familiares, e nada bonitos. O diálogo era de um nível que nem a Monogram teria sido capaz de usar. O detetive tinha um criadinho negro a quem cabia a parte cômica. Não precisava disso, pois já era cômico o bastante por si só. E os comerciais teriam provocado náuseas num bode alimentado à base de arame farpado e garrafas de cerveja partidas.

Desliguei e fumei um cigarro longo e substancial. Fez bem à minha garganta. Era feito de ótimo tabaco. Não prestei atenção qual era a marca. Eu estava a ponto de ir para a cama quando o sargento-detetive Green, de Homicídios, me ligou.

"Achei que você gostaria de saber que seu amigo Terry Lennox foi enterrado há dois dias, na mesma cidadezinha mexicana onde morreu. Um advogado representando a família foi pra lá e assistiu o funeral. Você teve muita sorte dessa vez, Marlowe. Na próxima vez em que tiver a chance de ajudar um amigo a sair do país, não faça isso."

"Quantos buracos de bala havia no corpo dele?"

"Como é?", exclamou ele. Ficou em silêncio por alguns instantes. Depois disse, com todo cuidado: "Um, eu acho. Em geral é o que basta pra estourar a cabeça de um sujeito. O advogado está trazendo as impressões digitais e tudo o que ele tinha nos bolsos. Algo mais que deseje saber?"

"Sim, mas isso você não pode me dizer. Gostaria de saber quem matou a mulher de Lennox."

"Que diabo, Grenz não te disse que ele deixou uma confissão completa? E ademais saiu em toda a imprensa. Você não lê mais os jornais?"

"Obrigado por ligar, sargento. Foi muito atencioso de sua parte."

"Olhe, Marlowe", disse ele numa voz áspera. "Se está com ideias engraçadinhas a respeito desse caso, pode acabar se arrependendo se ficar falando disso por aí. O caso está encerrado, finalizado e descansando no meio da naftalina. Muita sorte sua que seja assim. Ser cúmplice após um crime costuma dar cinco anos aqui nesse estado. E deixe te dizer outra coisa. Sou policial há muito tempo e uma coisa que aprendi com certeza é que nem sempre é o que você faz que acaba por te levar pra cadeia. É o que alguém pode fazer parecer que aconteceu, quando o caso chega ao tribunal. Boa noite."

Desligou com um clique no meu ouvido. Repus o fone no gancho pensando que um policial honesto com dor na consciência sempre age com rudeza. Um policial desonesto também age assim. Todo mundo age assim, inclusive eu.

14

Na manhã seguinte a campainha tocou quando eu estava limpando o talco de uma orelha. Fui abrir a porta e olhei direto num par de olhos azul-violeta. Ela estava vestida em linho marrom dessa vez, com um lenço cor de pimentão, sem brincos ou chapéu. Parecia um pouco pálida, mas não como se alguém a andasse atirando escada abaixo. Me deu um sorriso curto, hesitante.

"Sei que não deveria vir até aqui incomodá-lo, sr. Marlowe. O senhor provavelmente nem tomou seu café da manhã. Mas fiquei relutante quanto a ir ao seu escritório, e não gosto de tratar de assuntos pessoais por telefone."

"Claro. Entre, sra. Wade. Aceita uma xícara de café?"

Ela entrou na sala e sentou no sofá sem olhar para nada. Pôs a bolsa no colo e se acomodou com os pés muito próximos. Parecia bastante formal. Abri as janelas, puxei para cima as venezianas e retirei um cinzeiro sujo que havia na mesinha à frente dela.

"Obrigada. Café preto, por favor. Sem açúcar."

Fui para a cozinha e abri um guardanapo de papel sobre uma bandeja verde de metal. Pareceu tão vulgar quanto um colarinho de plástico. Amassei o guardanapo e peguei uma daquelas coisas com franjas que acompanham os conjuntos de guardanapos triangulares. Era algo que pertencia à casa, como a maior parte da mobília. Pus na bandeja duas xícaras floridas, enchi-as e as levei para a sala.

Ela bebericou um gole. "Muito gentil de sua parte", disse. "O senhor faz um bom café."

"A última vez que alguém bebeu café comigo foi pouco antes de eu ir para a cadeia", falei. "Acho que sabe que estive em cana, sra. Wade."

Ela assentiu. "Claro. O senhor foi acusado de tê-lo ajudado a escapar, não é isso?"

"Não chegaram a falar assim. Encontraram meu número de telefone num bloco no quarto dele. Me fizeram perguntas a que eu não respondi, principalmente por não ter gostado do modo como perguntaram. Mas acho que não está interessada nisso."

Ela pousou cuidadosamente a xícara, recostou-se e sorriu para mim. Eu lhe ofereci um cigarro.

"Obrigada, não fumo. E é claro que estou interessada. Um vizinho nosso conhecia os Lennox. Ele deve ter ficado louco. Ele não parecia de maneira alguma ser esse tipo de homem."

Enchi o fornilho do cachimbo e o acendi. "Acho que sim", falei. "Deve ter ficado. Foi gravemente ferido na guerra. Mas agora está morto e isso encerra a história. E não acho que a senhora tenha vindo até aqui para falar disso."

Ela abanou a cabeça devagar. "Ele era seu amigo, sr. Marlowe. O senhor deve ter uma opinião muito firme a respeito. E acho que o senhor é um homem muito determinado."

Bati o tabaco do cachimbo e voltei a acendê-lo. Fiz isso bem devagar, olhando para ela por cima do cachimbo o tempo inteiro.

"Escute, sra. Wade", disse por fim. "Minha opinião não significa nada. Coisas assim acontecem todo dia. As pessoas mais improváveis cometem os crimes mais improváveis. Senhoras idosas e amáveis envenenam famílias inteiras. Garotos bem-comportados cometem assaltos e tiroteios. Gerentes de banco com vinte anos de currículo impecável são descobertos dando golpes há anos e anos. E romancistas bem-sucedidos, populares e aparentemente felizes, enchem a cara e mandam a esposa para o hospital. Sabemos muito pouco sobre o que acontece dentro da cabeça das pessoas, mesmo os nossos melhores amigos."

Achei que isso iria queimá-la por dentro, mas ela se limitou a apertar os lábios e estreitar os olhos.

"Howard Spencer não devia ter lhe contado isso", disse ela. "A culpa foi minha. Eu não entendi que devia me manter afastada dele. Aprendi desde então que se há uma coisa que não se deve fazer com um homem que está bebendo demais é tentar impedi-lo de continuar. O senhor provavelmente sabe disso melhor do que eu."

"Certamente não se pode impedi-lo com palavras", disse eu. "Se tiver sorte, e *se* tiver força suficiente, pode às vezes evitar que ele machuque a si mesmo ou a mais alguém. E mesmo isso requer sorte."

Ela pegou novamente o pires e a xícara de café. Tinha mãos adoráveis, como todo o restante dela. As unhas tinham um belo formato e um esmalte de cor muito leve.

"Howard lhe disse que não chegou a se encontrar com meu marido dessa vez?"

"Disse."

Ela terminou o café e pôs a xícara cuidadosamente na bandeja. Brincou por alguns instantes com a colherinha. Depois falou, sem me encarar.

"Ele não lhe disse por quê, porque não sabia. Gosto muito de Howard, mas ele é o tipo controlador, quer se encarregar de tudo. Ele se acha muito executivo."

Esperei, sem dizer nada. Houve outro silêncio. Ela me deu uma olhadela rápida e voltou a afastar os olhos. Muito suavemente, disse: "Meu marido está desaparecido há três dias. Não sei onde ele está. Vim aqui pedir-lhe que o localize e o traga de volta para casa. Ah, isso já aconteceu antes. Uma vez ele pegou o carro e foi para Portland, bebeu num hotel até adoecer e ser preciso um médico para pô-lo de pé novamente. É incrível como ele chegou até aquele ponto sem que nada de grave lhe acontecesse. Não comeu nada durante aqueles três dias. De outra vez, estava num banho turco em Long Beach, um daqueles estabelecimentos suecos onde se fazem até lavagens intestinais. E da última vez ele foi para uma clínica particular, um lugar pequeno e aparentemente de reputação não muito boa. Isso foi há menos de três semanas. Ele não quis me dizer o nome do lugar nem onde era, disse apenas que esteve fazendo um tratamento e que agora estava tudo bem. Mas ele me pareceu muito pálido e enfraquecido. Vi de relance o homem que o trouxe para casa. Um rapaz jovem, alto, vestindo uma roupa de caubói estilizada, daquele tipo que só se vê num palco ou num filme musical em Technicolor. Ele largou Roger na entrada, deu ré e foi embora imediatamente."

"Pode ser alguém de uma fazenda de veraneio", falei. "Alguns desses vaqueiros de imitação gastam todo o seu dinheiro em roupas enfeitadas desse tipo. As mulheres ficam loucas por eles. É para isso que eles estão lá."

Ela abriu a bolsa e tirou dela um papelzinho dobrado. "Trouxe um cheque de quinhentos dólares, sr. Marlowe. Pode aceitar isso como sinal?"

Ela pôs o cheque sobre a mesa. Olhei para ele, mas não o toquei. "Por quê?", perguntei. "A senhora disse que ele está sumido há três dias. São precisos três ou quatro dias para recuperar um homem de uma dessas bebedeiras e conseguir dar a ele algum alimento. Não acha que ele vai voltar do mesmo modo como voltou antes? Ou será que alguma coisa, dessa vez, é diferente?"

"Ele não pode aguentar isso por muito tempo, sr. Marlowe. Isso vai matá-lo. Os intervalos estão ficando menores. Estou assustada. Não é natural. Estamos casados há cinco anos. Roger sempre bebeu, mas nunca foi um bêbado psicótico. Alguma coisa está muito errada. Quero que o encontrem. Não dormi mais do que uma hora na noite passada."

"Tem alguma ideia de *por que* ele bebe?"

Os olhos violeta me encararam com firmeza. Ela parecia um pouco frágil naquela manhã, mas não indefesa, certamente. Mordeu o lábio inferior e abanou a cabeça. "A não ser que seja eu", disse por fim, quase num sussurro. "Acontece de os homens deixarem de amar as esposas."

"Sou apenas um psicólogo amador, sra. Wade. Um homem no meu ramo tem que ser um pouco isso. Eu diria que é mais provável que ele tenha deixado de gostar das coisas que escreve."

"É bem possível", disse ela, calmamente. "Imagino que todos os escritores tenham fases assim. A verdade é que ele parece não estar conseguindo terminar o seu livro atual. Mas não é um caso em que ele precise terminá-lo para poder pagar o aluguel. Não acho que isso seja motivo suficiente."

"Que tipo de sujeito ele é, quando está sóbrio?"

Ela sorriu. "Bem, não sou muito imparcial, mas *eu* acho que ele é sem dúvida um homem muito bom."

"E como é quando bebe?"

"Horrível. Inteligente, duro, cruel. Acha que está sendo espirituoso quando está apenas sendo detestável."

"Esqueceu de dizer 'violento'."

Ela ergueu as sobrancelhas trigueiras. "Somente uma vez, sr. Marlowe. E essa ocorrência tem sido supervalorizada. Eu nunca teria falado sobre isso com Howard Spencer. Foi o próprio Roger quem contou a ele."

Me levantei e caminhei pela sala. Ia ser um dia muito quente. O calor já era intenso. Fechei as persianas de uma das janelas, para bloquear o sol. Então falei tudo para ela, sem rodeios.

"Eu pesquisei sobre ele no *Who's Who*, ontem à tarde. Ele tem quarenta e dois anos, esse é seu primeiro casamento, não tem filhos. A família dele é da Nova Inglaterra, ele estudou em Andover e Princeton. Tem uma boa folha de serviços durante a guerra. Já escreveu doze desses enormes romances históricos de sexo e espadachins e todos eles entraram na lista dos mais vendidos. Deve ter ganho muito dinheiro. Se tivesse deixado de amar a esposa, parece ser do tipo que reconheceria isso e pediria o divórcio. Se estivesse tendo um caso com outra mulher, a senhora provavelmente viria a saber, e de qualquer modo ele não teria que se embebedar para provar que não estava bem. Se estão casados há cinco anos, então ele tinha trinta e sete quando casou. Eu diria que a essa altura ele já sabia a maior parte do que há para saber a respeito das mulheres. Digo a maior parte porque ninguém consegue saber tudo."

Parei e olhei para ela. Estava sorrindo. Eu não estava ferindo seus sentimentos. Continuei.

"Howard Spencer sugeriu — não sei baseado em quê — que o que está acontecendo com Roger Wade é algo que já lhe aconteceu tempos atrás, antes do casamento, e que reapareceu agora, e isso o está perturbando mais do que ele pode suportar. Spencer acha que é chantagem. Sabe algo a respeito?"

Ela abanou a cabeça devagar. "Se eu sei se Roger está pagando grandes somas de dinheiro a alguém? Não, eu não teria como saber. Não me envolvo com as finanças dele. Ele pode pagar fortunas, e eu não ficaria sabendo."

"Muito bem. Como não conheço o sr. Wade, não tenho como imaginar sua reação caso fosse vítima de chantagem. Se ele é do tipo violento, talvez quebrasse o pescoço de alguém. Se o segredo, seja qual for, pudesse prejudicar sua imagem ou sua vida profissional, ou mesmo, num caso extremo, colocar os caras da lei no seu pé, ele poderia pagar ao chantagista — por algum tempo, pelo menos. Mas nada disso nos leva a lugar algum. A senhora o quer de volta, está preocupada, mais do que preocupada. Então, o que posso fazer para encontrá-lo? Não quero seu dinheiro, sra. Wade. Não agora, pelo menos."

Ela abriu a bolsa novamente e tirou de lá dois papéis amarelos. Pareciam folhas que se usam para cópias datilográficas, dobradas, e uma delas um pouco amassada. Ela as alisou com cuidado e me entregou as duas.

"Uma destas eu encontrei na escrivaninha dele", disse. "Era muito tarde, ou melhor, já de madrugada. Eu sabia que ele estava bebendo, e que não tinha subido para o andar de cima. Por volta das duas horas desci para ver se ele estava bem, ou relativamente bem, dormindo no tapete ou no sofá, ou alguma coisa assim. Ele tinha sumido. O outro papel estava no cesto, preso na borda, de modo que não caiu dentro."

Olhei a primeira folha, a que não estava amassada. Havia um curto parágrafo datilografado nela, não mais que isso. Dizia: "Não me interessa amar a mim mesmo e não existe mais ninguém que eu possa amar. Assinado: Roger (F. Scott Fitzgerald) Wade. P.S. Foi por isso que jamais terminei *O último magnata*."

"Isso significa alguma coisa para a senhora, sra. Wade?"

"Acho que é apenas pose. Ele sempre foi um grande admirador de Scott Fitzgerald. Diz que Fitzgerald foi o melhor escritor bêbado desde Coleridge, que usava drogas. Observe a datilografia, sr. Marlowe. Clara, equilibrada, sem nenhum erro."

"Eu vi. A maior parte dos sujeitos, quando bêbados, mal conseguem escrever o próprio nome." Desdobrei o papel amassado. Havia também um texto datilografado, também sem erros ou irregularidades. Este dizia: "Não gosto de você, dr. V. Mas neste instante você é o homem para mim."

Ela falou enquanto eu ainda olhava o papel. "Não tenho ideia de quem seja o dr. V. Não conhecemos nenhum médico cujo nome comece com essa letra. Imagino que seja o dono do lugar onde Roger foi da última vez."

"Quando o caubói de mentira trouxe ele para casa? Seu marido nunca mencionou nomes, nem mesmo o nome de um lugar?"

Ela abanou a cabeça. "Nada. Andei olhando na lista. Há dezenas de doutores de um tipo ou de outro cujos sobrenomes começam com V. E também pode não ser o sobrenome."

"É bem possível que não seja nem sequer doutor", falei. "Isso levanta a questão do dinheiro vivo. Um profissional legítimo pode aceitar um cheque, mas um charlatão, não. Poderia ser usado como prova. E um sujeito assim cobra caro. Dormir e comer em seu estabelecimento pode custar uma nota preta. Pra não falar nas aplicações."

"Aplicações?"

"Todos esses charlatães aplicam drogas nos seus clientes. É a melhor maneira de manipulá-los. Ficam nocauteados por dez ou doze horas, e quando acordam estão bem mansinhos. Mas usar narcóticos sem licença pode levar alguém a dormir no estabelecimento de Tio Sam. E isso custa muito caro."

"Eu entendo. Roger provavelmente dispunha de algumas centenas de dólares. Ele sempre guarda uma quantia assim na escrivaninha. Não sei por quê. Acho que é uma mania. Não há dinheiro nenhum lá, agora."

"OK", disse eu. "Vou tentar descobrir esse dr. V. Mesmo que ainda não saiba como. Mas farei o melhor possível. Pode levar seu cheque, sra. Wade."

"Mas por quê? O sr. não tem direito a—"

"Somente depois. Obrigado. E eu preferiria recebê-lo do sr. Wade. Ele não vai gostar do que eu vou fazer, em todo caso."

"Mas se ele está doente, indefeso..."

"Ele podia ter chamado seu próprio médico, ou ter pedido à senhora que o fizesse. Não o fez. Isso quer dizer que não quis."

Ela voltou a guardar o cheque na bolsa e ficou em pé. Parecia muito desamparada. "Nosso médico se recusou a tratar dele", disse, com amargura.

"Há centenas de médicos por aí, sra. Wade. Qualquer um deles aceitaria marcar uma consulta pelo menos uma vez. A maioria o trataria durante algum tempo. Medicina é uma atividade muito competitiva hoje em dia."

"Entendi. Claro que o senhor tem razão." Ela foi andando devagar para a porta e eu a acompanhei. Abri a porta para ela.

"A senhora poderia ter chamado um médico por iniciativa própria. Por que não o fez?"

Ela me encarou de frente. Seus olhos brilhavam. Talvez houvesse uma ameaça de lágrimas neles. Era linda demais e fim de papo.

"Porque eu amo meu marido, sr. Marlowe. Faria qualquer coisa no mundo para ajudá-lo. Mas eu sei também o tipo de homem que ele é. Se eu chamasse um médico cada vez que ele bebesse demais, eu não o teria como marido por muito tempo. Não se pode tratar um homem adulto como se fosse uma criança com dor de garganta."

"Pode, sim, se ele é um bêbado. Na maioria dos casos, vai ter que agir assim."

Ela estava parada bem próxima de mim. Aspirei seu perfume. Ou pensei tê-lo feito. Ela não tinha se perfumado com um pulverizador. Talvez fosse apenas o dia de verão.

"Digamos que *haja* alguma coisa vergonhosa no passado dele", disse ela, soltando as palavras de uma em uma, como se elas tivessem um gosto amargo. "Até mesmo um crime. Não faria diferença para mim. Mas não quero que isso seja descoberto por meu intermédio."

"Mas se Howard Spencer me contratar para fazê-lo, está tudo bem?"

Ela sorriu lentamente. "O senhor acha mesmo que eu esperava uma resposta diferente da que o senhor lhe deu? Um homem que preferiu ir para a cadeia, mas não traiu um amigo?"

"Obrigado pela recomendação, mas não foi por isso que me prenderam."

Ela assentiu depois de um instante de silêncio, disse adeus e desceu os degraus de madeira. Fiquei olhando enquanto ela entrava em seu carro, um esguio Jaguar cinzento, aparentemente novo. Ela dirigiu até o fim da rua, fez a volta na rotatória. Sua luva acenou para mim quando desceu a ladeira. O carro dobrou a esquina e se foi.

Havia uma moita de oleandro de encontro a um trecho da parede da frente da casa. Ouvi um bater de asas e um filhote de tordo começou a chilrear, ansioso. Avistei-o agarrado a um dos galhos mais altos, agitando as asas como se tivesse dificuldade em manter o equilíbrio. Dos ciprestes no canto do muro veio um piado único, forte, de advertência. O chilreio parou de imediato e o pequeno passarinho ficou quieto.

Entrei e fechei a porta e o deixei lá com suas lições de voo. Até os pássaros têm que aprender.

15

Não importa o quanto você se ache esperto, vai ter que começar em algum ponto: um nome, um endereço, uma vizinhança, um ambiente, uma atmosfera, um ponto de referência, não importa qual seja. Tudo o que eu tinha eram umas linhas escritas a máquina numa folha de papel amassada que diziam: "Não gosto de você, dr. V. Mas neste instante você é o homem para mim." Com isso em mãos eu poderia isolar a costa do Pacífico, passar um mês abrindo caminho por entre os diretórios de meia dúzia de sociedades médicas, e terminar com um belo de um zero nas mãos. Em nossa cidade os charlatães se multiplicam tão rápido quanto porquinhos-da-índia. Há oito municípios num raio de cento e cinquenta quilômetros a partir da Prefeitura, e em todas as cidades de cada um deles há médicos, alguns deles genuínos, outros mecânicos formados por correspondência que têm licença para cortar calos ou para dar pulos em cima de sua coluna. Entre os médicos de verdade, alguns são ricos e outros pobres. Alguns têm ética, enquanto outros não sabem se podem arcar com esse custo. Um paciente abastado com princípio de *delirium tremens* pode ser uma galinha dos ovos de ouro para um trambiqueiro veterano que foi deixado para trás na corrida dos antibióticos e das vitaminas. Mas sem uma pista não se pode ter um ponto de partida. Eu não tinha essa pista, e Eileen Wade também não, ou talvez tivesse sem ter consciência disso. E mesmo que eu encontrasse alguém que se enquadrasse e que tivesse a mesma inicial, talvez tudo não passasse de um mito, com relação a Roger Wade. A frase escrita talvez fosse apenas uma coisa que passou pela sua cabeça enquanto ele fazia aquecimento para escrever. Assim como a alusão a Scott Fitzgerald podia ser somente uma maneira indireta de dizer adeus.

Numa situação como essa, o sujeito pequeno tenta pensar com a mente de um sujeito grande. Portanto, liguei para um cara que eu conhecia na Organizações Carne, uma agência chique em Beverly Hills que se especializava em proteção para a clientela de elite — "proteção" podendo significar qualquer coisa que tivesse um pé dentro da lei. O nome do sujeito era George Peters e ele disse que podia me conceder dez minutos se eu fosse rápido.

A organização ocupava metade do segundo andar de um desses edifícios cor-de-rosa de quatro andares onde as portas do elevador se abrem sozinhas usando um olho elétrico, onde os corredores são frescos e silenciosos, e onde o estacionamento tem um nome escrito em cada baia, e o farmacêutico do andar térreo tem uma tendinite no pulso de tanto preencher receitas de pílulas para dormir.

A porta era cinzenta, com letras de metal em relevo, limpas e nítidas como uma faca nova. ORGANIZAÇÕES CARNE, INC. — GERALD C. CARNE, PRESIDENTE. Abaixo, em letras menores: *Entrada*. Poderia muito bem ser uma firma de investimentos.

Dentro, a sala de espera era pequena e feia, mas a feiura era cara e proposital. A mobília era em tons de escarlate e verde-escuro, as paredes de um verde fosco e as molduras dos quadros eram três tons mais escuras. Os quadros mostravam uns sujeitos de casaco vermelho montando enormes cavalos que pareciam loucos de vontade de saltar por cima de uma sebe. Havia dois espelhos sem moldura cujo vidro tinha uma coloração rosa muito leve, mas desagradável. As revistas, sobre a mesa de madeira polida, eram os números mais recentes, e estavam protegidas por capas plásticas. O indivíduo que decorou aquela sala demonstrava não ter medo de cores. Provavelmente usava uma camisa cor de pimentão, calças cor de amora, sapatos de zebra e ceroulas vermelhas com as iniciais bordadas em letras tangerina.

A coisa toda era mero exibicionismo. Os clientes das Organizações Carne pagavam um mínimo de cem dólares por dia e esperavam ser atendidos a domicílio. Não iriam ficar sentados numa sala de espera. Carne era um ex-coronel da polícia militar, um sujeito branco e rosado, duro como uma tábua. Tinha me oferecido emprego uma vez, mas eu nunca estive tão desesperado a ponto de aceitar. Existem cento e noventa maneiras de alguém se tornar um filho da puta, e Carne conhecia todas elas.

Uma divisória de vidro fosco deslizou para o lado e uma recepcionista ergueu os olhos para mim. Tinha um sorriso de ferro e olhos capazes de contar o dinheiro na sua carteira sem tirá-la do bolso.

"Bom dia. Posso ajudá-lo?"

"George Peters, por favor. Meu nome é Marlowe."

Ela pôs em cima da mesa um livro grande encadernado em couro verde. "Ele está à sua espera, sr. Marlowe? Não vejo seu nome na agenda."

"É um assunto pessoal. Acabamos de falar ao telefone."

"Entendi. Como se escreve seu nome, sr. Marlowe? E qual o seu primeiro nome, por favor?"

Eu lhe disse. Ela o escreveu num formulário comprido, que enfiou depois num relógio de ponto, registrando a hora.

"Isso é feito para impressionar quem?", perguntei.

"Somos muito cuidadosos com detalhes", disse ela com frieza. "O coronel Carne diz que nunca se sabe quando o detalhe mais irrelevante pode se tornar vital."

"Ou o contrário", disse eu, mas ela não captou. Quando terminou sua escrituração, ergueu os olhos e disse: "Vou anunciá-lo ao sr. Peters."

Falei que isso me alegrava muito. Um minuto depois uma porta se abriu e Peters me convidou com um aceno para entrar num corredor cinzento, ao longo do qual se enfileiravam escritórios parecidos com celas. O escritório dele tinha isolamento acústico no teto, uma mesa de metal cinzento com duas cadeiras combinando, um ditafone cinzento num suporte também cinza, um telefone e um conjunto de canetas da mesma cor das paredes e do piso. Havia duas fotografias penduradas na parede. Uma delas mostrava Carne de uniforme, usando seu capacete de faixa branca; e outra era Carne em trajes civis, sentado atrás de uma escrivaninha, com aparência inescrutável. Também na parede, com moldura, havia uma pequena placa motivacional em letras cor de aço sobre fundo cinza. Dizia:

UM OPERADOR DA CARNE SE VESTE, FALA E SE COMPORTA COMO UM CAVALHEIRO EM TODAS AS OCASIÕES E EM TODOS OS LUGARES. NÃO HÁ EXCEÇÕES A ESTA REGRA.

Peters cruzou a sala em dois passos largos e empurrou para o lado uma das fotografias. Incrustado na parede cinza por trás dela havia um microfone cinza. Ele o puxou para fora, desconectou um fio e voltou a colocá-lo no lugar. Pôs a fotografia de volta na posição.

"Eu iria perder meu emprego agora mesmo", disse ele, "mas o filho da puta está fora, fazendo maquiagem num flagrante de direção sob efeito de bebida, pra algum ator. Todos os interruptores dos microfones estão no escritório dele. Mandou grampear esse troço inteiro. Um desses dias eu sugeri que ele mandasse instalar uma câmera de microfilme com luz infravermelha por trás de um espelho translúcido na recepção. Não gostou muito da ideia. Talvez porque não foi ele que pensou nela".

Ele sentou numa das cadeiras duras e cinzentas. Observei-o bem. Era um sujeito desajeitado, de pernas compridas, com um rosto ossudo e um princípio de calvície. Sua pele tinha aquela aparência desgastada de um homem que passou muito tempo ao ar livre, em toda espécie de clima. Tinha olhos encovados e um lábio superior quase tão protuberante quanto o nariz. Quando sorria, a parte inferior do seu rosto desaparecia para dar lugar a duas enormes fendas que desciam da lateral das narinas até os cantos de sua boca larga.

"Como você aguenta?", perguntei.

"Senta aí, parceiro. Respire devagar, fale baixo e não esqueça que um operador da Carne está para um detetive reles como você assim como Toscanini está para o macaquinho do realejo." Ele fez uma pausa e sorriu. "Aguento porque não estou nem aí. Rola muito dinheiro e no instante em que Carne começar a me tratar como se eu fosse um dos presos daquela prisão de segurança máxima que ele dirigiu na Inglaterra durante a guerra, eu pego minhas contas e caio fora. Qual é seu problema? Ouvi dizer que você passou por um mau pedaço."

"Não tenho do que me queixar. Gostaria de dar uma olhada no seu arquivo das clínicas com janelas gradeadas. Sei que você tem um. Eddie Dowst me contou, depois que saiu daqui."

Ele assentiu. "Eddie era sensível demais para trabalhar nas Organizações Carne. O arquivo de que você fala é segredo absoluto. Em hipótese alguma o conteúdo dele pode ser exibido a quem não é da empresa. Espere um instante que vou buscá-lo."

Saiu e eu fiquei olhando o cesto de lixo cinzento e o piso cinzento e o bloco de rascunhos com as bordas de couro cinzento. Peters voltou com uma pasta de papelão cinzento na mão. Pousou-a sobre a mesa e a abriu.

"Pelo amor de Deus, será que não existe nada nesse lugar que não seja cinzento?"

"Cores escolares, meu rapaz. O espírito da organização. Sim, eu tenho algo que não é cinzento."

Abriu uma gaveta da escrivaninha e tirou de lá um charuto com uns vinte centímetros de comprimento.

"Este é um Upman Thirty", disse. "Presenteado a mim por um cavalheiro idoso da Inglaterra que está há quarenta anos na Califórnia e ainda usa o termo 'ondas curtas'. Sóbrio, é apenas uma velha bichona com uma boa dose de charme superficial, o que por mim está OK, porque a maior parte das pessoas não tem charme nenhum, superficial ou não, inclusive Carne, que tem tanto charme quanto uma cueca de metalúrgico. Quando não está sóbrio, esse meu cliente tem o estranho hábito de emitir cheques de bancos que nunca ouviram falar nele. Sempre se dá bem e com meu auxílio prestimoso conseguiu até hoje se manter fora das grades. Foi ele quem me deu isso aqui. Vamos fumá-lo juntos, como dois chefes índios planejando um massacre?"

"Não suporto fumar charutos."

Peters olhou o charuto com tristeza. "Idem", disse. "Pensei em dá-lo a Carne, mas não é charuto para um homem só, mesmo um cara do tamanho dele." Franziu a testa. "Quer saber de uma coisa? Estou falando demais em Carne. Devo estar estressado." Jogou o charuto de volta na gaveta e olhou a pasta de papelão aberta. "O que vai querer daqui?"

"Estou procurando um alcoólatra rico com gostos caros e dinheiro pra gastar. Até agora não teve problemas com cheques sem fundos. Pelo menos que eu saiba. Tem uma queda para a violência e a esposa está preocupada. Ela acha que ele está escondido em algum antro, mas não tem certeza. A única pista que temos é um textozinho mencionando um tal dr. V. Somente a inicial. Meu cliente não é visto há três dias."

Peter me olhou, pensativo. "Não é tanto tempo assim", disse. "Por que se preocupar?"

"Se eu o encontrar antes, eles me pagam."

Ele olhou para mim mais um pouco e depois sacudiu a cabeça. "Não entendo isso, mas deixa pra lá. Vamos ver." Começou a virar as páginas. "Não é muito fácil", disse. "Esse pessoal aparece e depois desaparece. Uma única letra não é pista suficiente." Retirou uma folha da pasta, continuou virando as folhas, tirou mais uma, depois uma terceira. "Temos esses três aqui", disse. "Dr. Amos Varley, osteopata. Tem uma clínica grande em Altadena. Atende, ou costumava atender, chamadas noturnas por cinquenta paus. Duas enfermeiras registradas. Dois anos atrás teve um arranca-rabo com o pessoal de narcóticos da polícia estadual, e teve que entregar seu talão de receitas. Essa informação aqui não está muito atualizada."

Copiei o nome e o endereço em Altadena.

"Agora, temos o dr. Lester Vukanich, de ouvidos, nariz e garganta, Stockwell Building, no Hollywood Boulevard. Este aqui é especial. Prática de consultório, principalmente, e parece ter se especializado em sinusite crônica. Uma rotina perfeita. Você entra e se queixa de infecção nos sínus da face, e ele faz uma lavagem pra você. Primeiro, é claro, vai precisar anestesiá-lo com novocaína. Mas se ele gostar do seu jeito... não precisa ser novocaína. Sacou?"

"Claro." Anotei os dados.

"Isso aqui é bom", prosseguiu Peters, lendo um pouco mais. "Evidentemente, o problema dele é de abastecimento. Em vista disso, o nosso dr. Vukanich sai muito pra pescar em Ensenada e faz muitas viagens em seu avião particular."

"Eu não imaginaria que ele iria se manter por muito tempo, se tem que trazer ele mesmo a própria droga."

Peters pensou nisso um pouco e depois abanou a cabeça. "Não acho que estou de acordo. Ele pode se segurar eternamente, se não for muito ganancioso. O único risco verdadeiro que corre é um freguês — perdão, quis dizer um paciente — insatisfeito, mas ele provavelmente saberia como administrar isso. Está no mesmo consultório há quinze anos."

"Onde diabo você consegue tanta coisa?", perguntei.

"Somos uma organização, meu garoto. Não somos um lobo solitário como você. Alguma coisa pegamos com os próprios clientes, algumas são informação das internas. Carne não tem medo de gastar dinheiro. Ele sabe fazer as coisas, quando quer."

"Ele adoraria ouvir essa nossa conversa."

"Ele que se foda. Bem, nossa última oferta de hoje é um homem chamado Verringer. O operador que o fichou para nós já foi embora. Ao que parece, houve o caso de uma poetisa que se suicidou no rancho de Verringer, em Sepulveda Canyon. Ele mantém uma espécie de colônia artística para escritores e pessoas parecidas que precisam de um pouco de privacidade e de uma atmosfera onde se sintam bem. Preços moderados. Tem aparência legal. Ele se chama de doutor mas não pratica a medicina. Poderia ser um ph.D., talvez. Francamente, não sei o que ele está fazendo aqui. A menos que haja alguma coisa relacionada a esse suicídio." Ele pegou um clipping de recortes de jornal preso a uma folha em branco. "Sim, isso mesmo, overdose de morfina. Não há sinal de que Verringer soubesse algo a respeito."

"Gosto de Verringer", disse eu. "Gosto muito dele."

Peter fechou a pasta e deu um tapa em cima dela. "Você não viu isso", disse. Levantou-se e saiu da sala. Quando voltou, eu estava de pé, me preparando para sair. Comecei a agradecer mas ele nem ligou.

"Olhe", disse, "deve haver uma centena de lugares onde o cara pode estar".

Eu lhe disse que sabia disso.

"E, a propósito, ouvi alguma coisa sobre seu amigo Lennox que pode te interessar. Um dos nossos rapazes cruzou com um cara em Nova York, uns cinco ou seis anos atrás, que corresponde exatamente à descrição dele. Mas o homem não se chamava Lennox, segundo ele. Era Marston. Claro que ele pode ter se enganado. O sujeito estava bêbado o tempo todo, de modo que ele não pode ter certeza."

Falei: "Duvido que seja o mesmo homem. Por que mudaria o próprio nome? Ele tinha uma folha de serviços na guerra que podia ser verificada."

"Não sabia disso. O nosso operador está morando agora em Seattle. Pode conversar com ele quando ele voltar, se achar necessário. O nome dele é Ashterfelt."

"Obrigado por tudo, George. Foram uns dez minutos bastante longos."

"Talvez um dia eu precise da *sua* ajuda."

"As Organizações Carne", disse eu, "nunca precisam de nada da parte de ninguém".

Ele fez um gesto rude com o polegar. Deixei-o na sua cela de metal cinzento e saí, cruzando a sala de espera. Parecia OK agora. As cores fortes faziam sentido, depois da ala carcerária.

16

No fundo do Sepulveda Canyon, um pouco afastado da rodovia, havia dois postes amarelos baixos. Um dos portões com cinco grades de ferro estava aberto. Por cima da passagem estava pendurada por arames uma placa: ESTRADA PARTICULAR. ENTRADA PROIBIDA. O ar estava quente e quieto e cheio do odor dos eucaliptos.

Cruzei a passagem e peguei uma estrada de cascalho que rodeava um morro, depois uma subida suave que em seguida descia na direção de um vale pouco profundo. Ali embaixo o ar estava alguns graus mais quente do que na estrada. Eu agora podia ver que a estrada de cascalho terminava num círculo em volta de um pouco de grama cercada por pedras que haviam sido caiadas. Do meu lado esquerdo havia uma piscina vazia, e não há nada que pareça mais vazio do que uma piscina vazia. De três lados dela viam-se os vestígios de um gramado cheio de espreguiçadeiras de madeira com acolchoados de cores esmaecidas. As coberturas de lona tinham sido de muitas cores, azul, verde, amarelo, laranja, vermelho-escuro. A costura das bordas estava rompida em alguns pontos, os botões tinham se soltado, e onde isso acontecera o acolchoado estava cheio de inchaços. No quarto lado da piscina havia um alto alambrado que isolava uma quadra de tênis. O trampolim sobre a piscina vazia parecia curvado e cansado. A cobertura dele estava esgarçada em muitos pontos, e havia ferrugem descascada nas partes de metal.

Cheguei ao fim do caminho e parei diante de uma construção de madeira com teto desmantelado e uma ampla varanda. A entrada tinha portas duplas de tela. Moscas gordas e pretas cochilavam pousadas nos painéis. Havia uma porção de alamedas por entre os carvalhos sempre verdes e geralmente empoeirados da Califórnia, conduzindo a alguns chalés rústicos, espalhados aleatoriamente ao longo da encosta suave da colina, alguns deles completamente ocultos. Os que eu podia avistar dali tinham um ar abandonado de baixa estação. Portas trancadas, janelas tapadas por cortinas de tecido de algodão grosso ou algo assim. Dava quase para sentir o pó acumulado nos peitoris.

Desliguei a ignição e fiquei sentado, com as mãos no volante, escutando. Não se ouvia um som sequer. O lugar parecia tão morto quanto a tumba de um faraó, exceto pelo fato de que as portas estavam abertas por trás das telas, e apesar da pouca luz no interior via-se algum movimento lá dentro. Ouvi então assobios nítidos e suaves e o vulto de um homem surgiu por trás das portas de tela, abriu-as e começou a descer os degraus da varanda. Era uma figura, realmente.

Usava um daqueles chapéus gaúchos pretos, achatados, com as tiras trançadas afiveladas abaixo do queixo. Vestia uma camisa de seda branca, imaculadamente limpa, aberta no pescoço, com punhos bem justos e mangas bufantes. Ao pescoço trazia um lenço negro, com franjas nas bordas, amarrado de modo a deixar uma ponta mais curta e outra caindo quase até a cintura. Usava uma faixa preta bem larga e calças pretas, bem justas nos quadris, bordadas em dourado até um ponto em que as calças se abriam em abas, com botões cor de ouro ao longo do bordado. Nos pés, calçava sapatilhas de couro lustroso.

Ele parou na base dos degraus e olhou para mim, ainda assobiando. Era esguio como um chicote. Tinha olhos cor de fumaça, os maiores e mais vazios que já vi, sob longos cílios sedosos. Suas feições eram delicadas e perfeitas, mas sem sinal de fraqueza. O nariz era reto e quase estreito, mas não muito, a boca tinha lábios bonitos e salientes, havia uma covinha no seu queixo, e suas orelhas pequenas se encaixavam graciosamente na cabeça. A pele tinha aquela palidez leve que nunca é tocada pelo sol.

Fez uma pose com a mão esquerda pousada no quadril, e a direita fez uma curva graciosa no ar.

"Saudações", disse. "Um belo dia, não?"

"Aqui dentro estou achando bastante quente."

"Eu gosto quente." Era uma afirmação direta e definitiva, encerrando a discussão. Se eu gostava ou não era algo que ele não estava nem ligando. Sentou-se num degrau, tirou de algum lugar uma lixa e começou a limar as unhas. "Você é do banco?", perguntou, sem levantar a vista.

"Estou procurando o dr. Verringer."

Ele parou de mexer com a lixa e ergueu os olhos para a paisagem calorenta. "Quem é ele?", perguntou, sem o mínimo interesse.

"É o dono desse lugar. Muito lacônico você, hein? Como se não soubesse."

Ele voltou a se dedicar à lixa e às unhas. "Você está mal informado, querido. O banco é o dono deste lugar. O banco executou a propriedade, ou deixou ela sob caução, enfim, esqueço esses detalhes."

Ergueu os olhos para mim com a expressão de um homem para quem detalhes não têm a menor importância. Desci do Olds e me encostei na porta escaldante, depois mudei para uma posição onde recebia um pouco de vento.

"E que banco é esse?"

"Se você não sabe, então não é daqui. Se não é daqui, não tem nada pra tratar aqui. Pegue a estrada, querido. Vá com cuidado, mas vá depressa."

"Preciso falar com o dr. Verringer."

“Essa barraca não está funcionando, querido. Como está escrito na placa, essa é uma estrada particular. Algum idiota esqueceu de trancar o portão.”

“Você é o caseiro?”

“Algo assim. Não faça mais perguntas, querido. Não dá pra confiar no meu gênio.”

“E o que você faz quando fica com raiva? Dança tango com um esquilo?”

Ele ficou de pé num movimento rápido e gracioso. Deu um sorriso minúsculo, vazio. “Parece que vou ter de enfiar você de volta no seu conversível velho”, disse.

“Mais tarde. Como posso falar com o dr. Verringer agora?”

Ele guardou a lixa dentro da camisa e outra coisa tomou o lugar dela em sua mão direita. Com um rápido movimento ele ajustou ali um soco-inglês metálico, reluzente, sobre as falanges. A pele das suas maçãs do rosto ficou mais retesada e no fundo dos seus olhos de fumaça brilhava agora um certo fogo.

Caminhou para mim. Recuei um pouco para dispor de mais espaço. Ele continuava assobiando, mas o assobio agora era agudo, estridente.

“Não temos que brigar”, disse eu. “Não temos nenhum motivo pra entrar numa briga. E pode ser que você rasgue essa calça tão bonita.”

Ele foi rápido como um raio. Deu um pulo bem ágil e sua mão esquerda deu o bote. Eu esperava um jab e esquivei a cabeça, mas o que ele queria era meu pulso direito, e o agarrou. Tinha boa pegada. Me deu um puxão que me desequilibrou, e a mão com o soco-inglês descreveu um arco na minha direção. Se aquilo me atinge na cabeça eu ia ficar um homem muito doente. Se eu o puxasse ele me atingiria no lado do rosto ou no braço, abaixo do ombro. Eu ficaria com o braço inválido ou o rosto inválido, um dos dois. Num momento como aquele só havia uma coisa a fazer.

Cedi ao puxão dele e na passagem bloqueei seu pé esquerdo por trás, agarrei sua camisa e senti quando se rasgou. Algo me atingiu na nuca, mas não era a parte de metal. Girei para a esquerda e ele girou de lado, caiu de gatinhas e já estava de pé de novo antes que eu me aprumasse. Estava sorrindo agora. Estava se deliciando com aquilo tudo. Adorava seu trabalho. Veio com tudo sobre mim.

Uma voz forte e encorpada gritou de algum lugar: "Earl! Pare com isso, já! Já, está me ouvindo?"

O gaúcho se deteve. Havia uma espécie de sorriso mau no seu rosto. Fez um gesto rápido e o soco-inglês desapareceu numa fenda na lateral de sua calça.

Eu me virei e avistei um bloco corpulento de homem numa camisa havaiana, correndo em nossa direção por uma das alamedas, agitando os braços. Aproximou-se, ofegante.

"Está maluco, Earl?"

"Jamais diga isso, Doc", disse Earl com suavidade. Sorriu, deu meia-volta e tornou a sentar no degrau. Tirou o chapéu preto de copa achatada, providenciou um pente e começou a pentear para trás seu cabelo escuro e grosso, com uma expressão distante. Em um ou dois segundos estava assobiando de novo.

O homem grandão com camisa colorida parou e olhou para mim. Eu fiquei parado e olhei para ele.

"O que está havendo aqui?", resmungou ele. "Quem é o senhor?"

"Meu nome é Marlowe. Eu estava perguntando pelo dr. Verringer. Esse rapaz que o senhor chamou de Earl estava a fim de uma brincadeira. Eu acho que está quente demais para isso."

"Eu sou o dr. Verringer", disse ele com dignidade. Virou a cabeça. "Entre na casa, Earl."

Earl ergueu-se devagar. Deu um olhar pensativo para o doutor, ainda sem nenhuma expressão nos olhos de fumaça. Depois subiu os degraus e abriu a porta de tela. Uma nuvem de moscas ergueu-se zumbindo com desagrado, mas pousaram todas de volta quando a porta se fechou.

"Marlowe?" O dr. Verringer voltou sua atenção para mim. "O que posso fazer pelo senhor, sr. Marlowe?"

"Earl disse que isso aqui não está funcionando."

"Correto. Estou apenas aguardando algumas formalidades legais, e depois vou me mudar. Só estamos eu e Earl aqui."

"Estou desapontado", falei, parecendo desapontado. "Pensei que um homem chamado Wade estivesse aqui com o senhor."

Ele suspendeu duas sobrancelhas hirsutas que teriam despertado o interesse de um vendedor de escovas. "Wade? É possível que eu tenha conhecido alguém que se chama assim, é um nome bastante comum. Mas por que ele estaria aqui comigo?"

"Para o tratamento."

Ele franziu a testa. Quando o sujeito tem sobrancelhas como as dele ele franze a testa pra valer. "Eu sou médico, cavalheiro, mas não estou mais exercendo a profissão. A que tipo de tratamento o senhor se refere?"

"Esse indivíduo é um alcoólatra. De vez em quando ele perde a cabeça e desaparece. Às vezes chega em casa por conta própria, às vezes vem carregado por alguém. E às vezes dá trabalho pra ser encontrado." Peguei um cartão de visitas profissional e o estendi para ele.

Ele leu sem muito prazer.

"O que há com Earl?", perguntei. "Ele acha que é Rodolfo Valentino, ou o quê?"

Ele mexeu as sobrancelhas de novo. Eu estava fascinado por elas. Alguns pelos se enroscavam para cima até um comprimento de alguns centímetros. Ele encolheu os ombros maciços.

"Earl é quase inofensivo, sr. Marlowe. O senhor certamente está exagerando. Ele gosta de roupas extravagantes. Nesse aspecto é quase um menino."

"O senhor quer dizer que ele é maluco", disse eu. "Esse lugar aqui é uma espécie de sanatório, não? Ou pelo menos já foi?"

"Certamente que não. Quando estava em funcionamento era uma colônia de artistas. Eu fornecia refeições, alojamento, instalações para lazer e exercícios, e acima de tudo privacidade. E por um preço moderado. Artistas, como se sabe, raramente são pessoas ricas. No conceito de artistas eu incluo, é claro, escritores, músicos etc. Foi um trabalho muito gratificante para mim — enquanto durou."

Ele parecia triste ao dizer isso. As pontas das sobrancelhas penderam um pouco, tal como os cantos de sua boca. Se crescessem um pouco mais, iriam para *dentro* da boca.

"Sei como é", disse eu. "Está nos arquivos. Assim como o caso de suicídio que aconteceu aqui algum tempo atrás. Foi um problema de drogas, não é isso?"

Ele parou de entristecer e eriçou-se todo. "Que arquivos?", perguntou vivamente.

"Temos um arquivo sobre o que chamamos de clínicas com janelas gradeadas, doutor. Lugares de onde não se pode fugir durante uma crise de *delirium tremens*. Pequenos estabelecimentos particulares, ou qualquer coisa assim, que tratam de alcoólatras, viciados em drogas e casos leves de mania."

"Esses lugares têm que ter licença de funcionamento", disse o dr. Verringer com voz áspera.

"Sim. Em teoria, pelo menos. Às vezes eles meio que esquecem disso."

Ele se endireitou, muito pomposo. O sujeito tinha uma espécie de dignidade, não obstante. "Essa sugestão é uma ofensa, sr. Marlowe. Não faço ideia de como o meu nome poderia figurar numa lista dessa natureza. Devo pedir-lhe que se retire."

"Vamos voltar a falar de Wade. Será que ele não pode estar aqui sob outro nome, talvez?"

"Não há ninguém mais aqui a não ser eu e Earl. Estamos sozinhos. Agora, se me dá licença—"

"Eu gostaria de dar uma olhada."

Às vezes é possível fazer alguém se irritar a ponto de dizer o que não queria. Mas não o dr. Verringer. Ele manteve sua posição de dignidade ofendida, e suas sobrancelhas o apoiaram. Olhei na direção da casa. De lá de dentro vinha um som de música, música dançante. E, bem distante, o som de dedos estalando.

"Aposto que ele está dançando", disse eu. "Isso é um tango. Aposto como ele está lá dentro, dançando sozinho. Que garoto."

"Vai se retirar, sr. Marlowe? Ou vou ter que chamar Earl para me ajudar a mandá-lo embora de minha propriedade?"

"OK, já estou indo. Não precisa ficar aborrecido, doutor. Havia apenas três outros nomes começando por V, e o seu parecia o mais promissor dos três. Era a única pista verdadeira que nós tínhamos: 'dr. V.' Ele escreveu isso num papel antes de desaparecer: 'dr. V.'"

"Deve haver dezenas", disse o dr. Verringer, calmamente.

"Oh, claro. Mas não há dezenas no nosso arquivo de clínicas com janelas gradeadas. Obrigado pelo seu tempo, doutor. Earl me deixa um pouco preocupado."

Dei a volta e entrei no carro. Quando acabei de bater a porta o dr. Verringer estava do meu lado. Inclinou-se, com uma expressão agradável.

"Não precisamos discutir, sr. Marlowe. Eu compreendo que na sua profissão às vezes é preciso ser um pouco intrometido. Mas o que o preocupa a respeito de Earl?"

"O que ele faz é uma encenação. Onde a gente vê uma coisa encenada, imagina que pode haver outras. O cara é maníaco-depressivo, não é verdade? Está agora na fase de euforia."

Ele me olhou em silêncio. Parecia grave e polido. "Muitas pessoas interessantes e talentosas já estiveram aqui comigo, sr. Marlowe. Nem todos tinham uma mente tão equilibrada quanto o senhor parece ter. Pessoas de talento são, muitas vezes, neuróticas. Mas eu não tenho instalações para cuidar de lunáticos ou de alcoólatras, mesmo se quisesse me dedicar a esse tipo de trabalho. Não tenho nenhum funcionário a não ser Earl, e ele não é o tipo de pessoa adequado para cuidar de doentes."

"E o senhor diria que ele é o tipo adequado pra que, doutor? Afora o gosto pela dança, e tudo o mais?"

Ele se apoiou na porta do carro. Sua voz assumiu um tom baixo e confidencial. "Os pais de Earl eram um casal de amigos meus, muito queridos, sr. Marlowe. Alguém tem que cuidar dele, e os pais não estão mais entre nós. Earl tem que levar uma vida tranquila, afastada do barulho e das tentações da cidade. Ele é instável, mas basicamente inofensivo. Eu o controlo com toda facilidade, como o senhor viu."

"O senhor tem muita coragem."

Ele suspirou. As sobrancelhas se agitaram de leve, como as antenas de um inseto desconfiado. "Tem sido um sacrifício", disse. "E muito pesado. Pensei que Earl podia me ajudar no meu trabalho aqui. Ele joga tênis muito bem, nada e mergulha como um campeão, e é capaz de passar a noite inteira dançando. Quase sempre é a gentileza em pessoa. Mas de vez em quando tínhamos... incidentes." Ele fez um gesto largo com a mão, como que empurrando lembranças desagradáveis para o fundo da memória. "No final, a escolha era abrir mão de Earl ou abrir mão disso aqui."

Ele ergueu as mãos abertas, as palmas para cima, afastadas, girou-as e deixou-as cair do lado do corpo. Seus olhos pareciam úmidos de lágrimas.

"Vendi o lugar", disse. "Este valezinho pacífico vai se transformar num condomínio. Vão aparecer calçadas, postes elétricos, crianças com patinetes e rádios esbravejando. Vai ter até..." — e ele soltou um suspiro desesperançado — "... televisão". Varreu o ar com a mão. "Espero que eles poupem as árvores", disse, "mas acho que não o farão. Ao longo dessas colinas só veremos as antenas de TV. Mas eu e Earl já estaremos longe a essa altura, espero".

"Adeus, doutor. Meu coração está sangrando por vocês."

Ele estendeu a mão. Estava úmida, mas firme. "Agradeço sua simpatia e compreensão, sr. Marlowe. E lamento não poder ajudá-lo em sua busca pelo sr. Slade."

"Wade", disse eu.

"Perdão. Wade, claro. Adeus, e boa sorte."

Liguei o motor e peguei a estrada de cascalho, retornando por onde viera. Me sentia triste, mas não tão triste quanto o dr. Verringer gostaria que eu me sentisse.

Passei pelo portão, e fui além da curva da estrada o bastante para poder estacionar sem ser visto dali. Saí do carro e voltei caminhando pela borda do asfalto até um ponto de onde podia avistar o portão, junto à cerca de arame farpado que delimitava o terreno. Fiquei embaixo de um eucalipto e esperei.

Passaram-se uns cinco minutos. Então um carro surgiu pela estrada particular espalhando cascalho. Parou num ponto que eu não podia avistar do lugar onde estava. Recuei um pouco mais para dentro dos arbustos. Ouvi um rangido alto, depois o clique de algo metálico e pesado se fechando, e o chocalhar de uma corrente. Depois o ruído de uma marcha sendo engatada e o carro pegou a estrada e se afastou.

Quando o som dele desapareceu por completo voltei para meu Oldsmobile e fiz o retorno, pegando a direção da cidade. Quando passei diante da entrada da estrada particular do dr. Verringer, vi que o portão estava fechado e trancado com cadeado e corrente. Chega de visitas por hoje. Muito obrigado.

17

Dirigi os trinta e poucos quilômetros de volta à cidade, e almocei. Enquanto comia, fui me achando cada vez mais bobo a respeito de tudo aquilo. Você não descobre uma pessoa agindo da maneira que eu tinha agido. Você conhece personagens interessantes como Earl e o dr. Verringer, mas não encontra o homem que está procurando. Você gasta pneus, gasolina, palavras e energia nervosa num jogo que não dá resultado. Você não está nem sequer fazendo algo como apostar o limite da mesa, quatro vezes, no preto 28. Com três nomes começados por V, eu tinha tanta chance de encontrar o meu cliente quanto de derrotar Nick, o Grego, num jogo de dados.

De qualquer maneira, a primeira pista é sempre falsa, um beco sem saída, um indício promissor que acaba explodindo na sua cara sem acompanhamento musical. Mas ele não devia ter dito Slade em vez de Wade. Ele era um homem inteligente. Não esqueceria um nome com tanta facilidade e, se esquecesse, simplesmente esqueceria.

Podia ser que sim ou que não. Não tinha sido uma conversa muito longa. Tomando café, pensei nos doutores Vukanich e Varley. Sim ou não? Com eles eu poderia ocupar a tarde inteira. E, no fim de tudo, ao ligar para a mansão dos Wade em Idle Valley, poderia ouvir que o dono da casa estava de volta ao lar e por enquanto estava tudo um mar de rosas.

Dr. Vukanich era o mais fácil. Ficava a apenas meia dúzia de quarteirões dali. Mas o dr. Varley ficava longe como o diabo, lá nas colinas de Altadena, um trajeto longo, quente e cansativo. Sim ou não?

A resposta final foi sim. Por três boas razões. Uma é que nunca é demais saber mais um pouco sobre o submundo e as pessoas que atuam nele. A segunda é que qualquer coisa que eu pudesse adicionar aos arquivos que Peters colocara à minha disposição seria uma forma de agradecimento e prova de boa vontade. A terceira é que eu não tinha nada mais para fazer.

Paguei a conta, deixei meu carro onde estava e caminhei pela calçada do lado norte até o Edifício Stockwell. Era um prédio antigo com uma tabacaria no saguão e um elevador operado manualmente, que balançava e teimava em não ficar nivelado. O corredor do sexto andar era estreito e as portas tinham painéis de vidro fosco. Era mais velho e muito mais sujo do que o meu prédio. Estava cheio de médicos, dentistas, praticantes da Ciência Cristã que não iam bem das pernas, advogados do tipo que você gostaria de ver defendendo um antagonista seu, o tipo de doutores e dentistas que mal e mal conseguem prosseguir remando. Nem hábeis demais, nem limpos demais, nem diligentes demais, três dólares e por favor pague à enfermeira; homens cansados, desmotivados, que sabem exatamente a situação em que estão, que tipo de pacientes podem arranjar e quanto dinheiro podem espremer deles. Favor Não Pedir Fiado. O Doutor Está, o Doutor Não Está. Esse seu molar aqui está meio solto, sra. Kazinski. Agora, se quiser esse novo preenchimento de acrílico, é tão bom quanto uma obturação de ouro. Posso lhe fazer um por catorze dólares. Se quiser novocaína, são mais dois dólares. O Doutor Está, o Doutor Não Está. Serão Três Dólares a Mais. Por Favor Pague à Enfermeira.

Num edifício como aquele sempre vai haver alguns caras que faturam uma boa grana, mas não parecem. Eles se adaptam ao ambiente vagabundo, que lhes serve de camuflagem protetora. Advogados chicaneiros que se associam nas horas vagas no golpe das fianças (somente cerca de dois por cento de todas as fianças vencidas são recuperadas). Médicos papa-anjo disfarçados de qualquer atividade que possa justificar suas instalações. Vendedores de drogas posando de urologistas, dermatologistas ou qualquer ramo da medicina onde o tratamento tenha de ser frequente, e seja normal o emprego regular de anestésicos.

O dr. Lester Vukanich tinha uma sala de espera pequena e mal mobiliada onde havia uma dúzia de pessoas, todas mal acomodadas. Pareciam umas pessoas quaisquer. Nenhuma placa afixada nelas. Em todo caso, se um viciado em drogas se mantém sob controle você não pode distingui-lo de um escriturário vegetariano. Tive que esperar três quartos de hora. Os pacientes entravam através de duas portas. Um otorrino eficiente pode consultar quatro pessoas ao mesmo tempo, se tiver espaço bastante.

Finalmente entrei. Sentei numa cadeira de couro marrom junto a uma mesa coberta com uma toalha branca onde estavam dispostos vários instrumentos. Um esterilizador borbulhava junto à parede. Dr. Vukanich entrou caminhando vivamente com seu jaleco branco e o espelhinho redondo preso à testa. Sentou num banquinho à minha frente.

"Dor de cabeça e sinusite, é isso? Muito forte?" Olhou para uma pasta que a enfermeira lhe entregara.

Falei que era terrível. Daquelas de cegar. Especialmente quando eu levantava de manhã. Ele assentiu, confiante.

"Característico", disse, e afixou uma tampa de vidro sobre algo que parecia uma caneta-tinteiro.

Empurrou aquilo em minha boca. "Feche os lábios, mas não os dentes", pediu. Enquanto falava, estendeu o braço e apagou a luz. Não havia janela. Em algum lugar um ventilador sussurrava.

Dr. Vukanich retirou seu tubo de vidro e voltou a acender a luz. Olhou para mim com atenção.

"Nenhuma congestão, sr. Marlowe. Se tem dores de cabeça, não se deve a sinusite. Posso até arriscar um palpite de que o senhor nunca teve nenhum problema com seus sínus a vida inteira. Ao que parece, sofreu uma operação no septo tempos atrás."

"Sim, doutor. Levei um chute jogando futebol."

Ele assentiu. "Há uma pequena saliência de osso que deveria ter sido retirada. Mesmo assim, dificilmente vai interferir com a sua respiração."

Recostou-se no banquinho e segurou o joelho com as mãos. "O que esperava que eu fizesse pelo senhor?", perguntou. Era um homem de rosto estreito com uma palidez pouco interessante. Parecia um rato branco com tuberculose.

"Gostaria de conversar sobre um amigo meu. Está em más condições. Ele é escritor. Tem bastante dinheiro, mas não está bem dos nervos. Precisa de ajuda. Passa dias inteiros bebendo sem parar. Precisa de alguma coisa extra, e o ex-médico dele não quer mais colaborar."

"O que quer dizer exatamente com 'colaborar'?", perguntou o dr. Vukanich.

"Tudo o que ele precisa é uma aplicação de vez em quando para ficar tranquilo. Pensei que talvez pudesse conseguir alguma coisa aqui. O dinheiro não seria problema."

"Sinto muito, sr. Marlowe. Isso não está na minha linha de atividade." Ele ficou de pé. "Uma abordagem muito rude, se me permite dizer. Seu amigo pode vir se consultar comigo, se preferir. Mas seria melhor que ele tivesse alguma coisa errada, que precisasse de tratamento. São dez dólares, sr. Marlowe."

"Que é isso, doutor! O seu nome está na lista."

O dr. Vukanich encostou-se na parede e acendeu um cigarro. Estava me dando tempo. Soprou a fumaça e ficou olhando para ela. Entreguei-lhe um dos meus cartões para que desse uma olhada. Ele olhou.

"Que lista é essa?", perguntou.

"As clínicas com janelas gradeadas. Acho que talvez já conheça o meu amigo. O nome dele é Wade. Achei que o senhor talvez o tivesse abrigado em algum quartinho pequeno, pintado de branco. Há dias que ele não aparece em casa."

"Você é um idiota", disse o dr. Vukanich. "Não me meto com trabalhos miúdos como curar bebedeiras de quatro dias. E em todo caso isso não cura coisa nenhuma. Não tenho nenhum quartinho pintado de branco e não conheço o seu amigo, se é que ele existe. São dez dólares, em dinheiro, agora. Ou prefere que eu chame a polícia e preste queixa de que o senhor veio à minha procura para pedir narcóticos?"

"Seria divertido", disse eu. "Faça isso."

"Caia fora daqui, vigarista barato."

Me ergui da cadeira. "Acho que cometi um engano, doutor. A última vez que esse sujeito aprontou uma acabou se refugiando com um doutor cujo nome começa com V. Era uma operação totalmente clandestina. Pegaram-no tarde da noite e o devolveram da mesma maneira, depois que ele se recuperou. Nem sequer esperaram para ver se ele entrava em casa ou não. Então, quando ele volta a fazer bobagem e passa uns dias sem aparecer, claro que damos uma olhada em nossos arquivos, buscando uma pista. E encontramos três médicos cujo nome começa com V."

"Interessante", disse ele com um sorriso frio. Ainda estava me dando tempo. "E essa escolha se baseia em quê?"

Olhei para ele. Sua mão direita se movia devagar pela parte interna do outro braço. Seu rosto estava levemente coberto de suor.

"Desculpe, doutor. Nosso método é confidencial."

"Me dê licença por um instante. Tenho outro paciente que—"

Ele deixou a frase no ar e saiu. Enquanto estava fora, uma enfermeira enfiou a cabeça pela porta, olhou rapidamente para mim e desapareceu.

Então o dr. Vukanich retornou à sala, com aparência alegre. Estava sorridente e relaxado. Seus olhos brilhavam.

"O quê? Ainda está aqui?" Ele ficou surpreso, ou pelo menos fingiu. "Pensei que nossa conversa já tinha terminado."

"Estou saindo. Pensei que tinha me pedido para esperar."

Ele deu uma risadinha. "Sabe de uma coisa, sr. Marlowe? Vivemos em tempos extraordinários. Por meros quinhentos dólares eu poderia mandá-lo para o hospital com vários ossos quebrados. Uma coisa cômica, não é mesmo?"

"Hilária", disse eu. "Foi aplicar uma na veia, hein, doutor? Rapaz, como essas coisas levantam um cara."

Fui na direção da porta. "Hasta luego, amigo", disse ele. "Não esqueça meus dez paus. Pague à enfermeira."

Ele foi até um intercomunicador e estava falando nele no momento em que saí. Na sala de espera estavam as mesmas doze pessoas, ou doze pessoas equivalentes, na mesma pose desconfortável. A enfermeira estava no seu posto.

"Serão dez dólares, por favor, sr. Marlowe. No consultório só aceitamos pagamento em espécie."

Fui caminhando por entre os pés das pessoas, rumo à porta. Ela pulou da cadeira e rodeou a mesinha. Abri a porta.

"E o que acontece quando não lhe pagam?", perguntei a ela.

"Você vai ver o que acontece", disse ela com raiva.

"Claro. Você está apenas fazendo seu trabalho. Eu também. Dê uma olhada no cartão que deixei lá dentro e vai ver qual é o meu trabalho."

Saí. Os pacientes me olharam com olhares desaprovadores. Aquilo não era maneira de tratar um doutor.

18

O dr. Amos Varley era uma proposta completamente diferente. Tinha uma casa grande e antiga no meio de um jardim grande e antigo sombreado por carvalhos grandes e antigos. Era uma edificação maciça com filigranas elaboradas nos beirais por cima da varanda, e a grade pintada de branco da entrada tinha suportes recurvos e entalhados como pernas de um piano de cauda das antigas. Havia vários idosos frágeis na varanda, sentados em espreguiçadeiras e cobertos com mantas.

A entrada tinha portas duplas com vitrais. Dentro, o saguão era amplo e fresco, e o piso de tacos era polido e sem nenhum tapete. Altadena é um lugar quente no verão. Fica apertada de encontro às colinas e o vento passa por cima dela. Oitenta anos atrás, as pessoas sabiam como construir uma casa para um clima assim.

Uma enfermeira num uniforme engomado e branco recebeu meu cartão e depois de alguma espera o dr. Amos Varley concordou em me receber. Era um sujeito grande, careca, com um sorriso acolhedor. Seu longo jaleco era imaculadamente branco, e ele andava sem ruído em solas de borracha.

"O que posso fazer pelo senhor, sr. Marlowe?" Tinha uma voz cheia e suave, capaz de amenizar a dor e confortar os corações ansiosos. O doutor está aqui, não há nada com que se preocupar, tudo vai ficar bem. Tinha aquela atitude aconchegante, em camadas espessas, melosas. Era maravilhoso — e duro como uma placa de armadura.

"Doutor, estou procurando por um homem chamado Wade, um alcoólatra rico que desapareceu de casa. Sua história passada sugere que ele pode estar escondido em algum lugar discreto onde possa ser bem tratado. Minha única pista é uma referência a um 'dr. V.'. O senhor é o terceiro dr. V. que procuro, e estou começando a desanimar."

Ele deu um sorriso bondoso. "Só o terceiro, sr. Marlowe? Certamente há muitos médicos na região de Los Angeles cujos nomes começam com V."

"Sim, mas não há muitos entre eles que têm quartos com janelas gradeadas. Vi alguns no andar superior, na lateral da casa."

"Gente idosa", disse o dr. Varley com tristeza, mas era uma tristeza cheia, profunda. "Pessoas idosas, solitárias, deprimidas e infelizes, sr. Marlowe. Às vezes—" Ele fez um gesto expressivo com a mão, um movimento ascendente em curva, uma pausa e depois uma queda bem suave, como uma folha seca flutuando até o chão. "Não trato alcoólatras aqui", disse com determinação. "Agora, se me dá licença—"

"Sinto muito, doutor. Acontece que o senhor está em nossa lista. Talvez seja um equívoco. Alguma coisa a respeito de um desentendimento com o pessoal de narcóticos, alguns anos atrás."

"É mesmo?" Ele pareceu perplexo, mas logo seu rosto se iluminou. "Ah, sim, um assistente que tive a imprudência de contratar. Por muito pouco tempo. Ele abusou gravemente da minha confiança. Sim, isso mesmo."

"Não foi isso que ouvi", disse eu. "Talvez tenha ouvido mal."

"E o que foi que ouviu, sr. Marlowe?" Ele continuava me dando um tratamento completo de seu sorriso e de sua voz cheia de mel.

"Que o senhor teve de entregar seu bloco de receitas de narcóticos."

Esta o atingiu um pouco. Ele não chegou a fazer uma careta, mas perdeu algumas camadas de charme. Seus olhos azuis tinham agora uma cintilação fria. "E a fonte dessa informação fantástica é...?"

"Uma grande agência de detetives que tem condições de arquivar esse tipo de informação."

"Um grupo de chantagistas baratos, sem dúvida."

"Não são baratos, doutor. A taxa básica deles é de cem dólares por dia. Seu diretor é um antigo coronel da polícia do exército. Não trabalha por uns trocados, doutor. Ele cobra lá em cima."

"Vou ter uma conversa com ele", disse o dr. Varley com frieza e repulsa. "Como se chama?" O sol tinha acabado de se pôr na atitude do dr. Varley. Ia ser uma noite gelada.

"É confidencial, doutor. Mas não se preocupe muito com isso. É coisa de rotina. O nome de Wade não lhe diz nada, talvez?"

"Acho que já sabe o caminho da saída, sr. Marlowe."

A porta de um pequeno elevador se abriu por trás dele. Uma enfermeira empurrou para fora uma cadeira de rodas. A cadeira continha o que restava de um homem velho e alquebrado. Seus olhos estavam fechados, sua pele tinha uma tonalidade azulada. Estava bem agasalhado. A enfermeira empurrou a cadeira silenciosamente através do piso reluzente, até sair por uma porta lateral. O dr. Varley disse, com voz suave:

"Pessoas idosas. Idosas e doentes. Idosas e solitárias. Não volte mais aqui, sr. Marlowe. Vai me causar incômodo. Quando me incomodo posso me tornar desagradável. Eu até diria *muito* desagradável."

"Por mim está bem, doutor. Agradeço pelo seu tempo. Um belo lugar para morrer o senhor tem aqui."

"O que disse?" Ele deu um passo na minha direção, enquanto arrancava as últimas camadas de doçura. As linhas suaves do rosto se crisparam em vincos profundos.

"Qual é o problema?", perguntei. "Já vi que o homem que procuro não estaria aqui. Eu não procuraria aqui nenhuma pessoa que fosse capaz de se defender. Pessoas velhas e doentes. Pessoas solitárias e doentes. O senhor mesmo disse, doutor. Pessoas que ninguém quer, mas que têm dinheiro e herdeiros impacientes. A maior parte delas provavelmente seriam julgadas incapazes por qualquer tribunal."

"Estou me aborrecendo", disse o dr. Varley.

"Comida leve, sedação leve, tratamento firme. Levá-los para um banho de sol, levá-los de volta para a cama. Grades nas janelas, para o caso de alguns deles ainda terem algum tutano. Eles o adoram, doutor, todos eles. Morrem segurando sua mão e vendo a tristeza em seus olhos. Que é genuína."

"Certamente que é", disse ele com voz carregada. Suas mãos estavam agora com punhos cerrados. Era o momento de cair fora, mas ele estava me causando náuseas.

"Claro que é", falei. "Ninguém gosta de perder um cliente que paga bem. Especialmente um a quem nem mesmo é preciso agradar."

"Alguém tem que cuidar disso", disse ele. "Alguém tem que cuidar dessas pessoas tão idosas e tão tristes, sr. Marlowe."

"Alguém também tem que limpar fossas. Por falar nisso, esse é um trabalho limpo e honesto. Até a vista, dr. Varley. Quando eu estiver achando meu trabalho sujo demais pensarei no senhor. Vai me aliviar que é uma beleza."

"Seu piolho imundo", disse o dr. Varley por entre os dentes brancos e largos. "Eu devia parti-lo ao meio. Meu trabalho é honrado, e faz parte de uma profissão honrada."

"Sim", disse eu, olhando-o com cansaço. "Sei que é. Mas tem cheiro de morte."

Ele não me deu um soco, de modo que passei por ele e saí. Olhei para trás, ao passar pelas portas duplas. Ele continuava ali parado. Estava pondo de volta as camadas de mel.

19

Dirigi de volta para Hollywood me sentindo como um pedaço de barbante mastigado. Ainda era cedo demais para jantar, e muito quente. Liguei o ventilador ao entrar no escritório. Não tornou o ar mais frio, apenas mais animado. Lá fora, na avenida, o trânsito fazia uma barulheira sem fim. Minha mente estava cheia de pensamentos grudados como insetos num papel pega-moscas.

Três tiros, três erros. Tudo o que fiz foi visitar um médico depois de outro.

Liguei para a casa dos Wade. Um sotaque meio mexicano atendeu e disse que a sra. Wade não estava em casa. Perguntei pelo sr. Wade. A voz disse que o sr. Wade também não se encontrava. Deixei meu nome. Ele não aparentou dificuldade em entendê-lo. Disse que era o criado.

Liguei para George Peters nas Organizações Carne. Talvez ele conhecesse mais algum médico. Ele não estava. Deixei um nome inventado e o telefone verdadeiro. Uma hora passou se arrastando, como uma barata doente. Eu era um grão de areia no deserto do oblívio. Eu era um vaqueiro com dois revólveres e nenhuma bala. Três tiros, três erros. Detesto quando essas coisas vêm de três em três. Você procura o sr. A. Nada. Você procura o sr. B. Nada. Você procura o sr. C. Mesma coisa. Uma semana depois você descobre que deveria ter sido o sr. D. Só que você não sabia da existência dele, e, quando descobre, o cliente já mudou de ideia e liquidou a investigação.

Os doutores Vukanich e Varley estavam fora de cogitação. Varley era rico demais para se meter com casos de alcoolismo. Vukanich era um coitado que vivia na corda bamba, e que se aplicava na veia dentro do próprio consultório. Os serventes deviam saber de tudo. Alguns dos pacientes, pelo menos, deviam saber. Tudo o que era preciso para acabar com ele era alguém de cabeça quente e um telefonema. Wade jamais teria chegado perto dele, bêbado ou sóbrio. Talvez não fosse o sujeito mais esperto do mundo — muitas pessoas bem-sucedidas estão longe de ter mentes privilegiadas —, mas não seria estúpido o bastante para se envolver com Vukanich.

A única possibilidade era o dr. Verringer. Ela tinha o local, tinha a privacidade. Provavelmente tinha a paciência necessária. Mas Sepulveda Canyon ficava muito distante de Idle Valley. Onde estaria o ponto de contato, como será que os dois se conheciam, e se Verringer era dono da propriedade e tinha oferta de um comprador, estava a caminho de pôr as mãos num bom dinheiro. Isso me deu uma ideia. Liguei para um cara que eu conhecia numa imobiliária para saber a situação da propriedade. Sem resposta. A empresa já tinha encerrado o expediente.

Resolvi encerrar o meu também. Dirigi para La Cienaga até o Rudy's Bar-B-Q, onde dei meu nome ao mestre de cerimônias e esperei meu grande momento sentado no balcão, com um uísque sour à minha frente e as valsas de Marek Weber nos meus ouvidos. Depois de algum tempo pude cruzar a corda de veludo e devorei um dos "mundialmente famosos" bifes Salisbury de Rudy — hambúrguer numa prancha de madeira, cercado de purê de batatas tostado, rodelas de cebola frita e uma daquelas saladas mistas que um homem come docilmente nos restaurantes, embora provavelmente reagisse aos berros se a esposa lhe servisse uma quando jantam em casa.

Depois, voltei para casa. Quando abri a porta da frente o telefone começou a tocar.

"Aqui é Eileen Wade, sr. Marlowe. Pediu que eu lhe telefonasse."

"Só para saber se alguma coisa nova tinha acontecido por aí. Passei o dia conversando com médicos e não fiz nenhuma amizade."

"Não, nada aqui. Sinto muito. Ele ainda não apareceu. Não posso deixar de ficar ansiosa. Bem, o senhor não tem nada para me dizer, imagino." A voz dela estava baixa e sem ânimo.

"É uma cidade grande e populosa, sra. Wade."

"Hoje à noite se completam quatro dias."

"Sim, mas não chega a ser tanto tempo assim."

"Para mim, é." Ficou calada alguns instantes. "Tenho pensado muito, tentando lembrar alguma coisa", prosseguiu. "Deve haver alguma coisa, alguma espécie de indício ou de lembrança. Roger fala muito, sobre todo tipo de coisa."

"O nome Verringer significa alguma coisa para a senhora?"

"Não, receio que não. Deveria?"

"A senhora contou que uma vez o sr. Wade foi trazido para casa por um rapaz jovem, vestido de caubói. Seria capaz de reconhecer esse rapaz se o visse novamente?"

"Suponho que sim", disse ela, com hesitação. "Se as circunstâncias fossem as mesmas. Mas eu o vi apenas de maneira muito rápida. Ele se chama Verringer?"

"Não, sra. Wade. Verringer é um homem robusto, de meia-idade, que administra, ou melhor dizendo administrou, uma espécie de hotel-fazenda em Sepulveda Canyon. Há um rapaz que trabalha para ele, chamado Earl, que gosta de roupas extravagantes. E Verringer se considera um doutor."

"Isso é ótimo", disse ela, calorosamente. "Não acha que está na pista certa?"

"Posso estar na pista falsa, como um cão resfriado. Avisarei quando souber de alguma coisa. Queria só conferir se Roger não tinha voltado para casa e se a senhora não tinha lembrado alguma coisa."

"Receio que não esteja sendo de muita utilidade", disse ela com tristeza. "Por favor, me ligue a qualquer hora, não importa se é tarde ou não."

Falei que faria isso, e desligamos. Peguei um revólver e uma lanterna com três pilhas para levar comigo desta vez. O revólver era um pequeno .32 de cano curto e cartuchos de ponta chata. O rapazinho do dr. Verringer, Earl, podia ter consigo outros brinquedos além do soco-inglês, e se os tivesse era maluco a ponto de usá-los.

Peguei a estrada novamente, o mais depressa que pude. Era uma noite sem lua, e estaria bastante escuro quando eu chegasse à propriedade do dr. Verringer. Escuridão era o que eu precisava.

O portão continuava fechado com cadeado e corrente. Passei direto por ele e estacionei mais adiante na estrada. Ainda havia alguma luz por entre as árvores, mas não duraria muito tempo. Pulei por cima do portão e caminhei pela encosta, procurando alguma trilha. Ao longe, no vale, julguei ter escutado o pio de uma codorna. Uma pomba selvagem se queixava das misérias da vida. Não havia nenhuma trilha por entre as árvores, ou pelo menos não a encontrei, de modo que voltei à estrada e comecei a caminhar ao longo do cascalho. Os eucaliptos deram lugar aos carvalhos, e depois que cruzei a crista das colina vi luzes a distância. Precisei de três quartos de hora para conseguir chegar perto da piscina e da quadra de tênis, e atingir um ponto de onde podia ver de cima para baixo a casa principal, onde a estrada acabava. Havia luzes acesas, e eu podia ouvir música lá dentro. E lá no alto, entre as árvores, havia luz num chalé. Havia outros chalés às escuras espalhados pela encosta, pelo meio das árvores. Comecei a seguir uma trilha e de repente uma luz potente foi acesa na parte de trás do prédio principal. Parei ali mesmo, mas a luz não estava à procura de nada. Ela apontava diretamente para baixo e criava um largo círculo iluminado na varanda traseira e no espaço diante dela. Então ouvi uma porta bater e Earl apareceu. Foi então que eu soube que estava no lugar certo.

Earl estava vestido de vaqueiro esta noite, e tinha sido um vaqueiro quem levara Roger Wade para casa da vez anterior. Ele estava girando um laço de corda. Usava uma camisa escura com bordados brancos e um lenço de bolinhas amarrado meio frouxo no pescoço. Usava um cinto largo de couro cheio de enfeites prateados e um par de coldres de couro cinzelados com dois revólveres de coronha de marfim. Trajava calça de montaria bem elegante e botas negras, reluzentes, com bordados brancos. Na parte de trás de sua cabeça estava um *sombrero* branco e o que parecia um cordão de prata caindo frouxo sobre a camisa, com as pontas soltas.

Ele parou ali, sozinho sob a luz do holofote, girando o laço ao seu redor, pisando dentro e fora dele, um ator sem plateia, um vaqueiro esguio, alto e bonito dando um show só para si mesmo e amando cada segundo daquilo. Earl-Duas-Pistolas, o Terror do Condado de Cochise. O lugar para ele deveria ser um daqueles hotéis-fazenda tão exageradamente "western" que até as telefonistas usam botas de vaqueiro no trabalho.

Nesse instante ele ouviu um som, ou fingiu ter ouvido. Largou o laço no chão, suas mãos puxaram as armas do coldre, com os polegares armando os revólveres enquanto eram erguidos. Ficou examinando a escuridão. Eu não ousei me mexer. Os malditos revólveres podiam estar carregados. Mas o holofote cegava, e ele não viu nada. Enfiou as armas de volta no coldre, apanhou a corda, enrolou-a descuidadamente e voltou a entrar na casa. A luz foi apagada, e eu relaxei.

Fui rodeando as árvores e me aproximei do pequeno chalé iluminado que havia na encosta. Nenhum som vinha de lá. Cheguei perto de uma janela protegida por tela e olhei para dentro. A luz vinha de uma lâmpada sobre uma mesa de cabeceira, ao lado de uma cama. Um homem estava deitado de rosto para cima, o corpo relaxado, os braços vestidos de pijama saindo para fora da coberta, os olhos abertos fitando o teto. Parecia ser um homem grande. Seu rosto estava meio na sombra, mas dava para ver que estava pálido e com a barba por fazer, uma barba equivalente à quantidade certa de dias. Os dedos das mãos abertas estavam imóveis, para fora da cama. Dava a impressão de estar assim há horas.

Ouvi passos na trilha que ficava do lado oposto do chalé. Uma porta de tela rangeu e então o vulto maciço do dr. Verringer surgiu no umbral. Trazia o que me pareceu um copo grande cheio de suco de tomate. Acendeu uma luminária. Sua camisa havaiana refletiu um brilho amarelado. O homem na cama nem sequer olhou para ele.

O dr. Verringer pôs o copo sobre a mesa de cabeceira, puxou uma cadeira e sentou-se. Pegou um dos braços do homem e tomou-lhe o pulso. "Como está se sentindo agora, sr. Wade?" Sua voz era gentil e prestativa.

O homem na cama não respondeu nem olhou para ele. Continuou de olhos pregados no teto.

"Ora, ora, sr. Wade. Não vamos ser teimosos. Seu pulso está somente um pouco mais rápido do que o normal. O senhor está um pouco fraco, mas, fora isso—"

"Tejjy", disse de repente o homem na cama, "diga a esse filho da puta que se ele sabe como estou não precisa se dar o trabalho de perguntar". Tinha uma voz clara e agradável, mas a entonação era amarga.

"Quem é Tejjy?", perguntou pacientemente o dr. Verringer.

"Minha porta-voz. Está ali naquele canto."

O dr. Verringer ergueu os olhos. "Estou vendo uma pequena aranha", disse. "Deixe de encenação, sr. Wade. Não precisa disso comigo."

"*Tegenaria domestica*, o nome da aranha saltadora comum, parceiro. Gosto de aranhas. Elas quase nunca usam camisas havaianas."

O dr. Verringer umedeceu os lábios. "Não tenho tempo para essas brincadeiras, sr. Wade."

"Não tem nada de brincadeira a respeito de Tejjy." Wade virou a cabeça lentamente, como se ela fosse muito pesada, e olhou com ressentimento para o doutor. "Tejjy é seriíssima. Ela sobe em você. Quando você não está olhando, ela dá mais um pulinho pra frente. Dentro de pouco tempo está na distância certa, e dá o último pulo. E suga você até secar, doutor. Deixa você totalmente seco. Tejjy não devora você. Ela apenas suga todos os seus sucos até que não resta nada senão a pele. Se planeja ainda usar essa camisa por muito tempo, doutor, eu diria que isso vai acontecer mais rápido do que imagina."

O dr. Verringer recostou-se na cadeira. "Preciso de cinco mil dólares", disse calmamente. "Quando pode conseguir?"

"Já te dei seiscentos e cinquenta", disse Wade rudemente. "Além do troco que tinha nos bolsos. Que diabo de preço se cobra nesse bordel?"

"Isso é troco miúdo", disse o dr. Verringer. "Eu lhe disse que minhas tarifas tinham aumentado."

"Não disse que elas tinham escalado o monte Wilson."

"Não tire o corpo fora, Wade", disse o dr. Verringer, secamente. "Você não está em posição de fazer gracinhas. E também traiu a minha confiança."

"Não sabia que isso existia."

O dr. Verringer tamborilou devagar no braço da cadeira. "Você me ligou no meio da noite", disse. "Estava em péssimas condições. Disse que se mataria se eu não fosse. Eu não queria ir, e você sabe por quê. Não tenho licença para a prática da medicina neste Estado. Estou tentando me livrar desta propriedade sem ter perda total. Preciso tomar conta de Earl, e ele estava entrando numa de suas fases ruins. Eu lhe disse que custaria uma boa grana. Você continuou insistindo, e eu fui. Quero cinco mil dólares."

"Eu estava encharcado de bebida", disse Wade. "Você não pode cobrar isso de um homem. Já te paguei o suficiente."

"Além disso", disse devagar o dr. Verringer, "você revelou meu nome a sua esposa. Disse a ela que eu ia buscá-lo".

Wade o olhou, surpreso. "Não fiz nada disso", disse. "Nem sequer a vi. Ela estava dormindo."

"Numa outra hora, então. Hoje apareceu aqui um detetive particular procurando por você. Não havia como ele saber onde procurá-lo, a menos que alguém lhe dissesse. Eu o mandei embora, mas ele pode voltar. Vai ter que voltar para casa, sr. Wade. Mas antes eu quero os meus cinco mil dólares."

"O senhor não é o sujeito mais inteligente do mundo, hein, doutor? Se minha mulher soubesse onde estou, por que ela precisaria de um detetive? Ela podia vir pessoalmente — supondo que se preocupasse a esse ponto. Podia ter trazido Candy, o nosso criado. Candy cortaria em fatias o seu janotinha antes que o janotinha decidisse qual filme estava estrelando hoje."

"Você tem uma língua venenosa, Wade. E uma mente suja."

"Tenho cinco mil dólares sujos também, doutor. Tente consegui-los."

"Você vai me preencher um cheque", disse o dr. Verringer com firmeza. "Agora, nesse instante. Depois vai se vestir, e Earl vai levá-lo para casa."

"Um cheque?" Wade estava quase gargalhando. "Claro que te darei um cheque. Muito bem. E como vai descontá-lo?"

O dr. Verringer deu um sorriso tranquilo. "Pensa que vai deixar de me pagar, sr. Wade. Mas não vai. Posso lhe garantir que não vai."

"Seu gordo safado!", gritou Wade para ele.

O dr. Verringer abanou a cabeça. "Em algumas coisas sou safado, sim. Mas não em tudo. Sou um personagem complexo, como a maior parte das pessoas. Earl vai deixá-lo em casa."

"Nada disso. Esse sujeitinho me dá arrepios", disse Wade.

O dr. Verringer ficou de pé calmamente, estendeu o braço e deu uns tapinhas no ombro do homem deitado. "Aos meus olhos, Earl é bastante inofensivo, sr. Wade. Eu sei como controlá-lo."

"Diga como", uma voz diferente disse, e Earl entrou pela porta, ainda vestindo seu uniforme de Roy Rogers. O dr. Verringer se virou, sorrindo.

"Quero esse psicopata longe de mim", gritou Wade, demonstrando medo pela primeira vez.

Earl pôs as mãos no cinto ornamentado. Seu rosto estava impassível. Um assobio muito leve passou por entre seus lábios. Ele se moveu devagar pelo aposento.

"Não devia ter dito isso", disse rapidamente o dr. Verringer, e se virou para Earl. "OK, Earl. Posso cuidar sozinho do sr. Wade. Vou ajudá-lo a se vestir enquanto você traz o carro para perto do chalé, o mais perto possível. O sr. Wade está muito fraco."

"E vai ficar mais fraco ainda", disse Earl numa voz sibilante. "Saia da minha frente, gordo."

"Ora, ora, Earl..." Ele estendeu a mão e segurou o rapaz pelo braço. "Não está querendo voltar para Camarillo, está? Basta uma palavra minha e—"

Ele só foi até aí. Earl sacudiu e soltou o braço, e sua mão direita se ergueu com um brilho metálico. O punho com soco-inglês se chocou contra a mandíbula do dr. Verringer, que desabou como se tivesse levado um tiro no coração. A queda dele abalou todo o chalé, e eu comecei a correr.

Alcancei a porta e a escancarei. Earl girou, inclinando-se um pouco para a frente, olhando para mim sem me reconhecer. Havia um som borbulhante brotando dos seus lábios. Ele me atacou com rapidez.

Puxei a arma e deixei que a visse. Não fez efeito. Ou as armas dele não estavam carregadas ou ele já tinha se esquecido delas. O soco-inglês era tudo de que ele precisava. Veio na minha direção.

Disparei na janela aberta do lado oposto da cama. O estalo do tiro naquele quarto pequeno pareceu muito mais alto do que deveria. Earl se deteve. Sua cabeça girou e ele olhou o buraco aberto na tela da janela. Voltou a olhar para mim. Aos poucos seu rosto adquiriu vida e ele sorriu.

"O que aconteceu?", perguntou.

"Tire esse soco-inglês", disse eu, olhando-o bem nos olhos.

Ele abaixou os olhos surpresos até a mão. Arrancou o objeto e o jogou descuidadamente num canto.

"Agora o cinto com as armas", disse eu. "Não toque nas armas, só na fivela."

"Não estão carregadas", disse ele, sorrindo. "Ora, não são nem sequer revólveres, são objetos de cena."

"Vamos. O cinto."

Ele olhou o meu .32 de cano curto. "Esse é de verdade? Ah, claro que é. A tela. É, a tela."

O homem na cama não estava mais na cama. Estava por trás de Earl. Estendeu o braço com rapidez e puxou uma das armas do coldre. Earl não gostou disso. Deu para ver no seu rosto.

"Afaste-se dele", disse eu, irritado. "Bote isso de volta."

"Ele tem razão", disse Wade. "São armas de mentira." Ele recuou e colocou a arma reluzente em cima da mesa de cabeceira. "Meu Deus, estou mais fraco do que um braço quebrado."

"Tire o cinto", falei pela terceira vez. Quando se começa alguma coisa com um sujeito como Earl é preciso ir até o fim. Seja simples e não mude de ideia.

Ele obedeceu finalmente, de um modo quase amistoso. Então, segurando o cinto, caminhou até a mesa de cabeceira, pegou a outra arma, enfiou-a no coldre e voltou a afivelar o cinto na cintura. Deixei que o fizesse. Foi só então que ele viu o dr. Verringer encolhido no chão, junto à parede. Deu uma exclamação de susto, cruzou rapidamente o aposento indo até o banheiro, e voltou de lá com uma jarra de vidro cheia de água, que despejou na cabeça do doutor. O dr. Verringer tossiu e cuspiu água, rolou o corpo para o lado. Soltou um gemido. Levou a mão ao queixo. Então começou a se pôr de pé. Earl o ajudou.

"Sinto muito, doutor. Acho que bati sem ter visto quem era."

"Está tudo bem, não quebrei nada", disse Verringer, afastando-o com um gesto. "Traga o carro até aqui, Earl. E não esqueça a chave do cadeado lá de baixo."

"Trazer o carro aqui, claro. Agora mesmo. Chave do cadeado. Entendi. Agora mesmo, doutor."

Saiu do chalé assobiando.

Wade estava sentado na borda da cama, parecendo trêmulo. "Você é o detetive de quem ele falou?", perguntou. "Como me achou?"

"Perguntando por aí a pessoas que conhecem essas coisas", respondi. "Se quer ir pra casa, é melhor se vestir."

O dr. Verringer estava apoiado na parede, esfregando o queixo. "Vou ajudar ele", disse, com a voz pastosa. "Tudo que eu faço é ajudar outras pessoas e levar um chute nos dentes."

"Sei como se sente", disse eu.

Saí do chalé e deixei os dois se preparando.

20

O carro estava ali perto quando eles saíram, mas Earl tinha sumido. Tinha estacionado o carro, desligado as luzes e caminhado de volta até a casa principal sem me dizer nada. Continuava assobiando, como que tentando lembrar uma melodia semiesquecida.

Wade se instalou cuidadosamente no banco de trás, e eu sentei ao lado dele. O dr. Verringer sentou ao volante. Se o seu queixo estava muito machucado ou se a cabeça lhe doía, ele não deu nenhum sinal disso ou tocou no assunto. Descemos a colina, passamos pela estrada de cascalho e, quando chegamos ao final Earl já tinha aberto o cadeado e escancarado o portão para nós. Indiquei a Verringer onde estava o meu carro e ele parou do lado. Wade entrou nele e ficou sentado em silêncio, olhando para o vazio. Verringer desceu, deu a volta e parou junto da janela dele. Falou com Wade com voz mansa.

"A respeito dos meus cinco mil dólares, sr. Wade. O cheque que me prometeu."

Wade deslizou para a frente no banco e apoiou a cabeça no encosto. "Vou pensar no assunto."

"O senhor prometeu. E eu estou precisando."

"A palavra é coerção, Verringer, e ameaça de violências. Agora eu estou protegido."

"Eu alimentei você, eu limpei você", insistiu Verringer. "Vim todas as noites. Eu protegi você. Eu curei você — por enquanto, pelo menos."

"Não vale cinco mil", disse Wade com desdém. "Você já achou dinheiro bastante nos meus bolsos."

Verringer se recusava a entregar os pontos. "Me prometeram uma conexão em Cuba, sr. Wade. O senhor é um homem rico. Deveria ajudar a quem está precisando. Eu tenho que cuidar de Earl. Para poder aproveitar aquela oportunidade preciso de dinheiro. Posso pagar de volta, integralmente."

Comecei a me sentir incomodado. Queria acender um cigarro, mas receei que Wade se sentisse mal.

"Vai me pagar de volta porra nenhuma", disse Wade, aborrecido. "Você não vai viver tanto assim. Qualquer noite dessas seu janotinha vai te matar enquanto você dorme."

Verringer deu um passo para trás. Eu não podia ver a expressão em seu rosto, mas sua voz tornou-se dura. "Há maneiras mais desagradáveis de morrer", disse ele. "Acho que a sua será uma delas."

Caminhou de novo até seu carro e entrou. Fez a volta, passou pelo portão e sumiu. Dei marcha à ré, fiz o retorno e parti para a cidade. Depois de dois ou três quilômetros Wade murmurou: "Por que eu teria que dar cinco mil dólares a esse gordo vagabundo?"

"Não há motivo nenhum."

"Então, por que me sinto um filho da puta em não ter dado?"

"Não há motivo nenhum."

Ele girou a cabeça só o bastante para olhar para mim. "Ele cuidou de mim como se eu fosse um bebê", disse. "Mal saiu de perto de mim um só instante, com medo de que Earl aparecesse e me espancasse. Esvaziou até a última moeda que eu trazia nos bolsos."

"Provavelmente o senhor permitiu."

"Está do lado dele?"

"Deixa pra lá", disse eu. "Isso aqui, pra mim, é só um trabalho."

Silêncio por mais uns dois quilômetros. Quando entramos nos primeiros subúrbios, Wade falou de novo.

"Talvez eu pague a ele. Está falido. A propriedade foi executada. Ele não vai poder receber um centavo por ela. Tudo por causa daquele psicopata. Por que diabo ele faz isso?"

"Não posso imaginar."

"Sou escritor", disse Wade. "Em princípio deveria entender o que se passa na cabeça das pessoas. E não entendo porra de coisa nenhuma sobre ninguém."

Fiz uma curva e depois de uma pequena subida as luzes do vale se desdobraram infinitas diante de nós. Peguei a estrada norte e oeste que vai para Ventura. Depois de algum tempo passamos por dentro de Encino. Parei num sinal e olhei para as luzes lá no alto da colina, onde ficavam as mansões. Em uma delas os Lennox tinham vivido. Seguimos em frente.

"Vamos entrar logo mais adiante", disse Wade. "Ou talvez você já saiba."

"Já sei."

"A propósito, você ainda não disse como se chama."

"Philip Marlowe."

"Um bom nome." A voz dele sofreu uma mudança brusca. "Espere um instante. Você é o cara que esteve envolvido com Lennox?"

"Sou."

Ele estava olhando para mim, na escuridão do carro. Passamos os últimos edifícios da rua principal de Encino.

"Eu conhecia ela", disse Wade. "Um pouco. Quanto a ele, nunca o vi. Uma história estranha, essa. A polícia fez você passar um aperto, hein?"

Não respondi.

"Talvez você não goste de falar a respeito", disse ele.

"Pode ser. Por que lhe interessaria?"

"Que diabo, sou escritor. Deve ser uma história e tanto."

"Tire essa noite de folga. Deve estar se sentindo muito fraco."

"OK, Marlowe. OK. Você não gosta de mim. Já entendi."

Chegamos ao ponto onde fiz a volta e peguei as colinas baixas com um vale entre elas, Idle Valley.

"Não gosto nem desgosto do senhor", disse eu. "Não o conheço. Sua esposa me pediu que o encontrasse e o trouxesse para casa. Quando eu o deixar em casa, acabou. Por que ela me escolheu não sei dizer. Como já falei, pra mim não passa de um trabalho."

Pegamos o flanco da colina até alcançar uma estrada mais larga e mais bem pavimentada. Ele disse que a casa dele ficava um quilômetro mais adiante, do lado direito. Disse o número, que eu já sabia. Para um sujeito nas condições físicas em que estava, era bastante falador.

"Quanto ela está te pagando?", perguntou.

"Não falamos a respeito."

"Seja quanto for, não é o bastante. Devo-lhe mil agradecimentos. Você fez um belo trabalho, parceiro. Eu não valho tanto esforço."

"É só como está se sentindo agora à noite."

Ele riu. "Sabe de uma coisa, Marlowe? Eu podia simpatizar com você. Você é meio filho da puta, tanto quanto eu."

Chegamos à casa. Era uma casa de teto de madeira, de dois andares, com uma pequena varanda com pilastras, um extenso gramado separando a cerrada sebe exterior, cerca de madeira branca, e a entrada. Havia luz na varanda. Pus o carro na rampa de acesso e parei perto da garagem.

"Pode ir sem ajuda?"

"Claro." Ele desceu do carro. "Não quer entrar para um drinque, ou algo assim?"

"Hoje não, obrigado. Esperarei aqui até que entre em casa."

Ele ficou parado ali, respirando forte. "Está bem", disse.

Deu meia-volta e andou com cuidado ao longo de uma trilha calçada de lajes que conduzia à porta da frente. Apoiou-se por um instante numa pilastra branca, depois mexeu na porta. A porta se abriu, ele entrou. A porta continuou aberta e a luz se projetou ao longo do gramado. Houve um barulho súbito de vozes. Comecei a dar marcha à ré na rampa, com o auxílio da luz traseira. Alguém me chamou.

Olhei e vi Eileen Wade parada no umbral. Continuei dando marcha à ré e ela começou a correr. Então, tive que parar. Desliguei as luzes e desci do carro. Quando ela se aproximou eu disse:

"Eu devia ter avisado por telefone, mas tive receio de deixar ele sozinho."

"Claro. Teve muito trabalho?"

"Bem... um pouco mais do que tocar a campainha."

"Por favor, entre em casa e me conte como foi."

"Ele precisa se deitar. Amanhã estará novo em folha."

"Candy vai levá-lo para a cama", disse ela. "Esta noite ele não vai beber, se é a isso que se refere."

"Nunca pensei nisso. Boa noite, sra. Wade."

"O senhor deve estar cansado. Não quer um drinque?"

Acendi um cigarro. Parecia que eu não provava tabaco havia uma semana. Aspirei a fumaça com gosto.

"Posso dar só um trago?"

Ela se aproximou e eu lhe estendi o cigarro. Ela deu um trago e tossiu. Devolveu o cigarro rindo. "Sou totalmente amadora, como pode ver."

"Então a senhora conhecia Sylvia Lennox", disse eu. "Foi por isso que pensou em me contratar?"

"Eu conhecia quem?" Ela pareceu perplexa.

"Sylvia Lennox." Eu estava de novo com o cigarro, e o estava devorando bem depressa.

"Oh", disse ela, surpresa. "Aquela garota que foi... assassinada. Não, eu não a conhecia pessoalmente. Mas sabia quem era. Não lhe falei isso?"

"Desculpe, acho que esqueci o que me falou."

Ela estava parada bem quieta, perto de mim, esguia e alta num vestido branco qualquer. A luz da porta aberta tocava o seu cabelo e produzia um brilho suave nas bordas.

"Por que perguntou se isso tem algo a ver com o fato de, como falou, eu ter querido contratá-lo?" Quando não respondi imediatamente ela continuou: "Roger lhe disse que a conhecia?"

"Ele falou alguma coisa sobre o caso quando eu lhe disse meu nome. Não ligou as duas coisas imediatamente, mas depois percebeu. Ele fala tanto que não consigo lembrar metade do que disse."

"Entendi. Preciso entrar, sr. Marlowe, e ver se meu marido precisa de alguma coisa. Se não quiser entrar—"

"Vou deixar isso pra que decida", disse eu.

Segurei-a e a puxei de encontro a mim, e inclinei sua cabeça para trás. Beijei-a com força na boca. Ela não reagiu e também não correspondeu. Livrou-se de mim com delicadeza e parou, me olhando.

"O senhor não devia ter feito isso", disse. "Foi um erro. O senhor é uma pessoa muito boa."

"Claro. Um grande erro", concordei. "Mas eu fui um pistoleiro muito legal e fiel e bem-comportado o dia inteiro. Me deixei seduzir pra aceitar uma das empreitadas mais idiotas que já peguei, e quero ir pro inferno se tudo não aconteceu como se alguém tivesse planejado num roteiro. Quer saber de uma coisa? Eu acho que você sabia o tempo todo onde ele estava — ou pelo menos sabia o nome do dr. Verringer. Tudo o que queria era que eu me envolvesse com ele, ficasse ligado a ele de tal maneira que viesse a ter um senso de responsabilidade em relação a ele. Ou será que estou maluco?"

"Claro que está maluco", disse ela friamente. "É a coisa mais absurda que já escutei." Ela começou a se afastar.

"Espere um minuto", falei. "Esse beijo não vai deixar marcas. Você está só pensando que vai. E não me diga que sou uma boa pessoa. Prefiro ser um canalha."

Ela olhou para trás. "Por quê?"

"Se eu não tivesse sido uma boa pessoa com Terry Lennox, ele ainda estaria vivo."

"É mesmo?", disse ela com calma. "Como pode ter tanta certeza? Boa noite, sr. Marlowe. E muitíssimo obrigada por quase tudo."

Ela caminhou acompanhando a curva do gramado. Eu a vi entrar na casa. A porta se fechou. A luz da varanda foi apagada. Fiz um aceno para o vazio, peguei meu carro e fui embora.

21

Na manhã seguinte, acordei tarde, em função do belo pagamento que tinha ganho na véspera. Tomei uma xícara extra de café, fumei um cigarro extra, comi uma fatia extra de bacon canadense, e pela tricentésima vez jurei que nunca mais usaria um barbeador elétrico. Isso tornou o dia mais normal. Cheguei ao escritório por volta das dez, peguei alguns itens de correspondência, rasguei os envelopes e deixei o que continham espalhado sobre a mesa. Abri as janelas totalmente para deixar sair o cheiro abafado de poeira que se acumulara durante a noite e permanecia boiando no ar, nos cantos da sala, nas ripas da persiana. Uma mariposa morta estava aberta no canto da mesa. No peitoril da janela, uma abelha com asas esfarrapadas arrastava-se sobre a tábua, zumbindo de uma maneira cansada e remota, como se ela soubesse que não adiantava, que estava acabada, que tinha voado em muitas missões e nunca voltaria para a colmeia.

Eu sabia que ia ser um daqueles dias malucos. Acontecem com todo mundo. Dias em que ninguém aparece a não ser os que perderam um parafuso, os sujeitos que tentam morder a própria testa, os esquilos que não conseguem encontrar suas casquinhas de noz, os mecânicos que parecem ter sempre uma engrenagem a menos.

O primeiro foi um louro corpulento, casca-grossa, chamado Kuissenen ou alguma coisa finlandesa nessa linha. Ele encaixou seu traseiro enorme na cadeira dos clientes e plantou duas mãos grandes e cascudas na mesa e disse que era um operador de escavadeira mecânica, que morava em Culver City, e que a maldita mulher que morava ao lado estava tentando envenenar seu cachorro. Toda manhã, antes de soltar o cachorro no pátio traseiro, ele era obrigado a vasculhar o local de ponta a ponta à procura de almôndegas que eram jogadas por cima da cerca da casa ao lado. Já tinha encontrado nove, todas cheias de um pó esverdeado que ele sabia ser uma espécie de arsênico para matar ervas daninhas.

"Quanto quer pra ficar de vigia e pegar a mulher no pulo?" Ele me olhava sem piscar; parecia um peixe num aquário.

"Por que você mesmo não faz isso?"

"Tenho que trabalhar pra viver, camarada. Estou perdendo quatro dólares e vinte e cinco centavos por hora só pra vir até aqui."

"Tenta a polícia."

"Já falei com a polícia. Eles talvez apareçam no ano que vem. Agora estão muito ocupados puxando o saco da MGM."

"E a Sociedade Protetora dos Animais? E os Tailwaggers?"

"Que é isso?"

Expliquei que era um grupo que salva cães em perigo. Ele não pareceu muito interessado. Sabia sobre a S.P.A. Por ele, a S.P.A. que fosse pro inferno. Eram incapazes de enxergar algo menor que um cavalo.

"Na sua porta diz que você é um investigador", disse ele de modo truculento. "OK, saia daqui e vá investigar. Cinquenta paus se conseguir pegar ela."

"Sinto muito", disse eu. "Não posso. De qualquer modo, passar duas semanas escondido num buraco do seu quintal está fora da minha especialidade — mesmo por cinquenta paus."

Ele ficou de pé, furioso. "Está rico, hein?", disse. "Não precisa de grana, hein? Não está nem aí pra salvar um cachorrinho vagabundo. Vá se danar, seu fodão."

"Eu também tenho meus problemas, sr. Kuissenen."

"Vou acabar torcendo o pescoço dela", disse, e eu não duvidei que ele o fizesse. Poderia torcer a perna traseira de um elefante. "É por isso que prefiro encarregar alguém. Só porque o bichinho late quando um carro passa na frente da casa. Cadela velha da cara azeda."

Foi na direção da porta. "Tem certeza de que é o cachorro que ela está tentando envenenar?", perguntei quando me deu as costas.

"Claro que tenho." Ele estava a meio caminho da porta quando a ficha caiu. Virou-se bem depressa. "Diga isso de novo, panaca."

Só fiz balançar a cabeça. Não queria brigar com ele. Ele poderia me atingir na cabeça com a escrivaninha. Ele rosnou um pouco mas saiu, quase levando a porta consigo.

O próximo biscoito na bandeja foi uma mulher, nem velha, nem jovem, nem limpa, nem suja demais, visivelmente pobre, maltratada, beligerante e estúpida. A garota com quem ela dividia um quarto — no mundo dela qualquer mulher que trabalha fora é uma "garota" — estava furtando dinheiro de sua bolsa. Um dólar aqui, quatro moedas ali, mas isso ia se somando. Ela achava que já estava com uns vinte dólares de prejuízo no total. Não podia arcar com isso. Não podia arcar com uma mudança de casa, também. Não podia arcar com o pagamento de um detetive. Ela achava que eu talvez estivesse disposto a assustar sua companheira de quarto só pelo telefone, sem citar nomes.

Precisou de vinte minutos ou mais para me contar isso. Amassava a bolsa incessantemente enquanto falava.

"Qualquer pessoa que a senhora conhece pode fazer isso", disse eu.

"Sim, mas o senhor sendo um detetive, e tudo o mais..."

"Eu não tenho licença para ameaçar pessoas que não conheço."

"Vou dizer a ela que vim aqui falar com o senhor. Não preciso dizer que foi por causa dela. Só dizer que o senhor está agindo."

"Eu não faria isso se fosse a senhora. Se disser meu nome, pode ser que ela me ligue. Se ela me ligar, eu lhe direi os fatos."

Ela ficou de pé e bateu no estômago com a bolsa amassada. "O senhor não é um cavalheiro", disse, muito empertigada.

"Onde está escrito que eu devo ser?"

Ela saiu resmungando.

Depois do almoço, recebi o sr. Simpson W. Edelweiss. Ele tinha um cartão de visita como prova disso. Era o gerente de uma empresa de máquinas de costura. Era um homem pequeno, de aparência cansada, com idade entre quarenta e oito e cinquenta anos, mãos e pés pequenos, vestindo um terno marrom com mangas longas demais, e um colarinho branco muito duro por trás de uma gravata roxa com losangos negros. Sentou-se muito quieto na borda da cadeira e me olhou com olhos negros e tristes. Seu cabelo era negro também, grosso, espesso, sem o menor sinal de fios grisalhos. Tinha um bigodinho bem aparado com um tom meio ruivo. Poderia passar por trinta e cinco de idade, se a gente não olhasse para as costas de suas mãos.

"Pode me chamar de Simp", disse ele. "Todo mundo chama. Eu sabia que isso ia acontecer. Sou um judeu casado com uma mulher gentia, vinte e quatro anos de idade, bonita. Ela já fugiu de mim duas vezes antes dessa."

Tirou uma foto dela e me mostrou. Ela podia ser bonita para ele. Para mim era uma mulher desleixada como uma vaca, com uma boca frouxa.

"Qual é o problema, sr. Edelweiss? Não trabalho em casos de divórcio." Tentei devolver-lhe a foto. Ele recusou com um gesto. "Sempre trato meus clientes de 'o senhor'", adicionei. "Pelo menos enquanto não começam a me contar muitas mentiras."

Ele sorriu. "Não tenho tempo pra mentiras. Esse não é um caso de divórcio. Só quero Mabel de volta. Mas ela nunca volta enquanto eu não a encontro. Talvez isso seja para ela uma espécie de jogo."

Ele me falou sobre ela, pacientemente, sem rancor. Ela bebia, ela gostava de se divertir, ela não era uma boa esposa sob nenhum critério, mas talvez ele tivesse sido criado dentro de valores muito rígidos. Ela tinha um coração do tamanho de uma casa, disse ele, e ele a amava. Ele não alimentava ilusões de que fosse um príncipe encantado, era apenas um trabalhador que trazia o contracheque para casa. Tinham uma conta bancária conjunta. Ela tinha limpado todo o saldo, mas ele estava preparado para isso. Ele fazia ideia da pessoa com quem ela tinha fugido, e se era mesmo o tal sujeito ele iria gastar todo o dinheiro e deixá-la sem nada.

"O nome é Kerrigan", disse. "Monroe Kerrigan. Não quero ofender os católicos. Há muitos maus judeus também. Esse Kerrigan é barbeiro, quando está trabalhando. Também não quero ofender os barbeiros. Mas muitos deles são vadios e apostam nos cavalos. Não é uma profissão estável."

"Quando ela ficar sem dinheiro, não vai dar notícias?"

"Ela fica muito envergonhada. Pode até machucar a si mesma."

"Esse é um caso de pessoa desaparecida, sr. Edelweiss. Devia ir à polícia e prestar queixa."

"Não. Não quero ofender a polícia, mas não pode ser dessa forma. Mabel seria humilhada."

O mundo parecia repleto de pessoas que o sr. Edelweiss não queria ofender. Ele pôs algum dinheiro sobre a mesa.

"Duzentos dólares", disse. "Pagamento adiantado. Prefiro fazer ao meu modo."

"Vai acontecer de novo", disse eu.

"Claro." Ele encolheu os ombros e mostrou as palmas da mão. "Mas... vinte e quatro anos, e eu quase cinquenta. Como podia ser diferente? Ela vai se aquietar depois de algum tempo. O problema é: nenhum filho. Ela não pode ter filhos. Um judeu gosta de ter família. Mabel sabe disso. Ela se sente humilhada."

"O senhor é um homem que sabe perdoar, sr. Edelweiss."

"Bem, não sou cristão", disse ele. "E não quero ofender os cristãos, o senhor compreende. Mas comigo é de verdade. Eu não digo apenas, eu pratico. Oh, quase esqueci o mais importante."

Ele puxou um cartão-postal e o empurrou sobre a mesa, para junto do dinheiro. "Ela mandou isso de Honolulu. Dinheiro vai embora depressa em Honolulu. Um dos meus tios tinha uma joalheria lá. Aposentado agora. Mora em Seattle."

"Vou ter que utilizar outra pessoa para isso", falei. "E preciso mandar copiar essa foto."

"Eu podia ouvir o senhor dizendo isto, sr. Marlowe, antes mesmo de entrar aqui. Então eu vim preparado." Ele puxou um envelope que continha mais cinco cópias. "Trouxe Kerrigan também, mas somente de uma foto pra documentos." De outro bolso ele tirou mais um envelope. Olhei para Kerrigan. Tinha um rosto bem-feito e desonesto que não me surpreendeu. Três cópias de Kerrigan.

O sr. Simpson W. Edelweiss me deu outro cartão onde havia seu nome, seu endereço residencial, seu número de telefone. Disse que esperava que o custo não fosse muito alto, mas que atenderia de imediato qualquer demanda por mais fundos e que esperava notícias minhas.

"Duzentos dólares devem bastar caso ela ainda se encontre em Honolulu", disse eu. "O que eu preciso agora é uma descrição física detalhada de ambas as pessoas, uma que eu possa pôr num telegrama. Altura, peso, idade, cor, qualquer cicatriz ou outro sinal característico, que roupa ela estava usando e as que levou consigo, e quanto dinheiro havia na conta bancária que ela esvaziou. Se já passou por isso antes, sr. Edelweiss, sabe do que preciso."

"Eu tenho uma sensação esquisita sobre esse Kerrigan. Desagradável."

Passei mais meia hora extraindo tudo aquilo dele e fazendo anotações. Então ele ficou de pé, muito calmo, apertou minha mão muito calmo e deixou o escritório, muito calmo.

"Diga a Mabel que está tudo bem", disse ao sair.

Era um trabalho de rotina. Mandei um telegrama para uma agência em Honolulu e enviei por malote aéreo as fotos e todas as informações que não pudera incluir no telegrama. Eles a encontraram trabalhando como assistente de camareira num hotel de luxo, esfregando banheiras, pisos de banheiro e assim por diante. Kerrigan tinha feito exatamente o que o sr. Edelweiss previa: pegou o dinheiro enquanto ela dormia e caiu fora, deixando-a presa ao pagamento da conta do hotel. Ela empenhou um anel que Kerrigan não poderia ter roubado sem violência, e pagou o hotel, mas não tinha o suficiente para a passagem de volta. Assim, Edelweiss pegou um avião e foi buscá-la.

Ele era bom demais para alguém como ela. Mandei-lhe uma conta de vinte dólares e o custo de um telegrama bem longo. A agência de Honolulu ficou com os duzentos dólares. Com um retrato de Madison no cofre do meu escritório eu podia me dar o luxo de aceitar pagamentos pequenos.

E assim se passou um dia na vida de um detetive particular. Não propriamente um dia típico, mas também não foi um totalmente incaracterístico. O que faz um homem continuar trabalhando com isso ninguém sabe. Não dá para ficar rico, não dá para se divertir frequentemente. Às vezes a gente leva uma surra, às vezes leva um tiro, às vezes vai parar na cadeia. De vez em quando, muito de vez em quando, a gente morre. A cada sessenta dias a gente resolve desistir e arranjar uma ocupação sensata enquanto ainda consegue andar sem tremer a cabeça. Então a campainha da porta soa, você abre a porta que dá para a sala de espera e ali está um novo rosto, com um novo problema, uma nova carga de sofrimento e um tantinho assim de dinheiro.

"Pode entrar, sr. Albuquerquesseja. O que posso fazer pelo senhor?"

Pois é, deve haver um motivo.

Três dias depois, na reta final da tarde, Eileen Wade ligou, e me pediu para aparecer na casa deles para um drinque, na tarde seguinte. Iam receber alguns amigos para tomar uns coquetéis. Roger gostaria de me rever e me agradecer de modo mais apropriado. E, por favor, eu poderia enviar-lhes minha conta?

"Não me deve nada, sra. Wade. Já fui pago pelo pouco que fiz."

"Devo ter parecido muito idiota bancando a dama da época vitoriana a respeito daquilo", disse ela. "Um beijo não significa muita coisa hoje em dia. Virá amanhã, não é mesmo?"

"Acho que sim. Embora não seja a melhor ideia."

"Roger está bastante bem agora. Está trabalhando."

"Que bom."

"O senhor está muito solene hoje. Acho que leva a vida de uma maneira muito séria."

"De vez em quando. Por quê?"

Ela deu uma risada agradável, despediu-se e desligou. Fiquei sentado ali algum tempo, levando a vida muito a sério. Depois tentei pensar em alguma coisa engraçada que me fizesse soltar uma bela gargalhada. Nada disso funcionou, de modo que tirei do cofre a carta de despedida de Terry Lennox e a reli. Ela me fez lembrar que eu nunca tinha ido ao Victor's beber o gimlet que ele me pedira para beber em sua lembrança. Era bem a hora certa do dia para que o bar estivesse tranquilo, do jeito que ele gostaria, se pudesse me fazer companhia. Pensei nele com uma vaga tristeza e com uma amargura contraída. Quando cheguei ao Victor's quase passei direto sem entrar. Quase, mas não passei. Ele tinha me dado muito dinheiro. Tinha me feito de bobo, mas acabou pagando bem por esse privilégio.

22

O Victor's estava tão sossegado que quase foi possível ouvir a temperatura caindo quando entrei pela porta. Num banquinho do balcão estava sentada uma mulher vestindo um conjunto preto sob medida, que àquela altura do ano não podia ser de outra coisa senão algum tecido sintético, como o orlon; estava só, tendo à sua frente uma bebida verde-clara e fumando um cigarro numa piteira de jade. Tinha aquele olhar intenso e preciso que às vezes indica uma pessoa neurótica, às vezes alguém sequioso por sexo, e às vezes apenas o resultado de uma dieta muito radical.

Sentei a dois bancos de distância dela e o barman me fez um aceno com a cabeça, mas não sorriu.

"Um gimlet", falei. "Sem bitter."

Ele pôs diante de mim um pequeno guardanapo e continuou me olhando. "Sabe de uma coisa", disse, com voz satisfeita. "Ouvi você e seu amigo conversando, uma noite dessas, e acabei conseguindo uma garrafa de Rose's Lime Juice. Vocês nunca mais apareceram, e só hoje a garrafa foi aberta."

"Meu amigo foi embora da cidade", disse eu. "Então me faça um duplo, se achar OK. E obrigado pelo interesse."

Ele se afastou. A mulher de preto me olhou de relance, depois baixou os olhos para o seu copo. "Muito pouca gente pede isso por aqui", disse ela, tão baixo que de início não percebi que estava se dirigindo a mim. Então ela me olhou de novo. Tinha olhos grandes e escuros. Tinha as unhas mais vermelhas que eu já vi. Mas não parecia uma mulher a fim de um programa, e não havia nenhum traço de convite em sua voz. "Estou falando dos gimlets."

"Um amigo me ensinou a gostar deles."

"Ele deve ser inglês."

"Por quê?"

"O suco de limão. É algo tão inglês quanto aquele peixe cozido com o molho horrível de anchovas, que é como se o cozinheiro tivesse derramado sangue nele. É por isso que são chamados de *limeys*. Os ingleses, não o peixe."

"Pensei que fosse uma espécie de bebida tropical, para climas quentes. Malásia, alguma coisa assim."

"Talvez você tenha razão." Ela virou o rosto novamente.

O barman pôs o drinque à minha frente. Com a adição do suco de limão, ele ficava com uma coloração pálida misturando o verde e o amarelo. Provei-o. Tinha um sabor ao mesmo tempo doce e forte. A mulher de preto me observava. Então ergueu seu próprio copo na minha direção. Bebemos juntos. Percebi que ela estava tomando o mesmo drinque.

O próximo passo seria questão de rotina, portanto eu o evitei. Fiquei apenas sentado ali. "Ele não era inglês", disse eu depois de alguns instantes. "Acho que esteve lá durante a guerra. Costumávamos vir aqui de vez em quando, num horário cedo, como agora. Antes de a multidão invadir."

"É uma hora agradável", disse ela. "Num bar, é quase a única hora realmente agradável." Ela esvaziou seu copo. "Talvez eu tenha conhecido seu amigo", disse. "Como se chamava?"

Não respondi imediatamente. Acendi um cigarro e observei enquanto ela retirava a ponta apagada da piteira de jade e instalava um cigarro novo no lugar. Estendi o braço com o isqueiro aceso. "Lennox", falei.

Ela me agradeceu pelo fogo e me deu um olhar mais investigativo. Então assentiu com um gesto breve. "Sim, eu o conheci bem. Talvez até bem demais."

O barman se aproximou e olhou para meu copo. "Mais dois como esses", disse eu. "Num reservado."

Desci do banco e fiquei à espera. Ela podia ou não me mandar às favas. Eu não estava muito preocupado. De vez em quando, nesse país tão obcecado por sexo, um homem e uma mulher podem ficar juntos e conversar sem que isso tenha a ver com cama. Podia ser agora, ou podia ser que ela achasse que eu estava querendo faturá-la. Se fosse assim, que se danasse.

Ela hesitou, mas não muito. Recolheu um par de luvas pretas e uma bolsa preta de tecido com armação e fecho dourados, e caminhou para um reservado próximo, onde se sentou sem dar uma palavra. Sentei de frente para ela.

"Meu nome é Marlowe."

"O meu é Linda Loring", disse ela calmamente. "O senhor é um pouco sentimental, não é, sr. Marlowe?"

"Porque vim aqui tomar um gimlet? E quanto ao seu?"

"Pode ser que eu goste deles."

"Pode ser que eu também. Mas talvez isso fosse coincidência demais."

Ela me deu um sorriso vago. Usava brincos de esmeralda e um broche de lapela também de esmeralda. Pareciam pedras verdadeiras pelo corte — achatadas, com bordas chanfradas. E mesmo na luz mortiça do bar pareciam ter um brilho que vinha de dentro.

"Então o cara é você", disse ela.

O barman trouxe os drinques e os pôs na mesa. Quando ele se afastou eu disse: "Eu sou um cara que conheceu Terry Lennox, gostou dele e de vez em quando tomava um drinque com ele. Era uma espécie de acordo casual, uma amizade meio por acidente. Nunca fui à casa dele, não conheci a esposa. Vi-a apenas uma vez, num estacionamento."

"Há mais alguma coisa além disso, não?"

Ela pegou o copo. Tinha no dedo um anel de esmeralda no meio de um círculo de brilhantes. Junto dele uma discreta aliança de platina mostrava que era casada. Situei-a na segunda metade dos trinta; no começo da segunda metade.

"Talvez", disse eu. "O cara me aborrecia. Ainda me aborrece. E quanto a você?"

Ela se apoiou num cotovelo e me olhou sem nenhuma expressão em particular. "Eu disse que o conheci bem demais. Bem demais para achar que o que aconteceu com ele tem importância. Ele tinha uma mulher rica que lhe dava todo o luxo possível. A única coisa que queria em troca era ser deixada em paz."

"Parece razoável", disse eu.

"Não seja sarcástico, sr. Marlowe. Algumas mulheres são assim. Não podem evitar. E ele já sabia tudo desde o começo. Se queria demonstrar orgulho, era só sair pela porta afora. Não precisava matá-la."

"Concordo com você."

Ela se endireitou e me olhou com intensidade. Seu lábio se contraiu. "Então ele fugiu e, se o que ouvi é verdade, o senhor o ajudou. Imagino que se orgulhe de ter feito isso."

"Não", disse eu. "Fiz apenas pelo dinheiro."

"Não é nada engraçado, sr. Marlowe. Francamente, não sei o que estou fazendo sentada aqui, bebendo com o senhor."

"Isso pode ser corrigido facilmente, sra. Loring." Peguei o copo e o virei de um só trago. "Pensei que talvez pudesse me dizer alguma coisa sobre Terry que eu ainda não soubesse. Não estou interessado em ficar especulando por que Terry Lennox espancou o rosto da esposa até transformá-lo numa esponja sangrenta."

"É uma maneira muito brutal de colocar a questão", disse ela, aborrecida.

"Não gostou das palavras? Eu também não. E eu não estaria aqui tomando um gimlet se acreditasse que ele fez uma coisa como aquela."

Ela me encarou. Depois de um instante disse, devagar: "Ele se matou e deixou uma confissão completa. O que mais o senhor queria?"

"Ele tinha um revólver", falei. "No México isso seria pretexto suficiente para um policial nervosinho enchê-lo de chumbo. Muitos policiais americanos matam gente dessa maneira, alguns deles disparando através de portas que não se abrem tão depressa quanto eles gostariam. Quanto à confissão, não cheguei a vê-la."

"Sem dúvida foi falsificada pela polícia mexicana", disse ela com sarcasmo.

"Não saberiam fazer isso, não num lugar pequeno como Otatoclán. Não, a confissão provavelmente é verdadeira, mas não prova que ele matou a esposa. Pelo menos não para mim. Tudo o que prova aos meus olhos é que ele se viu num beco sem saída. Numa situação como aquela, certo tipo de homem — pode chamá-lo fraco, frouxo ou sentimental, se quiser — pode decidir poupar outras pessoas de um tipo muito doloroso de publicidade."

"Isso é fantástico", disse ela. "Um homem não se mata nem se faz matar propositalmente apenas para evitar um escândalo. Sylvia já estava morta. Quanto à irmã e o pai dela... eles podem cuidar de si mesmos muitíssimo bem. Gente com muito dinheiro, sr. Marlowe, sempre dá um jeito de se proteger."

"OK, estou errado quanto ao motivo. Talvez esteja errado em tudo. Um minuto atrás você estava furiosa comigo. Quer que eu vá embora agora — para que você possa beber o *seu* gimlet?"

Ela sorriu de repente. "Sinto muito. Estou começando a acreditar que o senhor é sincero. O que pensei na época foi que o senhor estava tentando se justificar, muito mais do que Terry. Agora, por alguma razão, não acho que esteja."

"Não estou. Fiz uma bobagem e sofri um castigo por causa dela. Até certo ponto, pelo menos. Não nego que a confissão dele me poupou de coisa muito pior. Se eles o tivessem trazido de volta e o processado, acho que eu acabaria ficando com uma parte da culpa. O mínimo que isso iria me custar seria muito mais dinheiro do que eu seria capaz de pagar."

"Sem falar na sua licença", disse ela.

"Talvez. Houve uma época em que um policial com enxaqueca podia me cassar profissionalmente. Hoje em dia é um pouco diferente. A gente tem uma audiência diante de uma comissão da autoridade estadual que emite as licenças. Esse pessoal não morre de amores pela polícia daqui da cidade."

Ela bebericou seu drinque e disse devagar: "Pensando bem, não acha que foi melhor assim, do jeito que aconteceu? Nada de julgamento, nada de manchetes sensacionalistas, ninguém jogou lama em ninguém apenas para vender jornais sem ligar para a verdade ou para a decência ou para os sentimentos de gente inocente."

"Não falei isso ainda há pouco? Você disse que era fantástico."

Ela se recostou e apoiou a cabeça na curva de cima do acolchoado do assento. "Achei fantástico que Terry Lennox tivesse se matado apenas para conseguir isso. Não é fantástico o fato de que para todos os envolvidos foi muito melhor que não houvesse julgamento."

"Preciso de outro drinque", disse eu, e acenei para o garçom. "Estou sentindo um bafo gelado na minha nuca. Será que a senhora por acaso é próxima da família Potter, sra. Loring?"

"Sylvia Lennox era minha irmã", disse ela com simplicidade. "Pensei que soubesse."

O garçom aproximou-se e eu lhe passei um recado urgente. A sra. Loring abanou a cabeça e disse que não queria tomar mais nada. Quando o garçom se afastou eu disse:

"Com o silêncio que o velho Potter, perdão, que o sr. Harlan Potter imprimiu sobre esse caso, eu teria muita sorte se ao menos tivesse certeza de que a mulher de Terry tinha uma irmã."

"Claro que o senhor está exagerando. Meu pai não é nem de longe tão poderoso, sr. Marlowe, e certamente não é tão implacável assim. Admito que ele tem ideias muito antiquadas sobre privacidade. Ele não dá entrevistas sequer aos próprios jornais. Nunca sai em fotografias, nunca faz discursos, viaja quase sempre em seu próprio carro ou seu avião com sua própria tripulação. Mas mesmo assim ele é bastante humano. Gostava de Terry. Dizia que Terry era um cavalheiro vinte e quatro horas por dia, e não apenas durante os quinze minutos entre a chegada dos convidados e o primeiro coquetel."

"Ele deu umas escorregadas nos últimos tempos. Me refiro a Terry."

O garçom se aproximou com meu terceiro gimlet. Experimentei o sabor e fiquei mantendo o dedo encostado na curva da parte de baixo do copo.

"A morte de Terry foi um golpe pesado para ele, sr. Marlowe. E o senhor está ficando sarcástico novamente. Por favor não aja assim. Meu pai sabia que o caso iria parecer redondo demais aos olhos de algumas pessoas. Ele preferiria que Terry tivesse apenas desaparecido. Se Terry lhe tivesse pedido socorro, acho que ele o ajudaria."

"Oh, não, sra. Loring. A filha dele tinha acabado de ser assassinada."

Ela fez um gesto irritado e me olhou com frieza.

"Receio que o que vou dizer pareça meio brutal. Meu pai tinha se distanciado de minha irmã já faz muito tempo. Quando se encontravam, ele mal lhe dirigia a palavra. Se ele fosse falar do que sente, o que ele ainda não fez e duvido que faça, tenho certeza de que teria tantas dúvidas sobre Terry quanto o senhor tem. Mas, uma vez que Terry está morto, que diferença faz? Os dois podiam ter morrido na queda de um avião ou numa colisão na estrada. Se ela tinha que morrer, este era o melhor momento para que isso acontecesse. Com mais dez anos ela não passaria de uma megera faminta por sexo, como alguma dessas mulheres assustadoras que a gente vê nas festas de Hollywood, ou pelo menos via há alguns anos. A escória do *jet-set* internacional."

De repente fiquei furioso, por nenhum motivo. Fiquei de pé e olhei por cima do tabique. O reservado seguinte estava vazio. No outro, um cara estava lendo tranquilamente um jornal sozinho. Sentei com força, afastei meu copo bem para o lado e me inclinei sobre a mesa. Tive bom senso suficiente para manter a voz num tom baixo.

"Que diabo, sra. Loring, o que está tentando me dizer? Que Harlan Potter é um tipo tão adorável que jamais sonharia em usar sua influência sobre um promotor politicamente envolvido para varrer pra baixo do tapete uma investigação de assassinato, de modo que o assassinato jamais fosse investigado pra valer? Que ele tinha dúvida sobre a culpa de Terry, mas não deixou ninguém erguer o dedo para descobrir o criminoso? Que ele não usou o poder político dos seus jornais, das suas contas bancárias, e os novecentos caras dispostos a tropeçar no próprio queixo para fazer-lhe as vontades antes mesmo de ele saber quais eram? Que ele não deu um jeito de que fosse somente um advogado pau-mandado e ninguém mais, ninguém do escritório do promotor ou da polícia daqui, somente o advogado foi ao México para atestar que Terry de fato meteu uma bala na cabeça, em vez de ter sido fuzilado por um pistoleiro índio que só queria se divertir? Seu pai é um homem de cem milhões de dólares, sra. Loring. Não faço nem ideia de como os ganhou, mas sei que ele construiu uma organização poderosa para servi-lo. Ele não é bonzinho. É um homem duro e tem a mão pesada. Tem que ser assim, pra ter esse dinheiro num tempo como o de hoje. E tem que se relacionar com uma turma interessante. Pode até não os encontrar pessoalmente, pode não apertar a mão deles, mas eles estão lá, na periferia dos negócios, trabalhando para quem está no centro."

"O senhor é um tolo", disse ela, irritada. "Acho que já ouvi o bastante."

"Ah, claro, eu não toco a melodia que a senhora gosta de escutar. Deixe-me dizer uma coisa. Terry falou com seu pai na noite em que Sylvia morreu. Sobre o quê? E o que foi que seu pai disse a ele? 'Oh, meu rapaz, fuja para o México e dê um tiro nos miolos. Vamos manter esse assunto somente em família. Sei que minha filha é uma vagabunda e há uma dúzia de bêbados bastardos que poderiam ter pirado de vez e enfiado a cara dela garganta abaixo. Mas isso é secundário, rapaz. O cara vai lamentar muito quando acordar do pileque. Você desfrutou da boa vida e agora está na hora de retribuir. O que nós queremos é manter o nome Potter tão puro quanto um lírio da montanha. Ela casou com você porque precisava de uma fachada. Agora precisa ainda mais, depois de morta. E é você. Se você sumir e ficar sumido, ótimo. Mas, se for encontrado, acabou. Te vejo no necrotério.'"

"Acha mesmo", disse a mulher de preto com gelo seco na voz, "que meu pai fala assim?".

Me recostei e dei uma risada antipática. "A gente pode dar um polimento no diálogo, se isso ajudar em alguma coisa."

Ela recolheu seus pertences e deslizou para fora do assento. "Gostaria de lhe dar uma palavra de advertência", disse, devagar e com todo cuidado, "uma advertência muito simples. Se acha que meu pai é desse tipo de homem e se sair por aí espalhando esse tipo de ideias que acabou de expressar, sua carreira nesta cidade, tanto no seu trabalho atual quanto em qualquer outro, tende a ser extremamente curta e a acabar de forma repentina".

"Perfeito, sra. Loring. Perfeito. Ouço isso dos homens da lei, ouço isso dos marginais, ouço isso da elite. As palavras mudam, mas o conteúdo é o mesmo. Caia fora. Vim aqui beber um gimlet porque um cara me pediu. Agora, olhe pra mim. Estou praticamente no cemitério."

Ele ficou de pé e assentiu secamente. "Três gimlets. Duplos. Talvez tenha ficado bêbado."

Joguei sobre a mesa mais dinheiro do que o necessário e me levantei também. "Bebeu um e meio, sra. Loring. Por que bebeu tanto? Porque um homem lhe pediu também ou foi ideia sua? Sua língua também se soltou."

"Quem pode saber, sr. Marlowe? Quem sabe? Quem consegue saber seja o que for? Há um homem ali no bar olhando pra nós. Será alguém que o senhor conhece?"

Olhei em redor, surpreso com o fato de ela ter notado. Um sujeito espigado, moreno, estava sentado no banquinho mais próximo da porta.

"O nome dele é Chick Agostino", disse eu. "É um pistoleiro que trabalha para um jogador chamado Menendez. Vamos derrubá-lo no chão e pular em cima."

"Está bêbado mesmo", disse ela de imediato e começou a andar. Fui atrás dela. O homem sentado no banco girou de lado e olhou para a frente. Quando passei por ele me aproximei pelas costas e enfiei as mãos embaixo de seus braços, com força. Talvez eu *estivesse* um pouco bêbado.

Ele deu meia-volta, irritado, e desceu do banco. "Cuidado aí, camarada", rosnou. Pelo canto do olho vi que ela tinha parado perto da porta para observar.

"Desarmado, sr. Agostino? Que coisa mais descuidada. Já é quase noite. E se um anão atrevido te atacar?"

"Cai fora!", disse ele, furioso.

"Ora, você roubou essa fala da *New Yorker*."

Ele resmungou algo, mas não se mexeu. Deixei-o lá e segui a sra. Loring através da porta e sob o toldo da entrada. Um motorista negro, de cabelo grisalho, estava conversando com o rapaz do estacionamento. Ele tocou no quepe e foi buscar uma limusine Cadillac reluzente. Abriu a porta e a sra. Loring entrou. Ele fechou a porta como se estivesse fechando a tampa de um porta-joias. Deu a volta e se instalou ao volante.

Ela desceu o vidro da janela e olhou para mim com um meio sorriso.

"Boa noite, sr. Marlowe. Foi uma conversa agradável... ou não?"

"Tivemos uma baita briga."

"Quer dizer, o senhor teve, e a maior parte dela foi consigo mesmo."

"Geralmente é assim. Boa noite, sra. Loring. Não mora aqui nas redondezas, não?"

"Não exatamente. Moro em Idle Valley. Na extremidade do lago. Meu marido é médico."

"Por acaso conhece um pessoal chamado Wade?"

Ela franziu a testa. "Sim, conheço os Wade. Por quê?"

"Por que perguntei? São as únicas pessoas que conheço em Idle Valley."

"Entendi. Bem, boa-noite mais uma vez, sr. Marlowe."

Ela se recostou no banco, e o Cadillac saiu ronronando educadamente até se perder no trânsito da Strip.

Quando me virei quase esbarrei em Chick Agostino.

"Quem é a belezinha?", perguntou ele com desdém. "E na próxima vez que quiser falar suas gracinhas, se mande."

"Não é ninguém que gostaria de te conhecer", disse eu.

"OK, esperto. Anotei a placa. Mendy gosta de ficar sabendo dessas coisas."

A porta de um carro se abriu com barulho e dele saiu um homem que parecia ter dois metros de altura por um e meio de largura. Ele olhou direto para Agostino, veio sobre ele com passos largos e o agarrou pelo pescoço com uma mão enorme.

"Quantas vezes já te disse que não gosto de vagabundos como você no lugar onde vou comer?", rugiu.

Sacudiu Agostino e o jogou de encontro à parede, onde ele bateu e se agachou tossindo.

"Na próxima vez", berrou o homem, "vou estourar seus miolos, e pode ter certeza de que vão encontrar seu cadáver com uma arma na mão".

Chick sacudiu a cabeça tonto e não disse nada. O grandalhão me checou de cima a baixo com o olhar e sorriu. "Bonita noite, hein?", disse, e entrou no Victor's.

Fiquei olhando enquanto Chick se organizava e conseguia reaver um pouco de compostura. "Quem é o seu amigo?", perguntei.

"Big Willie Magoon", disse ele com voz pastosa. "Um fanfarrão do departamento de Narcóticos. Acha que é muito valente."

"Você quis dizer que ele tem alguma dúvida?", perguntei, gentilmente.

Ele me deu um olhar vazio e saiu andando. Peguei meu carro e fui para casa. Em Hollywood tudo pode acontecer, tudo mesmo.

23

Um Jaguar rebaixado fez a curva na colina à minha frente e diminuiu a marcha para não me dar um banho de poeira de granito ao longo do quilômetro de estrada mal pavimentada na entrada para Idle Valley. Parece que eles deixavam a estrada naquelas condições para desencorajar os domingueiros acostumados à maciez das grandes rodovias. Tive um breve vislumbre de um lenço colorido e óculos escuros. Uma mão acenou num gesto casual de vizinho para vizinho. Então a poeira foi varrida da estrada, indo aumentar a camada branca que se espalhava pela vegetação e a grama torradas pelo sol. Logo adiante o asfalto se recompunha e tudo estava macio e bem cuidado. Carvalhos se agrupavam à margem da estrada, como se estivessem curiosos para ver quem passava por ali, e pardais com cabeças rosadas bicavam coisas que só um pardal acha que vale a pena bicar.

Em seguida havia uma porção de choupos, mas nenhum eucalipto. Depois um pequeno bosque de álamos da Carolina, cercando uma casa branca. Uma garota conduzindo um cavalo caminhava pelo acostamento. Vestia calças Levi's e uma camisa colorida, e mascava um talo de grama. O cavalo parecia arisco mas estava sem rédeas e a garota conversava baixinho com ele. Por trás de um muro de pedra um jardineiro empurrava um cortador de grama ao longo de um relvado cheio de ondulações que ia até a varanda de uma mansão colonial em estilo Williamsburg, modelo luxo. Em algum lugar alguém estava praticando estudos para a mão esquerda num piano. Então tudo isso ficou para trás e deu lugar ao brilho do lago, quente e cintilante, e eu comecei a prestar atenção aos números gravados nos postes das cercas. Tinha vindo à casa dos Wade uma vez apenas, e no escuro. Não era tão grande quanto tinha parecido ser à noite. A rampa estava cheia de carros, de modo que parei na rua e caminhei até lá. Um mordomo mexicano de paletó branco abriu a porta para mim. Era um mexicano esguio, de boa aparência, o paletó lhe caía muito bem e ele tinha o ar de um mexicano que ganha cinquenta por semana e não precisa se matar de trabalhar.

Ele disse: "*Buenas tardes, señor*", e sorriu como se tivesse marcado um ponto. "*Su nombre de Usted*, por favor?"

"Marlowe", falei. "Está querendo se exibir pra quem, Candy? Lembra que já falamos ao telefone?"

Ele esboçou um meio sorriso e eu entrei. Era o mesmo coquetel de sempre, todo mundo falando muito alto, ninguém escutando, todo mundo pendurado num drinque, olhos muito brilhantes, rostos afogueados ou pálidos e suados de acordo com a quantidade de álcool consumida e a capacidade de absorção de cada um. Então Eileen Wade se materializou à minha frente envolta numa coisa azul-clara que não a prejudicava em nada. Tinha um copo na mão mas não dava a impressão de que aquilo fosse mais do que um ornamento.

"Que bom que veio", disse ela, com expressão séria. "Roger quer vê-lo no escritório. Ele detesta coquetéis. Está trabalhando."

"Com toda essa barulheira?"

"Parece que não o incomoda muito. Candy vai trazer-lhe um drinque, ou se quiser ir até o bar..."

"Farei isso", disse eu. "Lamento por aquilo daquela noite."

Ela sorriu. "Acho que já tinha se desculpado. Não foi nada."

"Não foi nada coisa nenhuma."

Ela manteve o sorriso durante o tempo necessário para um breve aceno de cabeça, uma meia-volta, e desapareceu. Observei o bar no canto oposto, através de portas envidraçadas, daquele tipo que é preciso empurrar. Estava a meio caminho, cruzando a sala, tentando não esbarrar em ninguém, quando uma voz disse:

"Oh, sr. Marlowe!"

Me virei e vi a sra. Loring num sofá ao lado de um sujeito com ar efeminado, com óculos sem aro e uma coisa escura na ponta do queixo que bem podia ser um cavanhaque. Ela segurava um drinque e tinha um ar entediado. Ele estava sentado, com os braços cruzados e expressão carrancuda.

Fui até lá. Ela sorriu e estendeu a mão.

"Este é meu marido, o dr. Loring. Sr. Philip Marlowe, Edward."

O homem de cavanhaque me deu um breve olhar e um aceno ainda mais breve. Afora isso, não fez nenhum movimento. Parecia estar poupando sua energia para coisas melhores.

"Edward está muito cansado", disse Linda Loring. "Edward está sempre muito cansado."

"Isso acontece muito com os médicos", disse eu. "Posso trazer-lhe um drinque, sra. Loring? Ou para o senhor, doutor?"

"Ela já bebeu o bastante", disse o homem sem olhar para nenhum de nós dois. "Eu não bebo. Quanto mais observo quem bebe, mais satisfeito fico em não beber."

"Come back, little Sheba...", disse ela, com voz sonhadora.

Ele virou o corpo e olhou em outra direção. Me afastei dali na direção do bar. Na companhia do marido, Linda Loring parecia outra pessoa. Havia uma aspereza na sua voz, e um sarcasmo na sua expressão, que não se manifestara comigo nem mesmo quando ela ficou zangada.

Candy estava atendendo no bar e perguntou o que eu queria beber.

"Por enquanto nada, obrigado. Sr. Wade quer falar comigo."

"*Es muy ocupado, señor.* Muito ocupado."

Eu não achava que ia gostar de Candy. Olhei direto para ele e ele continuou: "Mas vou ver. *De pronto, señor.*"

Ele se esgueirou com agilidade por entre os convidados e logo estava de volta. "OK, parceiro, vamos lá", disse alegremente.

Segui-o pela sala e depois ao longo da casa. Ele abriu uma porta. Eu entrei e ele a fechou por fora, e grande parte do barulho desapareceu. O quarto ficava num dos cantos da casa, era amplo, fresco e tranquilo, com portas envidraçadas, rosas do lado de fora e um ar-condicionado encaixado junto a uma janela do outro lado. Eu podia ver o lago ao longe, e Wade estava estirado num longo sofá de couro amarelado. Uma grande mesa de madeira descolorida exibia uma máquina de escrever e uma pilha de folhas de papel amarelo.

"Obrigado por ter vindo, Marlowe", disse ele, preguiçosamente. "Se acomode. Já tomou um ou dois drinques?"

"Ainda não." Sentei e olhei para ele. Ainda tinha aparência um tanto pálida e desgastada. "Como anda o trabalho?"

"Vai bem, exceto que me canso com facilidade. É uma pena que um pileque de quatro dias seja algo tão difícil de superar. Geralmente é o momento em que trabalho melhor, depois de um desses. Nesse ofício é muito fácil ficar tenso, todo contraído. Aí o material que a gente produz não vale nada. Quando é bom, vem com facilidade. Qualquer coisa que você tenha lido ou escutado dizendo o contrário é conversa fiada."

"Depende de cada autor, talvez", disse eu. "Não era fácil para o Flaubert, e as coisas dele são boas."

"OK", disse Wade, sentando-se. "Então você leu Flaubert, de modo que isso o transforma num intelectual. Um crítico, um sábio do mundo das letras." Ele esfregou a testa. "Estou em plena lei seca, e detesto isso. Detesto todo mundo que está com uma bebida na mão. E tenho que ir lá fora e sorrir para todos esses parasitas. Cada um desses imbecis sabe que eu sou um alcoólatra. E ficam imaginando do que é que estou fugindo. Algum desses bastardos freudianos transformou isso num clichê. Qualquer garoto de dez anos já ouviu falar nisso a essa altura. Se eu tivesse um filho de dez anos, que Deus não o permita, o fedelho estaria hoje me perguntando: 'Pai, quando você bebe está fugindo do quê?'"

"Pelo que entendi, isso só vem acontecendo nos últimos tempos, não?", disse eu.

"Andou piorando, mas eu sempre tive uma inclinação pela garrafa. Quando você é jovem e resistente é capaz de assimilar um grau muito maior de autopunição. Quando passa dos quarenta não se recupera com tanta facilidade."

Me recostei e acendi um cigarro. "Por que motivo queria me ver?"

"Do que *você* acha que estou fugindo, Marlowe?"

"Não faço ideia. Não tenho informação suficiente. Além do mais, todo mundo está fugindo de alguma coisa."

"Nem todo mundo se embebeda. *Você* está fugindo do quê? Da sua juventude, da sua consciência ou do fato de saber que é uma peça minúscula numa profissão minúscula?"

"Entendi", disse eu. "Você precisa de alguém pra insultar. Vá em frente, parceiro. Quando doer eu digo."

Ele sorriu e passou a mão pelo cabelo desalinhado. Espetou no peito o indicador esticado. "Você está falando com uma peça minúscula numa profissão minúscula, Marlowe. Todo escritor é um marginal, e eu sou o mais marginal de todos. Escrevi doze best-sellers, e se chegar a concluir essa xaropada em cima da mesa terei escrito treze. E não há um só deles que valha a pólvora necessária para mandá-lo pro inferno. Tenho uma casa adorável num bairro residencial exclusivo que pertence a um multimilionário igualmente exclusivo. Tenho uma esposa adorável que me ama, e um editor adorável que me ama, e eu me amo mais do que todos. Sou um filho da puta dum egoísta, uma puta literária ou um cafetão — escolha o termo que preferir —, e um canalha de quatro costados. O que é que você pode fazer por mim?"

"Isso mesmo, o quê?"

"Por que não se irrita?"

"Não tenho nada com que me irritar. Estou escutando você odiando a si mesmo, e é um negócio entediante, mas nada que fira meus sentimentos."

Ele deu uma risada rouca. "Gosto de você", disse. "Vamos tomar um drinque."

"Aqui não, parceiro. Não quando estamos nós dois sozinhos. Não me incomodo de ver você tomar o primeiro. Ninguém pode impedi-lo e não acho que alguém tentaria. Mas também não tenho que te ajudar."

Ele ficou de pé. "Não temos que beber aqui. Vamos lá fora e olhar para um tipo seletivo de gente que você passa a conhecer quando começa a ganhar o bastante para viver onde eles vivem."

"Olhe", disse eu, "nada feito. Mude de papo. Eles não são diferentes do resto das pessoas".

"É", disse ele, com ar severo, "mas deviam ser. Se não o são, o que são afinal? São a elite deste lugar e não são melhores do que um punhado de motoristas de caminhão se embebedando de uísque vagabundo. Nem chegam a tanto".

"Mude de papo", disse eu de novo. "Quer encher a cara? Encha a cara. Mas não descarregue sua raiva em gente que é capaz de encher a cara sem precisar recorrer ao dr. Verringer e sem precisar jogar a mulher escada abaixo."

"Sim", disse ele, e de repente ficou calmo, pensativo. "Você passou no teste, parceiro. O que acha de vir morar aqui durante um tempo? Podia me ajudar um bocado somente estando por perto."

"Não consigo ver como."

"Mas eu consigo. Basta estar por aqui. Mil por mês seria interessante pra você? Sou perigoso quando bebo. Não quero me tornar perigoso, e não quero ficar bêbado."

"Eu não poderia impedi-lo."

"Tente durante três meses. Eu poderia acabar o maldito livro e depois fazer uma pausa. Ficar repousando em algum lugar nas montanhas da Suíça e limpar o organismo."

"Ah, é o livro, então? Precisa mesmo desse dinheiro?"

"Não. O que preciso é terminar uma coisa que comecei. Se não, estou acabado. Estou lhe pedindo como amigo. Você fez mais do que isso por Lennox."

Fiquei de pé, fui até ele e o olhei com dureza. "Eu fiz com que matassem Lennox, cavalheiro. Fiz com que o matassem."

"Bah. Não se faça de emotivo comigo, Marlowe." Ele esticou a mão à altura da garganta. "Estou por aqui de gente emotiva."

"Emotiva?" perguntei. "Ou apenas gente boa?"

Ele deu um passo para trás e esbarrou na borda da mesa, mas não perdeu o equilíbrio.

"Vá pro inferno", disse ele com tranquilidade. "Sem acordo, então. Claro que você não tem culpa. Tem alguma coisa que eu quero saber, que eu tenho que saber. Você não sabe o que é e eu mesmo não tenho certeza de saber. A única certeza positiva que tenho é que existe *alguma* coisa, e eu tenho que saber o que é."

"Sobre quem? Sua esposa?"

Ele mexeu os lábios um sobre o outro. "Acho que é sobre mim", disse. "Venha, vamos tomar aquele drinque."

Foi até a porta, abriu-a e saímos os dois.

Se o que ele estava tentando fazer era me deixar desconfortável, tinha feito um trabalho de primeira qualidade.

24

Quando ele abriu a porta o burburinho vindo da sala explodiu em nossos rostos. Parecia estar mais alto do que antes, se é que era possível. Cerca de duas doses mais alto. Wade caminhou dizendo um alô aqui, outro ali, e as pessoas pareciam alegres em vê-lo. Mas àquela altura ficariam alegres até se vissem Pittsburgh Phil empunhando um picador de gelo. A vida era apenas um grande espetáculo de *vaudeville*.

Chegando perto do bar demos de cara com o dr. Loring e sua esposa. O doutor se ergueu do sofá e caminhou na direção de Wade. Seu rosto tinha a expressão de um ódio quase doentio.

"Que bom vê-lo, doutor", disse Wade amistosamente. "Olá, Linda. Onde se meteu você ultimamente? Não, acho que essa é uma pergunta estúpida. Eu—"

"Sr. Wade." Loring estava com a voz trêmula. "Tenho uma coisa a lhe dizer. Uma coisa muito simples, e espero que encerre o assunto. Fique longe da minha mulher."

Wade o olhou com curiosidade. "Doutor, o senhor está cansado. E vejo que não está com uma bebida. Vou lhe arranjar uma."

"Eu não bebo, sr. Wade. Como o senhor sabe muito bem. Estou aqui com uma intenção única e vim aqui deixar clara essa intenção."

"Bem, acho que já entendi", disse Wade, ainda amistosamente. "E já que é um convidado na minha casa, não tenho nada a dizer a não ser que está meio fora do tom."

O volume da conversa à nossa volta tinha diminuído bastante. Os meninos e as meninas eram todos ouvidos. Grande produção. O dr. Loring tirou do bolso um par de luvas, esticou-as, pegou uma delas pela ponta do dedo e bateu com toda força na cara de Wade.

Wade nem piscou. "Pistolas e café ao amanhecer?", perguntou, tranquilo.

Olhei para Linda Loring. Ela estava afogueada de raiva. Ficou de pé e encarou o doutor.

"Meu Deus, que canastrão você é, querido. Pare de se comportar como um bobo, será possível? Ou vai ficar agindo assim até que alguém bata na *sua* cara?"

Loring deu meia-volta para encará-la e ergueu as luvas. Wade adiantou-se e se interpôs entre os dois. "Calma, doutor. Aqui só batemos nas esposas quando temos privacidade."

"Se está se referindo a si mesmo, já estou sabendo", disse Loring com sarcasmo. "E não preciso de lições de educação vindas de você."

"Só aceito alunos que pareçam promissores", disse Wade. "Pena que tenha de ir embora tão cedo." Ele ergueu a voz. "Candy! *Que el doctor Loring salga de aquí en el acto!*" Virou novamente para Loring. "Caso não entenda espanhol, doutor, isso significa que a porta é por ali." Ele apontou.

Loring o encarou com dureza, sem se mexer. "Eu o avisei, sr. Wade", disse com frieza. "E muita gente aqui me ouviu. Não vou avisar de novo."

"Não o faça", disse Wade secamente. "Mas se o fizer faça em território neutro. Vai me dar mais liberdade para agir. Linda, sinto muito. Mas você casou com ele." Ele esfregou o rosto delicadamente no ponto onde a parte larga da luva o atingira. Linda Loring exibia um sorriso amargo. Deu de ombros.

"Estamos indo embora", disse Loring. "Venha, Linda."

Ela voltou a sentar no sofá e pegou o copo. Deu um olhar de desprezo para o marido. "Você que está indo", disse. "Tem que atender alguns pacientes, não se esqueça."

"Você vai comigo", disse ele, furioso.

Ela lhe virou as costas. Ele a agarrou pelo braço com força. Wade o agarrou pelo ombro e o obrigou a dar meia-volta.

"Vá devagar, doutor. Não pode ganhar todas."

"Tire as mãos de mim!"

"Claro, mas relaxe", disse Wade. "Tenho uma boa ideia, doutor. Por que não vai se consultar com um médico de verdade?"

Alguém gargalhou. Loring se contraiu como um animal que se prepara para saltar. Wade percebeu e, habilmente, deu-lhe as costas e se afastou. O que deixou Loring numa enrascada. Se partisse atrás de Wade iria parecer ainda mais ridículo do que parecia agora. Não havia outra coisa a fazer senão ir embora, e foi o que ele fez. Caminhou a passos largos pelo salão, com os olhos na porta que Candy segurava aberta para ele. Saiu. Candy fechou a porta, impassível, e voltou para o bar. Fui até lá e pedi um scotch. Não consegui perceber para onde Wade tinha ido. Ele desaparecera. Também não vi Eileen. Dei as costas ao salão e deixei todos borbulhando ali enquanto bebia meu scotch.

Uma garota miudinha, de cabelo cor de lama preso com uma faixa na testa, surgiu do meu lado, pôs o copo em cima do balcão e soltou um balido. Candy assentiu e lhe preparou outro drinque.

A garota se virou para mim. "Você se interessa pelo comunismo?", perguntou. Seus olhos estavam meio vidrados e ela passava a pontinha vermelha da língua sobre os lábios como se estivesse procurando um pedacinho de chocolate. "Acho que todo mundo deveria", continuou. "Mas quando a gente pergunta a qualquer um desses homens daqui tudo o que eles sabem fazer é bolinar a gente."

Assenti e olhei por sobre meu copo para seu nariz arrebitado e a pele queimada de sol.

"Não que eu me incomode muito, se souberem fazer direito", disse ela, pegando o drinque pronto. Mostrou os dentes enquanto virava metade do copo.

"Não confie muito em mim", falei.

"Como é seu nome?"

"Marlowe."

"Com um 'e' ou sem?"

"Com."

"Ah, Marlowe", ela cantarolou. "Um nome tão lindo e tão triste." Pousou o copo já quase vazio, fechou os olhos, jogou a cabeça para trás e abriu os braços quase atingindo meu olho. Sua voz vibrava de emoção quando recitou:

"Foi este o rosto que lançou ao mar mil navios
e fez arder as altas torres de Illium?
Doce Helena, torna-me imortal com um beijo teu."

Ela abriu os olhos, pegou o copo e piscou para mim. "Você era muito bom nisso, parceiro. Tem escrito alguma poesia ultimamente?"

"Não muita."

"Pode me beijar se quiser", disse ela, coquete.

Um homem num casaco de xantungue e camisa de gola aberta surgiu por trás dela e sorriu para mim por sobre o topo de sua cabeça. Tinha cabelos ruivos bem curtos e um rosto que parecia um pulmão frouxo. Era um dos sujeitos mais feios que já vi. Deu umas pancadinhas no topo da cabeça dela.

"Vamos lá, gatinha. Hora de ir pra casa."

Ela se virou contra ele, furiosa. "Quer dizer que você quer ir regar suas malditas begônias de novo?", gritou.

"Ora, escute, gatinha..."

"Tire as mãos de mim, seu maldito estuprador", berrou ela, e jogou-lhe na cara o resto da bebida. Não era muito, algo como uma colherinha de líquido e dois pedacinhos de gelo.

"Pelo amor de Deus, querida, sou seu marido", exclamou ele, puxando um lenço e enxugando o rosto. "Está ouvindo? Seu marido."

Ela começou a soluçar violentamente e se jogou nos seus braços. Dei a volta pelos dois e caí fora dali. Todo coquetel é idêntico, inclusive os diálogos.

Já havia convidados deixando a casa, com o fim da tarde. Vozes sumiam a distância, alguém ligava o motor do carro, gritos de despedida se entrecruzavam como bolas num jogo. Cruzei as portas envidraçadas e cheguei a um terraço com piso de lajes. Dali, a encosta descia suavemente até o lago, que estava tão imóvel quanto um gato adormecido. Havia um pequeno ancoradouro de madeira lá embaixo, com um bote a remos preso a ele por um cabo de atração branco. Na margem oposta, que não ficava muito distante, uma galinha-d'água preta estava fazendo curvas preguiçosas, como um esquiador. Não produzia mais do que ondas muito leves.

Me estirei numa espreguiçadeira acolchoada com armação de alumínio, acendi o cachimbo e fumei em paz, imaginando o que diabo estava fazendo ali. Roger Wade parecia ter bastante autocontrole para se comportar, se fosse realmente preciso. Tinha enfrentado Loring muito bem. Eu não teria ficado muito surpreso se ele tivesse acertado um bom soco naquele queixo fino. Estaria violando uma regra, mas Loring estava ainda mais.

Se as regras ainda valiam alguma coisa, elas diziam que você não escolhe um salão cheio de gente como o local adequado para ameaçar um sujeito, bater com as luvas na cara dele quando sua própria esposa está ali ao lado e você a está acusando, para todos os efeitos, de traição. Para um homem ainda abalado por um pileque que durou dias inteiros, Wade tinha se saído muito bem. Mais do que isso, até. Claro que eu ainda não o tinha visto bêbado. Não sabia como ele era quando se embebedava. Também não sabia se ele era um alcoólatra ou não. Há uma grande diferença. Um homem que simplesmente bebe demais em certas ocasiões continua a ser o mesmo homem, quando está sóbrio. Um alcoólatra, um verdadeiro alcoólatra, não é o mesmo homem. Não é possível predizer nada sobre ele a não ser que, quando beber, ele será uma pessoa que você nunca viu antes.

Passos leves soaram por trás de mim e Eileen Wade entrou no terraço, sentando-se ao meu lado, na beira de uma cadeira.

"Bem, o que acha?", perguntou baixinho.

"Do cavalheiro com as luvas nervosas?"

"Oh, não." Ela franziu a testa. Depois deu uma risada. "Detesto gente que faz cenas melodramáticas desse tipo. Não que ele não seja um ótimo médico. Mas já fez cenas assim com metade dos homens daqui do vale. Linda Loring não é uma vagabunda. Ela não se veste como uma, não fala como uma e não age como uma. Não sei o que faz o dr. Loring agir como se ela o fosse."

"Talvez ele seja um alcoólatra recuperado", disse eu. "Muitos deles se tornam tremendos puritanos."

"É possível", disse ela, e olhou para o lago. "Esse lugar aqui é muito tranquilo. A gente imagina que um escritor seria feliz aqui, se é que um escritor pode ser feliz em algum lugar." Ela se virou para me olhar. "Então, o senhor ainda não concorda em fazer o que Roger pede."

"Não faz sentido, sra. Wade. Não posso fazer nada. Já falei isso antes. Eu nunca teria certeza de poder estar perto quando fosse preciso. Teria que estar por perto o tempo *inteiro*. Isso seria impossível, mesmo que eu não tivesse nada mais pra fazer. Se ele tiver um acesso de violência, por exemplo, vai acontecer de repente. E eu não tive nenhum indício de que ele seja sujeito a esses acessos. Me parece um homem bastante controlado."

Ela abaixou os olhos e fitou as mãos. "Se ele pudesse terminar o livro, as coisas melhorariam muito."

"Nisso eu não posso ajudar."

Ela ergueu os olhos e pôs as mãos na borda da cadeira. Inclinou-se um pouco para a frente. "Pode, se ele achar que pode. É essa a questão. O que há? Acha desagradável ser um hóspede em nossa casa e ser pago para isso?"

"Ele precisa de um psiquiatra, sra. Wade. Caso conheça algum que não seja um vigarista."

Ela pareceu surpresa. "Um psiquiatra? Por quê?"

Bati as cinzas do cachimbo e o segurei, esperando que o fornilho esfriasse para poder guardá-lo.

"Se o que quer é uma opinião de amador, lá vai. Ele acha que tem um segredo trancado na mente e não consegue abri-lo. Pode ser uma culpa secreta quanto a si mesmo, pode ser em relação a outra pessoa. Ele acha que é isso que o obriga a beber, porque não consegue descobrir essa coisa. Provavelmente pensa que o que quer que tenha acontecido ocorreu quando ele estava bêbado, e que ele só pode descobrir o que foi indo para onde vão as pessoas que se embebedam — que se embebedam pra valer, como ele faz. Isso é trabalho para um psiquiatra. Até aí, muito bem. Se não for verdade, então ele se embebeda porque quer ou porque não pode evitar, e essa ideia sobre um segredo não passa de pretexto. Ele não consegue escrever o livro ou pelo menos não consegue acabá-lo. Porque se embebeda. Ou seja, a premissa parece ser que ele não consegue acabar o livro porque vai a nocaute de tanto beber. Mas pode ser o contrário disso."

"Oh, não", disse ela. "Roger é muito talentoso. Tenho certeza de que ainda vai escrever a melhor parte de sua obra."

"Eu lhe disse que era uma opinião de amador. A senhora disse no outro dia que talvez ele tivesse deixado de amar a esposa. Esse é outro tipo de coisa que pode acontecer em ambas as direções."

Ela olhou para a casa, depois virou-se de modo a dar as costas para ela. Olhei também. Wade estava do lado de dentro, nos observando. Quando olhei, ele foi para trás do balcão do bar e pegou uma garrafa.

"Não adianta intervir", disse ela rapidamente. "Nunca faço isso. Nunca. Acho que tem razão, sr. Marlowe. Não há outra coisa a fazer senão deixar que ele se livre disso sozinho."

O cachimbo agora estava frio e eu o guardei. "Já que estamos remexendo a gaveta até o fundo, o que me diz sobre essas duas direções?"

"Eu amo meu marido", disse ela, com simplicidade. "Talvez não do modo como uma jovem ama. Mas é amor. Uma mulher só é jovem uma vez. O homem que eu amava naquele tempo morreu. Morreu na guerra. O nome dele, é engraçado, tinha as mesmas iniciais que o seu. Não faz diferença agora — exceto que às vezes não consigo acreditar que ele tenha mesmo morrido. O corpo dele nunca foi encontrado. Mas isso aconteceu com muitos."

Ela me deu um olhar demorado, inquisitivo. "Às vezes — não com muita frequência, é claro — quando estou num bar tranquilo ou no saguão de um bom hotel numa hora de pouco movimento, ou no convés de um navio bem cedinho da manhã ou tarde da noite... eu sempre tenho a sensação de que vou vê-lo esperando por mim em algum recanto sombrio." Ela fez uma pausa e baixou os olhos. "É muito bobo isso. Tenho até vergonha. Nós estávamos muito apaixonados — aquele tipo de paixão selvagem, misteriosa, improvável, que só acontece uma vez na vida."

Parou de falar e ficou ali sentada, meio que em transe, olhando para o lago. Voltei a olhar para dentro da casa. Wade estava de pé pelo lado de dentro da porta envidraçada com um copo na mão. Olhei para Eileen. Para ela, eu nem estava mais ali. Fiquei de pé e fui para dentro da casa. Wade estava parado ali segurando a bebida, e ela parecia uma daquelas bem pesadas. E os olhos dele estavam com a expressão errada.

"Está se saindo bem com a minha esposa, Marlowe?" Disse isso com uma contorção na boca.

"Não passei uma cantada nela, se é disso que está falando."

"É exatamente disso que estou falando. Você beijou ela naquela noite. Provavelmente se acha rápido no gatilho, mas está perdendo seu tempo, camarada. Estaria, mesmo que você tivesse classe pra isso."

Tentei rodeá-lo, mas ele me bloqueou com um ombro maciço. "Não vá embora ainda, meu velho. Gostamos quando está por perto. Temos tão poucos detetives aqui na casa."

"Sou o que está sobrando", falei.

Ele ergueu o copo e bebeu. Quando o baixou de novo, me deu um olhar maldoso.

"Devia dar um tempo para adquirir mais resistência", observei. "Mas estou falando para o vento, não?"

"OK, mestre. Você sabe como trabalhar o caráter alheio, hein? Devia ter mais juízo e não querer educar um bêbado. Bêbados não podem ser educados, amigo. Bêbados se desintegram. E parte do processo é muito divertida." Ele bebeu novamente, deixando o copo quase vazio. "E parte dele é um horror. Mas, se posso citar as brilhantes palavras do bom dr. Loring, um safado de merda com sua pastinha preta, fique longe da minha esposa, Marlowe. Eu sei que está a fim dela. Todos estão. Sei que gostaria de dormir com ela. Todos gostariam. Você gostaria de compartilhar seus sonhos e de aspirar a rosa de suas lembranças. Eu também, quem sabe. Mas não há nada pra compartilhar ali, parceiro — nada, nada, nada. Vocês estão todos sozinhos no escuro."

Terminou o drinque e virou o copo de cabeça para baixo.

"É um vazio, igual a isso aqui, Marlowe. Não existe nada ali. Eu sou o cara que sabe."

Pôs o copo bem na borda do balcão do bar e caminhou, muito teso, até o pé da escada. Subiu uns doze degraus, sempre se segurando ao corrimão, parou e se encostou nele. Olhou lá de cima para mim com um sorriso azedo.

"Desculpe esse meu sarcasmo cafona, Marlowe. Você é um cara legal. Eu não gostaria que lhe acontecesse alguma coisa."

"Alguma coisa como o quê?"

"Talvez ela ainda não tenha chegado àquele ponto em que fala da estranha magia do seu primeiro amor, do cara que desapareceu na Noruega. Você não gostaria de desaparecer, hein, parceiro? Você é meu detetive pessoal. O cara que me encontra quando estou perdido no meio do esplendor selvagem de Sepulveda Canyon." Ele mexeu a palma da mão num movimento circular no corrimão da escada. "Ia me magoar muito se você acabasse se perdendo também. Como aquele sujeito que gostava de se esquentar com suco de limão... Perdeu-se de tal maneira que muita gente até duvida que ele tenha existido. Você não acha que ela podia ter apenas inventado o cara, como uma espécie de brinquedo pra se distrair?"

"Como posso saber?"

Ele me olhou lá do alto. Havia sulcos profundos entre seus olhos agora, e sua boca estava retorcida de amargura.

"E como qualquer pessoa pode saber? Talvez nem ela saiba. Mas a criança está cansada. A criança está há muito tempo brincando com brinquedos quebrados. A criança quer dizer tchauzinho."

Ele recomeçou a subir a escada.

Fiquei por ali até que Candy chegou e começou a arrumar as coisas do bar, colocando os copos numa bandeja, examinando as garrafas para ver quanto restava em cada uma, sem prestar atenção em mim. Ou pelo menos foi o que pensei. Então ele disse: "*Señor*. Ficou uma dose aqui. Pena desperdiçar." Ele ergueu uma garrafa.

"Pode beber."

"*Gracias, señor, no me gusta. Un vaso de cerveza, no más.* Um copo de cerveja é o meu limite."

"Sujeito inteligente."

"Um bebum na casa é o bastante", disse ele, olhando para mim. "Falo bom inglês, não?"

"Claro, muito bom."

"Mas eu penso espanhol. Às vezes penso com uma faca. O patrão... ele é *o cara*. Ele não precisa de ajuda, *hombre*. Eu cuido dele, está vendo?"

"Está fazendo um belo trabalho, seu vadio."

"*Hijo de la flauta*", disse ele por entre os dentes brancos. Ele pegou uma bandeja cheia de copos e a ergueu, apoiando-a no ombro e na mão espalmada, como um servente de restaurante.

Caminhei para a porta e saí, pensando como uma expressão que quer dizer "filho da flauta" acabou se tornando um palavrão em espanhol. Não pensei por muito tempo. Tinha outras coisas com que me ocupar. Algo mais do que o mero álcool estava agindo no interior da família Wade. O álcool era apenas uma reação disfarçada.

Mais tarde, naquela mesma noite, entre nove e meia e dez horas, liguei para a casa dos Wade. Depois de oito toques desliguei, mas mal tinha pousado o receptor quando o aparelho começou a tocar. Era Eileen Wade.

"Alguém ligou agora", disse ela. "Tive o palpite de que fosse o senhor. Eu estava me preparando para tomar um banho."

"Era eu, mas não era nada importante, sra. Wade. Ele parecia com a cabeça meio desorientada quando saí — Roger, quero dizer. Acho que a essa altura me sinto um pouco responsável por ele."

"Ele está bem", disse ela. "Está na cama, dormindo profundamente. Acho que o dr. Loring o perturbou mais do que ele deixou transparecer. Não duvido que tenha falado uma porção de bobagens com o senhor."

"Disse que estava cansado e que queria se deitar. Bastante sensato, ao meu ver."

"Se foi tudo o que disse, então sim. Bem, boa noite e muito obrigada, sr. Marlowe."

"Eu não disse que isso foi tudo o que ele falou. Disse apenas que ele falou isso."

Houve uma pausa, e então: "Todo mundo tem ideias fantasiosas de vez em quando. Não leve Roger muito a sério, sr. Marlowe. Afinal de contas, ele tem uma imaginação muito desenvolvida. É normal que seja assim. Ele não devia ter bebido nada assim tão cedo, tão próximo daquela última vez. Por favor, tente esquecer tudo a respeito. Suponho que ele tenha sido rude com o senhor, entre outras coisas."

"Ele não foi rude comigo. O que disse fazia sentido, e bastante. Seu marido é um cara capaz de olhar para si mesmo bem de perto e ver o que tem ali. Não é um dom que todo mundo tem. Muitas pessoas passam a vida inteira usando metade da energia que têm para tentar proteger uma dignidade que nunca tiveram. Boa noite, sra. Wade."

Ela desligou e eu arrumei o tabuleiro de xadrez. Enchi o cachimbo, organizei o batalhão de peças e as examinei com cuidado à procura de uma rebarba ou de um feltro solto, e depois reproduzi uma partida de campeonato entre Gortchakoff e Meninkin, setenta e dois lances até um empate, um exemplo precioso daquele caso de uma força irresistível que se depara com um objeto inabalável, uma batalha sem armamentos, uma guerra sem sangue, e o maior desperdício de inteligência humana que se pode encontrar, a não ser numa agência de publicidade.

25

Nada aconteceu durante a semana seguinte exceto que eu retornei ao trabalho, o que no momento não queria dizer muito. Certa manhã recebi uma ligação de George Peters, das Organizações Carne, para me dizer que tinha passado casualmente por Sepulveda Canyon e a curiosidade o levou a dar uma olhada na propriedade do dr. Verringer. Mas Verringer não estava mais lá. Equipes de agrimensores estavam por toda parte, mapeando o terreno para o futuro loteamento. As pessoas com quem ele conversou nunca tinham ouvido falar no dr. Verringer.

"O otário assinou uma escritura que era golpe", disse Peters. "Fui verificar. Deram-lhe mil dólares em troca de quitação total, para poupar tempo e despesas, e agora alguém vai faturar um milhão livre, loteando o terreno para prédios residenciais. Essa é a diferença entre o crime e os negócios. Para os negócios você precisa ter capital. Às vezes acho que é a única diferença."

"Seu comentário está muito cínico", disse eu. "Mas o crime em grande escala também precisa ter capital."

"E você acha que ele vem de onde, parceiro? Não vem dos caras que têm uma lojinha de bebida. Tchau, a gente se fala."

Faltavam dez minutos para as onze numa noite de quinta-feira quando Wade me ligou. Sua voz estava pastosa, quase engrolada, mas pude reconhecê-la. E podia ouvir a respiração rápida, curta, do outro lado da linha.

"Marlowe, não estou nada bem. Estou mal, mal mesmo. Estou perdendo o controle. Pode vir aqui, rápido?"

"Sim... mas me deixe falar um instante com a sra. Wade."

Ele não respondeu. Ouvi o som de algo se espatifando, depois um silêncio mortal, e depois uma série de pancadas em direções diferentes. Gritei ao telefone, sem resposta. Passou-se algum tempo. Por fim escutei o clique suave do fone sendo recolocado no gancho, e em seguida o sinal de linha.

Em cinco minutos estava a caminho. Cheguei lá em pouco mais de meia hora e ainda não sei como. Cruzei o vale voando, entrei no Ventura Boulevard furando o sinal vermelho, virei à esquerda e saí costurando por entre os caminhões e fazendo uma imbecilidade atrás da outra. Entrei em Encino a mais de cem, mantendo o farol alto nos carros estacionados para alertar quem resolvesse sair de repente de trás de algum deles. Tive aquele tipo de sorte que a gente só tem quando não liga. Nada de polícia, de sirenes, de luzes vermelhas piscando. Somente visões do que poderia estar acontecendo na casa dos Wade, e não eram visões agradáveis. Ela estava sozinha na casa com um maníaco embriagado, ela estava caída no pé da escada com o pescoço partido, ela estava trancada num quarto e alguém do lado de fora estava urrando e tentando entrar à força, ela estava fugindo descalça numa estrada banhada pelo luar, perseguida por um negro enorme de machado em punho.

Não foi nada disso, afinal. Quando fiz a curva com o Oldsmobile na rampa de acesso, todas as luzes da casa estavam acesas e ela estava parada na porta aberta, com um cigarro na boca. Desci e caminhei até ela pelo caminho calçado de lajes. Ela vestia calças compridas folgadas e uma blusa de gola aberta. Olhou para mim muito tranquila. Se havia alguma agitação ali era somente a que eu trouxe.

A primeira coisa que eu disse foi tão pateta quanto todo o resto do meu comportamento. "Pensei que você não fumava."

"O quê? Oh, não tenho o costume." Ela pegou o cigarro, olhou para ele, soltou-o no chão e pisou em cima. "Muito de vez em quando. Ele ligou para o dr. Verringer."

Era uma voz plácida e remota, uma voz ouvida à noite por sobre a água de um lago. Totalmente relaxada.

"Não podia fazer isso", disse eu. "O dr. Verringer não mora mais lá. Foi pra mim que ele ligou."

"Ah, é mesmo? Eu o ouvi ligar para alguém e pedir que viesse depressa. Pensei que fosse o dr. Verringer."

"Onde ele está agora?"

"Ele caiu", disse ela. "Deve ter inclinado demais a cadeira para trás. Já fez isso antes. Cortou a cabeça, alguma coisa assim. Houve um pouco de sangue, mas nada sério."

"Bem, então está tudo OK", falei. "Ninguém ia querer muito sangue por aqui. Mas eu lhe perguntei onde ele está agora."

Ela me olhou gravemente. Depois apontou. "Em algum lugar aí fora. Na beira da estrada, ou nos arbustos ao longo da cerca."

Me inclinei um pouco para olhá-la mais de perto. "Pelo amor de Deus... você não foi olhar?" Àquela altura acabei decidindo que ela estava em estado de choque. Olhei para o jardim. Não vi nada, mas as sombras ao longo da sebe eram muito compactas.

"Não, não olhei", disse ela, com muita calma. "Vá procurá-lo. Já aguentei o que podia aguentar. Aguentei mais do que podia aguentar. Vá procurá-lo."

Virou-se e entrou na casa, deixando a porta aberta. Não foi muito longe. Um metro depois do portal ela simplesmente desmoronou no chão e ficou ali, imóvel. Eu a ergui nos braços e a deitei ao comprido num dos dois sofás que ficavam frente a frente na sala, tendo entre eles uma mesa de coquetel de madeira clara. Tomei-lhe o pulso. Não parecia muito fraco ou irregular. Os olhos estavam fechados, e ela tinha as pálpebras arroxeadas. Deixei-a ali e fui para fora.

Ele estava mesmo lá, como ela tinha dito. Estava deitado de lado à sombra do hibisco. Seu pulso estava acelerado e a respiração não era normal. Havia algo pegajoso na parte de trás de sua cabeça. Falei com ele e o sacudi um pouco. Esbofeteei seu rosto duas vezes. Ele resmungou, mas não voltou a si. Puxei seu corpo até deixá-lo mais ou menos sentado, pus um dos seus braços sobre meu ombro e tentei erguê-lo apoiado nas minhas costas. Tentei agarrá-lo pela perna e não consegui. Ele era tão pesado quanto um bloco de cimento. Caímos sentados os dois sobre a grama e depois de recuperar a respiração tentei de novo. Desta vez consegui erguê-lo no ombro pelo meio do corpo, ao estilo dos bombeiros, e cambaleei pela relva na direção da porta da frente que continuava aberta. A distância me pareceu a mesma de uma viagem de ida e volta ao Sião. Os dois degraus da porta da frente tinham três metros de altura. Fui aos tropeções na direção do sofá, caí de joelhos e fiz o corpo dele rolar para cima do assento.

Quando fiquei de pé e endireitei o corpo era como se minha espinha estivesse quebrada em três lugares diferentes.

Eileen Wade não estava mais lá. A sala estava à minha disposição. Eu estava exausto demais para me preocupar com o paradeiro de alguém. Sentei e fiquei olhando para Wade, enquanto recuperava o fôlego. Então olhei para a cabeça dele. Estava manchada de sangue. O cabelo chegava a estar pegajoso. Não parecia algo muito grave, mas com pancadas na cabeça nunca se sabe.

Então Eileen Wade estava de pé ao meu lado, abaixando o olhar para ele, ainda com aquela mesma expressão remota.

"Lamento ter desmaiado", disse ela. "Não sei por que aconteceu."

"Acho que é melhor chamarmos um médico."

"Liguei para o dr. Loring. O senhor sabe, ele é meu médico. Não queria vir."

"Tente outra pessoa, então."

"Oh, ele está vindo", disse ela. "Não queria, mas disse que virá o mais depressa que puder."

"Onde está Candy?"

"Hoje é seu dia de folga, quinta-feira. Candy e a cozinheira tiram folga na quinta. É o costume aqui. Acha que pode levá-lo para a cama?"

"Sozinho, não. Seria melhor trazer uma manta ou um lençol. É uma noite quente, mas casos assim resultam facilmente em pneumonia."

Ela disse que iria conseguir uma manta. Achei que era muita gentileza de sua parte. Mas eu não estava pensando de maneira muito inteligente. Estava exausto demais por tê-lo carregado para dentro.

Desdobramos uma manta xadrez sobre ele, e dentro de uns quinze minutos o dr. Loring apareceu, com seu colarinho engomado e óculos sem aro, e a expressão de um homem que recebeu a incumbência de limpar o chão onde um cachorro acabou de vomitar.

Ele examinou a cabeça de Wade. "Um corte superficial e uma contusão", disse. "Não há chance de ter sofrido uma concussão. Eu diria que se fosse o caso sua respiração o indicaria com toda clareza."

Ele pegou o chapéu, recolheu a maleta.

"Mantenha ele aquecido", disse. "Pode lavar a cabeça dele com cuidado, para limpar o sangue. Ele nem vai acordar."

"Não posso levá-lo para cima sozinho, doutor", disse eu.

"Então deixe-o onde está." Ele me olhou sem interesse. "Boa noite, sra. Wade. Como sabe, não cuido de alcoólatras. Mesmo que o fizesse, seu marido não seria um dos meus pacientes. Tenho certeza de que sabe a razão."

"Ninguém está lhe pedindo para tratar dele", falei. "Estou pedindo que me ajude a levá-lo para o quarto para que eu possa tirar a roupa dele."

"E aliás, quem é você?", perguntou o dr. Loring com uma voz gelada.

"Meu nome é Marlowe. Eu estava aqui na semana passada. Sua esposa nos apresentou."

"Interessante", disse ele. "Qual é a sua conexão com a minha esposa?"

"E que diabo de importância tem isso? Tudo o que eu quero é—"

"Não estou interessado no que você quer", interrompeu ele. Virou-se para Eileen, fez uma breve mesura e foi na direção da saída. Eu me antecipei e fiquei na frente dele, bloqueando a porta.

"Só um instante, doutor. Deve fazer muito tempo que o senhor passou os olhos pela última vez naquela paginazinha chamada Juramento de Hipócrates. Esse homem me chamou pelo telefone, e eu moro a uma boa distância daqui. Ele parecia estar passando mal e eu violei todas as leis de trânsito do Estado para chegar aqui. Encontrei-o caído no chão e consegui arrastá-lo para cá, e acredite, ele não é um saco de plumas. O criado da casa está de folga e não há ninguém que possa me ajudar a levar Wade lá para cima. O que acha disso?"

"Saia do meu caminho", disse ele com os dentes cerrados. "Ou vou ligar para o escritório do xerife e pedir que mandem um oficial até aqui. Na minha qualidade de profissional—"

"Na sua qualidade de profissional você é um montinho de merda de pulga", disse eu, e deixei o caminho livre para que ele passasse.

Ele ficou vermelho, de modo lento, mas visível. Parecia estar sufocado na própria bile. Então abriu a porta e saiu. Fechou-a cuidadosamente por fora. Ao fazê-lo, olhou para mim. Foi um dos olhares mais malignos que já vi, num dos rostos mais malignos que já avistei.

Quando me virei, Eileen estava sorrindo.

"Qual é a graça?", grunhi.

"Você. Você não liga para o que diz às pessoas, não é? Não sabe quem é o dr. Loring?"

"Sei — e sei bem o que ele é."

Ela olhou seu relógio de pulso. "Candy já devia ter chegado", disse. "Vou dar uma olhada. Ele tem um quarto por trás da garagem."

Ela saiu por uma das portas laterais e eu me sentei e fiquei olhando para Wade. O grande escritor continuava roncando. Tinha o rosto suado, mas deixei-o coberto com a manta. Um ou dois minutos depois Eileen estava de volta, e trazia Candy consigo.

26

O mexicano vestia uma camisa esporte em xadrez preto e branco, calças plissadas sem cinto, sapatos preto e branco de couro, imaculadamente limpos. Seu cabelo negro e espesso estava penteado firmemente para trás, lustroso devido a algum tipo de óleo ou creme.

"*Señor*", disse ele, e esboçou uma mesura sarcástica.

"Ajude o sr. Marlowe a levar meu marido para cima, Candy. Ele caiu e está um pouco machucado. Desculpe lhe dar esse incômodo."

"De nada, *señora*", disse ele, sorrindo.

"Acho que vou lhe dar boa-noite", disse ela para mim. "Estou morta de cansaço. Candy pode lhe ajudar no que for preciso."

Ela subiu devagar a escada. Candy e eu ficamos olhando.

"Que boneca", disse ele, em tom de confidência. "Vai passar a noite?"

"É difícil."

"*Es lástima*. Vive muito sozinha essa aí."

"Tire esse brilho dos olhos, garoto. Vamos levar o cara pra cama."

Ele deu um olhar triste para Wade, que roncava no sofá. "*Pobrecito*", murmurou com aparente sinceridade. "*Borracho como una cuba*."

"Pode estar bêbado como uma porca, mas pequeno ele não é", disse eu. "Vamos, você pega pelos pés."

Erguemos Wade e mesmo para dois homens ele era pesado como um caixão de chumbo. Chegando ao topo das escadas seguimos ao longo de um mezanino aberto, e de uma porta que estava fechada. Candy a indicou com o queixo.

"*La señora*", cochichou. "Bata devagarinho, pode ser que ela abra."

Não falei nada porque ainda precisava dele. Continuamos conduzindo a carcaça, entramos por uma porta e o largamos sobre uma cama. Então agarrei o braço de Candy bem no alto, perto do ombro, onde dá para machucar se se apertar os dedos com força. Apertei, com a intenção de machucar. Ele fez uma careta e seu rosto se endureceu.

"Como é seu nome, *cholo*?"

"Largue meu braço", disse ele. "E não me chame de *cholo*. Não sou imigrante ilegal. Meu nome é Juan García de Soto y Sotomayor. Sou chileno."

"OK, Don Juan. Mas não passe do limite aqui. Limpe a boca e o nariz quando falar das pessoas que estão lhe dando emprego."

Ele livrou o braço com um repelão e deu um passo atrás, os olhos negros brilhando de raiva. Sua mão foi dentro da camisa e saiu empunhando uma faca longa e fina. Ele a equilibrou com a ponta pousada na palma da mão, mal olhando para ela. Então baixou a mão rapidamente e agarrou a faca pela empunhadura com ela ainda parada no ar. Fez isso bem rápido e sem esforço aparente. Ergueu a mão à altura do ombro e seu braço se estendeu velozmente: a faca cortou o ar e se cravou vibrando na madeira do caixilho da janela.

"Cuidado, *señor*", disse ele com voz cortante. "Deixe as patas bem longe de mim. Ninguém brinca comigo."

Cruzou o quarto com passos ágeis e arrancou a faca da madeira, jogou-a para cima, girou nos calcanhares e pegou-a de costas. Com um movimento rápido ela voltou a sumir dentro de sua camisa.

"Muito bom", falei. "Mas um tanto afetado."

Ele veio na minha direção, com um sorriso desdenhoso.

"E você pode acabar com um cotovelo quebrado", falei. "Assim."

Agarrei seu pulso direito, puxei-o até fazê-lo perder o equilíbrio, fiquei de lado e um pouco por trás dele, e apoiei seu cotovelo no meu braço dobrado, forçando meu peso sobre o braço dele e usando o meu como ponto de apoio.

"Um puxão", falei, "e quebro sua junta do cotovelo. É o que basta pra você passar muitos meses sem atirar uma faca. E se eu puxar com força, você se aposenta para o resto da vida. Agora, tire os sapatos do sr. Wade".

Larguei-o e ele me deu um sorriso. "Bom truque", disse ele. "Vou me lembrar."

Virou-se para Wade, tirou um dos seus sapatos e então se deteve. Havia uma mancha de sangue no travesseiro.

"Quem feriu o patrão?"

"Não fui eu, parceiro. Ele caiu e bateu com a cabeça em alguma coisa. É um corte pequeno. O médico já esteve aqui."

Candy soltou a respiração, bem devagar. "Viu quando ele caiu?"

"Foi antes de eu chegar aqui. Você gosta desse cara, hein?"

Ele não respondeu. Terminou de tirar os sapatos, despimos Wade aos poucos e Candy foi buscar um pijama verde e prata. Conseguimos vesti-lo em Wade e o colocamos bem acomodado na cama, e coberto. Ele ainda estava suarento e roncando. Candy o contemplou com expressão triste, abanando a cabeça devagar.

"Alguém precisa tomar conta dele", disse. "Vou trocar de roupa."

"Vá dormir um pouco. Eu cuido dele. Posso chamar você, se precisar."

Ele me encarou. "É melhor cuidar bem dele", disse, com voz tranquila. "Bem mesmo."

Saiu do quarto. Entrei no banheiro, molhei uma toalha de rosto e peguei uma toalha maior. Virei Wade um pouco de lado, espalhei a toalha grande sobre o travesseiro e com a outra lavei o sangue de sua cabeça, com cuidado, para que não voltasse a sangrar. Com isso, pude ver um corte curto e raso, com cerca de cinco centímetros de comprimento. Não era nada sério. Nisso o dr. Loring estava correto. Não teria dado nenhum trabalho se ele lhe desse alguns pontos, mas talvez nem fosse preciso. Achei uma tesoura e aparei o cabelo de Wade o bastante para poder aplicar um curativo sobre o corte. Então voltei a virar o corpo dele de rosto para cima, e passei a toalha molhada em seu rosto. Acho que foi um erro.

Ele abriu os olhos. A princípio estavam vagos e fora de foco, mas aos poucos sua visão foi ficando mais clara e ele me viu parado junto da cama. Sua mão se ergueu até a cabeça e ele apalpou o curativo. Seus lábios murmuraram alguma coisa, e aos poucos sua voz foi brotando com mais firmeza.

"Quem me acertou? Você?" Sua mão continuava tocando o adesivo.

"Ninguém o acertou. Você levou um tombo."

"Um tombo? Quando? Onde?"

"No lugar de onde você estava telefonando. Você ligou pra mim. Ouvi você caindo. Pelo telefone."

"Eu liguei pra você?" Ele sorriu devagar. "Sempre à disposição, você, hein, camarada? Que horas são?"

"Passa de uma da manhã."

"Onde está Eileen?"

"Foi se deitar. Teve uma noite ruim."

Ele ficou pensando nisso em silêncio. Seus olhos estavam cheios de dor. "Será que eu—" Ele parou e fez uma careta.

"Você nem sequer tocou nela, pelo que eu sei. Se é isso que está pensando. Apenas saiu andando porta afora e desmaiou perto da sebe. Pare de falar e durma."

"Dormir", disse ele, baixinho, devagar, como uma criança recitando uma lição. "Que diabo será isso."

"Talvez um comprimido ajude. Tem algum?"

"Na gaveta. Na mesa de cabeceira."

Abri a gaveta e encontrei um frasco de plástico com cápsulas vermelhas. Seconal, 74 mg. Receita assinada pelo dr. Loring. Aquele simpático dr. Loring. Receita prescrita para a sra. Roger Wade.

Balancei o frasco, recolhi duas cápsulas, guardei o frasco e servi um copo d'água de uma garrafa térmica sobre a mesa de cabeceira. Ele disse que uma cápsula bastaria. Tomou-a e bebeu um pouco d'água e voltou a se deitar e a olhar para o teto. O tempo foi passando. Fiquei sentado numa cadeira, de olho nele. Não parecia estar ficando sonolento. Então ele falou devagar.

"Estou lembrando uma coisa. Me faça um favor, Marlowe. Eu escrevi umas bobagens e não gostaria que Eileen as visse. Estão em cima da máquina de escrever, por baixo da capa plástica. Rasgue isso, por favor."

"Claro. É tudo que lembra?"

"Eileen está bem? Tem certeza?"

"Tenho. Ela só está cansada. Deixe isso pra lá, Wade. Pare de pensar. Eu não devia ter lhe perguntado."

"Pare de pensar, o cara me diz." Sua voz estava um pouco pastosa agora. Estava meio que falando consigo mesmo. "Pare de pensar, pare de sonhar, pare de amar, pare de odiar. Boa noite, meu príncipe. Vou tomar o outro comprimido."

Dei-lhe o comprimido e um pouco mais de água. Ele voltou a se deitar, desta vez com a cabeça virada de modo a poder olhar para mim. "Escute, Marlowe, eu escrevi umas coisas, e não gostaria que Eileen—"

"Você já me disse. Vou cuidar disso depois que você pegar no sono."

"Ah. Obrigado. Bom ter você por perto. Muito bom."

Outra pausa muito longa. As pálpebras dele estavam ficando pesadas.

"Já matou um homem, Marlowe?"

"Já."

"Uma sensação ruim, não é mesmo?"

"Há quem goste."

Seus olhos se fecharam de vez. Então se abriram de novo, mas estavam meio erráticos. "Como é possível?"

Não respondi. As pálpebras voltaram a descer, como uma cortina vagarosa num teatro. Ele começou a ressonar. Esperei um pouco mais. Então diminuí a luz do quarto e saí.

27

Parei do lado de fora da porta de Eileen e escutei. Não ouvi nenhum som de movimento lá dentro, então não bati. Se ela quisesse saber como ele estava, a iniciativa era dela. Lá embaixo, a sala estava brilhantemente iluminada e vazia. Apaguei algumas das lâmpadas. Parado perto da porta principal, ergui os olhos para o mezanino. A parte do meio da sala erguia-se em toda a altura das paredes da casa, e era cruzada por vigas que sustentavam o mezanino, que era largo, protegido por um beiral com pouco mais de um metro de altura. O parapeito e as barras verticais eram de corte quadrado, semelhante ao das vigas de suporte. Através de um arco quadrado via-se a sala de jantar, isolada por portas duplas com venezianas. Por cima dela, imaginei, deviam ficar os aposentos dos criados. Aquela parte do andar de cima era isolada da parte da frente, de modo que devia haver uma escada dando acesso a ela através da cozinha, na parte traseira da casa. O quarto de Wade ficava de esquina, por cima do seu escritório no térreo. Eu podia ver a luz da sua porta aberta refletindo-se no teto, e a parte superior do umbral.

Apaguei todas as luzes exceto uma luminária de pé alto, e caminhei para o escritório. A porta estava fechada, mas quando entrei vi duas luzes acesas, uma luminária alta na extremidade do sofá de couro e um abajur na escrivaninha. A máquina de escrever estava numa bancada maciça, junto dela, e na escrivaninha via-se uma confusão de laudas amarelas. Sentei numa poltrona e examinei a disposição dos móveis. O que eu queria descobrir era de que modo ele tinha produzido aquele corte na cabeça. Fui sentar na cadeira giratória da escrivaninha, com o telefone à minha direita. As molas da cadeira não estavam muito apertadas. Se eu me inclinasse para trás e caísse, talvez minha cabeça batesse na quina da mesa. Umedeci meu lenço e o esfreguei ali. Nenhum sinal de sangue. A mesa estava atulhada de objetos, inclusive uma fileira de livros apoiados entre dois elefantes de bronze, e um tinteiro quadrado de vidro, em estilo antigo. Examinei o tinteiro também, sem resultado. Não fazia muito sentido, em todo caso, porque se alguém tinha acertado a cabeça de Wade a arma não tinha necessariamente que estar no escritório. E não havia ninguém que pudesse tê-lo feito. Me levantei e acendi as luzes do teto. Elas clarearam até os cantos mais remotos, e é claro que a resposta era bem simples. Um cesto metálico de papéis estava caído de lado, junto à parede, e havia papéis amarrotados espalhados pelo piso. Ele não podia ter ido parar ali sozinho, portanto alguém o tinha jogado ou chutado para lá. Passei o lenço molhado em suas quinas e desta vez veio a nódoa marrom-avermelhada de sangue. Nenhum mistério. Wade tinha caído para trás e batido com a cabeça na quina do cesto — uma pancada meio de raspão, provavelmente — e quando ficou de pé deu-lhe um chute, jogando-o no outro extremo do aposento. Simples.

Depois disso ele iria querer tomar outra dose. A bebida estava na mesinha de coquetel diante do sofá. Uma garrafa vazia, outra três quartos cheia, uma garrafa térmica com água e um balde prateado cheio da água que restara de alguns cubos de gelo. Havia um copo apenas, do tipo grande, econômico.

Depois da dose, ele se sentiu um pouco melhor. Percebeu o fone fora do gancho, ainda que com a visão meio fora de foco, e provavelmente nem se lembrava mais do que estivera fazendo com ele. Então foi até lá e pôs o fone de volta no gancho. Era o tempo certo. Existe algo compulsivo em torno de um telefone. O homem de nossa época, rodeado de engenhocas, o adora, o detesta e tem medo dele. Mas sempre o trata com respeito, mesmo quando está bêbado. O telefone é um fetiche.

Qualquer sujeito normal teria dado um alô no fone antes de colocá-lo no gancho, só para se certificar. Mas não necessariamente um homem que estava atordoado pela bebida e tinha acabado de sofrer uma queda. De qualquer modo, não tinha importância. A esposa podia ter feito isso. Ela podia ter escutado a queda, e a pancada de quando o cesto se chocou com a parede ao ser chutado, e vindo até o escritório. A essa altura, a dose que ele bebera por último estaria fazendo efeito, e ele saiu cambaleando da casa, atravessou o relvado e desmaiou no lugar onde eu o encontrei mais tarde. Havia alguém que estava vindo buscá-lo. A essa altura ele não sabia mais quem era. Talvez fosse o bom dr. Verringer.

Até aí, tudo bem. O que a esposa iria fazer em seguida? Ela não podia enfrentá-lo nem tentar argumentar com ele, e bem poderia estar com medo de tentar. Portanto, iria chamar alguém e pedir ajuda. Os criados tinham saído, portanto teria que ser por telefone. Bem, ela *tinha* ligado para alguém. Tinha ligado para o simpático dr. Loring. Eu presumira que ela o tinha feito depois que cheguei lá, mas ela não disse isso.

Daí em diante, as coisas não se encaixavam muito bem. Era de se esperar que ela tentasse cuidar dele, encontrá-lo, verificar se não tinha se machucado. Não faria nenhum mal a ele ficar deitado na relva durante algum tempo numa noite quente de verão. Ela não podia tirá-lo dali. Eu tinha precisado para isso de todas as minhas forças. Mas eu não esperaria encontrá-la de pé junto da porta aberta, fumando um cigarro, tendo somente uma ideia aproximada de onde o marido tinha caído. Não é mesmo? Eu não sabia o que ela tinha sofrido com ele, o quanto ele era perigoso naquelas condições, o quanto ela estaria com medo de sequer se aproximar. "Já aguentei o que podia aguentar", foi o que ela me disse quando cheguei. "Vá procurá-lo." E depois entrou na casa e deu um jeito de desmaiar.

Tudo isso ainda me incomodava, mas eu tinha que ver as coisas dessa maneira. Tinha de aceitar que depois de enfrentar muitas situações como aquela tudo o que ela podia fazer era deixar rolar; e era exatamente isso que faria. Só isso. Deixar rolar. Deixá-lo caído no gramado até que aparecesse alguém com força física bastante para carregá-lo.

Mas ainda me incomodava. Me incomodava o fato de ela ter subido para o seu próprio quarto enquanto Candy e eu o levávamos escada acima para pô-lo na cama. Ela dizia que amava o cara. Era o marido dela, os dois estavam casados havia cinco anos, ele era um sujeito bastante legal quando sóbrio — eram as palavras dela. Bêbado, ele virava outra coisa, uma coisa que era preciso manter a distância, porque era perigosa. OK, vamos esquecer. Mas aquilo continuava me incomodando. Se ela estava mesmo amedrontada, não teria ficado ali na porta fumando um cigarro. Se estava apenas amargurada e abatida e desgostosa, não teria desmaiado.

Havia algo mais. Outra mulher, talvez. Ela podia ter acabado de descobrir. Linda Loring? Talvez. O dr. Loring achava que sim, e tinha dito isso em público.

Parei de pensar nisso e fui tirar a capa plástica da máquina de escrever. O material estava ali, várias folhas soltas de papel amarelo, datilografado, que eu deveria destruir para que Eileen não as lesse. Levei-as para o sofá e cheguei à conclusão de que eu merecia uma dose para acompanhar a leitura. Havia um lavabo numa parte lateral do escritório. Lavei o copo, servi uma boa dose e me sentei com os papéis. E o que eu li era delirante. Assim:

28

Faltam quatro dias para a lua cheia e há uma mancha quadrada de luar na parede e ela está olhando para mim como um olho cego, grande e leitoso, um olho da parede. Piada. Que droga de símile idiota. Os escritores. Tudo tem que ser como alguma outra coisa. Minha cabeça está tão pastosa quanto chantilly, mas não tão doce. Mais símiles. Eu posso vomitar só em pensar neste ofício vagabundo. Posso vomitar por qualquer motivo. Provavelmente vou vomitar. Não me empurre. Me dê mais um tempo. Os vermes no meu plexo solar estão se arrastando, arrastando, arrastando. Eu me sentiria melhor se estivesse na cama, mas embaixo dela haveria um animal escuro e esse animal escuro ficaria se arrastando e corcoveando e esbarrando na parte de baixo da cama, e eu soltaria um grito que não produziria som para ninguém a não ser para mim mesmo. Um grito de sonho, um grito no meio de um pesadelo. Não há nada do que ter medo e eu não estou com medo porque não há nada do que ter medo, mas mesmo assim eu estava deitado desse jeito uma vez na cama e o animal escuro estava fazendo isso comigo, esbarrando na parte de baixo da cama, e eu tive um orgasmo. Isso me deu mais nojo do que qualquer outra das coisas nojentas que eu já fiz.

Estou imundo. Preciso fazer a barba. Minha mãos estão tremendo. Estou suado. Eu mesmo não aguento meu cheiro. Minha camisa está encharcada embaixo dos braços, e no peito, e nas costas. As mangas estão molhadas na dobra dos cotovelos. O copo em cima da mesa está vazio. Vou precisar das duas mãos para servir uma bebida agora. Posso me servir uma dose suficiente para me equilibrar. O gosto dessa coisa me dá náuseas. E isso não vai me levar a lugar algum. No fim de tudo não vou ser capaz de dormir direito e o mundo inteiro vai gemer com um horror de nervos torturados. Coisa boa, hein, Wade? Um pouquinho mais.

Durante os primeiros dois ou três é até legal, mas depois começa a ser negativo. Você sofre, aí toma uma dose, e por algum tempo se sente melhor, mas o preço vai ficando cada vez mais alto e você vai obtendo cada vez menos, até chegar a um ponto em que aquilo só lhe dá náusea. Aí você chama Verringer. Olá, Verringer, sou eu de novo. Só que não existe mais Verringer. Ele foi embora para Cuba ou então está morto. A dama o matou. Pobre velho Verringer, olha que destino, morrer na cama com uma dama, com aquele tipo de dama. Vamos lá, Wade, levante daí e vamos circular. Vamos para alguns lugares onde nunca fomos e nunca vamos voltar para quando lá estivemos. Essa frase faz sentido? Não. Muito bem, não estou cobrando um centavo por ela. Agora faremos uma curta pausa para um longo comercial.

Muito bem, consegui. Fiquei de pé. Isto é que é um homem! Fui até o sofá e aqui estou ajoelhado junto do sofá com as mãos apoiadas nele e meu rosto nas mãos e chorando. Depois rezei, e senti desprezo por mim por ter rezado. Um bêbado de Terceiro Grau num momento de autodesprezo. Para que merda você está rezando, imbecil? Se um homem normal reza, isso é fé. Um homem doente reza, e é só porque está com medo. Que se dane a reza. Seu mundo é você quem faz e você o faz sozinho e qualquer ajudazinha de fora que você recebe — bem, essa ajudazinha é você também. Pare de rezar, imbecil. Levante e sirva aquela dose. É tarde demais para qualquer outra coisa.

Bem, tomei a dose. Segurando com as duas mãos. Despejei tudo no copo. Mal derramei uma gota. Agora, se posso segurar isso aqui dentro sem vomitar... Melhor botar um pouco d'água. Agora, levantar o copo devagarinho. Calma, um pouquinho de cada vez. Está ficando morno. Está ficando quente. Ah se eu pudesse parar de suar. O copo está vazio. Está de volta em cima da mesa.

Há uma névoa envolvendo o luar, mas eu consegui pousar o copo apesar disso, com cuidado, muito cuidado, como um buquê de rosas num vaso comprido. As rosas inclinam a cabeça sob o orvalho. Talvez eu seja uma rosa. Irmão, estou recebendo orvalho. Agora, vamos ao primeiro andar. Talvez umazinha para ajudar no traslado. Não? OK, como quiser. Leve a dose para quando chegar lá em cima. Se eu chegar lá vou ter algo à minha espera. Se eu conseguir chegar ao andar de cima tenho direito a uma recompensa. Uma prova de consideração de mim para comigo. Eu sinto um amor tão lindo por mim mesmo — e a parte mais doce de tudo é esta — não tenho rivais.

Espaço duplo. Fui lá em cima e desci de novo. Não gostei lá de cima. A altitude faz meu coração desandar. Mas eu continuo martelando as teclas desta máquina. Que mágico formidável é o subconsciente. Se pelo menos ele trabalhasse num horário regular. Lá no andar de cima também tinha luar. Talvez até a mesma lua. A lua não varia muito. Ela vem e vai embora, como o leiteiro, e o leite da lua é sempre o mesmo. E a lua do leite — espere aí, parceiro. Você se atrapalhou. Não é este o momento para se envolver com o passado da lua. Você já tem bastante passado para encher esse maldito vale.

Ela estava dormindo de lado, sem emitir nenhum som. Os joelhos puxados para cima. Quieta demais, eu achei. A gente sempre faz algum barulho quando está dormindo. Talvez não dormisse, talvez estivesse apenas tentando dormir. Se eu chegasse mais perto saberia. Podia cair por cima dela também. Um dos olhos dela se abriu — ou não? Ela olhou para mim — ou não? Não. Ela teria sentado na cama e dito: Está passando mal, querido? Sim, estou muito mal, querida. Mas não ligue para isso, querida, porque meu mal é meu mal e não o seu mal, e eu deixo você dormir quietinha e bela, e nunca lembrar de nada, e que nenhuma sujeira minha respingue em você e que nada se aproxime de você que seja sinistro, que seja cinzento, que seja feio.

Você é uma lástima, Wade. Três adjetivos, escritor vagabundo. Será que você não pode fazer um fluxo de consciência, seu incompetente, sem enfileirar três adjetivos pelo amor de Deus? Voltei a descer a escada, me segurando no corrimão. Minhas tripas se contraíam a cada degrau e eu as segurei com uma promessa. Cheguei ao andar térreo e cheguei ao escritório e cheguei ao sofá e esperei meu coração voltar ao normal. A garrafa está pertinho. Uma coisa você pode dizer sobre o conceito de organização de Wade: a garrafa está sempre perto. Ninguém a esconde, ninguém a tranca em algum lugar. Ninguém diz: Você não acha que já bebeu o bastante, querido? Você vai acabar se sentindo mal, querido. Ninguém diz isso. Apenas dorme de lado, suave como uma rosa.

Dei dinheiro demais a Candy. Um erro. Devia ter começado pagando-lhe um saco de amendoins e aos poucos subir para uma banana. Depois uns trocados em moedas, devagar, sem pressa, para mantê-lo sempre ansioso. Você dá a ele uma fatia grande demais e logo logo ele se sente um sócio. Ele pode passar um mês no México, deitando e rolando, com o que ganha aqui num só dia. Então, quando ele acha que é um sócio, o que ele faz? Bem... algum sujeito acha que já tem dinheiro suficiente, quando sabe que pode conseguir um pouco mais? Talvez seja isso mesmo. Talvez eu devesse matar esse filho da puta cheio de olho-grande. Um sujeito decente já morreu uma vez por minha causa, por que não esse inseto de paletó branco?

Esqueça Candy. Sempre existe uma maneira de tirar o gume de uma faca. O outro eu nunca vou esquecer. Está gravado a fogo verde no meu fígado.

É melhor telefonar. Estou perdendo controle. Está tudo saltando, saltando, saltando. Melhor chamar alguém antes que as coisas cor-de-rosa comecem a se arrastar pelo meu rosto. Preciso chamar alguém, chamar, chamar. Chamar Sioux City Sue. Alô, telefonista, me ligue com interurbano. Alô, interurbano, me ligue com Sioux City Sue. O número dela? Não sei o número, só sei o nome, telefonista. Você pode encontrá-la zanzando pela rua 10, no lado mais escuro, por baixo daquelas árvores todas de orelha em pé... Tudo bem, telefonista, tudo bem. Pode cancelar todo o procedimento e vou lhe contar uma coisa, quer dizer, perguntar uma coisa. Quem vai pagar por todas aquelas festas de arromba que Gifford está oferecendo em Londres, se você cancelar meu interurbano? Sim, você acha que seu emprego está seguro. Isso é o que você acha. É melhor eu falar diretamente com Gifford. Ligue para Gifford. O criado dele acabou de trazer seu chá. Se ele não puder falar vamos trazer alguém que possa.

Bem, por que foi que escrevi isso tudo? Estava tentando não pensar no quê? Telefonar. Melhor telefonar agora. Estou mal, muito mal, muito...

Isso era tudo. Dobrei as folhas de papel até um formato pequeno e as enfiei no bolso de dentro do paletó, junto da minha caderneta de notas. Fui até as portas envidraçadas e as escancarei, e saí para a varanda. O luar estava um pouco nublado. Mas era verão em Idle Valley e o verão nunca está nublado demais. Fiquei ali olhando para o lago imóvel e pensando e imaginando coisas. E então escutei um tiro.

29

No mezanino, havia agora duas portas abertas com as luzes acesas — a de Eileen e a dele. O quarto dela estava vazio. Do quarto dele vinha um som de luta, e cruzei a porta num salto, e a vi curvada sobre a cama, engalfinhada com ele. Vi o brilho negro de uma arma de fogo erguida no ar, por duas mãos, uma mão masculina e grande, a outra uma mão pequena de mulher, ambas agarrando a arma, nenhuma delas pela coronha. Roger estava sentado na cama, inclinado para a frente, tentando se levantar. Ela estava num roupão azul-claro, uma daquelas coisas meio estampadas, o cabelo estava todo derramado sobre seu rosto e agora ela conseguira agarrar a arma com as duas mãos, e com um puxão brusco a arrancou da mão dele. Fiquei surpreso com sua força, mesmo considerando que ele estava dopado. Ele caiu de volta na cama com o rosto contraído de raiva e arquejando, e nisso ela recuou um passo e esbarrou em mim.

Ficou encostada em mim, apertando a pistola com ambas as mãos, com força, de encontro a si. Foi sacudida por alguns soluços, curtos. Estendi o braço em volta dela e pus minha mão sobre a arma.

Ela girou como se precisasse disso para ter certeza de que eu estava ali. Seus olhos se arregalaram e seu corpo se afrouxou de encontro ao meu. Ela largou a arma. Era uma arma pesadona, desajeitada, uma Webley de repetição, sem cão. O cano estava quente. Segurei Eileen com um braço, pus a arma no bolso do paletó e olhei na direção dele. Ninguém falou.

Então ele abriu os olhos e aquele sorriso exausto surgiu nos seus lábios. “Ninguém se machucou”, balbuciou ele. “Uma bala perdida acertou o teto.”

Senti que o corpo dela se retesava. Seus olhos já estavam focados e lúcidos. Larguei-a.

"Roger", disse ela, numa voz que não era mais do que um sussurro esgotado, "tinha que ser isso?".

Ele a olhou com olhos que pareciam os de uma coruja. Umedeceu os lábios mas não disse nada. Ela deu alguns passos e se apoiou a uma mesinha. Sua mão moveu-se mecanicamente para afastar o cabelo caído no rosto. Seu corpo estremeceu dos pés à cabeça, e ela balançou a cabeça. "Roger", sussurrou de novo. "Pobre Roger. Pobre e miserável Roger."

Ele estava agora olhando diretamente para o teto. "Tive um pesadelo", disse devagar. "Alguém com uma faca se inclinou sobre a cama. Parecia um pouco com Candy. Mas não podia ser Candy."

"Claro que não, querido", disse ela suavemente. Afastou-se da mesinha e sentou na beirada da cama. Estendeu a mão e acariciou a testa dele. "Candy já foi se deitar há muito tempo. E por que Candy estaria com uma faca?"

"Ele é mexicano. Eles todos têm facas", disse Roger na mesma voz impessoal. "Eles gostam de facas. E ele não gosta de mim."

"Ninguém gosta de você", disse eu com brutalidade.

Ela virou a cabeça para mim, com rapidez. "Por favor — por favor, não fale assim. Ele não sabia. Ele teve um sonho—"

"Onde estava a arma?", grunhi, com os olhos nela, sem dar atenção a ele.

"Na mesinha de cabeceira. Dentro da gaveta." Ele virou a cabeça e me encarou. Não havia nenhuma arma na gaveta, e ele sabia que eu sabia. As pílulas estavam lá, e mais algumas coisas miúdas, mas nada de arma.

"Ou embaixo do travesseiro", disse ele. "Não tenho certeza. Dei um tiro..." ele ergueu pesadamente a mão e apontou — "... lá para cima".

Olhei para o alto. Parecia mesmo haver um buraco no gesso. Me aproximei para observar melhor. Sim. Era o tipo de buraco que uma bala faria. Com aquela arma, a bala prosseguiria até o sótão. Parei perto da cama e olhei duramente nos olhos dele.

"Nada disso. Você queria se matar. Não teve pesadelo nenhum. Estava nadando num mar de piedade por si mesmo. Não tinha nenhuma arma na gaveta, nem embaixo do travesseiro. Você levantou, foi buscar a arma, voltou para a cama, e estava pronto para liquidar de uma vez toda a bagunça da sua vida. Mas acho que não teve tutano. Disparou um tiro sem querer atingir coisa alguma. Sua mulher veio correndo, que era o que você queria. Piedade e simpatia, meu camarada. Nada mais. Mesmo sua briga pela arma foi só pose. Ela não poderia tomar uma arma da sua mão se você não deixasse."

"Estou mal", disse ele. "Mas talvez você esteja certo. Faz diferença?"

"Faz sim. Você pode ser levado para o pavilhão de doentes mentais, e pode acreditar em mim, o pessoal que cuida daquilo é tão simpático quanto os que vigiam presos acorrentados na Geórgia."

Eileen ficou de pé subitamente. "Basta", disse, com aspereza. "Ele *está* doente, e você sabe disso."

"Ele quer ser um doente. Estou só explicando quais são as consequências."

"O momento para dizer isso não é agora."

"Volte para o seu quarto."

Seus olhos azuis cintilaram. "Como se atreve..."

"Volte para o seu quarto. A menos que prefira que eu chame a polícia. Coisas assim têm que ser comunicadas."

Ele quase sorriu. "Ah, sim, chame a polícia", disse, "como fez com Terry Lennox".

Não dei muita atenção àquilo. Estava ainda olhando para ela. Parecia exausta agora, e frágil, e muito linda. O momento de fúria tinha passado. Estendi a mão e a toquei no ombro. "Está tudo bem", falei. "Ele não vai fazer isso de novo. Volte para a cama."

Ela deu um longo olhar para ele e deixou o quarto. Quando não era mais visível pela porta aberta eu sentei na beira da cama, onde ela tinha sentado.

"Mais comprimidos?"

"Não, obrigado. Não faz diferença se dormir ou não. Já me sinto bem melhor."

"Eu estava certo quanto ao tiro? Foi tudo um teatro da sua parte?"

"Mais ou menos." Ele virou o rosto para o outro lado. "Acho que eu estava meio grogue."

"Ninguém pode impedir alguém de se matar, se a pessoa quiser realmente. Eu sei disso. Você também."

"Sei." Ainda estava com o rosto virado. "Você fez o que te pedi... aquele material na máquina de escrever?"

"Uh-hum. Fico surpreso que ainda se lembre. É um texto muito maluco. Mas é engraçado, foi datilografado com muita firmeza."

"Sempre escrevo assim, bêbado ou sóbrio, pelo menos até certo ponto."

"Não se preocupe com Candy", disse eu. "Você se engana ao pensar que ele não gosta de você. E eu estava errado ao dizer que ninguém gosta. Foi só pra dar uma sacudida em Eileen, deixar ela com raiva."

"Por quê?"

"Ela já fingiu um desmaio essa noite."

Ele balançou a cabeça de leve. "Eileen nunca desmaia."

"Então foi fingimento mesmo."

Ele também não gostou disso.

"O que você quis dizer com 'um sujeito decente já morreu uma vez por minha causa'?", perguntei.

Ele franziu a testa. "Só bobagem. Já te falei que tive um sonho..."

"Estou falando daquelas baboseiras que você escreveu."

Ele me olhou naquele momento, movendo sua cabeça no travesseiro como se fosse terrivelmente pesada. "Foi outro sonho."

"Vou tentar de novo. Que poder é esse que Candy tem sobre você?"

"Vá à merda, Jack" disse ele, e fechou os olhos.

Me levantei e fechei a porta. "Você não pode fugir a vida toda, Wade. Candy pode ser um chantagista, claro. Muito simples. Pode ser até um sujeito que faça isso de uma maneira legal, gostando de você e mamando seu dinheiro ao mesmo tempo. Do que se trata? Coisa de mulher?"

"Você está acreditando naquele idiota do Loring", disse ele com os olhos fechados.

"Não exatamente. E quanto à irmã dela? A que morreu?"

Foi um belo tiro no escuro, de certo modo, mas explodiu o alvo. Os olhos se abriram. Uma bolhazinha de saliva se formou em seus lábios.

"É por isso... que você está aqui?", perguntou devagar, quase num sussurro.

"Você sabe muito bem que eu fui convidado. Você que me convidou."

A cabeça dele rolava para lá e para cá no travesseiro. Apesar do Seconal ele estava com os nervos em farrapos. O rosto estava banhado em suor.

"Eu não sou o primeiro marido apaixonado que praticou adultério. Me deixe em paz, porra. Me deixe em paz."

Entrei no banheiro, molhei uma toalha e passei no rosto dele. Dei-lhe um sorriso mau de zombaria. Eu era o canalha para botar no bolso todos os canalhas. Espere o cidadão cair e meta um chute nele, e então meta outro. Ele está fraco. Não pode resistir nem revidar.

"Qualquer dia desses vamos chegar a um consenso sobre isso", disse eu.

"Eu não fiquei louco", disse ele.

"Você apenas tem esperança de não ter ficado louco."

"Estou vivendo num inferno."

"Oh, mas claro. Isso é óbvio. O detalhe interessante é: por quê? Venha... tome um desses." Peguei outro Seconal da mesa de cabeceira e outro copo d'água. Ele se apoiou num cotovelo e tentou pegar o copo, errando por mais de dez centímetros. Pus o copo em sua mão, e ele deu um jeito de tomar o comprimido e beber um pouco. Depois deitou-se estirado na cama, esvaído, o rosto esvaziado de emoções. Seu nariz tinha aquele aspecto doentio. Ele bem poderia se passar por um homem morto. Não ia mais jogar ninguém escada abaixo naquela noite. E em nenhuma outra, provavelmente.

Quando suas pálpebras pesaram, saí do quarto. O peso da Webley se fazia sentir sobre meu quadril, puxando meu bolso para baixo. Comecei a descer a escada outra vez. A porta de Eileen estava aberta. O quarto estava às escuras mas a lua fornecia luz bastante para mostrar sua silhueta de pé, perto da porta. Ela falou algo, chamando, algo que soava como o nome de alguém, mas não era o meu. Andei até chegar junto dela.

"Mantenha a voz bem baixa", falei. "Ele foi dormir de novo."

"Eu sempre soube que você iria voltar", disse ela suavemente. "Mesmo depois de dez anos."

Olhei bem para ela. Um de nós dois era um pateta.

"Feche essa porta", disse ela naquela mesma voz acariciante. "Esses anos todos eu me guardei só para você."

Eu me virei e fechei a porta. Pareceu uma boa ideia naquele instante. Quando voltei a olhar ela já veio praticamente caindo sobre mim. Eu a agarrei. Que diabo, eu teria que fazer isso. Ela se apertou com força de encontro a mim e os cabelos roçaram no meu rosto. Sua boca se ergueu para ser beijada. Ela estava trêmula. Os lábios se abriram, os dentes se abriram, e a língua se projetou. Então ela baixou as mãos, mexeu em algo e o roupão que estava usando se abriu e por baixo dele ela estava tão nua quanto September Morn, e com muito menos recato.

"Me ponha na cama", respirou ela.

Foi o que eu fiz. Ao colocar meus braços em volta dela eu estava tocando pele nua, pele macia, pele dócil e macia à pressão. Levantei-a nos braços, dei alguns passos até a cama e a baixei ali. Ela manteve os braços em volta do meu pescoço. Sua garganta parecia estar sibilando bem baixinho. Então ela gemeu e começou a se debater. Isso era um crime. Eu estava tão excitado quanto um garanhão. Estava perdendo o controle. Não é todo dia na sua vida que uma mulher como aquela faz um convite como aquele.

Candy me salvou. Ouviu-se um rangido baixinho e eu dei a volta, rápido, e ainda vi a maçaneta terminando de girar. Me soltei dela com um pulo e corri para a porta. Abri-a, corri para fora e o mexicano estava descendo às pressas do mezanino pela escada. Na metade do trajeto ele parou, virou-se e me deu um sorriso maligno. E então sumiu.

Voltei até a porta e a fechei, desta vez pelo lado de fora. Uns barulhos esquisitos vinham da mulher na cama, mas eles não passavam disso agora. Barulhos esquisitos. O encantamento se quebrara.

Desci as escadas com pressa, fui para o escritório, agarrei a garrafa de scotch e a emborquei. Quando não consegui mais engolir encostei-me na parede e arquejei e deixei aquilo descer queimando por dentro até defumar meus miolos.

Já fazia muito tempo que eu tinha jantado. Já fazia muito tempo desde que alguma coisa normal tinha acontecido. O uísque bateu com força e depressa e eu continuei a entornar até que o aposento ficou fora de foco e a mobília inteira estava no lugar errado e a luz da luminária era como uma floresta em chamas ou um relâmpago no céu do verão. Então eu desabei no sofá de couro, tentando equilibrar a garrafa de pé sobre o meu peito. Ela parecia ter ficado vazia. Rolou de lado e tombou com um som abafado no tapete do chão.

Esse foi o último fato que registrei com precisão.

30

Uma faixa de sol começou a brincar com os meus tornozelos. Abri os olhos e vi a copa de uma árvore movendo-se suavemente de encontro a um céu azul um pouco enevoado. Rolei de lado e meu queixo estava apoiado sobre um couro. Uma machadinha abrira minha cabeça em duas bandas. Me sentei. Havia uma espécie de manta sobre mim. Joguei-a para o lado e pus os pés no chão. Ergui os olhos contraídos para o relógio. O relógio me disse que faltava um minuto para as seis e meia.

Fiquei de pé e isso me exigiu caráter. Exigiu força de vontade. Exigiu muito de mim, e eu não tinha mais as reservas que tivera outrora. Os anos de dureza e tensão tinham dado cabo de mim.

Arrastei os pés até o lavabo, arranquei a gravata, a camisa, e espalhei água fria no rosto com ambas as mãos e deixei que jorrasse na minha cabeça. Quando estava encharcado e gotejante, enxuguei-me selvagemente com a toalha. Pus de novo a camisa e a gravata, e quando puxei o paletó o bolso onde estava a arma se chocou com a parede. Tirei-a de lá, sacudi o tambor para fora e fiz os cartuchos caírem na minha mão, cinco intactos, o sexto uma casca escurecida. Então pensei, de que adianta, sempre existem mais balas. Então coloquei-as de volta onde estavam antes, e a guardei numa das gavetas da escrivaninha do escritório.

Quando ergui os olhos Candy estava me olhando da porta, impecável em seu paletó branco, o cabelo negro e reluzente penteado para trás, os olhos amargos.

"Vai querer um café?"

"Obrigado."

"Eu apaguei as luzes. O patrão está bem. Dormindo. Eu fechei a porta dele. Por que você ficou bêbado?"

"Foi preciso."

Ele fez uma careta de desdém. "Não conseguiu pegar ela, não é? Levou um empurrão e caiu de bunda, espião."

"Pense o que quiser."

"Você não está muito durão agora de manhã, espião. Nem um pouco durão."

"Traga a porra do café", gritei.

"*Hijo de la puta!*"

Com um salto eu agarrei o braço dele. Ele não se mexeu. Ficou apenas me encarando com ar de desafio. Dei uma risada e soltei o braço.

"Tem razão, Candy. Não estou muito durão, mesmo."

Ele deu a volta e saiu. Instantes depois estava de volta com uma bandeja de prata, um pequeno bule de prata com café, mais açúcar e creme, e um impecável guardanapo triangular. Ele a colocou sobre a mesinha de coquetel e removeu a garrafa vazia e os outros vestígios de bebida. Pegou outra garrafa que havia no chão.

"Quentinho, passado agora", disse ele, e saiu.

Bebi duas xícaras, puro. Depois experimentei um cigarro. Estava tudo bem. Eu ainda pertencia à raça humana. E aí Candy apareceu mais uma vez.

"Vai querer café da manhã completo?", perguntou, rabugento.

"Não, obrigado."

"OK, caia fora daqui. Nós não queremos você por perto."

"Quem é 'nós'?"

Ele ergueu a tampa de uma caixinha e tirou de lá um cigarro. Acendeu-o e soprou a fumaça contra mim, com insolência.

"Eu cuido do patrão", disse.

"Está valendo a grana?"

Ele franziu a testa, depois assentiu. "Oh, sim. Dinheiro bom."

"E quanto por baixo do pano — pra não sair espalhando o que sabe?"

Ele pulou de volta para o espanhol. *"No entendido."*

"Você entende bem demais. Quanto costuma arrancar dele? Não mais do que duas jardas, eu acho."

"O que é isso? Duas jardas?"

"Duzentos dólares."

Ele sorriu. "Você que me dê duzentos dólares, espião. E eu não digo ao patrão que vi você saindo do quarto dela ontem de noite."

"Com esse dinheiro eu compro um ônibus cheio de mexicanos clandestinos iguais a você."

Ele se livrou com uma sacudida de ombros. "O patrão fica barra pesada quando perde a cabeça. É melhor me pagar, espião."

"Coisa de *Pachuco*", disse eu com menosprezo. "Tudo o que você está pegando são uns trocados. Qualquer sujeito se diverte por aí quando enche a cara. E de qualquer modo ela já sabe de tudo. Você não tem nada pra vender."

O olho dele reluziu. "Basta não voltar mais aqui, meninão."

"Estou saindo."

Fiquei de pé e rodeei a mesinha. Ele se moveu só o suficiente para continuar a me encarar de frente. Fiquei de olho em sua mão mas era evidente que não estava portando nenhuma faca naquela manhã. Quando cheguei perto o bastante esbofeteei-o na cara, com força.

"Eu não deixo os criados me chamarem de filho da puta, seu seboso. Estou aqui a trabalho e venho na hora que me der vontade. Vigie sua língua de agora em diante. Posso te dar uma surra de pistola. E essa sua carinha bonita nunca mais vai ser a mesma."

Ele não reagiu, nem mesmo à bofetada. Isso, e ser chamado de seboso, deviam ter sido insultos mortais para ele. Mas desta vez ele se limitou a ficar ali, o rosto de pedra, imóvel. Então, sem uma palavra, apanhou a bandeja do café e a levou para fora.

"Obrigado pelo café", falei às suas costas.

Ele continuou. Depois que saiu, alisei a barba por fazer, dei uma sacudida nos ombros e decidi que estava na hora de ir embora. Estava com a pele toda impregnada da família Wade.

Quando atravessei o salão Eileen vinha descendo a escada, de calças compridas brancas, sandálias abertas e uma blusa azul-clara. Olhou para mim com surpresa total. "Não sabia que estava aqui, sr. Marlowe", disse, como se não me visse havia uma semana e eu tivesse aparecido de repente na hora do chá.

"Guardei a arma dele na escrivaninha", disse eu.

"Arma?" Então ela pareceu lembrar de tudo. "Oh, a noite de ontem foi meio caótica, não foi? Mas pensei que o senhor tivesse ido para casa."

Me aproximei dela. Trazia ao redor do pescoço uma correntinha de ouro muito fina, com uma espécie de pingente esmaltado em dourado, azul e branco. A parte de esmalte azul parecia um par de asas, mas não abertas. Em torno delas havia uma área maior de esmalte branco e uma adaga dourada que se cravava num rolo de pergaminho. Eu não podia ler as palavras. Era algum tipo de insígnia militar.

"Fiquei bêbado", respondi. "Foi proposital, e sem a menor elegância. Estava me sentindo sozinho."

"Não precisava", disse ela, e seus olhos eram claros como a água. Não havia neles a menor sombra de malícia.

"É uma questão de opinião", eu disse. "Estou saindo agora e não sei se volto. Ouviu o que eu disse sobre a arma?"

"Que a guardou na escrivaninha. Talvez fosse uma boa ideia deixá-la em outro lugar. Mas ele não queria mesmo se ferir, não?"

"Não tenho como responder. Mas talvez o faça na próxima vez."

Ela abanou a cabeça. "Não acho. Não acho mesmo. Ontem à noite você me ajudou de maneira providencial, sr. Marlowe. Não sei como agradecer."

"Fez uma boa tentativa."

Ela ficou cor-de-rosa. Depois deu uma risada. "Tive o sonho mais curioso ontem à noite", disse devagar, olhando por cima do meu ombro. "Alguém que eu conheci há muito tempo estava aqui nessa casa. Alguém que está morto há dez anos." Ergueu a mão e acariciou com os dedos o pingente esmaltado. "Por isso estou usando isso aqui, hoje. Foi ele quem me deu."

"Eu também tive o sonho mais extraordinário", disse eu. "Mas o meu eu não conto. Me informe se Roger acordou bem, e se há algo que eu possa fazer."

Ela moveu os olhos para dentro dos meus. "Disse que não vai voltar?"

"Disse que não sabia. Talvez precise vir de novo. Espero que não. Tem alguma coisa muito errada nessa casa. E só uma parte disso saiu de uma garrafa."

Ela olhou para mim, franzindo a testa. "O que quer dizer com isso?"

"Acho que sabe do que estou falando."

Ela pensou naquilo, cuidadosamente. Seus dedos ainda brincavam de leve com o pingente. Ela soltou um suspiro longo, paciente. "Sempre existe outra mulher", disse baixinho. "Em um ou outro momento. Isso não é necessariamente fatal. Estamos nos contradizendo um ao outro, não é verdade? Talvez nem estejamos falando da mesma coisa."

"Pode ser", disse eu. Ela ainda estava parada na escada, no terceiro degrau de baixo para cima. Ainda tinha o pingente entre os dedos. Ainda parecia um sonho dourado. "Principalmente tendo em mente que a outra mulher é Linda Loring."

Ela largou o pingente e desceu um degrau.

"O dr. Loring parece concordar comigo", disse ela, com indiferença. "Ele deve ter alguma fonte de informação."

"Você disse que ele já fez aquela cena diante de metade dos homens do vale."

"Disse mesmo? Bem, acho que é o tipo de coisa convencional para se dizer em momentos assim." Desceu outro degrau.

"Não fiz a barba hoje", falei.

Isso lhe causou um sobressalto. Depois ela riu. "Oh, eu não estava esperando que fizesse amor comigo."

"E o que, exatamente, esperava de mim, sra. Wade, no começo de tudo, quando me convenceu a ir à caçada? Por que eu? O que eu tinha para oferecer?"

"Você se manteve leal", disse ela baixinho. "Quando não deve ter sido nem um pouco fácil."

"Estou emocionado. Mas não acho que fosse esse o motivo."

Ela desceu o último degrau e agora erguia os olhos até os meus. "Então qual foi o motivo?"

"Bem, se foi mesmo esse, foi um motivo dos mais pobres. Talvez o pior motivo do mundo."

Ela franziu a testa bem pouquinho. "Por quê?"

"Porque isso que eu fiz, manter a lealdade, é algo que nem mesmo um idiota faz duas vezes seguidas."

"Sabe", disse ela, com leveza, "essa está se tornando uma conversa das mais enigmáticas".

"A senhora é uma pessoa muito enigmática, sra. Wade. Até logo, boa sorte e, se de fato se preocupa com Roger, seria melhor procurar o tipo certo de médico para ele, e rápido."

Ela riu de novo. "Oh, isso de ontem à noite foi apenas um ataquezinho de nada. Devia vê-lo quando está num dia ruim. Ele vai estar de pé e trabalhando logo mais à tarde."

"Nem pensar."

"Acredite em mim, vai estar, sim. Conheço Roger muito bem."

Dei-lhe o derradeiro golpe bem nos dentes e soou cruel até demais.

"Na verdade, não quer salvar ele, não é mesmo? Quer apenas dar a impressão de que está tentando salvar."

"Isso", disse ela, com deliberação, "foi uma coisa horrível para me dizer".

Passou por mim, cruzou as portas da sala de jantar, e então aquele amplo salão ficou vazio e eu fui até a porta da frente e saí. Era uma manhã perfeita de verão naquele vale isolado e luminoso. Ficava longe o bastante da cidade para estar livre do smog, e as montanhas baixas o protegiam da umidade do oceano. Ia esquentar mais, dali a pouco, mas ia ser um calor agradável, refinado e exclusivo, nada tão brutal quanto o calor do deserto, nem pegajoso e cheio de odores quanto o calor da cidade. Idle Valley era o lugar perfeito para se viver. Perfeito. Belas pessoas com suas belas casas, belos carros, belos cavalos, belos cachorros, quem sabe até belas crianças.

Mas tudo que um cara chamado Marlowe queria era cair fora dali. E logo.

31

Fui para casa e tomei uma chuveirada e fiz a barba e mudei de roupa e comecei a me achar limpo de novo. Preparei um café da manhã, comi, lavei a louça, arrumei a cozinha e a varanda dos fundos, enchi um cachimbo e liguei para o serviço de mensagens telefônicas. Um tiro n'água. Pra que ir ao escritório? Lá não devia haver outra coisa senão outra mariposa morta e mais uma camada de pó. No cofre estava a minha imagem do presidente

Madison. Eu podia ir até lá para brincar um pouco com ela, e também com as cinco notas estalantes de cem que ainda cheiravam a café. Podia fazer isso, mas não quis. Alguma coisa em mim tinha azedado. Nada daquilo, nada era meu. Era dinheiro para comprar o quê? Um homem morto precisa tanto assim de lealdade? Pfui: eu estava vendo a vida através dos miasmas de uma boa ressaca.

Era aquele tipo de manhã que parece que vai durar a vida inteira. Eu estava esvaziado e cansado e embrutecido e os minutos que iam passando pareciam cair no vácuo com o barulho de um foguete que esgotou seu combustível. Aves gorjeavam nos arbustos lá fora, e os carros subiam e desciam o Laurel Canyon Boulevard interminavelmente. Normalmente eu nem sequer os estaria percebendo. Mas eu estava preocupado e irritadiço e sacana e hipersensível. Decidi assassinar aquela ressaca.

Eu não tenho o costume de beber pela manhã. O clima do sul da Califórnia é suave demais para isso. Você não metaboliza com a rapidez necessária. Mas preparei um drinque bem alto e bem frio, e sentei na poltrona com a camisa aberta e dei uma espiada numa revista, um conto amalucado sobre um sujeito que tem duas vidas e dois psiquiatras, sendo um deles um ser humano e o outro uma espécie de inseto numa colmeia. O sujeito ficava passando de uma dessas vidas para a outra, e a história toda era sem pé nem cabeça, mas divertida, lá à maneira dela.

Era perto do meio-dia quando o telefone tocou e a voz disse: "Aqui é Linda Loring. Liguei para seu escritório e o serviço de recados me aconselhou a ligar para sua casa. Gostaria de vê-lo."

"Por quê?"

"Preferiria explicar pessoalmente. O senhor vai ao escritório de tempos em tempos, imagino."

"Claro. De tempos em tempos. Há dinheiro nisso?"

"Não era dessa maneira que eu tinha pensado. Mas não faço objeções, se o senhor quiser ser pago. Posso estar no seu escritório dentro de uma hora."

"Adeuzinho."

"O que está havendo?", ela perguntou com brusquidão.

"Ressaca. Mas não estou paralisado. Estarei lá. A não ser que prefira vir aqui."

"Seu escritório me parece mais adequado."

"Aqui é um lugar calmo. Uma rua sem saída, sem vizinhos próximos."

"As implicações disso não me atraem muito, se é que entendi o que disse."

"Ninguém me compreende, sra. Loring. Sou enigmático. OK, vou enfrentar a batalha da ida para o trabalho."

"Muito obrigada." Ela desligou.

Demorei a chegar lá porque parei no caminho para um sanduíche. Abri as janelas do escritório e liguei a campainha e enfiei minha cabeça pela porta de intercomunicação e ela já estava lá, sentada na mesma cadeira em que havia sentado Mendy Menendez e folheando quem sabe a mesma revista. Vestia hoje um conjunto de gabardine marrom e parecia muito elegante. Pôs de lado a revista, deu-me um olhar sério e disse:

"Sua samambaia-de-boston está precisando de água. Acho que precisa de um pote novo, também. Ela tem muitas raízes aéreas."

Mantive a porta aberta para que ela passasse. Que se danasse a samambaia-de-boston. Depois que ela entrou deixei a porta se fechando sozinha e puxei a cadeira dos clientes para ela, e ela deu a costumeira varrida visual no ambiente. Fui para o meu lado da mesa.

"Suas instalações não são propriamente palacianas", disse ela. "Não tem nem sequer uma secretária?"

"É uma vida sórdida, mas acabei me acostumando."

"E não creio que seja muito lucrativa", disse ela.

"Ah, não sei. Depende muito. Quer ver um retrato de Madison?"

"Um o quê?"

"Uma nota de cinco mil dólares. Um adiantamento. Está guardada ali no cofre."

Levantei e fui até lá. Girei o botão do segredo e abri o cofre e destranquei uma gavetinha interna, abri um envelope e depositei a nota diante dela. Olhou para aquilo com uma espécie de assombro.

"Não se deixe enganar pelo escritório", disse eu. "Trabalhei para um coroa algum tempo atrás que tinha mais de vinte milhões em dinheiro. Até seu pai o cumprimentaria se o visse. O escritório dele não era melhor do que esse meu, exceto pelo fato de que ele, por ser meio surdo, mandou colocar aquele material de isolamento acústico no teto. No chão, somente o linóleo, nenhum tapete."

Ela ergueu a imagem de Madison e a esticou com os dedos e a virou pelo outro lado. Deixou-a de volta sobre a mesa.

"Recebeu isso de Terry, não é mesmo?"

"Puxa vida, a senhora sabe tudo, não é, sra. Loring?"

Ela empurrou a nota para longe, franzindo o rosto. "Ele tinha uma. Levava-a consigo desde que casou com Sylvia pela segunda vez. Ele dizia que era "dinheiro de doido". E não foi encontrado em seu corpo."

"Pode haver outras razões para isso."

"Eu sei. Mas quantas pessoas carregam consigo uma nota de cinco mil? Quantas pessoas que podiam arcar com um presente assim o dariam ao senhor dessa maneira?"

Não adiantava responder. Apenas assenti. Ela falou de novo, num arranco.

"E o que precisaria fazer para poder merecer isso, sr. Marlowe? Será que pode me dizer? Naquele último percurso até Tijuana ele teve tempo de sobra para falar. O senhor deixou bastante claro, na outra noite, que não acreditava na confissão de Terry. Ele não terá lhe dado uma lista dos amantes da esposa para que encontrasse o criminoso no meio deles?"

Também não respondi a essa, mas por diferentes razões.

"E o nome de Roger Wade, por acaso, não estaria nessa lista?", disse ela, secamente. "Se Terry não matou a esposa, o assassino teria que ser algum homem violento, irresponsável, um lunático ou um bêbado agressivo. Somente esse tipo de homem seria capaz de, para usar a própria frase repulsiva que o senhor empregou, transformar o rosto dela numa esponja sangrenta. É por isso que está se mostrando tão prestativo com os Wade —

um assistente de plantão, pronto para ser convocado para fazer ele dormir quando está bêbado, encontrá-lo quando desaparece, trazê-lo para casa quando está desamparado?"

"Deixe eu lhe esclarecer um ou dois pontos, sra. Loring. Pode ser que Terry tenha me dado esse belo exemplo de gravura à sua frente; e pode ser que não. Mas o que ele certamente não me deu foi uma lista, e não mencionou nomes. Ele não me pediu para fazer nada mais do que o que a senhora parece tão certa de que eu fiz: levá-lo para Tijuana. Meu envolvimento com os Wade foi através de um editor literário de Nova York que precisa desesperadamente de que Roger termine o livro que está escrevendo, e isso implica manter ele sóbrio, o que por sua vez implica descobrir se há algum problema excepcional que leve ele a se embebedar. Se esse problema existe e pode ser identificado, então o próximo passo seria um esforço para removê-lo. Falei o esforço, porque há uma certa chance de que ninguém consiga fazer isso. Mas alguém tem que tentar."

"Eu posso lhe dizer numa frase muito simples por que é que ele se embebeda", disse ela com irritação. "Aquele manequim louro e anêmico com quem ele se casou."

"Oh, não sei", disse eu. "Eu não chamaria ela de anêmica."

"É mesmo? Que interessante." Seus olhos faiscaram.

Peguei meu retrato de Madison. "Não precisa ficar remoendo isso, sra. Loring. Não estou dormindo com a madame. Sinto desapontá-la."

Fui até o cofre, guardei meu dinheiro no compartimento trancado. Bati a porta e dei um giro no disco numerado.

"Aliás, pensando nisso", disse ela às minhas costas, "duvido muito que alguém esteja dormindo com ela".

Voltei e sentei na borda da mesa. "Está ficando venenosa, sra. Loring. Por quê? Está se engraçando com o nosso amigo alcoólatra?"

"Detesto essas gracinhas", disse ela com voz mordaz. "Odeio. Imagino que aquela cena patética do meu marido o fez pensar que tem o direito de me insultar. Não, não estou me engraçando com Roger Wade. Nunca o fiz, nem mesmo quando ele era um homem sóbrio e tinha atitude. Agora muito menos, depois disso em que ele se transformou."

Deixei-me cair na cadeira, peguei uma caixa de fósforos e olhei para ela. Ela olhou o relógio de pulso.

"Vocês que têm grana são muito interessantes", falei. "Acham que qualquer coisa que tenham vontade de falar, por mais maldosa que seja, está OK. A senhora pode fazer alusões maldosas sobre Wade e a mulher dele para um sujeito que mal conhece, mas se eu lhe devolvo um pouquinho de troco isso é um insulto. Muito bem, vamos baixar a bola. Qualquer bêbado acaba se metendo, inevitavelmente, com uma mulher fácil. Wade é um bêbado, mas a senhora não é uma mulher fácil. Isso foi somente uma sugestão casual feita por seu marido para dar uma animada num coquetel. Ele sabe que não é verdade, está dizendo somente para causar risadas. Então vamos descartar essa hipótese, e vamos olhar em torno procurando uma mulher fácil. Onde devemos olhar, sra. Loring, para encontrar uma mulher fácil capaz de motivá-la o bastante para trazê-la até aqui e trocar azedumes comigo? Tem que ser alguém muito especial, não é mesmo? Se não, por que a senhora iria ligar?"

Ela manteve um silêncio completo, ficou só olhando. Um longo meio minuto passou por nós. Os cantos de sua boca estavam esbranquiçados e suas mãos agarravam rígidas a bolsa de gabardine combinando com a roupa.

"O senhor não perdeu tempo, não é mesmo?", disse ela por fim. "Que coisa conveniente, esse editor interessado em contratá-lo! E então Terry não lhe falou nome algum! Nem um sequer. Mas isso na verdade não tem importância, não é, sr. Marlowe? Seu instinto foi infalível. Posso perguntar o que pretende fazer em seguida?"

"Nada."

"Mas, ora, que desperdício de talento! Como pode conciliar isso com as suas obrigações relativas ao retrato de Madison? Certamente existe algo que o senhor seja capaz de fazer."

"Só aqui entre nós", disse eu, "a senhora está ficando um pouco exagerada. Então quer dizer que Wade conhecia sua irmã.

Obrigado por me dizer, mesmo indiretamente. Eu já tinha descoberto. E daí? Ele é apenas mais um numa galeria já bastante rica em tipos. Vamos deixar isso quieto. E vamos falar finalmente no que a fez vir até aqui para falar comigo. Isso acabou se perdendo um pouco, no meio dessa confusão, não foi mesmo?".

Ela ficou de pé. Olhou novamente o relógio de pulso. "Estou com um carro lá embaixo. Será que poderia convencê-lo a vir até a minha casa e tomarmos uma xícara de chá?"

"Vamos", disse eu. "Vamos tomá-la."

"Será que minha voz está muito cautelosa? Tenho lá um convidado que gostaria de ser apresentado ao senhor."

"Seu velho?"

"Eu não o chamo assim", disse ela com voz neutra.

Fiquei de pé e me inclinei por cima da mesa. "Querida, você fica muito linda às vezes. Fica pra valer. Me diga, tudo bem se eu levar uma arma?"

"Certamente não está com medo de um homem idoso." Ela torceu o lábio na minha direção.

"E por que não? Aposto que você tem, e muito."

Ela deu um suspiro. "É, receio que tenha mesmo. Sempre tive. Ele pode ser bastante amedrontador."

"Talvez eu devesse levar duas armas", disse eu, e logo me arrependi.

32

Era uma das casas de pior aparência que já vi. Uma caixa cinzenta e quadrada com três andares, com um teto de mansarda daqueles que se elevam em ângulo bem agudo, pontilhado por vinte ou trinta janelas duplas de dormitórios, e com uma decoração de bolo de noiva entre elas e em volta delas. A entrada tinha de cada lado duas pilastras de pedra, mas a cereja do bolo era uma escada externa em espiral, com balaustrada de pedra, encimada por um quartinho de torre de onde deveria se ter uma vista completa do lago.

A entrada para carros era pavimentada em pedra. O que o lugar parecia estar mesmo precisando era meio quilômetro de álamos ao longo desse caminho, e um parque com cervos e um trecho de mata silvestre e um terraço em três níveis e algumas centenas de rosas do lado de fora da janela da biblioteca e uma grande quantidade de verde para ser visto de cada uma das janelas, um verde que terminasse ao longe em mata e silêncio e na tranquilidade de um vazio. O que ele tinha de fato era uma muralha de pedra em torno de uma confortável área de quatro ou seis hectares de terreno, o que é um naco substancial de território numa região superpovoada como a nossa. O caminho era margeado por uma sebe de ciprestes arredondados pela poda. Havia todo tipo de árvore ornamental em pequenos grupos aqui e acolá, e não pareciam árvores californianas. Material importado. Quem construiu aquele lugar estava tentando puxar a plataforma do Atlântico por cima das Montanhas Rochosas. Estava fazendo força, mas não tinha conseguido.

Amos, o motorista negro de meia-idade, parou o Cadillac suavemente diante da entrada principal, saltou e rodeou o carro para abrir a porta para a sra. Loring. Desci primeiro e o ajudei a segurar. Ajudei-a a descer. Ela mal tinha me dirigido a palavra desde que entramos no carro, diante do meu prédio. Parecia cansada e nervosa. Talvez aquele naco de arquitetura idiotizada a deixasse deprimida. Deixaria deprimido até um daqueles passarinhos cucaburra que parecem gargalhar, e o faria murmurar como uma pomba lastimosa.

"Quem construiu esse lugar?", perguntei a ela. "E ele estava com raiva de quem?"

Finalmente ela sorriu. "Nunca tinha visto?"

"Nunca vim até esse ponto do vale."

Ela me conduziu até o outro lado do caminho de pedras e apontou. "O homem que a construiu pulou dessa torre e caiu mais ou menos aí onde você está agora. Era um conde francês chamado La Tourelle e ao contrário da maioria dos condes franceses tinha muito dinheiro. A esposa dele era Ramona Desborough, que por sua vez não era propriamente sem vintém.

No tempo do cinema mudo ela ganhava trinta mil dólares por semana. La Tourelle construiu esse lugar para ser o lar dos dois. Supõe-se que seja uma miniatura do Château de Blois. O senhor sabe disso, claro."

"Conheço o assunto como a palma da minha mão", falei. "Estou lembrando agora. Foi uma dessas matérias de tabloide dominical. Ela foi embora e ele se matou. Havia alguma coisa também sobre um testamento estranho, não é isso?"

Ela concordou. "Ele deixou para a ex-esposa alguns milhões para o táxi e colocou o restante sob custódia, para que a propriedade fosse mantida exatamente como era na época. Nada poderia ser mudado, a mesa de jantar deveria ser posta com todo estilo todas as noites, e ninguém poderia entrar na propriedade a não ser os criados e os advogados. Claro que o testamento foi desobedecido. Devagar o terreno foi sendo loteado e quando casei com o dr. Loring meu pai me deu a propriedade como presente de casamento. O simples trabalho de tornar o lugar habitável novamente deve ter-lhe custado uma fortuna. Detesto isso aqui. Sempre detestei."

"Não é obrigada a continuar aqui, é?"

Ela ergueu os ombros cansados. "Parte do tempo, pelo menos. Uma das filhas precisa dar para ele alguma demonstração de estabilidade. O dr. Loring gosta daqui."

"Certamente. Qualquer cara capaz de fazer uma cena como a que ele fez na casa de Wade deve usar polainas com o pijama."

Ela arqueou as sobrancelhas. "Ora, fico grata por tamanho interesse, sr. Marlowe. Mas acho que já falamos tudo sobre esse assunto. Vamos entrar? Meu pai não gosta de ficar esperando."

Voltamos a cruzar o caminho e subimos os degraus de pedra até que uma metade da imensa porta dupla se abriu silenciosamente e um alto funcionário cheio de empáfia se afastou para nos dar passagem. O salão onde entramos era mais espaçoso do que minha casa inteira. Tinha um piso marchetado e parecia haver janelas com vitrais, na parte mais afastada, e se houvesse alguma luz passando por elas eu poderia ter visto o que havia por lá. Do salão passamos por mais algumas portas duplas de madeira entalhada, até uma sala à meia-luz que não poderia ter menos de vinte metros de comprimento. Um homem estava ali sentado, à espera, silencioso. Olhou para nós com frieza.

"Estou atrasada, pai?", perguntou a sra. Loring, apressada. "Este é o sr. Philip Marlowe. Sr. Harlan Potter."

O homem limitou-se a olhar para mim e moveu o queixo um par de centímetros para baixo.

"Peça chá", disse ele. "Sente-se, sr. Marlowe."

Sentei e olhei para ele. Ele me olhava como um entomologista deve olhar para um besouro. Ninguém disse nada. Ficamos em silêncio completo até que o chá apareceu. Foi servido numa grande salva de prata, numa mesa da China. Linda sentou-se à mesa e começou a servir.

"Duas xícaras", disse Harlan Potter. "Você pode tomar o seu chá em outro aposento, Linda."

"Sim, pai. Como gostaria o seu chá, sr. Marlowe?"

"De qualquer maneira", disse eu. Minha voz pareceu se dissipar em ecos pela distância, ficar miúda, sozinha.

Ela passou uma xícara para o velho e depois outra para mim. Ergueu-se, calada, e saiu do aposento. Olhei-a ir embora. Tomei um gole de chá e puxei um cigarro.

"Não fume, por favor. Sou sujeito a asma."

Guardei o cigarro de novo no pacote. Olhei para ele. Não conheço a sensação de valer uns cem milhões de dólares, mas ele não dava a impressão de que estava se divertindo. Era um homem enorme, com mais de um metro e noventa, e esculpido nessa escala. Vestia um terno cinza, sem enchimentos. Seus ombros não precisavam disso. Trajava uma camisa branca e uma gravata escura e não havia um lenço à vista. No bolso externo do paletó via-se a ponta de uma caixa de óculos. Era preta, como seus sapatos. Seu cabelo era preto também, sem nenhum fio grisalho. Era penteado lateralmente através do crânio, ao estilo MacArthur. E meu palpite foi que por baixo dele haveria apenas um crânio calvo. Suas sobrancelhas eram grossas e pretas. A voz dele parecia vir de muito longe. Bebia o chá como se detestasse aquilo.

"Vai nos poupar tempo, sr. Marlowe, se eu lhe mostrar com clareza minha posição. Acredito que o senhor está interferindo nos meus negócios. Se isso é verdade, eu lhe proponho que pare."

"Eu não conheço seus negócios a ponto de interferir neles, sr. Potter."

"Discordo."

Ele bebeu mais um pouco de chá e pôs a xícara de lado. Recostou-se na enorme cadeira onde estava sentado e me moeu em pedacinhos com aqueles olhos de granito.

"Sei quem é o senhor, naturalmente. E sei como ganha a vida — se é que a ganha — e como se envolveu com Terry Lennox. Fui informado de que o senhor ajudou Terry a deixar o país, que tem dúvidas quanto à culpa dele, e que de lá para cá o senhor está em contato com um homem que era conhecido da minha falecida filha. Qual o propósito disso tudo ninguém soube me informar. Explique-se."

"Se esse homem tiver um nome", falei, "diga qual é".

Ele sorriu muito de leve, mas eu ainda estava longe de cair nas suas graças. "Wade. Roger Wade. Creio que é uma espécie de escritor. Um escritor, pelo que me disseram, de histórias apimentadas que não seriam muito do meu interesse. Pelo que sei, também, esse homem é um alcoólatra perigoso. Talvez isso tenha botado ideias estranhas na sua cabeça."

"Talvez o senhor pudesse deixar minhas ideias aos meus próprios cuidados, sr. Potter. Não são nada importantes, naturalmente, mas são tudo o que tenho. Primeiro: não acredito que Terry matou a esposa, pelo modo como foi feito, e não acho que ele seja esse tipo de indivíduo. Segundo, não fui eu que entrei em contato com Wade. Foram eles que me pediram para ficar na casa dele e mantê-lo sóbrio até que ele termine seu trabalho, o livro que está escrevendo. Terceiro, se ele é um alcoólatra perigoso, ainda não vi nenhum sinal disso. Quarto, meu primeiro contato foi através do editor dele em Nova York, e naquele momento eu não fazia a menor ideia de que esse Roger Wade sequer conhecesse sua filha. Quinto, eu recusei essa proposta de emprego, e depois disso a sra. Wade me pediu para encontrar o marido, que tinha se internado para desintoxicação num lugar não revelado. Eu o encontrei e o trouxe para casa."

"Muito metódico", comentou ele, com secura.

"Ainda não acabei de ser metódico, sr. Potter. Sexto, o senhor, ou alguém obedecendo a suas instruções, mandou um advogado chamado Sewell Endicott para me tirar da cadeia. Ele não disse quem o tinha mandado, mas não havia ninguém mais nos arredores. Sétimo, quando fui solto um arruaceiro chamado Mendy Menendez me deu uns sopapos e me mandou ficar longe de encrencas e fez toda uma encenação pra mostrar como Terry salvou sua vida e a vida de um trapaceiro de Las Vegas chamado Randy Starr. A história pode até ser verdadeira, pelo que sei. Menendez aparentou estar magoado por Terry não ter lhe pedido ajuda pra fugir para o México, e ter em vez disso recorrido a um vagabundo como eu. Ele, Menendez, poderia ter feito tudo aquilo levantando somente o mindinho, e em condições muito melhores."

"Certamente", disse Harlan Potter com um sorriso lúgubre, "o senhor não está com a impressão de que eu incluo o sr. Menendez e o sr. Starr entre os meus relacionamentos sociais".

"Não tenho como saber, sr. Potter. Um homem não junta uma fortuna como a sua utilizando meios que eu entenda. A pessoa seguinte a mandar que eu não pisasse na grama foi sua filha, a sra. Loring. Nos encontramos por acaso num bar e acabamos conversando porque ambos estávamos bebendo gimlets, o drinque favorito de Terry, mas não muito conhecido por aqui. Eu não sabia quem ela era, até que ela me disse. Falei para ela um pouco do que eu sentia a respeito de Terry, e ela me deixou com a sensação de que eu teria uma carreira muito curta e trágica se o deixasse furioso. O senhor está furioso, sr. Potter?"

"Quando ficar", disse ele com frieza, "o senhor não vai precisar fazer essa pergunta. Não vai ter nenhuma dúvida a respeito".

"Foi o que pensei. Estou a todo momento esperando a tropa de choque surgir por todos os lados, mas até agora eles não apareceram. Também não fui importunado pela polícia. Eu poderia ter passado uns maus bocados. Acho que tudo o que o senhor quer, sr. Potter, é que o deixem quieto. O que foi que eu fiz que o incomodou?"

Ele sorriu. Era um tipo meio azedo de sorriso, mas de qualquer forma era um sorriso. Ele uniu seus dedos longos e amarelados, cruzou uma perna e se recostou, confortavelmente.

"Uma boa exposição, sr. Marlowe, e eu o deixei ir até o fim. Agora escute. O senhor está certíssimo quando acha que tudo o que eu quero é que me deixem quieto. É bem possível que sua conexão com os Wade tenha sido incidental, acidental, uma coincidência. Deixemos assim. Sou um chefe de família numa época em que isso não significa quase nada. Uma das minhas filhas casou com um pedante de Boston e a outra teve uma série de casamentos idiotas, sendo o último deles com um pobretão complacente que a deixava viver uma vida imoral e sem proveito, até o dia em que de repente ele, sem nenhum motivo aparente, perdeu o autocontrole e a matou. O senhor acha essa versão difícil de aceitar por causa da brutalidade com que foi feita a coisa. Está enganado. Ele atirou nela com uma Mauser automática, a mesma pistola que levou consigo para o México. E depois do tiro ele fez o que fez para encobrir a marca do tiro. Admito que é uma brutalidade, mas, lembre, o homem esteve na guerra, sofreu um ferimento grave, passou por muito sofrimento e viu muita gente sofrer. Talvez ele não tivesse a intenção de matá-la. Pode ter havido algum tipo de briga, já que a pistola pertencia a minha filha. Era uma arma pequena mas poderosa, calibre 7,65mm, um modelo chamado PPK. A bala atravessou a cabeça dela completamente e se cravou numa parede, por trás de uma cortina de chita. Não foi encontrada imediatamente, e o fato não foi divulgado sob nenhuma forma. Agora, vamos considerar a situação." Ele se interrompeu e me encarou. "O senhor precisa muito mesmo de um cigarro?"

"Desculpe, sr. Potter. Estava pegando sem pensar. Força do hábito." Guardei o maço de cigarros pela segunda vez.

"Terry tinha acabado de matar a própria esposa. Tinha motivo suficiente, do ponto de vista limitado da polícia. Mas ele teria também uma excelente defesa se mostrasse que era uma arma dela, de posse dela, e que ele tinha tentado tomá-la de suas mãos e falhado e que em seguida ela se alvejou. Um bom advogado faria maravilhas no tribunal com uma defesa assim. Talvez ele chegasse a ser preso. Se tivesse me chamado nesse momento, eu o teria ajudado. Mas, quando ele transformou o crime num ato sanguinolento para cobrir os vestígios do tiro, tornou isso impossível. Teve que fugir às pressas, e mesmo isso ele não soube fazer direito."

"Certamente que não, sr. Potter", disse eu. "Mas antes de fugir ele ligou para o senhor em Pasadena, não? Ele me disse que sim."

O homenzarrão assentiu. "Eu disse a ele que sumisse e eu veria o que era possível fazer. Não quis saber onde ele estava. Isso era imperioso. Eu não podia esconder um criminoso."

"Muito bem, sr. Potter."

"Será que estou percebendo uma notinha de sarcasmo? Não importa. Quando fiquei sabendo de todos os detalhes, não havia mais o que pudesse ser feito. Eu não podia permitir o tipo de processo que um crime daquela natureza iria atrair. Para ser sincero, fiquei muito satisfeito quando soube que ele tinha se matado no México e deixado uma confissão."

"Posso entender isso, sr. Potter."

Ele ergueu para mim as sobrancelhas, como se fossem antenas. "Tenha cuidado, meu jovem. Não gosto de ironia. Pode compreender agora por que é que eu não posso tolerar nenhuma outra investigação sobre isso, de qualquer tipo, por qualquer pessoa? Entende por que usei de toda a minha influência para tornar a investigação que houve a mais breve e a mais discreta possível?"

"Certamente... se o senhor está convencido de que Terry a matou."

"Claro que ele a matou. Com que intenção é outro problema. Não tem mais importância. Eu não sou uma personalidade pública e não pretendo ser. Sempre fiz os maiores esforços para afastar de mim qualquer tipo de publicidade. Sou um homem influente, mas não abuso disso. O promotor do condado de Los

Angeles é um homem de ambições, que tem bom senso suficiente para não enterrar sua carreira por causa de uma notoriedade fugaz. Estou vendo um brilho no seu olhar, Marlowe. Pode apagar isso. Nós vivemos no que se chama uma democracia, governada pela maioria do povo. É um ideal muito bonito, pena que não funciona. As pessoas elegem, mas é o partido quem nomeia, e as máquinas partidárias, para serem eficientes, precisam consumir muito dinheiro. Alguém tem que lhes dar esse dinheiro, e esse alguém, seja um indivíduo, um grupo financeiro, um sindicato profissional ou qualquer outra coisa, espera algum tipo de consideração em troca. O que eu e outras pessoas do meu tipo esperamos é que nos deixem viver nossas vidas com decência e privacidade. Sou proprietário de jornais, mas não gosto deles. Considero cada um deles uma ameaça permanente ao pouco de privacidade que nos resta. O choro constante deles pedindo liberdade de imprensa significa que, com poucas e honrosas exceções, eles querem liberdade para faturar com escândalos, crimes, sexo, sensacionalismo, ódio, duplos sentidos, e todos os usos financeiros e políticos da propaganda. Um jornal é um negócio cujo objetivo é acumular lucros através da renda de publicidade. Isso vai depender da sua circulação, e o senhor sabe de que fatores a circulação depende."

Fiquei de pé e dei uma volta em torno da cadeira. Ele me observou atento, frio. Sentei de novo. Precisava de um pouco de sorte. Que diabo, toneladas de sorte, isso sim.

"Muito bem, sr. Potter, o que acontece de agora em diante?"

Ele não estava escutando. Estava franzindo a testa aos próprios pensamentos. "Existe algo peculiar acerca do dinheiro", continuou. "Em grandes quantidades ele tende a ganhar uma espécie de vida própria, até mesmo uma autoconsciência. O poder do dinheiro fica muito difícil de controlar. O homem sempre foi um animal à venda. O crescimento das populações, o custo enorme das guerras, a pressão incessante dos impostos e seus confiscos... todas essas coisas o tornam cada vez mais venal. O homem comum está cansado e assustado, e um homem cansado e assustado não pode se dar ao luxo de ter ideais. Ele precisa comprar comida para a família. Em nossa época temos visto um declínio acentuado tanto na moral pública quanto na privada. Não se pode esperar qualidade de pessoas cuja vida vem sendo submetida à falta de qualidade. Não se pode esperar qualidade numa produção em massa. Ela seria indesejável, por fazer as coisas durarem mais tempo. Assim, no lugar dela coloca-se estilo, que é uma burla comercial destinada a produzir obsolescência artificial. A indústria de massas não poderia nos vender seus produtos no ano que vem senão fazendo com que o que foi comprado hoje esteja caduco daqui a um ano. Temos as cozinhas mais brancas e os banheiros mais reluzentes do mundo. Mas nessa cozinha branca e adorável a dona de casa média da América não sabe preparar uma refeição que se possa comer, e o adorável banheiro reluzente serve apenas de receptáculo para desodorantes, laxantes, pílulas para dormir e todos os produtos desse golpe de vigaristas que se chama indústria dos cosméticos. Fazemos os mais sofisticados embrulhos do mundo, sr. Marlowe. O que vai dentro deles, em sua maior parte, é lixo."

Ele puxou um largo lenço branco e tocou as têmporas com ele. Eu estava ali sentado, de boca aberta, imaginando o que movia aquele indivíduo. Ele odiava tudo.

"É meio quente demais para mim nessa região", disse. "Estou acostumado a climas mais frios. Estou começando a soar como um editorial que esqueceu a própria tese que pretendia demonstrar."

"Acho que o entendi muito bem, sr. Potter. O senhor não gosta do jeito que o mundo está, portanto utiliza todo o poder que tem para criar um mundinho fechado e viver nele da maneira mais parecida possível com o modo como o senhor lembra que as pessoas viviam cinquenta anos atrás, antes da era da indústria de massas. O senhor tem cem milhões de dólares e tudo o que conseguiu com eles foi uma bruta dor de cabeça."

Ele esticou o lenço, puxando-o por pontas opostas, depois o amassou numa bola e o enfiou no bolso.

"E então?", perguntou.

"Isso é tudo, não creio que haja muito mais. O senhor não liga para quem tenha assassinado a sua filha, sr. Potter. O senhor já a tinha descartado há muito tempo, estava fora dos seus planos. Mesmo que Terry Lennox não a tenha assassinado, e o verdadeiro criminoso esteja andando à solta por aí, o senhor não liga. Não gostaria que ele fosse apanhado, porque isso iria fazer reavivar o escândalo, e teria que haver um julgamento público, e a defesa dele iria fazer explodir sua privacidade até a altura do Empire State. A menos, é claro, que ele fosse cooperativo a ponto de cometer suicídio antes de qualquer julgamento. De preferência no Taiti ou na Guatemala ou no meio do deserto do Saara. Em qualquer lugar onde o condado detestasse encarar a despesa de enviar um emissário para verificar o que teria acontecido."

Ele sorriu de repente, um sorriso grande e desigual que trazia em si uma quantidade até razoável de espírito amistoso.

"O que você quer de mim, Marlowe?"

"Se se refere a dinheiro, nada. Não pedi para vir até aqui. Me trouxeram. Falei a verdade sobre como conheci Roger Wade. Mas ele já conhecia sua filha e ele tem um histórico de violência, embora eu não tenha presenciado nada desse tipo. Ontem à noite tentou se matar a tiros. É um homem atormentado. Tem um tremendo complexo de culpa. Se eu estivesse procurando por um suspeito aceitável, ele serviria. Sei que há muitos outros como ele, mas ele é o único com quem cruzei."

Ele ficou de pé, e quando de pé ele se tornava realmente grande. Durão também. Aproximou-se e parou diante de mim.

"Um telefonema, sr. Marlowe, bastaria para fazê-lo perder sua licença. Não brinque comigo. Não vou admitir."

"Dois telefonemas e eu acordaria beijando a sarjeta e sem a parte de trás do crânio."

Ele deu uma risada áspera. "Eu não trabalho dessa maneira. Acho que na sua profissão bizarra é normal pensar assim. Já lhe dediquei muito do meu tempo. Vou chamar o mordomo para conduzi-lo até a porta."

"Não é necessário", falei, ficando de pé também. "Vim aqui e escutei. Obrigado pelo seu tempo."

Ele estendeu a mão. “Obrigado por ter vindo. Acho que o senhor é um tipo honesto. Não queira ser herói, meu rapaz. Não rende percentagem.”

Apertei a mão dele. Sua garra parecia uma torquês de encanador. Ele agora me dava um sorriso benigno. Ele era o sr. Big, o vencedor, estava tudo sob controle.

“Qualquer dia desses é bem capaz de eu direcionar algum trabalho na sua direção”, disse ele. “E não saia daqui imaginando que eu compro políticos ou oficiais da polícia. Não preciso. Adeus, sr. Marlowe. E mais uma vez obrigado por ter vindo.”

Ficou me observando enquanto eu deixava o aposento. Eu estava com a mão na maçaneta da porta da frente quando Linda Loring brotou das sombras ao redor.

“E então?”, perguntou ela. “Como se saiu com o meu pai?”

“Bem. Ele me explicou o que é a civilização. Ou melhor, como ele a enxerga. Ele vai deixar as coisas correrem um pouco mais. Mas eu tenho que ter cuidado e não interferir com a vida privada dele. Se isso acontecer, ele pega o fone, liga pra Deus e cancela o pedido.”

“O senhor é um caso perdido”, disse ela.

“Eu? Caso perdido? Madame, dê uma olhada no seu pai. Comparado com ele, eu sou um bebê de olhos azuis com um chocalho novo.”

Saí, e Amos estava com o Cadillac à minha espera. Me levou de volta para Hollywood. Ofereci-lhe uma grana mas ele não aceitou. Me ofereci para mandar a ele um livro de poemas de T. S. Eliot. Ele respondeu que já tinha um.

33

Uma semana se passou e não tive nenhum sinal dos Wade. O clima estava quente e pegajoso e o cheiro acre do smog já chegava a escalar Beverly Hills. Do alto de Mulholland Drive era possível vê-lo pairando por cima da cidade como um nevoeiro baixo. Quando a gente estava dentro dele, era possível sentir-lhe o gosto, sentir o cheiro, sentir os olhos ardendo. Todo mundo reclamava. Em Pasadena, onde os pomposos milionários tinham se refugiado depois que Beverly Hills foi invadida pelo pessoal do cinema, os patriarcas da cidade rugiam de raiva. Tudo era culpa do smog. Se o canário não cantava, se o leiteiro estava atrasado, se o pequinês tinha pulgas, se um idiota qualquer de colarinho engomado tinha um enfarte no caminho para a igreja, a culpa era do smog. Ali onde eu morava fazia geralmente tempo claro pela manhã e quase sempre à noite. De vez em quando, tínhamos tempo claro durante o dia inteiro, não se sabe por quê.

Foi num dia assim, uma quinta-feira, aliás, que Roger Wade ligou para meu escritório. "Como vai você? Aqui é Wade." Sua voz soava normal.

"Estou bem, e você?"

"Sóbrio, infelizmente. Estou dando duro para ganhar meu dinheirinho. Precisamos conversar. Aliás, acho que lhe devo alguma grana."

"Nada disso."

"Bem, que tal almoçarmos juntos hoje? Poderia chegar aqui por volta de uma hora?"

"Acho que posso. Como vai Candy?"

"Candy?" Ele pareceu surpreso. Aquela noite devia ter ficado num blecaute total. "Oh, ele o ajudou a me botar na cama naquela noite."

"É, é um rapaz muito prestativo, em alguns aspectos. E a sra. Wade?"

"Também está ótima. Foi à cidade fazer compras."

Desligamos. Sentei na minha cadeira giratória e fiquei me reclinando nela. Devia ter perguntado como estava indo o livro. Talvez sempre se deva perguntar a um escritor como está indo o livro. E ao mesmo tempo eles talvez não aguentem mais ouvir essa pergunta.

Pouco depois recebi outra chamada, e era uma voz desconhecida.

"Aqui é Roy Ashterfelt. George Peters me pediu que ligasse para você, Marlowe."

"Ah, sim, obrigado. Você é o cara que conheceu Terry Lennox em Nova York. Ele dizia se chamar Marston, naquela época."

"Isso mesmo. Vivia enchendo a cara. Mas é o mesmo sujeito, com certeza. Não é fácil de confundir com outra pessoa. Eu vi ele aqui uma noite no Chasen's, com a esposa. Eu estava com um cliente. O cliente os conhecia. Lamento não poder revelar o nome do cliente."

"Entendo. Mas não acho que seja importante. Qual era o primeiro nome que ele usava?"

"Espere um instante, enquanto eu tento lembrar... Ah, sim. Paul. Paul Marston. E há mais uma coisa que pode te interessar. Ele usava um emblema do exército britânico. A versão deles do Ruptured Duck."

"Sei. O que aconteceu com ele?"

"Não sei. Vim para o oeste. Na vez seguinte em que o vi, ele estava casado com a filha maluca de Harlan Potter. Mas isso você já sabe."

"Os dois estão mortos, a essa altura. Mas obrigado por me contar."

"De nada. Fico feliz em ajudar. Adianta alguma coisa pra você?"

"Nem um pouco", disse eu, o grande mentiroso. "Nunca pedi a ele que falasse de si mesmo. Ele me disse uma vez que tinha sido criado num orfanato. Você não terá se enganado, não?"

"Com aquele rosto cheio de cicatrizes e o cabelo branco, meu irmão? Sem chance. Não direi que nunca esqueço um rosto, mas aquele ali, sem dúvida."

"Ele viu você?"

"Se viu não deixou transparecer. E não seria de esperar, nas circunstâncias. De qualquer modo não se lembraria de mim. Como falei, em Nova York ele estava bêbado a maior parte do tempo."

Voltei a agradecer, ele voltou a afirmar que tinha sido um prazer, e desligamos.

Pensei naquilo por algum tempo. O barulho do trânsito na avenida, do lado de fora do edifício, criava um *obligato* musical como pano de fundo aos meus pensamentos. Era um barulho muito alto. No verão, no pico da estação, tudo fica muito ruidoso. Me levantei, fechei a parte de baixo da janela e liguei para o sargento-detetive Green, da Homicídios. Ele me fez a gentileza de estar lá.

"Veja só", disse eu, após as preliminares. "Ouvi algo a respeito de Terry Lennox que me deixou intrigado. Um conhecido meu disse que o conheceu em Nova York usando outro nome. Vocês verificaram a folha de serviços militares dele?"

"Vocês não aprendem nunca", disse Green com aspereza. "Nunca aprendem a ficar no lado certo da calçada. Esse assunto já foi encerrado, empacotado, amarrado a pesos de chumbo e jogado no oceano. Dá pra entender isso?"

"Passei boa parte de uma tarde, na semana passada, conversando com Harlan Potter, na casa da filha dele em Idle Valley. Quer verificar?"

"Fazendo o quê?", perguntou ele com azedume. "Supondo que eu acredite."

"Jogando conversa fora. Ele me convidou. Ele gosta de mim. Aliás, ele me disse que aquela moça morreu com um tiro de Mauser PPK 7,65mm. Sabia disso?"

"Continue."

"Era a pistola dela mesma, parceiro. Talvez isso faça um pouco de diferença. Mas não me entenda errado. Eu não estou remexendo nos lugares escuros. Isso é assunto pessoal. Onde foi que ele foi ferido daquele jeito?"

Green ficou em silêncio. Ouvi uma porta sendo fechada, ao fundo. Então ele disse, baixo: "Provavelmente uma briga de faca, ao sul da fronteira."

"Que diabo, Green, você tinha as digitais dele. Você mandou para Washington, como sempre faz. E recebeu um relatório, como sempre acontece. Tudo o que te pedi foram informações a respeito do serviço militar dele."

"Quem disse que ele serviu no exército?"

"Bem... Mendy Menendez, para dar um exemplo. Ao que parece, Lennox salvou a vida dele certa vez e foi assim que se feriu. Foi capturado pelos alemães e eles o deixaram com o rosto daquele jeito."

"Menendez, é? E você acredita num filho da puta como aquele? Está maluco. Lennox não tinha nenhuma folha militar de serviços. Não tinha nenhum documento, de nenhum tipo, em seu nome. Está satisfeito?"

"Se você está dizendo...", falei. "Mas não entendo por que Menendez se daria ao trabalho de vir até aqui e me contar essa história e me avisar pra que ficasse a distância porque Terry Lennox era amigo dele e de Randy Starr em Las Vegas, e eles dois não queriam ninguém se intrometendo com esse episódio. Afinal de contas, Lennox já estava morto."

"Quem sabe o que se passa na cabeça de um marginal?", disse Green com voz amarga. "Ou por que ele pensa assim? Talvez Lennox estivesse envolvido em algum dos golpes deles antes de casar com toda aquela grana e se tornar respeitável. Ele foi gerente do salão térreo do lugar de Starr em Las Vegas, por algum tempo. Foi ali que encontrou a garota. Um sorriso, um aceno cordial e um *dinner jacket*. Mantenha os clientes satisfeitos e fique de olho nos jogadores. Acho que ele tinha o perfil pra esse trabalho."

"Ele tinha charme", disse eu. "Não é muito usado no setor policial. Muito obrigado, sargento. Como tem passado o capitão Gregorius ultimamente?"

"Se aposentou. Você não lê os jornais?"

"Não leio a página policial, sargento. É sórdida demais para mim."

Comecei a me despedir mas ele me interrompeu. "O que é que o sr. Dinheiro queria com você?"

"Tomamos um chá juntos. Um encontro social. Ele disse que talvez me conseguisse alguns trabalhos. Também sugeriu, somente uma sugestão, sem dizer claramente, que qualquer policial que olhe enviesado pra mim teria um futuro negro pela frente."

"Ele não manda no departamento de polícia", disse Green.

"Ele reconhece isso. Disse que nem sequer suborna os comissários ou o promotor; eles apenas saltam para o seu colo sempre que ele dá um cochilo."

"Vá pro inferno", disse Green, e bateu o telefone no meu ouvido.

Um trabalho difícil esse de ser da polícia. Você nunca sabe se pode ficar pulando impunemente em cima do estômago de alguém.

34

O trecho de pavimentação danificada que ligava a rodovia à curva da colina parecia tremeluzir, ao sol do verão, e o mato rasteiro amontoado nas laterais da estrada estava branco, da cor de farinha, devido ao pó de granito acumulado àquela altura. O cheiro do mato era quase nauseante. Estava soprando uma brisazinha acre. Eu tinha tirado o paletó e enrolado as mangas da camisa, mas a porta do carro estava quente demais para que eu pousasse o braço nela. Um cavalo amarrado dormitava à sombra de alguns carvalhos. Um mexicano moreno estava sentado no chão, comendo algo espalhado sobre uma folha de jornal. Um arbusto seco levado pelo vento passou rolando através da estrada e acabou se detendo junto a um rochedo de granito, e um lagarto que um instante atrás estava ali desapareceu sem parecer fazer um só movimento.

E então alcancei o topo da colina até o asfalto, e era outro mundo. Em cinco minutos eu já estava subindo a rampa que conduzia à casa dos Wade, onde estacionei, atravessei e fui até a porta da frente, onde toquei a campainha. Wade abriu pessoalmente a porta, numa camisa xadrez marrom e branca, de mangas curtas, calças de sarja azul e chinelos caseiros. Estava queimado de sol e com boa aparência. Havia uma mancha de tinta em sua mão e outra de cinza de cigarro na lateral do seu nariz.

Ele me conduziu até o escritório e se instalou atrás da mesa. Sobre ela, via-se uma pesada pilha de papéis amarelos datilografados. Pus meu paletó numa cadeira e sentei no sofá.

"Obrigado por ter vindo, Marlowe. Uma bebida?"

Meu rosto assumiu aquela expressão que se usa quando um viciado nos oferece um drinque. Pude sentir claramente. Wade deu uma risada.

"Eu vou tomar uma Coca", disse ele.

"Você é um bom entendedor", disse eu. "Não creio que quero uma bebida nesse momento. Tomarei uma Coca com você."

Ele apertou alguma coisa com o pé e daí a pouco Candy entrou. Parecia carrancudo. Vestia uma camisa azul, um lenço alaranjado no pescoço, e estava sem o paletó branco. Sapatos em dois tons de preto e branco, calça elegante de gabardine com a cintura alta.

Wade pediu as Cocas. Candy me deu um olhar antipático e voltou a sair.

"É o livro?", perguntei, apontando a pilha de papéis.

"É. Uma porcaria."

"Não acredito. Até onde já avançou?"

"Dois terços do total — se é que valem alguma coisa. Acho que muito pouco. Sabe quando um escritor é capaz de dizer que a fonte secou?"

"Não sei coisa alguma a respeito de escritores", falei, enchendo meu cachimbo.

"É quando ele começa a ler seus escritos antigos em busca de inspiração. Certeza absoluta. Estou com mais de quinhentas laudas datilografadas aqui, isso dá mais de cem mil palavras. Meus livros são extensos. O público gosta de livros grandes. Os idiotas acham que se um livro está cheio de páginas está cheio de riquezas. Eu não me atrevo a reler o que está aqui. E não me lembro de metade do que coloquei. Estou simplesmente com medo de reler meu trabalho."

"Você está com boa aparência", falei. "Em função daquela outra noite eu não acreditaria que isso fosse possível. Você tem mais tutano do que imagina."

"O que eu preciso agora é muito mais do que tutano. Alguma coisa que a gente não consegue apenas querendo. Fé em mim mesmo. Sou um escritor mimado que não acredita mais em si. Tenho uma bela casa, uma bela esposa, um belo histórico de vendas. Mas a única coisa que quero de fato é encher a cara e esquecer isso tudo."

Ele apoiou o queixo nas mãos e me encarou por cima da mesa.

"Eileen disse que eu tentei atirar em mim mesmo. Foi tão ruim assim?"

"Você não se lembra?"

Ele balançou a cabeça. "Nem uma coisa sequer, exceto que caí e bati com a cabeça. E que depois de algum tempo eu estava na cama. E que você estava lá. Eileen o chamou?"

"Sim. Ela não te disse?"

"Ela não tem me dirigido muito a palavra essa semana. Acho que está cheia disso tudo. Cheia até aqui." Ele tocou a borda da mão na garganta, logo abaixo do queixo. "Aquela cena que Loring fez aqui não ajudou muito."

"A sra. Wade disse que aquilo não quis dizer nada."

"Bem, ela teria que dizer algo assim, não é mesmo? Acabou dizendo a verdade, mas não acho que ela acreditasse no que estava dizendo. O cara tem um ciúme doentio. Você toma um ou dois drinques com a esposa dele num canto, dá umas risadas, dá um beijinho dizendo tchau, e ele conclui que você está indo pra cama com ela. Talvez a razão seja o fato de que ele não está indo."

"O que eu mais gosto de Idle Valley", disse eu, "é que todo mundo aqui vive uma vida tão confortável e tão normal".

Ele franziu a testa e nesse instante a porta se abriu e Candy chegou trazendo duas Cocas e copos, e serviu a nós dois. Colocou o copo na minha frente sem olhar para mim.

"Almoçaremos daqui a meia hora", disse Wade, "e onde está seu paletó branco?".

"Hoje é meu dia de folga", disse Candy, imperturbável. "E não sou a cozinheira, patrão."

"Frios ou sanduíches e cerveja, acho que isso basta", disse Wade. "A cozinheira está de folga hoje, Candy. Estou recebendo um amigo para almoçar."

"Acha que ele é seu amigo?" Ele fez uma cara de desdém. "Pergunte a sua mulher."

Wade recostou-se na cadeira e deu um sorriso. "Cuidado com a língua, rapazinho. Você passa muito bem aqui. Não vivo te pedindo favores a toda hora, não?"

Candy baixou os olhos para o chão. Depois de um instante os ergueu de novo e sorriu. "OK, patrão. Vou pôr o paletó branco. Vou preparar o almoço. Acho."

Ele saiu sem fazer ruído, e Wade ficou olhando até que a porta se fechou. Depois encolheu os ombros e olhou para mim.

"Antigamente a gente os chamava de criados. Agora chamamos de ajudantes domésticos. Imagino quanto tempo vai se passar até termos que levar o café da manhã deles na cama. Pago dinheiro demais a esse sujeito. Ele ficou mimado."

"Paga em salários, ou algo mais por baixo do pano?"

"Algo de que tipo?", perguntou ele, com aspereza.

Fiquei de pé e estendi para ele algumas laudas amarelas dobradas. "É melhor ler isso. Evidentemente você não se lembra de que me mandou rasgá-lo. Estava na sua máquina, por baixo da capa de plástico."

Ele desdobrou as folhas amarelas e recostou-se para ler. O copo de Coca borbulhou despercebido diante dele. Leu devagar, franzindo a testa. Quando chegou ao fim dobrou de novo as páginas e correu o dedo pela borda.

"Eileen viu isso?", perguntou, com muito cuidado.

"Não sei. Pode ter visto."

"Muito maluco, não é mesmo?"

"Eu gostei. Principalmente a parte sobre um sujeito decente morrendo por sua causa."

Ele abriu as laudas de novo e rasgou o papel em longas tiras, brutalmente, e jogou tudo no cesto de papéis.

"Acho que um cara bêbado é capaz de dizer ou de escrever qualquer coisa", disse devagar. "Para mim não faz nenhum sentido. Candy não está me chantageando. Ele gosta de mim."

"Talvez fosse melhor você se embebedar de novo. Podia lembrar do que quis dizer. Podia lembrar uma porção de coisas. Já passamos por isso antes, naquela noite em que você disparou a arma. Imagino que o segundo Seconal deixou você nocauteado. Você estava soando bastante sóbrio. Mas agora finge que não lembra de ter escrito isso que acabei de lhe entregar. Não me admira que não esteja conseguindo escrever seu livro, Wade. Me admira é que você ainda esteja vivo."

Ele estendeu o braço e abriu uma gaveta no lado da escrivaninha. Sua mão remexeu lá dentro e emergiu com um grosso talão de cheques. Ele o abriu e pegou uma caneta.

"Eu te devo mil dólares", disse calmamente. Rabiscou no cheque. Depois no canhoto. Arrancou o cheque, rodeou a mesa e o colocou na minha frente. "Está bom assim?"

Eu me recostei, olhando para ele, e não toquei no cheque e não respondi. O rosto dele estava duro e contraído. Os olhos estavam fundos e vazios.

"Imagino que você está pensando que eu a matei e deixei Lennox levar a culpa", disse ele devagar. "Ela era uma vagabunda, sim, era mesmo. Mas ninguém esmaga o rosto de uma mulher somente porque ela é uma vagabunda. Candy sabe que eu fui lá algumas vezes. O engraçado é que eu acredito que ele jamais diria isso a alguém. Posso estar errado, mas penso assim."

"Não faria diferença se ele dissesse", falei. "Os amigos de Harlan Potter não lhe dariam ouvidos. Além disso, ela não foi morta com aquele objeto de bronze. Foi alvejada através do crânio com uma arma que era dela mesma."

"Talvez ela tivesse uma arma", murmurou Wade, meio que num devaneio. "Mas eu não sabia que tinha havido um tiro. Não foi divulgado."

"Não sabia ou não lembrava?", perguntei. "Não, não foi divulgado."

"O que está querendo comigo, Marlowe?" A voz dele ainda estava sedosa, quase acariciante. "O que quer que eu faça? Conte tudo a minha esposa? Conte à polícia? O que pode resultar de bom, se eu fizer isso?"

"Você disse que um sujeito decente morreu por sua causa."

"Tudo o que eu quis dizer foi que, se houvesse uma investigação de verdade, eu poderia ter sido apontado como um, mas apenas um, dos vários suspeitos. Isso seria o meu fim, em diferentes sentidos."

"Não vim aqui para acusá-lo de assassinato, Wade. O que está acabando com você é que você mesmo não sabe o que aconteceu. Você tem um histórico de violência doméstica. Você sofre um apagão quando bebe. Não é um argumento válido dizer que ninguém esmaga o rosto de uma mulher só porque ela é uma vagabunda. Foi exatamente isso o que alguém fez. E o cara que levou a culpa me parece um suspeito muito menos provável do que você."

Ele andou até as portas envidraçadas e ficou olhando para a luz que tremulava de calor por cima do lago. Não me respondeu. Ainda não tinha se movido nem falado quando alguns minutos depois houve uma batida leve na porta e Candy entrou empurrando um carrinho de chá, com uma toalha branca bem engomada, pratos cobertos com campânulas de prata, um bule de café e duas garrafas de cerveja.

"Abro a cerveja, patrão?", perguntou ele para Wade, que ainda estava de costas.

"Traga uma garrafa de uísque." Wade não se virou.

"Sinto muito, patrão. Não tem uísque."

Wade virou-se rapidamente e deu-lhe um grito, mas Candy não se mexeu. Estava olhando para o cheque, largado em cima da mesinha de coquetel, e entortando o pescoço para ler o que estava escrito. Ele levantou os olhos para mim e fez um ruído sibilante por entre os dentes. Então olhou para Wade.

"Vou sair agora. É minha folga."

Virou-se e foi embora. Wade gargalhou.

"Então eu mesmo pego", disse, e saiu.

Eu levantei uma das redomas de prata e vi três sanduíches triangulares cortados com capricho. Peguei um, servi-me de cerveja e comi o sanduíche de pé. Wade retornou com uma garrafa e um copo. Sentou no sofá, serviu uma dose pesada e a virou de uma vez. Ouviu-se o ruído de um carro afastando-se da casa, provavelmente Candy saindo pela rampa de serviço. Peguei outro sanduíche.

"Sente-se e fique à vontade", disse Wade. "Temos uma tarde inteira para preencher." Já havia alguma coisa brilhando em seus olhos. A voz estava vibrante e jovial. " Você não gosta de mim, não é, Marlowe?"

"Essa pergunta já foi feita e respondida."

"Sabe de uma coisa? Você é um filho da puta que não liga pra nada. Faria qualquer coisa pra descobrir o que te interessa. Seria capaz de fazer amor com a minha mulher enquanto eu estivesse morto de bêbado no quarto ao lado."

"Você acredita em tudo o que aquele atirador de facas te diz?"

Ele pôs mais uísque no copo e o ergueu de encontro à luz. "Não, nem tudo. Bonita cor a desse uísque, não acha? Afogar-se num vagalhão dourado... nada mau. 'Morrer à meia-noite, sem sofrer...' Como é que continua, mesmo? Ah, desculpe, você não saberia. Muito literário. Você é uma espécie de policial, não é? Se incomoda de dizer o que está fazendo aqui?"

Bebeu mais uísque e sorriu para mim. Então avistou o cheque ainda em cima da mesinha. Pegou-o e o leu por cima do copo.

"Parece que foi preenchido em nome de alguém chamado Marlowe. Imagino por que, para o quê. Parece que fui eu quem assinou. Que bobagem da minha parte. Sou um cara muito crédulo."

"Pare de representar", disse eu com rudeza. "Cadê a sua esposa?"

Ele ergueu os olhos, muito educado. "Minha esposa estará de volta no momento apropriado. Claro que a essa altura eu já terei apagado, e ela pode te distrair como achar melhor. A casa será dos dois."

"Onde está a arma?", perguntei de repente.

Ele me deu um olhar vazio. Expliquei que tinha guardado a arma numa gaveta da escrivaninha. "Não está mais lá, tenho certeza", disse ele. "Pode procurar por aí, se quiser. Só não quero que roube os meus elastiquinhos."

Fui até a escrivaninha e a revistei. Nada. Isso era interessante. Provavelmente Eileen a tinha escondido.

"Olhe, Wade, eu lhe perguntei onde sua mulher estava. Acho que ela deveria vir para casa. Não por minha causa, amigão, mas por sua causa. Alguém tem que ficar vigiando você, e quero ir pro inferno se estou disposto a isso."

Ele me olhou com olhar vago. Ainda estava segurando o cheque. Pousou o copo e rasgou o cheque pelo meio, depois juntou os pedaços e fez o mesmo, e outra vez, e outra, e deixou os pedaços esvoaçarem até o chão.

"Evidentemente era uma importância de pequeno valor", disse. "Os seus serviços são muito caros. Até mesmo mil dólares *e* minha mulher são pouco para você. Que pena, mas não posso aumentar a oferta. Exceto com isso." Ele deu uns tapinhas na garrafa.

"Estou saindo", disse eu.

"Mas por quê? Você queria que eu lembrasse de alguma coisa. Pois bem, aqui nessa garrafa está a minha memória. Fique por aqui, parceiro. Quando eu estiver no ponto vou te falar sobre todas as mulheres que já assassinei."

"Está bem, Wade. Vou ficar por aqui mais um pouco. Mas não nesse lugar. Se precisar de mim, basta arrebentar uma cadeira nessa parede."

Saí e deixei a porta aberta. Cruzei o salão principal, saí para o pátio e puxei uma das cadeiras para a sombra do beiral, e me estiquei sobre ela. Do lado de lá do lago havia uma neblina azul de encontro às colinas. A brisa do mar tinha começado a penetrar por entre as montanhas baixas do lado oeste. Ela deixava o ar mais limpo e levava embora consigo o calor. Idle Valley estava tendo um verão perfeito. Alguém tinha planejado as coisas assim. Paraíso Incorporado, e também Altamente Privativo. Somente as melhores pessoas. Ninguém da Europa Central, absolutamente. Somente a nata, a camada superior, as pessoas lindas e adoráveis. Como os Loring e os Wade. Ouro puro.

35

Fiquei ali por cerca de meia hora tentando focar no que devia fazer. Uma parte de mim queria deixar que ele se embebedasse até cair, e ver o que poderia acontecer depois. Não acho que fosse acontecer muita coisa com ele dentro de seu próprio escritório em sua própria casa. Talvez ele voltasse a cair, mas ia demorar muito ainda. O sujeito tinha estrutura. E de algum modo um bêbado nunca se machuca seriamente. Talvez ele voltasse a ter uma crise de culpa. Ou, mais provavelmente, dessa vez ele talvez quisesse apenas ir dormir.

A outra parte de mim queria ir embora e ficar longe, mas essa era a parte a quem eu nunca dava ouvidos. Porque se alguma vez eu a tivesse ouvido eu teria ficado na cidade onde nasci e trabalhado no armazém local e casado com a filha do patrão e tido cinco filhos e lido para eles os quadrinhos nos jornais das manhãs de domingo e dado uns tabefes em um e em outro quando saíssem da linha e teria entrado em querelas com a esposa sobre quanto seria a mesada de cada um e quais os programas a que eles tinham licença de assistir no rádio e na TV. Eu podia até ter ficado rico — um interiorano rico, numa casa de oito quartos, dois carros na garagem, frango todo domingo e as *Seleções do Reader's Digest* na mesa da sala, a esposa com o cabelo duro de permanente e eu com um cérebro igual a uma saca de cimento Portland. Pode ficar pra você, amigo. Eu quero a cidade grande, sórdida, maculada e corrompida.

Levantei e voltei ao escritório. Ele estava sentado olhando o vazio, a garrafa de scotch já por menos da metade, uma prega cansada no rosto e um brilho opaco no olhar. Olhou para mim como um cavalo olhando por cima de uma cerca.

"O que você quer aqui?"

"Nada. Você está bem?"

"Não me aborreça. Tem um carinha pequeno em cima do meu ombro, me contando histórias."

Peguei outro sanduíche do carrinho de chá e servi outro copo de cerveja. Mastiguei o sanduíche e tomei a cerveja encostado à escrivaninha.

"Sabe de uma coisa?", disse ele de repente, e nesse instante sua voz pareceu muito clara. "Eu já tive um secretário durante algum tempo. Eu costumava ditar para ele. Deixei que fosse embora. Ele me incomodava, sentado ali e esperando que eu criasse alguma coisa. Foi um erro. Devia tê-lo mantido. As pessoas começariam a dizer que eu sou homossexual. Os rapazinhos metidos a espertos que escrevem resenhas de livros porque não são capazes de escrever qualquer coisa iam morder a isca e começar a me elogiar mais. Eles têm que cuidar dos semelhantes, você sabe. São todos veados, cada um desses malditos. O veado é o árbitro artístico da nossa era, amigo. Os pervertidos estão no comando."

"É mesmo? Mas eles sempre estiveram por aí, não?"

"Claro, há milhares de anos. Principalmente nos grandes momentos da arte. Atenas, Roma, a Renascença, a Era Elisabetana, o movimento romântico na França... tudo cheio deles. Veados por toda parte. Já leu *The Golden Bough*? Não, é grande demais pra você. Mas há versões condensadas. Devia ler uma. Prova que os nossos hábitos sexuais não passam de puras convenções, como a de usar gravata-borboleta preta com o *dinner jacket*. Eu. Eu escrevo sobre sexo. Mas com penduricalhos, e careta."

Ergueu os olhos para mim e fez uma cara de menosprezo. "Sabe de uma coisa? Eu sou um mentiroso. Meus heróis têm dois metros de altura e minhas heroínas têm calos no traseiro de tanto se deitarem na cama com os joelhos pra cima. Rendas e frufrus, espadas e carruagens, elegância e lazer, duelos e mortes galantes. Tudo mentira. Eles usavam perfume em vez de sabão, seus dentes apodreciam logo porque eles nunca os limpavam, suas unhas cheiravam a molho rançoso. A nobreza da França urinava de encontro às paredes de mármore dos corredores de Versalhes, e quando você terminava de despir as diversas camadas de roupas de baixo da bela marquesa, a primeira coisa que notava era que ela estava muito precisada de um banho. Eu devia escrever desse jeito."

"Por que não escreve?"

Ele soltou um riso. "Claro, e me mudar para uma casa de cinco quartos em Compton — se eu ainda tivesse essa sorte."

Estendeu o braço, deu uns tapinhas na garrafa de uísque. "Você está sozinho, amigão. Precisa de companhia."

Ele se levantou e cruzou o aposento, com razoável firmeza. Esperei, sem pensar em nada. Uma lancha passou pipocando ao longe, no lago. Quando finalmente a avistei pude ver que estava empinada na água, a toda a velocidade, rebocando uma prancha com um sujeito peludo e bronzeado em cima dela. Fui até as portas envidraçadas e vi quando ela fez uma curva bem fechada. Estava depressa demais, o barco quase virou. O cara da prancha ainda ficou num pé só para segurar o equilíbrio, mas acabou sendo atirado a distância na água. A lancha foi diminuindo até parar, e o sujeito na água nadou preguiçosamente, refez o caminho ao longo das cordas e se instalou novamente em sua prancha.

Wade voltou com outra garrafa de uísque. A lancha voltou a ser ligada e foi se afastando a distância. Wade pôs a garrafa junto da anterior. Sentou-se e ficou pensativo.

"Meu Deus, você não vai beber tudo isso, vai?"

Ele apertou os olhos para me encarar. "Cai fora daqui, vagabundo. Vai pra casa passar um pano de chão, ou algo assim. Está tapando minha luz."

Já estava com a voz pastosa de novo. Na cozinha, devia ter tomado umas, como de costume.

"Se quiser que eu saia, valentão..."

"Querer algo de você é baixo demais."

"Certo, obrigado. Ficarei por aqui até a sra. Wade voltar pra casa. Conhece alguém chamado Paul Marston?"

A cabeça dele se ergueu devagar. Seus olhos entraram em foco, mas com esforço. Pude vê-lo lutando pelo próprio controle. Ganhou a luta, por enquanto. Seu rosto ficou sem expressão.

"Nunca ouvi falar", disse com cuidado, falando bem lentamente. "Quem é ele?"

Na vez seguinte em que fui olhar, ele estava dormindo sentado, com a boca aberta, o cabelo grudado de suor, e cheirando a scotch. Os lábios estavam repuxados sobre os dentes numa careta frouxa, e a superfície irregular da sua língua parecia ressequida.

Uma das garrafas de uísque estava vazia. Um copo sobre a mesa ainda tinha uns dois dedos de bebida, e a segunda garrafa estava três quartos cheia. Pus a garrafa vazia no carrinho de chá e o empurrei para fora do escritório, depois voltei para fechar as portas envidraçadas e baixar as persianas. Para que a lancha não viesse acordá-lo. Saí e fechei a porta do escritório.

Empurrei o carrinho de chá até a cozinha, que era azul e branca e grande e arejada e vazia. Eu ainda estava com fome. Comi outro sanduíche e bebi o resto da cerveja, depois me servi de uma xícara de café e bebi. A cerveja estava choca mas o café ainda estava quente. Depois voltei ao pátio. Passou-se muito tempo até a lancha aparecer novamente rasgando através do lago. Eram quase quatro da tarde quando ouvi o seu rumor distante ir crescendo até virar um rangido ensurdecedor capaz de romper os tímpanos. Devia haver uma lei. Provavelmente havia e o cara da lancha não ligava nem um pouco. Gostava de incomodar os outros, como todo esse pessoal com quem eu estava convivendo. Fui andando até a margem do lago.

Dessa vez ele conseguiu. O piloto da lancha reduziu a velocidade durante a curva e o esquiador bronzeado segurou-se no limite do puxão centrífugo. A prancha estava quase fora da água, mas uma de suas bordas ficou colada à espuma até que a lancha retomou a trajetória reta e o esquiador se manteve de pé e os dois sumiram na direção de onde tinham vindo e isso foi tudo. As ondas agitadas pela passagem do barco vieram se espalhando até a margem, perto de onde eu estava parado. Bateram com força de encontro às pilastras do ancoradouro e balançaram o bote que havia ali amarrado. Ainda estavam batendo e sacudindo o bote quando dei meia-volta e retornei para a casa.

Quando cheguei ao pátio ouvi o som de uma campainha, vindo da direção da cozinha. Quando tocou outra vez concluí que somente a porta da frente deveria ter campainha, então fui até lá e a abri.

Eileen Wade estava parada, olhando para longe. Quando se virou, disse: "Desculpe, esqueci minha chave." Só então me viu. "Oh — pensei que fosse Roger, ou Candy."

"Candy não está. Hoje é quinta-feira."

Ela entrou e eu fechei a porta. Ela pousou uma bolsa na mesa entre os dois sofás. Parecia fria e um pouco distante. Descalçou um par de luvas brancas.

"Alguma coisa errada?"

"Bem, bebeu-se um pouco por aqui. Não muito. Ele está dormindo no sofá do escritório."

"Ele o chamou?"

"Chamou, mas não para isso. Me convidou para almoçar. Receio que ele próprio não tenha comido nada."

"Oh." Ela sentou-se vagarosamente num dos sofás. "Sabe, eu esqueci completamente que hoje era quinta. A cozinheira também está de folga. Que estupidez."

"Candy preparou uma refeição, antes de sair. Acho que vou embora agora. Espero que meu carro não tenha impedido sua passagem."

Ela sorriu. "Não. Havia espaço bastante. Não quer um pouco de chá? Acho que vou preparar para mim."

"Tudo bem." Não sei por que falei isso. Eu não queria nada com chá. Falei, apenas.

Ela despiu um casaco de linho; não estava usando chapéu. "Vou dar uma olhada e ver se Roger está bem."

Vi quando ela foi até a porta do escritório e a abriu. Ficou lá um pouquinho e depois voltou a sair, fechando a porta.

"Ainda está dormindo. Muito profundamente. Vou lá em cima um pouco e já desço."

Olhei enquanto ela recolhia o casaco e as luvas e a bolsa e subia as escadas e entrava em seu quarto. A porta se fechou. Fui para o escritório, com a intenção de remover de lá a garrafa de uísque. Se ele ainda estava dormindo, não ia precisar dela.

36

Com as portas de vidro fechadas, o escritório estava abafado, e as persianas descidas o deixavam meio às escuras. Havia um cheiro acre no ar e um silêncio pesado demais. Não eram mais do que cinco metros da porta até o sofá, e eu não precisei de mais do que metade daquela distância para saber que naquele sofá estava um homem morto.

Ele estava caído de lado, com o rosto voltado para o encosto, um braço todo torcido por baixo do tronco e o outro antebraço quase lhe cobrindo os olhos. Entre o seu peito e o encosto do sofá havia uma poça de sangue e naquela poça vi a Webley Hammerless. Uma banda do rosto dele era uma máscara manchada.

Me inclinei sobre ele, examinei a borda do olho arregalado, o braço nu e vistoso, e entre sua curva eu podia ver o buraco inchado e enegrecido na cabeça, de onde o sangue ainda minava.

Deixei-o ali. Seu pulso estava morno mas não havia dúvidas de que estivesse morto. Olhei em volta à procura de algum bilhete, algum rabisco. Não vi nada a não ser a pilha de laudas amarelas em cima da mesa. Nem sempre eles deixam bilhete. A máquina de escrever estava descoberta, em sua mesinha. Não havia nada nela. O resto parecia todo bastante natural. Os suicidas costumam se preparar dos modos mais variados, alguns com bebida, outros com jantares sofisticados com champanhe. Alguns em trajes formais, outros sem roupa. Gente já se matou pulando de cima de muros, em valetas, em banheiros, na água, sobre a água, por cima da água. Já se enforcaram em celeiros e já se envenenaram com gás dentro de garagens. Aquele ali parecia bastante simples. Eu não tinha ouvido nenhum tiro, mas isso devia ter acontecido quando eu estava perto do lago, vendo a lancha e o esquiador dando suas voltas. Havia barulho bastante. Por que isso iria interessar a Roger Wade, eu não sabia. Talvez não tivesse. O impulso final dele poderia ter coincidido com a aproximação da lancha. Eu não gostava muito dessa ideia, mas quem liga para o que eu gosto?

Os pedacinhos de papel do cheque ainda estavam no chão, mas eu os deixei ali. As faixas compridas em que ele tinha rasgado as outras folhas estavam no cesto de papéis. Estas eu não deixei. Recolhi-as, chequei se estavam todas ali e as enfiei no bolso. O cesto estava quase vazio, o que facilitou. Não adiantava querer imaginar onde a arma teria estado antes. Havia lugares demais onde podia estar escondida. Podia ter estado numa poltrona, no sofá, embaixo das almofadas. Podia ter estado no chão, atrás dos livros, em qualquer lugar.

Saí e fechei a porta. Fiquei escutando. Da cozinha vinham alguns sons. Fui para lá. Eileen estava com um avental azul e a chaleira estava começando a apitar. Ela baixou a chama e me deu um olhar breve e impessoal.

"Como prefere o seu chá, sr. Marlowe?"

"Do jeito que sair do bule."

Me inclinei de encontro à parede e peguei um cigarro, somente para ter o que fazer com os dedos. Apertei, amassei, parti-o no meio e deixei cair um pedaço no chão. Os olhos dela o acompanharam. Eu me abaixei e o recolhi. Amassei os dois pedaços juntos em forma de bola.

Ela preparou o chá. "Sempre tomo com creme e açúcar", falou por cima do ombro. "É estranho, porque meu café eu prefiro preto. Aprendi a beber chá na Inglaterra. Eles estavam usando sacarina em vez de açúcar. Quando a guerra chegou eles não tinham mais creme, é claro."

"Você morou na Inglaterra?"

"Eu trabalhei lá. Fiquei lá durante todo o tempo da Blitz. Encontrei um homem... mas já lhe falei sobre isso."

"Onde conheceu Roger?"

"Em Nova York."

"Vocês se casaram lá?"

Ela girou o corpo, com a testa franzida. "Não, não nos casamos em Nova York. Por quê?"

"Só estou conversando enquanto o chá apura."

Ela olhou para fora, pela janela diante da pia. Dali ela podia avistar o lago. Ela se apoiou na quina da bancada e seus dedos brincaram com uma toalhinha de chá dobrada.

"Isso tem que parar", disse ela, "e eu não sei como. Talvez ele tenha que ser internado numa instituição. E de algum modo eu não consigo me ver fazendo uma coisa assim. Eu teria que assinar alguma coisa, não é?".

Ela se virou para mim ao perguntar.

"Ele mesmo pode fazer isso", disse eu. "Quer dizer, teria podido, até ainda agora."

Soou o contador de tempo, ela se virou e transferiu o chá da chaleira para um bule, e depois o colocou na bandeja onde já tinha arrumado as xícaras. Fui até lá, ergui a bandeja e a levei para a mesa entre os dois sofás na sala. Ela se sentou do lado oposto ao meu e serviu duas xícaras. Recebi a minha e a pousei ao meu lado, para que esfriasse. Observei enquanto ela colocava na xícara dela dois torrões de açúcar e depois o creme. Ela o experimentou.

"O que quis dizer com essa última frase?", ela perguntou de repente. "Que ele poderia, até agora, ter entrado para uma instituição, o senhor queria mesmo dizer isso?"

"Acho que foi uma especulação maluca. Você escondeu a arma de que lhe falei? Sabe, naquela manhã após a noite em que ele fez a bobagem."

"Esconder?", repetiu ela, testa franzida. "Não. Nunca faço nada assim. Não acredito nisso. Por que pergunta?"

"E esqueceu hoje a chave de casa?"

"Já lhe disse que sim."

"Mas não a chave da garagem. Geralmente, em casas desse tipo, as chaves externas funcionam como chaves mestras."

"Eu não preciso de chave para a garagem", disse ela com voz brusca. "Ela se abre através de interruptores elétricos. Há um botão na parte de dentro do portão e outro ao lado da garagem, e assim se abrem tanto a porta da garagem quanto o portão. Frequentemente deixamos a garagem aberta. Ou então Candy sai de carro, e a fecha ao sair."

"Entendi."

"Você está dizendo umas coisas estranhas", disse ela, com alguma acidez na voz. "Fez a mesma coisa naquele dia."

"Tenho passado por umas experiências estranhas nessa casa. Armas que disparam durante a noite, bêbados caídos na grama do jardim, médicos que chegam e não fazem nada. Mulheres lindas me envolvendo com seus braços e falando comigo como se eu fosse outra pessoa. Criados mexicanos atirando facas. É uma pena isso sobre a arma. Mas a senhora não ama mesmo seu marido, não é mesmo? Acho que já lhe disse isso também."

Ela ficou de pé devagar. Estava calma como uma tigela de creme, mas seus olhos violeta já não pareciam da mesma cor, nem tinham a mesma suavidade. Então sua boca começou a tremer.

"Tem... tem alguma coisa de errado ali?", perguntou bem devagar, e virou a cabeça na direção do escritório.

Mal pude assentir com a cabeça e ela já estava correndo. Num segundo estava abrindo a porta. Escancarou-a e correu para dentro. Se eu esperava um grito aterrorizado, me enganei. Não ouvi nada. Me senti péssimo. Eu devia tê-la mantido ali fora e introduzido aquela velha cena sentimental de más notícias, melhor se preparar, por que não se senta, receio que algo grave tenha acontecido, blá-blá-blá. E quando você chega ao fim disso tudo percebe que não poupou ninguém de coisa alguma. Pode ter até piorado as coisas.

Me ergui e fui também para o escritório. Ela estava ajoelhada junto ao sofá com a cabeça dele puxada de encontro ao peito, sujando-se toda de sangue. Não fazia o menor som. Seus olhos estavam cerrados. Balançava-se para a frente e para trás sobre os joelhos, o mais que podia, abraçando-o com força.

Fui lá para a sala e achei uma lista telefônica e um aparelho. Chamei o xerife da estação que me pareceu mais próxima. Não fazia diferença, de qualquer maneira iam dar o alarme pelo rádio. Então fui para a cozinha, deixei a torneira aberta e joguei no triturador elétrico de lixo as tiras de papel amarelo que trazia no bolso. Depois, joguei as folhas de chá que estavam na chaleira. Em segundos, tudo aquilo desapareceu. Desliguei a torneira e também o triturador. Voltei para a sala, abri a porta da frente e saí.

O carro de patrulha devia estar bem próximo, porque o policial chegou em seis minutos. Quando entrei com ele no escritório, ela ainda estava ajoelhada junto do sofá. Ele se inclinou imediatamente sobre ela.

"Sinto muito, senhora. Entendo como está se sentindo, mas não devia estar tocando em coisa alguma."

Ela virou a cabeça e ficou de pé com algum esforço. "É meu marido. Ele levou um tiro."

O policial tirou o quepe e o colocou em cima da mesa. Pegou o telefone.

"O nome dele é Roger Wade", disse ela com uma voz alta, destoante. "É o famoso escritor."

"Eu sei quem é ele, senhora", disse o policial, discando um número.

Ela baixou os olhos para sua blusa. "Posso ir lá em cima e trocar isso?"

"Claro." Ele concordou com um gesto enquanto falava ao telefone, depois desligou e se virou. "A senhora disse que ele levou um tiro. Quer dizer que alguém atirou nele?"

"Eu acho que esse homem o assassinou", disse ela sem olhar para mim, e saiu rapidamente do aposento.

O policial olhou para mim. Puxou uma caderneta. Escreveu alguma coisa nela. "Acho que preciso do seu nome", disse, em tom casual, "e do endereço. Foi você quem ligou?".

"Foi." Falei meu nome e endereço.

"Fique tranquilo e vamos esperar o tenente Ohls chegar aqui."

"Bernie Ohls?"

"É. Conhece ele?"

"Claro. Há muito tempo. Ele trabalhou no escritório do promotor."

"Não nos últimos tempos", disse o policial. "Ele agora é chefe assistente em Homicídios e trabalha junto ao escritório do xerife de Los Angeles. É amigo da família, sr. Marlowe?"

"A sra. Wade não deu a entender isso muito bem."

Ele encolheu os ombros e quase sorriu. "Fique tranquilo, sr. Marlowe. Não está armado, está?"

"Hoje não."

"É melhor eu checar." Ele o fez. Depois olhou o sofá. "Numa situação assim a gente não deve esperar que a esposa diga coisas sensatas. Vamos esperar lá fora."

37

Ohls era um sujeito troncudo, de estatura média, com cabelo louro cortado à escovinha e olhos azuis desbotados. Tinha sobrancelhas duras e esbranquiçadas e na época em que ainda usava chapéu a gente sempre ficava surpreso quando ele o tirava, porque havia muito mais cabeça do que se esperava. Era um policial duro e firme, que tinha uma visão pessimista da vida, mas por baixo disso era um cara muito decente. Devia ter sido promovido a capitão muitos anos antes. Por meia dúzia de vezes tinha ficado entre os três primeiros colocados nos exames. Mas o xerife não gostava dele e ele não gostava do xerife.

Ele desceu a escada acariciando um lado do queixo. Os flashes tinham espoucado durante muito tempo dentro do escritório. Homens entraram, homens saíram. Eu me limitei a ficar sentado na sala, acompanhado por um detetive à paisana, à espera.

Ohls sentou na borda de uma poltrona e deixou as mãos penderem. Apertava entre os lábios um cigarro não aceso. Olhou para mim, pensativo.

"Você se lembra do tempo em que tinham uma guarita com cancela e seguranças privados em Idle Valley?"

Assenti. "E jogos de azar também."

"Isso mesmo. Não dá pra acabar com eles. Esse vale inteiro continua a ser propriedade privada. Como já aconteceu com Arrowhead e com Emerald Bay. Faz muito tempo que não trabalho num caso sem ter uma porção de repórteres se agitando em volta. Alguém deve ter cochichado alguma coisa no ouvido do xerife Petersen. Não vazou nada pelo teletipo."

"É muita consideração da parte deles", disse eu. "Como está a sra. Wade?"

"Tranquila, até demais. Deve ter tomado algum comprimido. Ela os tem às dúzias lá em cima, tem até Demerol. Essas coisas não são boas. Seus amigos não têm tido muita sorte ultimamente, hein? Acabam morrendo."

Eu não tinha nada para dizer a respeito.

"Suicídios com arma de fogo sempre me interessam", disse Ohls descontraidamente. "Tão fáceis de forjar. A esposa diz que você o matou. Por que ela diria isso?"

"Ela não quer dizer isso ao pé da letra."

"Não havia ninguém mais aqui. Ela diz que você sabia onde a arma estava, sabia que ele estava ficando bêbado, sabia que ele tinha disparado um tiro algumas noites atrás, quando ela teve de lutar pra tomar a arma da mão dele. Você estava aqui também nessa noite. Parece que não tem ajudado muito, não?"

"Procurei na escrivaninha dele hoje à tarde. A arma não estava lá. Eu tinha dito a ela onde a tinha guardado, e pedi que a colocasse em algum outro local. Ela diz agora que não acredita nesse tipo de coisa."

"Esse 'agora' é quando, exatamente?", perguntou Ohls, carrancudo.

"Depois que voltou pra casa e antes do meu telefonema para vocês."

"Você procurou a arma na escrivaninha. Por quê?" Ele ergueu as mãos e as pousou sobre os joelhos. Olhava para mim com indiferença, como se não ligasse para o que eu estava dizendo.

"Ele estava ficando bêbado. Achei que era melhor pôr a arma em outro lugar. Mas ele não tentou se matar nessa outra noite. Estava apenas fazendo uma cena."

Ohls assentiu. Tirou da boca o cigarro todo mastigado, jogou-o sobre um cinzeiro e colocou um novo no lugar.

"Deixei de fumar", disse. "Estava tossindo demais. Mas esse maldito troço ainda manda em mim. Não consigo me sentir bem sem ter um na boca. Você estava aqui pra vigiar o cara, quando ele ficava sozinho?"

"Certamente que não. Ele me ligou e me convidou para almoçar. Conversamos, e ele começou a se mostrar deprimido, porque seu trabalho no livro não estava indo bem. Então resolveu começar a beber. Acha que eu devia ter impedido ele?"

"Não estou achando nada ainda. Só tentando ter uma ideia da situação. Você bebeu muito?"

"Cerveja."

"Muita falta de sorte sua estar aqui, Marlowe. Pra que era aquele cheque? O que ele assinou e depois rasgou?"

"Todos eles queriam que eu viesse morar aqui para mantê-lo na linha. 'Todos' significa ele, a esposa e o editor dele, um homem chamado Howard Spencer. Está em Nova York, acho. Pode conferir com ele. Eu recusei a proposta. Depois ela me ligou para dizer que o marido tinha sumido e ela estava preocupada e gostaria muito que eu o encontrasse e o trouxesse para casa. Eu o fiz. Daí a pouco eu o estava pegando desmaiado no gramado aí fora e o levando para a cama. Eu não queria estar envolvido com nada disso, Bernie. Foi algo que foi crescendo ao meu redor."

"Nada a ver com o caso Lennox, hein?"

"Ora, pelo amor de Deus, não existe 'caso Lennox'."

"Grande verdade", disse Ohls secamente. Apertou os joelhos. Um homem entrou pela porta da frente e falou baixinho com o outro policial. Depois veio até Ohls.

"Tem um dr. Loring lá fora, tenente. Diz que foi chamado. É o médico da madame."

"Deixe entrar."

O policial saiu e logo entrou o dr. Loring com sua reluzente maleta preta. Estava tranquilo e elegante num terno tropical de lã fria. Passou por mim sem me olhar.

"Lá em cima?", perguntou ele a Ohls.

"Sim, no quarto dela." Ohls ficou de pé. "Pra que que ela toma aquele Demerol, doutor?"

O dr. Loring franziu a testa. "Eu receito para os meus pacientes o que acho adequado", disse com frieza. "Não preciso explicar por quê. Quem disse que eu dei Demerol à sra. Wade?"

"Eu. O frasco está lá em cima, e tem o seu nome nele. Ela tem uma farmácia considerável dentro do banheiro. Talvez não saiba disso, doutor, mas lá na chefatura temos um mostruário completo desses comprimidos. *Bluejays, redbirds, yellow jackets, goofballs*... Demerol é um dos piores que existem. Li em algum lugar que era a bolinha preferida de Goering. Quando o prenderam estava tomando dezoito por dia. Os médicos do exército precisaram de três meses para desintoxicá-lo."

"Não sei o que nenhum desses termos significa", disse o dr. Loring com frieza.

"Não sabe? Que pena. *Bluejays* são barbitúricos. *Redbirds* é o Seconal. *Yellow jackets* é o Nembutal. *Goofballs* é um tipo de barbitúrico misturado com benzedrina. Demerol é um narcótico sintético, que cria um alto grau de dependência. O senhor apenas os passa adiante, não é? A madame está sofrendo de algo muito sério?"

"Um marido bêbado pode ser um problema muito sério para uma mulher sensível", disse o dr. Loring.

"Você não se dava muito bem com ele, hein? Que pena. A sra. Wade está lá em cima, doutor. Obrigado por ceder o seu tempo."

"O senhor é um impertinente, tenente. Vou me queixar do senhor."

"Sim, faça isso", disse Ohls. "Mas, antes de dar parte ao meu respeito, faça outra coisa. Deixe a madame com as ideias claras. Tenho umas perguntas pra fazer."

"Eu farei apenas o que achar melhor para a condição em que ela se encontra. O senhor sabe por acaso quem eu sou? E só para deixar as coisas claras, o sr. Wade não era meu paciente. Eu não cuido de alcoólatras."

"Só das mulheres deles, não é?", disse Ohls, com desdém. "Sim, sei quem é o senhor, doutor. Estou sangrando por dentro. Meu nome é Ohls. Tenente Ohls."

O dr. Loring subiu a escada. Ohls sentou novamente e sorriu para mim.

"É preciso ser diplomático com esse tipo de gente", disse.

Um homem saiu do escritório e veio até Ohls. Um homem de óculos, magro e sério, e cabeça grande de intelectual.

"Tenente."

"Manda."

"O ferimento é de contato, tipicamente suicida, com um índice alto de distensão devido à pressão dos gases. Os olhos estão exoftálmicos pela mesma razão. Não acho que haja impressões na parte externa da arma. O sangue correu demais sobre ela."

"Poderia ser homicídio, se o cara estivesse dormindo ou bêbado?", perguntou Ohls.

"Claro, mas não há indícios de ser esse o caso. A pistola é uma Webley Hammerless. Tipicamente ela requer muito esforço para ser engatilhada, mas apenas uma pequena pressão para disparar. O recuo explica a posição em que foi encontrada. Não vejo nada contra a hipótese de suicídio, até agora. Espero achar um índice alto de concentração alcoólica no sangue. Se for alto o bastante—" o homem se interrompeu e ergueu os ombros para reforçar, "talvez eu me incline a não crer em suicídio".

"Obrigado. Alguém chamou o legista?"

O homem assentiu e se afastou. Ohls bocejou e olhou o relógio de pulso. Depois olhou para mim.

"Quer cair fora?"

"Sim, se autorizar. Pensei que eu fosse um dos suspeitos."

"Vamos lhe dar mais atenção mais tarde. Fique onde possa ser encontrado, isso é o bastante. Você já foi policial, sabe como são esses casos. Em alguns, é preciso trabalhar rápido, pra que os indícios não desapareçam. Esse aqui é justamente o contrário. Se foi homicídio, quem gostaria de vê-lo morto? A esposa? Ela não estava aqui. Você? Muito bem, você estava sozinho na casa e sabia onde a arma estava guardada. Uma situação perfeita. Tudo menos um motivo, e talvez a gente deva levar em conta a sua experiência. Acho que se você quisesse matar um cara, podia fazer as coisas de maneira menos óbvia."

"Obrigado, Bernie. Acho que eu poderia, sim."

"Os criados tinham saído. Estão longe. Então deve ter sido alguém que veio aqui por acaso. Essa pessoa tinha que saber onde a arma estava guardada, tinha que encontrá-lo bêbado o bastante para estar dormindo ou desacordado, tinha que puxar o gatilho no momento em que a lancha estivesse fazendo barulho suficiente para cobrir o ruído do disparo, e tinha que cair fora antes que você voltasse para a casa. Tudo isso é inacreditável, por tudo quanto sei até esse ponto. O único sujeito que tinha o meio e a oportunidade era o único cara que não os teria utilizado, justamente por ser o único que *reunia* tudo isso."

Fiquei de pé para ir embora. "Obrigado, Bernie. Estarei em casa o resto do dia."

"Só mais uma coisa", disse Ohls, pensativo. "Esse cara, Wade, era um escritor famoso. Um monte de dinheiro, uma grande reputação. Eu não gosto das porcarias que ele escreve. Se você for a um puteiro vai encontrar gente mais respeitável do que os personagens dele. É uma simples questão de gosto e não tem nada a ver com meu trabalho como policial. Com todo esse dinheiro ele tinha uma bela casa num dos melhores lugares possíveis para morar. Tinha uma bela esposa, muitos amigos e nenhum tipo de problema. O que eu quero saber é o que tornou a vida dele tão dura que o fez puxar o gatilho. Com certeza alguma coisa o obrigou. Se souber o que foi, é melhor botar na mesa. Nos falamos depois."

Fui até a porta. O homem que estava de guarda olhou para Ohls, viu o sinal e me deixou passar. Entrei no meu carro e tive que passar por cima de um trecho da relva para poder me desviar dos vários carros oficiais parados diante da casa. No portão, outro policial me olhou, mas não disse nada. Pus meus óculos escuros e dirigi de volta à rodovia principal. A estrada estava vazia e em paz. O sol da tarde batia nos jardins bem cuidados e nas casas caras e espaçosas por trás deles.

Um homem que não era totalmente desconhecido tinha morrido numa poça de sangue em Idle Valley, mas aquela quietude preguiçosa não tinha sido rompida. Do ponto de vista da imprensa, aquilo poderia ter acontecido lá no Tibete.

Numa das curvas da estrada havia dois muros de residência que convergiam para o acostamento, e um carro verde-escuro do xerife estava estacionado ali. Um policial saiu de dentro dele e ergueu a mão. Parei. Ele veio até a janela do meu carro.

"Posso ver sua licença de motorista, por favor?"

Peguei a carteira e a entreguei a ele, aberta.

"Somente a licença, por favor. Não tenho autorização para tocar na sua carteira."

Tirei a licença e a entreguei. "Qual foi o problema?"

Ele deu uma conferida no meu carro e devolveu a licença.

"Nenhum problema", disse. "Checagem de rotina. Desculpe o incômodo."

Me liberou com um gesto e voltou para o carro estacionado. Como faz um policial. Eles nunca dizem à gente por que estão fazendo alguma coisa. Desse modo você não descobre que eles mesmos não sabem.

Fui para casa, comprei umas bebidas geladas, fui jantar fora, voltei, abri as janelas, abri a camisa e esperei alguma coisa acontecer. Esperei por muito tempo. Eram nove da noite quando Bernie Ohls ligou e me disse que fosse para lá, e que não parasse no caminho para colher flores.

38

Eles tinham posto Candy sentado numa cadeira encostada à parede da antessala do xerife. Ele me olhou com ódio quando passei por ele e entrei na grande sala quadrada onde o xerife Petersen concedia audiências, cercado por uma coleção de testemunhos do público agradecido pelos seus vinte anos de fidelidade ao serviço público. As paredes estavam cobertas de fotos de cavalos e o xerife Petersen aparecia pessoalmente em cada uma delas. Sua mesa era toda entalhada, com as quinas em forma de cabeças de cavalo. Seu tinteiro reproduzia o formato de um casco de cavalo, e as penas estavam enfiadas em outra peça no mesmo estilo, cheia de areia fina. Cada uma dessas peças tinha uma plaquinha de ouro comemorando esta ou aquela data. No meio de um mata-borrão imaculado via-se um saco de Bull Durham e um pacotinho de papéis de cigarro marrons. Petersen enrolava seu próprio fumo. Era capaz de enrolar um cigarro com uma mão só, andando a cavalo, e o fazia com frequência durante as paradas, num grande cavalo branco com sela mexicana adornada com arreios de prata mexicana. A cavalo, ele costumava usar um sombreiro mexicano de copa achatada. Cavalgava muito bem e seu cavalo sempre sabia quando ficar quieto, quando se exibir para que o xerife com seu sorriso calmo e inescrutável o controlasse de novo com um simples gesto da mão. O xerife sabia representar. Tinha um belo perfil de falcão, agora já um pouco flácido abaixo do queixo, mas ele sabia como erguer a cabeça para que isso não aparecesse muito. Ele dava tudo de si para ser bem fotografado. Estava no meio da casa dos cinquenta, e seu pai, um dinamarquês, tinha lhe deixado muito dinheiro. O xerife não parecia um dinamarquês, porque seu cabelo era escuro e sua pele era morena e ele tinha aquela atitude impassível de índio de madeira em loja de charutos, e um cérebro do mesmo nível. Mas ninguém jamais o chamara de desonesto. Tinha havido alguns caras desonestos em seu departamento, caras que o tinham enganado tanto quanto tinham enganado o público, mas nada de sua desonestidade vazou para cima do xerife Petersen. Ele continuou sendo eleito sem nem fazer muita força, montando cavalos brancos na abertura dos desfiles e interrogando suspeitos na frente das câmaras. É o que diz a legenda das fotos. Para falar a verdade, ele nunca interrogou ninguém. Não saberia como fazê-lo. Ele apenas fica sentado na sua mesa, olhando para o suspeito com uma expressão severa, mostrando o perfil para a câmera. Os flashes espocam, o fotógrafo agradece respeitosamente ao xerife, o suspeito é removido sem ter sequer aberto a boca, e o xerife parte para seu rancho em San Fernando Valley. Ele sempre podia ser encontrado ali. Caso você não encontrasse o xerife em pessoa, sempre poderia conversar com um dos seus cavalos.

De vez em quando, na época das eleições, alguns políticos mal assessorados tentavam disputar o emprego do xerife Petersen, e começavam a chamá-lo de coisas como "O homem com perfil postiço" ou "O presunto que se autodefuma", mas isso não os levava a lugar nenhum. O xerife Petersen simplesmente continuava a ser reeleito, um testemunho vivo do fato de que você pode ocupar um importante cargo público em nosso país sem ter nenhuma qualificação para ele a não ser um bom comportamento, um rosto fotogênico e uma boca fechada. Se além disso tudo você ainda montar bem a cavalo, vai ser imbatível.

Quando eu e Ohls entramos, o xerife Petersen estava de pé por trás da mesa e os fotógrafos se retiravam por outra porta. O xerife estava com seu chapéu Stetson branco. Estava enrolando um cigarro. Estava pronto para ir para casa. Olhou para mim com severidade.

"Quem é esse?", perguntou numa profunda voz de barítono.

"O nome é Philip Marlowe, chefe", disse Ohls. "A única pessoa que estava na casa quando Wade se matou. Quer fazer uma foto?"

O xerife me examinou. "Acho que não", disse, e virou-se para um homem grandalhão, grisalho, de aspecto cansado. "Se precisar de mim estarei no rancho, capitão Hernandez."

"Sim, senhor."

Petersen acendeu o cigarro com um fósforo de cozinha que riscou na própria unha. O xerife Petersen não precisava de isqueiros. Ele era justamente do tipo enrole-o-seu-e-acenda-com-uma-mão-só.

Deu boa-noite e foi embora. Um indivíduo impassível com olhos negros e duros, seu guarda-costas pessoal, o acompanhou. A porta se fechou. Depois que ele saiu, o capitão Hernandez foi até a mesa e se sentou na enorme cadeira do xerife, e um estenógrafo no canto da sala afastou sua banquinha da parede para ter mais liberdade de movimentos. Ohls sentou na borda da mesa e parecia estar se divertindo.

"Muito bem, Marlowe", disse Hernandez, com brusquidão. "Conte tudo pra gente."

"Por que não tiraram minha foto?"

"Você ouviu o que o xerife disse."

"Sim, por quê?", gemi.

Ohls deu uma risada. "Você sabe muito bem por quê."

"Quer dizer que é porque eu sou alto, moreno, bonitão e alguém poderia olhar para mim?"

"Cala a boca", disse Hernandez friamente. "Vamos em frente com seu depoimento. Comece do início."

Contei tudo desde o começo: minha reunião com Howard Spencer, meu encontro com Eileen Wade, o pedido dela para que encontrasse Roger, minha descoberta, o pedido dela para que eu fosse à sua casa, o que Wade me pediu que fizesse e como eu o encontrei desacordado junto à moita de hibiscos e todo o restante. O estenógrafo anotou tudo. Ninguém me interrompeu. Era tudo verdade. A verdade e nada mais que a verdade. Mas não a verdade inteira. O que eu deixei de fora era só da minha conta.

"Muito bem", disse Hernandez no final. "Mas ainda não está completo." Era um camarada frio, competente e perigoso esse Hernandez. No escritório do xerife tinha de haver alguém assim. "Na noite em que Wade disparou a arma no quarto de dormir, você foi ao quarto da sra. Wade e ficou lá dentro com ela algum tempo, com a porta fechada. O que estava fazendo lá?"

"Ela me chamou e perguntou se o marido estava bem."

"E por que fechou a porta?"

"Wade estava meio adormecido e eu não queria fazer nenhum barulho. Além disso, o criado deles estava andando pela casa e nos espiando. E também porque ela me pediu para fechar a porta. Não achei que tivesse importância."

"Quanto tempo ficou lá?"

"Não sei. Uns três minutos."

"Eu diria que você ficou umas duas horas", disse Hernandez com frieza. "Deu pra entender?"

Olhei para Ohls. Ohls não estava olhando para coisa alguma. Estava apertando um cigarro apagado entre os lábios, como sempre.

"Está mal informado, capitão."

"Veremos. Depois que você saiu do quarto desceu para o escritório e passou a noite no sofá. O resto da noite, melhor dizendo."

"Eram dez para as onze quando ele me chamou pedindo para ir à casa dele. Já passava das duas da manhã quando entrei no escritório pela última vez naquela noite. Pode chamar de o resto da noite, se quiser."

"Mande entrar o criado", disse Hernandez.

Ohls saiu e voltou com Candy. Puseram Candy numa cadeira. Hernandez lhe fez algumas perguntas para esclarecer quem era ele e assim por diante. Então disse: "Muito bem, Candy... vamos chamá-lo assim para simplificar. Depois que você ajudou Marlowe a pôr Roger Wade na cama, o que aconteceu?"

Eu sabia mais ou menos o que estava por vir. Candy contou sua história numa voz calma e furiosa, quase sem sotaque. Sua história era de que ele tinha ficado zanzando no andar térreo para o caso de alguém precisar dele, parte desse tempo na cozinha, onde comeu alguma coisa, e parte na sala de visitas. Enquanto estava na sala, sentado numa cadeira perto da porta da frente, ele tinha visto Eileen Wade parada na porta do quarto dela, e a viu tirando a roupa. Viu-a vestir um roupão sem nada por baixo, e depois me viu entrando no quarto com ela, fechando a porta e me demorando ali um tempo muito longo, umas duas horas, ele achava. Ele subiu a escada e ficou escutando. Tinha ouvido o barulho das molas da cama. Tinha ouvido sussurros. Ele deixou bem evidente o que estava sugerindo. Quando terminou, me deu um olhar corrosivo, e sua boca estava contorcida e dura de ódio.

"Leve ele para fora", disse Hernandez.

"Um minuto", falei. "Quero fazer umas perguntas a ele."

"Eu faço as perguntas aqui", disse Hernandez com aspereza.

"O senhor não sabe o que perguntar, capitão. Não estava lá. Ele está mentindo, ele sabe disso e eu sei disso."

Hernandez recostou-se e pegou uma das penas do xerife. Ele dobrou o corpo da pena, longo, pontudo, feito de crina de cavalo endurecida. Quando o soltou, ele voltou a se endireitar.

"Fale", disse por fim.

Encarei Candy. "Onde você estava quando viu a sra. Wade tirar a roupa?"

"Estava sentado numa cadeira perto da porta da frente", disse ele com voz rude.

“Entre a porta da frente e os dois sofás de frente um para o outro?”

“O que eu falei.”

“Onde estava a sra. Wade?”

“No quarto dela, perto da porta. A porta estava aberta.”

“Qual era a iluminação na sala de visitas?”

“Uma lâmpada. Aquela luminária alta.”

“Qual era a iluminação no mezanino?”

“Não havia luz. A luz era no quarto dela.”

“Que tipo de luz, no quarto dela?”

“Não muita luz. Uma lâmpada de cabeceira, talvez.”

“Não era a luz do teto?”

“Não.”

“Depois que ela tirou a roupa — parada ali, perto da porta aberta do quarto, como você disse — ela vestiu um roupão. Que tipo de roupão?”

“Um roupão azul. Uma coisa comprida, como um casaco. Amarrado com uma faixa na cintura.”

“Então, se você não a tivesse visto tirando a roupa você não saberia como ela estava por baixo do roupão?”

Ele encolheu os ombros. Parecia vagamente preocupado. “*Sí*. Está certo. Mas eu vi ela tirando a roupa.”

“Você é um mentiroso. Não há nenhum lugar na sala de onde você pudesse vê-la tirando a roupa na porta do quarto, quanto mais dentro dele. Ela teria que ter avançado até o mezanino, e nesse caso teria visto você.”

Ele me olhou com intensidade. Virei-me para Ohls. “Você viu a casa. O capitão Hernandez, não... Ou será que viu?”

Ohls abanou ligeiramente a cabeça. Hernandez franziu a testa e nada disse.

“Não há nenhum ponto naquela sala, capitão Hernandez, de onde ele pudesse ver nem sequer o topo da cabeça da sra. Wade, mesmo se ele estivesse de pé, e ele disse que estava sentado, caso ela estivesse na soleira ou dentro do quarto. Eu sou dez centímetros mais alto do que ele e posso ver apenas a parte superior da porta aberta, quando estava parado do lado de dentro da porta da rua.

Ela teria que ter vindo para a balaustrada do mezanino para que ele pudesse ter visto o que disse que viu. E por que ela faria isso? Por que tiraria a roupa mesmo com a porta aberta? Não faz sentido."

Hernandez limitou-se a olhar para mim. Depois olhou para Candy. "E quanto à questão do tempo?", perguntou com calma, dirigindo-se a mim.

"É a palavra dele contra a minha. Mas só estou falando sobre o que pode ser comprovado."

Hernandez soltou umas frases em espanhol para Candy, rápido demais para que eu pudesse entendê-lo. Candy ficou olhando para ele com ar sombrio.

"Leve ele pra fora", disse Hernandez.

Ohls fez um sinal com o polegar e abriu a porta. Candy saiu. Hernandez puxou um maço de cigarros, pôs um na boca e o acendeu com um isqueiro de ouro.

Ohls retornou à sala. Hernandez falou, com calma: "Falei para ele que se houver um inquérito e ele contar essa história no banco das testemunhas vai acabar pegando uma sentença de um a três anos em San Quentin por perjúrio. Não pareceu muito impressionado. O problema dele é muito óbvio. Um caso tradicional de tesão em excesso. Se ele estivesse por perto e a gente tivesse alguma razão para suspeito de homicídio, seria o suspeito ideal, exceto que nesse caso teria usado uma faca. Mais cedo fiquei com a impressão de que ele se sentia muito mal com a morte de Wade. Alguma pergunta, Ohls?"

Ohls abanou a cabeça. Hernandez olhou para mim e disse: "Volte aqui pela manhã pra assinar seu depoimento. Até lá já vai estar datilografado. Por volta das dez da manhã teremos um relatório médico preliminar. Alguma coisa nesse plano com que você não concorda, Marlowe?"

"Se incomodaria de reformular a pergunta, capitão? Da maneira que foi colocada sugere que existe alguma coisa com que eu concorde."

"Está bem", disse ele, cansado. "Caia fora. Estou indo pra casa."

Fiquei de pé.

"É claro que nunca acreditei na versão que Candy nos contou", disse ele. "Usei apenas como saca-rolhas. Espero que não tenha se ofendido."

"Não me ofendi nem um pouco, capitão. Nem um pouquinho."

Eles ficaram me olhando sair e não deram boa-noite. Caminhei por um longo corredor até a saída que dava para Hill Street, entrei no meu carro e voltei para casa.

Não estar ofendido era uma expressão adequada. Eu estava tão vazio e tão oco quanto os espaços entre as estrelas. Quando cheguei em casa preparei um drinque pesado e fiquei junto da janela aberta da sala, bebendo aos pouquinhos e escutando o vagalhão sonoro do tráfego no Laurel Canyon Boulevard e olhando o resplendor daquela cidade grande e raivosa espalhada pelas encostas dos morros cortados pela avenida. Lá ao longe o som da sirene da polícia ou dos bombeiros se elevava e depois sumia, mas nunca silenciava por completo. Vinte e quatro horas por dia existe alguém que foge e alguém que tenta agarrá-lo. Lá fora, nos mil crimes de todas as noites, havia gente morrendo, sendo mutilada, sendo cortada por estilhaços de vidro, sendo esmagada de encontro a um volante ou embaixo de pneus enormes. Pessoas sendo espancadas, assaltadas, estranguladas, estupradas e mortas. Pessoas famintas, doentes, entediadas, desesperadas com tanta solidão ou tanto remorso ou tanto medo, pessoas furiosas, cruéis, febris, sacudidas por soluços. Uma cidade que não era pior do que as outras, uma cidade rica e vigorosa e cheia de orgulho, uma cidade perdida e maltratada e cheia de vácuo.

Tudo depende do lugar onde você senta e qual é sua contagem pessoal. Eu não tinha uma. Eu não me importava.

Terminei a bebida e fui dormir.

39

O inquérito foi um fiasco. O médico-legista desembarcou nele antes que a equipe tivesse concluído os exames, com medo de perder a publicidade. Não devia ter se incomodado. A morte de um escritor — mesmo um escritor em evidência — não continua a ser notícia por muito tempo, e naquele verão a competição estava acirrada. Um rei abdicou e outro foi assassinado. Numa única semana, caíram três grandes aviões de passageiros. O cabeça de uma grande rede de telecomunicações foi despedaçado a bala dentro do próprio carro, em Chicago. Vinte e quatro detentos foram carbonizados vivos no incêndio de uma prisão. O legista do condado de Los Angeles estava sem sorte. Estava perdendo as coisas boas da vida.

Quando desci do banco de testemunhas avistei Candy. Estava com um sorriso satisfeito e maldoso na cara, não fiz ideia por que, e como sempre estava vestido com excesso de capricho, num terno de gabardine marrom com uma camisa branca de náilon e uma gravata de laço azul-escuro. No banco, ficou quieto e produziu uma boa impressão. Sim, o patrão tinha ficado bêbado muitas vezes, nos últimos tempos. Sim, ele tinha ajudado a botá-lo na cama naquela noite em que a arma foi disparada no andar de cima. Sim, o patrão tinha pedido uísque, antes que ele, Candy, se recolhesse naquele último dia, mas ele tinha se recusado a trazer. Não, ele não sabia nada a respeito do trabalho literário do sr. Wade, mas sabia que o patrão andava meio desencorajado. Vivia jogando páginas fora e depois voltando a tirá-las do cesto. Não, ele nunca vira o sr. Wade discutindo com ninguém. E assim por diante. O promotor o espremeu mas não saiu nada com substância. Alguém tinha dado a Candy um treinamento eficaz.

Eileen Wade usava preto e branco. Estava pálida e falou com uma voz baixa, mas clara, que nem mesmo os amplificadores foram capazes de prejudicar. O promotor a guiou com um par de luvas de veludo. Falava com ela como se mal pudesse conter os soluços. Quando ela deixou o banco ele ficou de pé e a saudou, e ela lhe deu um sorriso frágil, fugitivo, que quase o fez se afogar na própria saliva.

Ela quase passou por mim sem me olhar, ao caminhar para a saída, mas no último instante girou a cabeça alguns centímetros e fez um aceno com a cabeça, muito de leve, como se eu fosse alguém que ela devia ter conhecido muito tempo atrás, mas que no momento não localizava na memória.

Nos degraus do lado de fora, depois que tudo acabou, me encontrei com Ohls. Estava observando o tráfego lá embaixo, na rua, ou pelo menos fingindo.

"Bom trabalho", disse ele sem virar a cabeça. "Parabéns."

"Você trabalhou bem com Candy."

"Não fui eu, garoto. O promotor decidiu que o assunto sexual era irrelevante."

"Que assunto sexual é esse?"

Só então ele me olhou. "Ha, ha, ha", disse. "E não estou falando de você." Então sua expressão tornou-se remota. "Faz muitos anos que olho para eles. Isso cansa um sujeito. Essa agora veio numa garrafa especial. Da melhor adega pessoal. Somente para os escolhidos. Tchau, otário. Me ligue quando começar a usar camisas de vinte dólares. Eu venho segurar seu casaco."

As pessoas se desviavam de nós, subindo ou descendo os degraus. Ficamos parados ali. Ohls tirou um cigarro de um maço no bolso e olhou para ele e o soltou no chão de concreto e o desmanchou com o salto do sapato.

"Olhe o desperdício", falei.

"É só um cigarro, parceiro. Não é uma vida. Daqui a algum tempo, quem sabe, você casa com a garota, não é?"

"Vá à merda", disse eu.

Ele deu uma risada azeda. "Ando falando com as pessoas certas sobre as coisas erradas", disse ele com acidez. "Alguma objeção?"

"Nenhuma objeção, tenente", disse eu, e comecei a descer os degraus. Ele disse alguma coisa às minhas costas mas segui em frente.

Fui até um restaurante barato na Flower. Combinava com meu estado. Uma placa brutal por cima da porta dizia: "Somente Homens. Proibido Cachorros e Mulheres." Dentro, o serviço era igualmente sofisticado. O garçom que jogou o prato à minha frente estava com a barba por fazer e incluiu a gorjeta sem ser convidado. A comida era simples, mas muito boa, e eles tinham uma cerveja escura sueca que batia tão bem quanto um martíni.

Quando voltei para o escritório o telefone estava tocando. Ohls disse: "Vou dar uma passada aí. Preciso falar umas coisas."

Ele devia estar na subchefatura de Hollywood ou perto dela, porque vinte minutos depois estava no meu escritório. Afundou-se na cadeira dos clientes, cruzou as pernas e grunhiu:

"Passei da conta. Desculpe. Esqueça isso."

"Mas esquecer por quê? Vamos ficar remexendo a ferida."

"Por mim tudo bem. Mas tudo em *off* aqui. Algumas pessoas não têm a menor confiança em você. Eu nunca vi você fazendo nada que eu considerasse desonesto demais."

"Que piadinha foi aquela sobre camisas de vinte dólares?"

"Ah, foda-se. Eu estava revoltado", disse Ohls. "Estava me lembrando do velho Potter. Quem sabe se ele não disse à secretária que dissesse a um advogado que dissesse ao sr. Springer, o promotor, que dissesse ao capitão Hernandez que você era um amigo pessoal dele."

"Ele não se daria a esse trabalho."

"Você esteve com ele. Ele te concedeu um bom tempo."

"Eu estive com ele, ponto final. Eu não gostei dele, mas talvez seja somente inveja minha. Ele mandou me chamar para me dar conselhos. Ele é um cara enorme, um cara duro de roer, e nem sei o que mais. Não acho que seja um corrupto."

"Não existe modo honesto de fazer um milhão de dólares", disse Ohls. "Talvez o dono das corporações considere que suas mãos estão limpas, mas em algum ponto de sua estrutura alguns caras foram submetidos à força, mercados pequenos mas prósperos foram arrancados pelas raízes e tiveram que vender tudo o que tinham por um níquel, gente decente perdeu seus empregos, ações foram manipuladas no mercado, procuradores foram comprados como se compra um grama de ouro, e a turma dos cinco por cento e os grandes escritórios de advocacia receberam uma fortuna em honorários para derrubar uma lei que interessa ao povo, mas não aos ricos, porque iria diminuir seus lucros. Dinheiro graúdo é poder graúdo, e poder graúdo fica mal acostumado. É o sistema. Talvez melhor do que isso a gente não alcance nunca, mas não está muito parecido com um comercial do sabão Ivory."

"Você está falando como um *comuna*", disse eu, para provocá-lo.

"Nem sei", disse ele carrancudo. "Não vieram me investigar até agora. Você gostou do veredito de suicídio, não gostou?"

"O que mais poderia ser?"

"Nada mesmo, acho." Ele pôs sobre a mesa suas mãos rudes, pesadonas, e olhou para as sardas escuras no dorso delas. "Estou ficando velho. Ceratose, é como eles chamam essas manchinhas marrons. Elas não aparecem antes de você fazer cinquenta. Sou um policial velho, e um policial velho é um velho filho da puta. Tem umas coisas que eu não gosto nessa história da morte de Wade."

"Coisas de que tipo?", perguntei, recostando-me e fitando as rugas na pele em volta dos olhos dele, queimada de sol.

"Você fica assim quando bate o olho numa situação estranha, mesmo quando você já sabe que não poderá fazer nada a respeito. Nesse caso, você fica sentado, falando, e nada mais. Eu não gosto, por exemplo, que ele não tenha deixado um bilhete."

"Estava bêbado. Provavelmente um impulso de loucura, uma coisa repentina."

Ohls ergueu os olhos pálidos e tirou as mãos de cima da mesa. "Revistei a escrivaninha dele. Ele escrevia cartas para si mesmo. Escrevia, e escrevia, e escrevia. Bêbado ou sóbrio ele estava montado em cima daquela máquina de escrever. Tem uma parte que é muito maluca, tem uma parte que é engraçada e tem outra que é muito triste. O cara tinha alguma coisa na mente. Ele escrevia em todo o espaço em torno dela, mas não a tocava. Esse cara deixaria uma carta de duas páginas, se quisesse liquidar a conta."

"Estava bêbado", repeti.

"Com ele não fazia diferença", disse Ohls, fatigado. "A coisa seguinte que eu não simpatizo é que ele se matou naquele aposento e ficou lá pra ser descoberto pela esposa. Muito bem, estava bêbado. Continuo não simpatizando. A próxima coisa que eu não gosto é ele ter puxado o gatilho justo no instante em que o barulho da lancha impediu que o tiro fosse escutado. Que diferença faria para ele? Mera coincidência, hein? Mais coincidência ainda do que a esposa ter esquecido suas chaves da porta no dia em que os criados estavam de folga e ter que tocar a campainha pra entrar em casa."

"Ela podia ter dado a volta e entrado pelos fundos", falei.

"Sim, eu sei. O que estou falando é a situação. Ninguém ali para abrir a porta a não ser você, e ela disse no banco de testemunhas que não sabia que você estava na casa. Wade não teria ouvido a campainha se estivesse vivo e trabalhando no escritório. A porta dele é à prova de som. Os criados tinham saído. Era uma quinta. E ela esqueceu isso, assim como esqueceu as chaves."

"Você também está esquecendo uma coisa, Bernie. Meu carro estava junto da rampa. Então ela sabia que eu estava lá, ou que havia alguém lá, antes de tocar a campainha."

Ele sorriu. "Esqueci essa, hein? OK, aqui está o quadro geral. Você estava junto ao lago, a lancha estava fazendo todo aquele barulho — a propósito, eram dois caras de Lake Arrowhead, de passagem por aqui, tinham trazido a lancha num trailer —, Wade estava adormecido em seu escritório ou desmaiado, alguém pegou a arma que já estava na escrivaninha, e ela sabia que você a tinha posto lá, porque você lhe disse. Agora suponhamos que ela não tivesse esquecido as chaves, que ela entrou na casa, olhou para longe e viu você junto à água, olhou dentro do escritório e viu Wade dormindo, sabia onde a arma estava, pegou a arma, esperou o momento certo, meteu uma bala nele, soltou a arma onde a encontramos, saiu pelos fundos da casa, esperou um pouco enquanto a lancha ia embora, e então tocou a campainha na porta da frente, e esperou que você a abrisse. Alguma objeção?"

"Por que motivo?"

"Pois é", disse ele, sombrio. "É isso que bota tudo abaixo. Se ela quisesse afundar o cara, era fácil. Ela o tinha nas mãos: um bêbado costumeiro, com registros de violência contra ela. Uma bela pensão de divórcio, um belo de um acordo para divisão dos bens. Nenhum motivo para matá-lo. Mas de qualquer modo a cronometragem é muito precisa. Cinco minutos antes e ela só conseguiria praticar a façanha se você estivesse na jogada."

Comecei a dizer alguma coisa mas ele ergueu a mão. "Calma aí. Não estou acusando ninguém, somente especulando. Cinco minutos mais tarde, e a resposta seria a mesma. Ela tinha apenas dez minutos pra fazer tudo."

"Dez minutos", repeti, irritado, "que não podiam ter sido adivinhados, muito menos planejados".

Ele se recostou na cadeira e deu um suspiro. "Eu sei. Você tem todas as respostas, eu tenho todas as respostas. E continuo sem gostar. E o que diabo você estava fazendo no meio daquelas pessoas, afinal? O cara preenche um cheque de mil dólares pra você, depois o rasga. Se aborreceu com você, é o que você alega. De qualquer modo você não queria esse dinheiro, não o teria recebido, você alega. Ele achava que você estava dormindo com a mulher dele?"

"Esquece isso, Bernie."

"Não perguntei se você estava, perguntei se ele pensava que você estava."

"Mesma resposta."

"OK, e isso: onde é que o mexicano tinha poder sobre ele?"

"Em nada, pelo que sei."

"Esse mexicano tem dinheiro demais. Tem mais de mil e quinhentos numa conta num banco, todo tipo de roupa, um Chevrolet novinho."

"Talvez ele venda drogas", disse eu.

Ohls se ergueu da cadeira e fez uma carranca na minha direção.

"Você é um cara com muita sorte, Marlowe. Já por duas vezes escapou de um raio. Cuidado, pode ficar muito confiante. Você prestou tanta ajuda àquele pessoal e nunca recebeu um centavo. Você também foi muito prestativo com um cara chamado Lennox, pelo que andei escutando. E também não ganhou um centavo sequer. Como é que você faz pra comprar comida, amigão? Já tem tantas economias que não precisa mais trabalhar?"

Fiquei de pé e rodeei a mesa para olhá-lo de frente. "Eu sou um romântico, Bernie. Eu escuto vozes chorando durante a noite e vou ver o que há. Não se ganha centavo algum com isso. Se você tiver juízo, você fecha as janelas e aumenta o volume da TV. Ou você pisa fundo no acelerador e foge pra longe daqui. Fica longe dos problemas alheios. Tudo o que eles fazem é deixar você manchado. A última vez que vi Terry Lennox nós tomamos café juntos, um café que eu mesmo fiz em minha casa, e fumamos um cigarro. Portanto, quando ouvi dizer que ele tinha morrido eu fui para a cozinha e fiz algum café e pus um pouco numa xícara para ele e acendi um cigarro para ele e quando o café ficou frio e o cigarro queimou até o fim eu disse adeus a ele. Não se ganha um centavo fazendo coisas assim. *Você* não o faria. É por isso que você é um bom policial e eu sou um detetive particular. Eileen Wade está preocupada com o marido, portanto lá vou eu procurá-lo e trazê-lo de volta. Noutro dia ele estava com problemas e me ligou e eu fui até lá e o recolhi na grama do jardim e o pus na cama, e não ganhei um só centavo com isso. Nenhuma percentagem. Nada, exceto que às vezes alguém bate na minha cara ou sou jogado no xadrez ou recebo ameaças de um trambiqueiro como Mendy Menendez. Mas nada de grana, nem um centavo. Eu tenho uma nota de cinco mil dólares no meu cofre mas nunca vou gastar um níquel dela. Porque tinha alguma coisa errada no modo como eu a consegui. Brinquei algumas vezes com ela, no começo, e de vez em quando ainda a trago para fora pra dar uma olhada. Mas isso é tudo. Nem um centavo para as minhas despesas."

"Deve ser uma nota falsa", disse Ohls secamente, "se bem que eles não costumam fazê-las em valores tão altos. Muito bem, o que quis dizer com toda essa lamentação?".

"Não quis dizer nada. Falei que sou um romântico."

"Ouvi você falar. E que não ganha um centavo com isso. Ouvi isso também."

"Mas eu sempre posso dizer a um polícia que vá se foder. Vá se foder, Bernie."

"Você não me xingaria se eu estivesse com você na sala dos fundos embaixo de uma lâmpada, parceiro."

"Talvez um dia a gente dê um jeito de estar."

Ele foi até a porta e a abriu. "Sabe de uma coisa, rapaz? Você se acha esperto mas está apenas sendo estúpido. Você é uma sombra na parede. Eu tenho vinte anos de polícia sem uma mancha no meu histórico. Eu sei quando estou sendo feito de bobo e sei quando um cara está me sonegando informação. Caras metidos a esperto não enganam ninguém, só enganam a si mesmos. Fique com essa de graça, parceiro. Eu sei que é assim."

Ele cruzou a soleira, saiu para o corredor e deixou que a porta batesse. Ouvi seus passos corredor afora. Ainda os ouvia quando o telefone começou a tocar na minha mesa. A voz do outro lado disse num tom claro, profissional:

"Nova York chamando sr. Philip Marlowe."

"Sou Philip Marlowe."

"Obrigada. Um momento por favor, sr. Marlowe. Vou transferir a sua ligação."

A voz que veio a seguir era conhecida. "Howard Spencer, sr. Marlowe. Ficamos sabendo a respeito de Roger Wade. Foi um golpe muito duro. Não temos ainda todas as informações, mas ao que parece o seu nome está envolvido."

"Eu estava lá quando aconteceu. Ele ficou bêbado e se matou com um tiro. A sra. Wade chegou em casa um pouco depois. Os criados tinham saído; era quinta-feira, dia da folga deles."

"Estava sozinho com ele?"

"Eu não estava com ele. Estava do lado de fora da casa, dando uma volta, esperando que a esposa dele voltasse."

"Entendi. Bem, imagino que será aberto um inquérito."

"Já foi tudo encerrado, sr. Spencer. Suicídio. E muito pouca publicidade."

"É mesmo? Curioso." Ele não soou propriamente desapontado, era mais como se estivesse perplexo ou surpreso. "Ele era um homem tão conhecido. Eu acharia que — bem, não importa o que eu acho. Acho que talvez seja bom eu pegar um avião até aí, mas só vou poder fazê-lo no fim da semana que vem. Mandarei um telegrama para a sra. Wade. Talvez eu possa fazer alguma coisa por ela — e também a respeito do livro. Quero dizer, talvez haja material suficiente para que possamos pedir a outra pessoa que o termine. Pelo que vejo, o senhor acabou aceitando a proposta deles."

"Não, mesmo ele tendo me pedido pessoalmente. Eu disse a ele na mesma hora que não poderia proibi-lo de beber."

"Pelo que vejo nem sequer tentou."

"Olhe, sr. Spencer, o senhor não está entendendo absolutamente nada dessa situação. Por que não espera até entender um pouco, antes de começar a tirar conclusões? Não que eu mesmo não me culpe um pouco. Acho que é inevitável quando acontece algo assim e a gente está bem no olho do furacão."

"Claro", disse ele. "Lamento ter dito isso. Muito inadequado. Eileen Wade está em casa agora? Será que pode me dizer?"

"Eu não sei, sr. Spencer. Por que não liga para lá, simplesmente?"

"Eu não creio que ela já esteja disposta a conversar com alguém", disse ele, devagar.

"E por que não? Ela conversou com o promotor e nem bateu as pestanas."

Ele pigarreou. "O senhor não está falando de um modo muito simpático."

"Roger Wade está morto, Spencer. Ele era um cara meio filho da puta, mas talvez meio gênio também. Isso está além do meu entendimento. Era um bêbado egoísta e tinha ódio a si mesmo. Ele me deu uma porção de trabalho e no fim de tudo muita dor. Por que diabo eu teria que ser simpático?"

"Eu estava falando da sra. Wade", disse ele, rapidamente.

"E eu também."

"Eu lhe darei notícias quando chegar aí", disse ele abruptamente. "Adeus."

Ele desligou, eu desliguei. Fiquei olhando para o telefone por uns dois minutos, sem me mexer. Depois peguei a Lista Telefônica e comecei a procurar um número.

40

Liguei para o escritório de Sewell Endicott. Alguém disse que ele estava em audiência no tribunal e só voltaria no fim da tarde. Eu gostaria de deixar meu nome? Não.

Liguei para o número do clube de Mendy Menendez no Strip. Durante esse ano tinha recebido o nome de El Tapado, que não era um mau nome. Na língua dos "chicanos" significa, entre outras coisas, tesouro enterrado. O clube tinha recebido outros nomes no passado, um bom número deles. Houve um ano em que exibiu apenas um número azul de néon por cima de um muro alto voltado para o lado sul do Strip, com os fundos protegidos pela colina e uma entrada para carros que dava a volta por um lado, fora da visão de quem estava na rua. Muito exclusivo. Ninguém sabia muita coisa a respeito dele, exceto os policiais da Delegacia de Narcóticos e alguns gângsteres e pessoas que podiam arcar com trinta dólares por um bom jantar e até uns cinquenta mil no grande e discreto salão do andar de cima.

Atendeu uma mulher que não decidia nada. Ela me transferiu para uma autoridade com sotaque mexicano.

"Deseja falar com o sr. Menendez? Quem está falando?"

"Nada de nomes, *amigo*. Assunto pessoal."

"*Un momento, por favor.*"

Houve uma longa espera. Desta vez quem atendeu foi um sujeito difícil. Sua voz soava como se ele estivesse falando através da fenda de um carro blindado. Ou talvez fosse apenas a fenda na cara dele.

"Muito bem. Quem quer falar com ele?"

"O nome é Marlowe."

"Quem é Marlowe?"

"Quem fala? Chick Agostino?"

"Não, não é Chick. Vamos lá, a senha."

"Por que não vai fritar seus ovos?"

Ouvi uma risadinha. "Fique na linha."

Por fim outra voz falou. "Olá, baixa renda. Como vão as coisas?"

"Está sozinho?"

"Pode falar à vontade, baixa renda. Eu estava olhando alguns números antes de se apresentarem no nosso palco."

"Você cortando a garganta seria um bom número."

"Mas se pedissem bis eu faria o quê?"

Eu dei uma risada, ele deu uma risada. "Não meteu o bedelho em nada?", perguntou ele.

"Não ouviu falar? Fiquei amigo de outro cara e ele também se matou. Acho que vão acabar me botando o apelido de Beijo da Morte, ou algo assim."

"Engraçado isso, hein?"

"Não, não é engraçado. Outra coisa: dias atrás tomei chá com Harlan Potter."

"Um bom programa. Mas eu nunca tomo essa bebida."

"Ele mandou dizer que você fosse legal comigo."

"Nunca encontrei esse cara e não acho que vá encontrar um dia."

"Ele está por toda parte. Tudo o que eu quero são algumas informações, Mendy. Alguma coisa sobre Paul Marston."

"Nunca ouvi falar."

"Respondeu muito rápido. Paul Marston era o nome que Terry Lennox usou algum tempo em Nova York, antes de vir para o Oeste."

"E daí?"

"Procuraram as impressões digitais dele nos arquivos do FBI. Nada. Isso quer dizer que ele nunca serviu no Exército."

"E daí?"

"Quer que eu desenhe? Ou aquela sua história da bomba na trincheira era uma mentira completa ou então aconteceu em outras circunstâncias."

"Eu não disse onde aconteceu, baixa renda. Aceite um bom conselho e esqueça isso tudo. Você foi avisado, é melhor ficar avisado."

"Ah, claro. Se eu fizer alguma coisa que você não gosta vou acabar no mar de Catalina com um bonde amarrado nas costas. Não tente me meter medo, Mendy. Eu circulo entre profissionais. Já esteve na Inglaterra?"

"Seja esperto, baixa renda. Nessa cidade acontecem coisas às pessoas. Acontecem até com caras grandes e fortes como Big Willie Magoon. Olhe os jornais de hoje."

"Vou olhar, se você recomenda. Talvez tenha até meu retrato em algum deles. O que houve com Magoon?"

"Como eu te disse, coisas acontecem. Não sei bem como, só sei o que li. Parece que Magoon tentou intimidar quatro rapazes num carro com placa de Nevada. Estava estacionado perto da casa dele. Placa de Nevada, mas com uns números grandes, como não são usados lá. Provavelmente falsas. Mas Magoon não está se divertindo nem um pouco agora, com os dois braços no gesso, três pinos de metal no queixo e uma perna em tração. Magoon não é mais durão. E o mesmo pode acontecer com você."

"Ele te incomodou, hein? Eu o vi dando uma sacudida naquele seu menino, o Chick, em frente ao Victor's. Será que eu não deveria ligar para o xerife e avisá-lo?"

"Faça isso, baixa renda", disse ele bem devagar. "Faça isso."

"Posso mencionar que naquela ocasião eu estava acabando de tomar um drinque com a filha de Harlan Potter. Testemunho corroborativo, de certa forma, entende? Acha que pode acabar com ela também?"

"Escute aqui, baixa renda, escute bem—"

"Já esteve na Inglaterra, Mendy? Você e Randy Starr e Paul Marston ou Terry Lennox ou sei lá como era o nome dele? No Exército britânico, talvez? Montaram um esquema no Soho e ficaram visados e decidiram dar um tempo no Exército?"

"Espere na linha."

Esperei. Nada aconteceu exceto que fiquei aguardando até meu braço se cansar. Troquei de mão. Por fim ele voltou.

"Agora, ouça direitinho, Marlowe. Se continuar mexendo no caso Lennox você está morto. Terry foi meu amigo e eu também tenho sentimentos. Você tem sentimentos? Estou com você nesse ponto. Era um pelotão de comandos. Era britânico, sim. Aconteceu na Noruega, numa daquelas ilhas costeiras. Eles têm milhões delas por ali. Novembro de 1942. Agora, quer ir se deitar e descansar esse seu cérebro exausto?"

"Obrigado, Mendy. Farei isso. Seu segredo está seguro comigo. Não contarei a ninguém que eu não conheça."

"Compre o jornal, baixa renda. Leia e lembre. Willie Magoon, grande e durão. Levou uma surra na porta de casa. Rapaz, ele deve ter tido um susto quando voltou da anestesia."

Desligou. Desci para comprar um jornal e era exatamente como Menendez tinha dito. Havia uma foto de Big Willie Magoon na cama do hospital. Dava para ver metade do rosto e um olho. O resto eram ataduras. Seriamente ferido, mas não em estado crítico. Os rapazes tinham sido cuidadosos quanto a isso. Queriam deixá-lo vivo. Afinal, era um policial. Aqui na nossa cidade um bandido profissional não mata um policial. Deixa isso para os jovens delinquentes. E um policial que passa pelo moedor de carne para servir de exemplo é uma ótima publicidade. Cedo ou tarde ele fica bom e volta ao trabalho. Mas daquele ponto em diante fica uma coisa faltando — aquele último centímetro de aço que faz toda a diferença. Ele se torna uma demonstração ambulante de que não vale a pena pressionar demais os contraventores, principalmente se você trabalha em Narcóticos, almoça nos melhores lugares e dirige um Cadillac.

Fiquei sentado por algum tempo, pensando naquilo tudo, e então disquei o número das Organizações Carne e perguntei por George Peters. Tinha saído. Deixei meu nome e avisei que era urgente. Ele era esperado de volta às cinco e meia.

Fui até a Biblioteca Pública de Hollywood e pesquisei no setor de obras de referência, mas não achei o que buscava. Voltei para meu Olds e guiei até a Biblioteca Central. Achei lá a minha informação, num livrinho encadernado em vermelho publicado na Inglaterra. Copiei tudo o que precisava e voltei para casa. Liguei de novo para as Organizações Carne. Peters ainda não tinha chegado, então pedi à garota que lhe desse agora o número da minha casa.

Pus o tabuleiro de xadrez na mesinha de café e armei um problema chamado A Esfinge. Ele vinha reproduzido nas páginas finais de um livro sobre xadrez da autoria de Blackburn, o mago dos enxadristas ingleses, provavelmente o enxadrista mais dinâmico que já existiu, embora fosse incapaz de se classificar num torneio dentro do xadrez "guerra fria" que se disputa atualmente. A Esfinge é um problema com solução em onze jogadas, e faz jus ao nome. Os problemas no xadrez raramente exigem que se descubra mais do que quatro ou cinco lances. Depois disso, a dificuldade para resolvê-los aumenta em progressão quase geométrica. Um problema que exige onze lances é tortura em estado concentrado.

De vez em quando, quando estou me sentindo perverso o bastante, eu preparo o tabuleiro e fico tentando uma nova maneira de abordá-lo. É uma maneira tranquila de endoidecer. Você não chega a gritar, mas passa muito perto.

George Peters me ligou às cinco e quarenta. Trocamos cumprimentos e condolências.

"Você se meteu em outra encrenca, pelo que vi", disse ele, jovialmente. "Por que não se dedica a uma atividade mais pacífica, tipo embalsamamento?"

"Leva muito tempo para aprender. Escute, eu quero contratar sua agência, se isso não for muito caro."

"Depende do que há para fazer, meu velho. E você teria que conversar com Carne."

"Não."

"Tudo bem, me diga."

"Londres está cheia de sujeitos como eu, mas eu não conseguiria distinguir um do outro a olho nu. Eles são chamados de agentes de investigações privadas. Sua agência deve ter alguns contatos lá. Se eu fosse pesquisar, acabaria escolhendo o nome de um deles ao acaso e sendo botado no bolso. Preciso de uma informação que deve ser bastante fácil de obter, e preciso rápido. Antes do fim da semana que vem."

"Manda."

"Quero saber alguma coisa sobre o serviço militar de Terry Lennox ou Paul Marston, ele usava ambos os nomes. Serviu nos Comandos de lá. Foi capturado, ferido, em novembro de

1942 num combate em alguma ilha da Noruega. Quero saber em que pelotão ele estava combatendo, e o que aconteceu com ele. O Ministério da Guerra deve ter essas informações. Não é informação confidencial, ou pelo menos eu não acredito que seja. Pode dizer que isso envolve uma questão de herança."

"Você não precisa de um investigador particular para isso. Pode conseguir diretamente. Escreva para o ministério."

"Está brincando, George. Levariam três meses para responder. Quero isso em cinco dias."

"Tem razão, camarada. Algo mais?"

"Só mais uma coisa. Eles guardam todos os registros importantes num lugar que chamam de Somerset House. Quero saber se existe alguma coisa sobre ele lá: nascimento, casamento, naturalização, quero tudo o que houver."

"Por quê?"

"O que quer dizer com 'por quê'? Quem está pagando a conta?"

"Digamos que nenhum desses nomes apareça."

"Então volto à estaca zero. Mas, se aparecer, quero cópias autenticadas de tudo. Isso vai me custar quanto?"

"Vou ter que falar com Carne. Ele pode não concordar com nada disso. Não queremos o tipo de publicidade que você está tendo. Se ele deixar que eu cuide do assunto, e você concordar em não tornar pública a conexão, digamos trezentos dólares. O pessoal do lado de lá não ganha muito, pelos padrões do dólar. Eles podem nos cobrar dez guinéus, menos de trinta dólares. Mais as despesas que vai ter. Digamos cinquenta dólares ao todo, e Carne não abre um caso por menos de duzentos e cinquenta."

"Preços de tabela profissional?"

"Ha, ha, ha. Carne nunca ouviu falar nisso."

"Então me ligue depois, George. Quer jantar?"

"Romanoff's?"

"Tudo bem", grunhi, "se eu conseguir uma reserva... o que duvido".

"Podemos ir para a mesa de Carne. Acabei de saber que ele vai ter um jantar privado hoje. Ele é um cliente regular do

Romanoff's. É algo compensador, nas esferas mais altas. Carne é um cara grande nessa cidade."

"Sim, claro. Eu conheço alguém — conheço pessoalmente, quero dizer — que pode cobrir Carne com a unha do dedinho e depois não saber onde o guardou."

"Boa, garoto. Sempre achei que você acabaria se dando bem. Vejo você logo mais às sete, no bar do Romanoff's. Diga ao maître que está esperando o coronel Carne. Ele vai abrir um espaço ao seu redor, para que você não fique se acotovelando com aquela ralé dos roteiristas ou atores de TV."

"Nos vemos às sete", disse eu.

Desligamos e eu voltei para o tabuleiro de xadrez. Mas A Esfinge tinha deixado de me interessar naquele momento. Daí a pouco Peters me ligou e disse que estava tudo OK com Carne, desde que o nome da agência em momento algum fosse associado aos meus problemas pessoais. E que ainda naquela noite ele mandaria uma consulta para Londres.

41

Howard Spencer me ligou na manhã da sexta-feira seguinte. Estava no Ritz-Beverly e sugeriu que eu aparecesse para um drinque no bar do hotel.

"Seria melhor no seu quarto", disse eu.

"Muito bem, se assim preferir. Quarto 828. Acabei de falar com Eileen Wade. Ela parece bastante resignada. Leu as anotações deixadas por Roger e acha que o livro pode ser terminado sem dificuldade. Será bem mais curto do que seus romances anteriores, mas isso será compensado pelo fator propaganda. O senhor deve pensar que nós, editores, somos uma horda de insensíveis. Eileen estará a tarde inteira em casa. Claro que ela quer me receber, e que eu quero conversar com ela."

"Estarei aí em meia hora, sr. Spencer."

Ele estava numa suíte agradável e espaçosa no lado oeste do hotel. A sala tinha janelas altas que se abriam para uma varanda estreita com balcão de ferro trabalhado. A mobília era estofada com um tipo de forro em listas, que, combinado com o padrão florido do tapete, dava ao ambiente um ar antiquado, exceto que qualquer coisa onde fosse possível pousar um copo tinha um tampo de vidro, e havia dezenove cinzeiros espalhados por toda parte. Um quarto de hotel é sempre uma boa indicação das maneiras dos seus hóspedes. O Ritz-Beverly não tinha a melhor das expectativas pelos seus.

Spencer apertou minha mão. "Sente-se", disse. "O que quer beber?"

"Qualquer coisa ou coisa nenhuma. Eu não tenho necessariamente que beber."

"Acho que tomarei uma taça de Amontillado. A Califórnia não é um bom lugar para beber nessa época do ano. Em Nova York, pode-se beber quatro vezes mais e ter metade da ressaca."

"Tomarei um uísque sour de centeio."

Ele foi ao telefone e fez o pedido. Depois sentou numa das poltronas listadas e tirou seus óculos sem aro para lhes dar um polimento com o lenço. Colocou-os de volta, ajustou-os com cuidado e olhou para mim.

"Acho que o senhor tem algo em mente. Por isso sugeriu que conversássemos aqui, e não no bar."

"Eu levarei você de carro a Idle Valley. Gostaria de ver a sra. Wade também."

Ele pareceu pouco confortável. "Não estou certo de que ela queira vê-lo", disse.

"Eu sei que ela não quer. Aproveitarei a sua ida."

"Isso não seria muito diplomático da minha parte, não acha?"

"Ela lhe disse que não queria me ver?"

"Não exatamente, não nessas palavras." Ele limpou a garganta. "Tive a impressão de que ela o culpa pela morte de Roger."

"Sim. Ela disse isso claramente para o policial que veio à casa na tarde em que ele morreu. Provavelmente disse a mesma coisa ao tenente de Homicídios que investigou a morte. No entanto, não disse o mesmo ao promotor."

Ele se recostou e esfregou o dedo na palma da mão, um gesto maquinal.

"O que ganharia, indo falar com a sra. Wade, Marlowe? Foi uma terrível experiência para ela. Imagino que toda a vida dela tenha sido algo terrível, já há algum tempo. Por que forçá-la a reviver tudo aquilo? Espera convencê-la de que não falhou?"

"Ela disse ao policial que eu o matei."

"Ela não pode ter querido dizer isso, ao pé da letra. Senão—"

A campainha tocou. Ele se ergueu e foi abrir a porta. O camareiro do hotel entrou trazendo as bebidas, e as colocou na mesa com tantos floreios quanto se estivesse servindo um jantar de sete pratos. Spencer assinou a nota e lhe deu uns trocados. O rapaz saiu. Spencer pegou sua taça de xerez e se afastou como se não quisesse me oferecer o meu drinque. Deixei que ele continuasse onde estava.

"Senão, o quê?", perguntei.

"Senão ela *teria* dito a mesma coisa para o legista, não é mesmo?" Ele franziu a testa. "Acho essa conversa sem sentido. Por que quis vir falar comigo?"

"Você me ligou e queria conversar."

"Unicamente", disse ele com frieza, "porque quando lhe telefonei de Nova York você disse que eu estava tirando conclusões. Achei que você queria explicar alguma coisa. O que era?".

"Gostaria de explicá-la diante da sra. Wade."

"Não acho uma boa ideia. Acho que deve resolver seus problemas por si próprio. Tenho grande consideração por Eileen Wade. Como profissional, meu interesse é salvar o trabalho de Roger, se isso puder ser feito. Se Eileen se sente ao seu respeito tal como você sugeriu, não serei eu que irei levá-lo à casa dela. Seja razoável."

"Tudo bem", falei. "Esqueça. Posso me encontrar com ela sem maiores problemas. Apenas pensei que gostaria de ter alguém comigo para servir de testemunha."

"Testemunha do quê?", disse ele agressivamente.

"Vai saber diante dela, ou então não vai."

"Então não vou."

Fiquei de pé. "Provavelmente está fazendo a coisa certa, Spencer. Você quer o livro de Wade, se é que ele pode ser aproveitado. E você quer ser um cara legal. Duas ambições louváveis. Não compartilho de nenhuma delas. Boa sorte para você e adeus."

Ele ficou de pé de repente e partiu na minha direção. "Espere um minuto, Marlowe. Não sei o que passa pela sua cabeça, mas parece que você está levando muito a sério. Existe algum mistério sobre a morte de Roger Wade?"

"Mistério nenhum. Ele foi alvejado na cabeça com um revólver Webley Hammerless. Não leu o relatório do inquérito?"

"Certamente." Ele estava parado diante de mim agora e parecia incomodado. "Saiu nos jornais do leste e dois dias depois saiu um relato bem mais detalhado nos jornais de Los Angeles. Ele estava sozinho na casa, embora você não estivesse muito longe. Os criados estavam de folga, tanto Candy quanto a cozinheira, e Eileen tinha ido fazer compras na cidade e chegou em casa logo após o fato. No momento em que aconteceu, uma lancha que passava no lago cobriu o som do tiro, de modo que nem mesmo você o escutou."

"Correto", disse eu. "Então a lancha se afastou, e eu vim caminhando da margem do lago até a casa, ouvi a campainha tocando e abri a porta para descobrir que Eileen Wade tinha esquecido as chaves. Roger já estava morto. Ela olhou para dentro do escritório, do umbral da porta, achou que ele estava adormecido no sofá, subiu para o quarto, depois desceu para a cozinha para preparar um chá. Um pouco depois dela, eu também olhei pela porta do escritório, percebi que não havia nenhum som de respiração, e descobri por quê. Em seguida, chamei a polícia."

"Não vejo mistério algum", disse Spencer, tranquilo, sem qualquer agressividade na voz. "A arma era do próprio Roger, e uma semana antes, apenas, ele a tinha disparado, acertando o teto do quarto. Você encontrou Eileen lutando para tomar o revólver dele. Seu estado de espírito, seu comportamento, suas depressões a respeito do trabalho — tudo isso veio à tona."

"Ela lhe disse que o material do livro é bom. Por que motivo ele estaria deprimido?"

"É apenas a opinião dela, claro. Pode ser que o livro seja ruim. Ou talvez ele o tenha imaginado pior do que de fato era. Continue. Não sou idiota. Sei que tem mais coisas."

"O policial da Delegacia de Homicídios que investigou o caso é um velho amigo meu. É um buldogue, um cão de caça, um policial esperto e antigo. Ele não está satisfeito com uma porção de coisas. Por que Roger não deixou um bilhete, quando ele tinha mania de escrever sobre tudo? Por que se matou de modo a deixar o choque da descoberta para a própria esposa? Por que se deu ao trabalho de escolher um momento em que eu não poderia ouvir o disparo do revólver? Por que ela esqueceu as chaves, para precisar que alguém lhe abrisse a porta de casa? Por que ela o deixou sozinho justamente no dia de folga dos empregados? Lembre-se: ela disse que não sabia que eu iria para lá. Se ela sabia, essas duas se cancelam mutuamente."

"Meu Deus", gemeu Spencer, "está me dizendo que o seu maldito policial suspeita de Eileen?".

"Ele suspeitaria, se pudesse encontrar um motivo."

"Isso é ridículo. Por que não suspeitar de você, então? Você teve ao seu dispor a tarde inteira. Ela poderia ter praticado o crime apenas num espaço de poucos minutos — e tinha esquecido as chaves da casa."

"Que motivo eu teria para matá-lo?"

Ele estendeu a mão, pegou minha dose de uísque e a engoliu de uma vez só. Pousou de volta o copo, cuidadosamente, e puxou um lenço e limpou os lábios e os dedos onde eles tinham sido umedecidos pelo vidro do copo. Guardou o lenço. Olhou para mim.

"A investigação ainda continua?"

"Não posso saber. Uma coisa é certa. A essa altura, eles já sabem se ele ingeriu álcool bastante para perder os sentidos. Se isso aconteceu, vem complicação por aí."

"E você quer conversar com ela", disse ele, devagar, "na presença de uma testemunha".

"Isso mesmo."

"Para mim, Marlowe, isso significa apenas uma entre duas coisas. Ou você está muito apavorado, ou acha que ela deveria estar."

Assenti.

"Qual das duas?", perguntou ele, soturno.

"Eu não estou apavorado."

Ele olhou o relógio de pulso. "Espero por Deus que você esteja maluco."

Olhamos um para o outro em silêncio.

42

Rumo ao norte, quando atravessamos Coldwater Canyon, começou a ficar quente. Quando chegamos ao topo e começamos a descer as curvas que levam ao San Fernando Valley o ar estava irrespirável e ardente. Olhei de lado para Spencer. Ele tinha posto o paletó, mas o calor não parecia preocupá-lo. Ele tinha outra coisa que o preocupava muito mais. Olhava direto para a frente através do para-brisa e mantinha-se calado. O vale estava coberto por uma camada espessa de smog. Do alto, parecia uma neblina baixa, mas logo estávamos no meio dela, e isso arrancou Spencer do silêncio.

"Meu Deus, pensei que o sul da Califórnia tivesse um clima agradável", disse. "O que estão fazendo — queimando pneus velhos?"

"Em Idle Valley tudo vai ser melhor", falei para tranquilizá-lo. "Lá eles recebem uma brisa do mar."

"Bom saber que eles têm algo além da bebida", disse ele. "Pelo que já vi desse pessoal dos subúrbios ricos, foi um grande erro de Roger ter ido morar lá. Um escritor precisa de estímulo, mas não do tipo que vem engarrafado. Aqui a vida é somente uma ressaca se bronzeando ao sol. Me refiro à classe mais alta, claro."

Fiz a curva e diminuí a velocidade ao chegar ao trecho empoeirado de acesso a Idle Valley, em seguida reapareceu o asfalto e logo a seguir começamos a sentir a brisa do oceano, escoando-se pelo espaço entre as colinas, no lado oposto do lago. Regadores automáticos giravam umedecendo os gramados macios, e a água fazia um ruído sibilante ao atingir as folhas de grama. Àquela hora do dia, a maior parte dos moradores estava em outros lugares. Dava para perceber pelas janelas fechadas das casas e pelo modo como o furgão do jardineiro estava parado bem no meio da rampa de acesso. Então chegamos à casa dos Wade, passei pelo portão e parei ao lado do Jaguar de Eileen. Spencer desceu e caminhou impassível para a porta da frente. Tocou a campainha e a porta se abriu quase no mesmo instante. Candy estava lá, de paletó branco e o rosto moreno e bonito e os olhos negros e penetrantes. Tudo estava em ordem.

Spencer entrou. Candy me deu um olhar rápido e bateu suavemente a porta na minha cara. Esperei e nada aconteceu. Apertei o botão e ouvi a campainha soar lá dentro. A porta se abriu com violência e Candy voltou a surgir, mal-encarado.

"Caia fora daqui. Apodreça. Quer uma facada na barriga?"

"Vim falar com a sra. Wade."

"Ela não quer nada com você."

"Saia da minha frente, peão. Estou aqui a trabalho."

"Candy!" Era a voz dela, e impaciente.

Ele fez uma última careta e recuou para dentro da casa. Entrei e fechei a porta. Ela estava de pé junto aos dois sofás, e Spencer parado perto dela. Ela usava calças compridas brancas e de cintura bem alta, e uma camisa esporte branca com mangas três-quartos; um lenço preto brotava do bolso por cima do seu seio esquerdo.

"Candy está se tornando muito ditatorial ultimamente", disse ela a Spencer. "É bom vê-lo de novo, Howard. E muito gentil de sua parte vir até tão longe. Não entendi que você iria trazer alguém consigo."

"Marlowe me deu uma carona", disse Spencer. "Ele também queria encontrá-la."

"Não posso imaginar por quê", disse ela com frieza. Por fim olhou para mim, mas não como se o fato de não me ver havia uma semana tivesse deixado um vazio em sua existência. "Bem—?"

"Vai levar um pouco de tempo", disse eu.

Ela sentou-se, bem devagar. Sentei no sofá de frente para ela. Spencer estava com a testa franzida. Tirou os óculos e deu-lhes um polimento. Isto lhe deu a chance de franzir o rosto com mais espontaneidade. Depois ele sentou no meu sofá, na extremidade oposta.

"Eu estava certa de que viria a tempo para o almoço", ela disse a ele, sorridente.

"Hoje não, obrigado."

"Não? Bem, é claro, já que está tão ocupado. Então, você queria ver aquele texto."

"Se for possível."

"Claro. Candy! Oh, ele já se foi. Está na escrivaninha no escritório de Roger. Vou buscá-lo."

Spencer ficou de pé. "Posso ir eu mesmo?"

Sem esperar pela resposta ele cruzou a sala. Passou por ela e uns cinco passos depois parou e me deu um olhar irritado. Depois foi em frente. Fiquei sentado e esperei até que a cabeça dela girou na minha direção e ela me deu um olhar frio e impessoal.

"Queria me ver a propósito de que, exatamente?", perguntou com uma voz seca.

"Umas e outras. Percebo que está de novo usando aquele pingente."

"Eu sempre o uso. Foi presente de um amigo muito querido, muito tempo atrás."

"Sim. A senhora já me disse. É um emblema militar britânico, algo desse tipo, não?"

Ela o ergueu na ponta da correntinha. "É a reprodução de um, feita por um joalheiro. Menor do que o original, e feito de ouro e esmalte."

Spencer veio da direção do escritório, sentou-se e colocou no canto da mesinha de coquetel, diante dele, uma enorme pilha de folhas amarelas. Deu um olhar longo e devaneador sobre elas, e depois seus olhos voltaram-se para Eileen.

"Posso olhar para ele mais de perto?", pedi a ela.

Ela rodou a correntinha até achar e abrir o fecho. Estendeu para mim o pingente, ou melhor, deixou-o cair na minha mão. Então pôs as mãos no colo e me olhou com mera curiosidade. "Por que está tão interessado? É o emblema de um regimento chamado The Artists Rifles, um regimento territorial. O homem que me deu isso desapareceu logo depois. Em Andalsnes, na Noruega, na primavera daquele ano terrível — 1940." Ela sorriu e fez um gesto leve com a mão. "Ele era apaixonado por mim."

"Eileen esteve em Londres durante todo o tempo da Blitz", disse Spencer com uma voz sem brilho. "Não conseguiu sair."

Nós dois ignoramos Spencer. "E a senhora era apaixonada por ele", falei.

Ela olhou para baixo, depois ergueu a cabeça e os nossos olhos se engataram. "Isso já faz muito tempo", ela disse. "E havia uma guerra. Coisas estranhas acontecem."

"Há um pouco mais além disso, sra. Wade. Acho que está esquecendo o quanto já revelou o que sente por ele. 'Aquele tipo de paixão selvagem, misteriosa, improvável, que só acontece uma vez na vida.' Estou citando suas palavras. De certo modo, ainda é apaixonada por ele. Foi tão gentil da minha parte ter as mesmas iniciais. Acho que isso teve alguma influência quando me escolheu."

"O nome dele não parecia nem um pouco com o seu", disse ela friamente. "E ele está morto, morto, morto."

Estendi o pingente de ouro e esmalte para Spencer, que o recebeu com relutância. "Já o vi antes", murmurou.

"Veja se estou descrevendo bem a imagem", disse eu. "Ela consiste numa adaga larga, de esmalte branco, com uma borda de ouro. A adaga aponta para baixo e o lado achatado da lâmina cruza à frente de um par de asas de esmalte, azul-claro, que apontam pra cima. E depois cruza por trás de um rolo de pergaminho. No pergaminho estão gravadas as palavras: QUEM OUSA VENCE."

"Parece correto", disse ele. "O que o torna importante?"

"Ela disse que é o emblema dos Artists Rifles, um regimento territorial. Ela diz que a ganhou de um homem que estava nesse regimento e que desapareceu durante a campanha da Noruega, quando o Exército britânico lutou na primavera de 1940 nas ilhas Andalsnes."

Agora ela me dava toda a atenção. Spencer me olhava com intensidade. Eu não estava falando à toa e ele sabia. Eileen sabia também. Suas sobrancelhas trigueiras se franziram numa contração de surpresa que podia ser genuína. E era inamistosa.

"É uma dessas insígnias que se usam na manga", falei. "Foi criada porque os Artists Rifles foram criados ou instaurados ou ativados, seja qual for o termo correto, ao corpo do Special Air Service. Na sua origem, eram um regimento territorial da infantaria. Essa insígnia nem sequer existia antes de 1947. Portanto, ninguém a deu à sra. Wade em 1940. Outra coisa: os Artists Rifles não desembarcaram em Andalsnes, na Noruega, em 1940. Houve desembarques dos Sherwood Foresters e dos Leicestershires, certamente. Ambos são unidades territoriais. Os Artists Rifles não estiveram lá. Estou sendo muito cruel?"

Spencer depositou o pingente em cima da mesinha e o empurrou devagar até que o deixou à frente de Eileen. Não falou nada.

"Acha que eu não saberia?", me disse ela, com desdém.

"Acha que o Ministério da Guerra britânico não saberia?", respondi de imediato.

"Certamente está havendo algum equívoco", disse Spencer baixinho.

Me virei e o olhei com dureza. "É uma boa maneira de colocar a questão."

"Outra maneira de colocá-la é que eu sou uma mentirosa", disse Eileen, com gelo na voz. "Nunca conheci ninguém com o nome de Paul Marston, nunca o amei nem ele me amou. Ele nunca me deu uma reprodução da insígnia de seu regimento, ele nunca desapareceu em ação, ele nunca existiu. Eu mesma comprei esse pingente em Nova York, numa loja que vende artigos britânicos de luxo, coisas como luvas de couro, coturnos feitos à mão, gravatas militares e escolares, e paletós de críquete, bugigangas gravadas com escudos heráldicos e assim por diante. Uma explicação como essa o deixaria satisfeito, sr. Marlowe?"

"Essa última parte, sim. Não a primeira. Não duvido que alguém tenha lhe dito que essa era uma insígnia dos Artists Rifles, e esqueceu de mencionar de que tipo era, ou talvez nem soubesse. Mas a senhora conhecia Paul Marston e ele de fato serviu naquele regimento, e desapareceu em ação na Noruega. Mas isso não aconteceu em 1940, sra. Wade. Aconteceu em 1942, e nessa época ele estava nos Comandos, e não em Andalsnes, mas numa pequena ilha perto da costa onde a rapaziada dos Comandos desfechou um ataque surpresa."

"Não vejo a necessidade de tratar o assunto com uma tal hostilidade", disse Spencer num daqueles tons de executivo. Ele estava remexendo nas folhas amarelas à sua frente. Eu não sabia se ele estava tentando servir de escada para mim ou se estava apenas aborrecido. Ele pegou um maço daquelas laudas amarelas e o sopesou na mão.

"Está comprando a quilo?", perguntei.

Ele pareceu ter um sobressalto e depois me deu um sorrisinho forçado.

"Eileen passou uns tempos difíceis em Londres", disse ele. "As coisas ficam confusas na memória da gente."

Tirei do bolso uma folha de papel dobrada. "Claro", falei. "Com quem você casou, por exemplo. Esta é uma cópia autenticada de uma certidão de casamento. O original veio do Caxton Hall Registry Office. A data do casamento é agosto de 1942. As pessoas envolvidas chamavam-se Paul Edward Marston e Eileen Victoria Sampsell. Num certo sentido a sra. Wade está correta. Não havia nenhuma pessoa chamada Paul Edward Marston. Era um nome falso porque no Exército você precisa de autorização se quiser casar. Esse homem forjou uma identidade. No Exército ele tinha outro nome. Tenho todo o seu histórico militar. Fico imaginando por que será que as pessoas nunca compreendem que basta perguntar."

Spencer estava muito quieto agora. Recostou-se e observou. Mas não olhava para mim. Olhava para Eileen. Ela olhou de volta para ele com um daqueles sorrisos, metade ressabiados metade sedutores, em que as mulheres são especialistas.

"Mas ele estava morto, Howard. Muito antes de Roger e eu nos conhecermos. Que importância tinha? Roger sabia tudo a respeito. Eu nunca deixei de usar meu nome de solteira. Nas circunstâncias, tinha de ser assim. Estava no meu passaporte. Depois que ele foi morto em ação—" Ela parou e respirou fundo e deixou a mão pousar devagar e mansa sobre o próprio joelho. "Tudo acabado, tudo encerrado, tudo perdido."

"Você garante que Roger sabia?", ele lhe perguntou.

"Alguma coisa ele sabia", disse eu. "O nome Paul Marston tinha um significado para ele. Perguntei-lhe uma vez e ele me olhou de um jeito esquisito. Mas não me disse por quê."

Ela ignorou aquilo e falou para Spencer.

"Ora, é claro que Roger sabia a respeito." Agora ela sorria para Spencer com paciência, como se ele estivesse sendo um pouco lerdo no entendimento. Que truques elas têm.

"Então por que mentir nas datas?", ele perguntou, secamente. "Por que dizer que o cara sumiu em 1940 quando ele sumiu em 1942? Por que usar um emblema que ele não poderia ter-lhe dado e fazia questão de falar que ele o deu a você?"

"Talvez eu tenha me perdido no interior de um sonho", disse ela, com mansidão. "Ou um pesadelo, mais precisamente. Muitos amigos meus morreram durante os bombardeios. Naquele tempo, quando a gente dizia boa noite fazia o possível para não parecer adeus. Mas é o que acabava sendo, tantas vezes. E quando a gente diz adeus para um soldado, é pior ainda. São sempre os bons e os delicados que acabam morrendo."

Ele não disse nada. Eu não disse nada. Ela baixou os olhos para o pingente sobre a mesa. Ela o ergueu e o prendeu novamente à correntinha em volta do pescoço, e recostou-se, muito composta.

"Sei que não tenho nenhum direito de fazer um interrogatório agora, Eileen", disse Spencer devagar. "Vamos esquecer isso. Marlowe fez uma bela encenação a respeito do emblema e do certificado e tudo o mais, e por alguns instantes me deixou intrigado."

"O sr. Marlowe", disse ela baixinho, "faz uma grande encenação a respeito de muitas bobagens. Mas quando acontece alguma coisa realmente importante, como salvar a vida de um homem, ele está na beira do lago olhando uma lancha idiota".

"E a senhora nunca viu Paul Marston novamente", disse eu.

"Como poderia, se ele estava morto?"

"A senhora não sabia que ele estava morto. Não houve nenhum relatório da Cruz Vermelha em que o nome dele aparecesse. Ele podia ter sido feito prisioneiro."

Ela teve um estremecimento repentino. "Em outubro de 1942", falou, devagar, "Hitler baixou uma ordem determinando que todos os prisioneiros dos Commandos tinham que ser entregues às mãos da Gestapo. Acho que todos nós sabemos o que isso significava. Tortura e morte inomináveis em alguma masmorra alemã." Ela estremeceu de novo. Depois me encarou com fúria: "O senhor é um homem horrível. Quer me obrigar a viver aquilo tudo de novo, quer me punir por uma mentira trivial. Suponha que alguém que o senhor amava foi preso por aquela gente e o senhor sabe o que aconteceu, o que deve ter acontecido com ele ou com ela? É tão estranho assim que eu tente construir outra espécie de memória, mesmo falsa?"

"Eu preciso beber alguma coisa", disse Spencer. "Meu Deus, como eu preciso beber alguma coisa. Posso?"

Ela bateu palmas e Candy emergiu do nada, como sempre fazia. Ele se inclinou para Spencer.

"O que gostaria de beber, *Señor* Spencer?"

"Scotch puro, e muito", disse Spencer.

Candy foi até um canto e abriu um bar embutido na parede. Pegou uma garrafa e serviu uma dose reforçada num copo. Voltou e o colocou na frente de Spencer. Começou a se virar para ir embora.

"Talvez, Candy", disse Eileen bem tranquila, "o sr. Marlowe também queira um drinque".

Ele se deteve e olhou para ela, o rosto sombrio e obstinado.

"Não, obrigado", eu disse. "Não quero beber."

Candy fez um rosnado com o nariz e foi embora. Houve outro silêncio. Spencer pousou na mesa metade da sua dose. Acendeu um cigarro. Falou comigo sem olhar para mim.

"Tenho certeza de que a sra. Wade ou Candy podem me levar de volta a Beverly Hills. Ou posso pedir um táxi. Acho que o senhor já encerrou sua demonstração."

Voltei a dobrar a cópia autenticada da certidão de casamento. Coloquei-a de volta no bolso.

"Tem certeza de que prefere assim?", perguntei.

"Tenho certeza de que todo mundo prefere assim."

"Muito bem", falei, ficando de pé. "Acho que foi tolice minha tentar fazer as coisas dessa maneira. Sendo o chefe de uma grande casa editorial e tendo um cérebro compatível com essa função, se é que ela exige algum, o senhor devia ter imaginado que eu não viria até aqui para bancar o leão de chácara. Eu não pesquisei história antiga nem gastei dinheiro do meu bolso para obter os fatos somente para, no final, pendurá-los no pescoço de alguém. Não investiguei Paul Marston porque a Gestapo o matou, nem porque a sra. Wade estava usando o emblema errado, nem porque ela se atrapalhou com as datas, nem porque ela teve com ele um desses casamentos às pressas dos tempos da guerra. Quando comecei a investigá-lo, eu não sabia nada disso. Tudo o que sabia era o nome dele. Agora — como imagina que eu sabia disso?"

"Alguém lhe disse, sem dúvida", disse Spencer secamente.

"Correto, sr. Spencer. Alguém que o conheceu em Nova York depois da guerra e depois o viu de novo aqui, no Chasen's, com sua esposa."

"Marston é um nome muito comum", disse Spencer, e bebericou seu uísque. Virou a cabeça de lado e sua pálpebra direita descaiu meio centímetro. Eu me sentei de novo. Ele continuou: "Mesmo Paul Marston não chega a ser um nome raro. Existem dezessete caras com o nome Howard Spencer na área telefônica da Grande Nova York, por exemplo. E quatro deles são apenas Howard Spencer, sem nenhum sobrenome no meio."

"Certo. E quantos Paul Marstons o senhor diria que tiveram a metade do rosto estraçalhadas por um morteiro, e exibiam as cicatrizes e as marcas das cirurgias plásticas que consertaram o estrago?"

A boca de Spencer caiu. Ele produziu um som de quem respira com dificuldade. Pegou um lenço e secou a testa com ele.

"Quantos Paul Marstons o senhor conhece que salvaram a vida de uma dupla de capitães da jogatina como Mendy Menendez e Randy Starr, na mesma ocasião? Eles estão por aí, e são caras de boa memória. Podem falar tudo, se lhes convier. Por que continuar escondendo, Spencer? Paul Marston e Terry Lennox eram o mesmo cara. Pode ser provado sem a menor sombra de dúvida."

Eu não estava na expectativa de que alguém pulasse três metros no ar, gritando, e não aconteceu. Mas existe um tipo de silêncio que é quase tão alto quanto um grito. Lá estava ele. Lá estava, ali, ao meu redor, espesso e sólido. Da cozinha ouvia-se um ruído de água corrente. Lá da rua veio o baque surdo de um jornal dobrado jogado na rampa, e depois o assobio displicente de um garoto manobrando a bicicleta e indo embora.

Senti uma pontada aguda na base da nuca. Recolhi o pescoço com rapidez e girei. Candy estava lá com a faca na mão. Seu rosto moreno parecia uma máscara, mas tinha alguma coisa em seus olhos que eu não tinha visto ainda.

"Está cansado, *amigo*", disse ele com suavidade. "Posso servir um drinque, *no*?"

"Bourbon com gelo, obrigado", disse eu.

"*De pronto, señor.*"

Ele fechou a lâmina no cabo, guardou a arma num bolso lateral do paletó branco e saiu num passo macio.

Só então olhei para Eileen. Estava inclinada para a frente, os dedos cerrados com força. A inclinação da cabeça não permitia ver a expressão do seu rosto, se é que tinha alguma. E quando ela falou sua voz era lúcida e vazia, como aquela voz mecânica ao telefone que lhe diz as horas e que, se você continuar escutando, o que ninguém faz porque não tem nenhuma razão para isso, continuará lhe informando cada segundo que se passa para todo o sempre, sem jamais mudar de entonação.

"Eu o vi uma vez, Howard. Somente uma. Não disse uma palavra a ele. Nem ele a mim. Ele estava com mudanças terríveis. O cabelo estava branco e o rosto — não, não era o mesmo rosto.

Mas é claro que eu o reconheci, e ele a mim. Olhamos um para o outro. Isso foi tudo. Então ele saiu do aposento e no dia seguinte já não estava mais na casa deles. Foi na casa dos Loring que eu o vi. Ele e ela. Num final de tarde. Você estava lá, Howard. Assim como Roger. Creio que você viu ele também."

"Fomos apresentados", disse Spencer. "Eu sabia com quem ele estava casado."

"Linda Loring me disse depois que ele simplesmente sumiu. Não houve briga. Então, depois de algum tempo, a esposa pediu divórcio. E bem mais tarde, pelo que ouvi, ela o encontrou de novo. Ele estava jogado por aí. Casaram de novo. Sabe Deus por quê. Acho que ele não tinha mais dinheiro e que nada mais lhe importava àquela altura. Ele sabia que eu estava casada com Roger. Tínhamos perdido um ao outro."

"Por quê?", perguntou Spencer.

Candy pousou um drinque diante de mim sem uma palavra. Olhou para Spencer, que fez um sinal negativo com a cabeça. Candy deslizou e se foi. Ninguém lhe deu atenção. Ele era como um contrarregra do teatro chinês, aquele cara que entra no palco e mexe nas coisas e tanto os atores quanto a plateia fingem que ele não está ali.

"Por quê?", repetiu ela. "Oh, vocês não entenderiam. Tudo o que tivéramos estava perdido. Não podia ser recuperado. Ele não foi prisioneiro da Gestapo, afinal. Deve ter sido algum nazista decente que não obedeceu às ordens de Hitler quanto aos Commandos. E com isso ele sobreviveu, e voltou. Eu costumava fantasiar para mim mesma que um dia eu o encontraria de novo; mas do jeito que ele era antes, ágil e jovem e intocado. Vê-lo casado com aquela vagabunda ruiva... era de dar nojo. Eu já sabia sobre ela e Roger. Não tenho a menor dúvida de que Paul também sabia. O mesmo quanto a Linda Loring, que é meio vagabunda à sua maneira, mas não por completo. Todas são assim nesse ambiente. O senhor me pergunta por que não larguei Roger e voltei para Paul. Depois que ele esteve nos braços dela? E que Roger depois esteve, naqueles braços tão convidativos? Não, obrigada. Preciso de uma inspiração melhor do que essa. Roger eu podia perdoar. Ele se embebedava, ele não sabia o que estava fazendo. Ele se preocupava com o trabalho e odiava a si mesmo porque era apenas um mercenário da literatura. Era um homem fraco, mal resolvido, frustrado, mas era possível entendê-lo. Era um marido, somente. Paul ou era muito mais do que isso ou não era nada. No final ele era nada."

Dei um gole forte no meu drinque. Spencer já esgotara o dele. Estava passando a unha no tecido do sofá. Tinha esquecido aquela pilha de papel diante dele, o romance inacabado do escritor popular mais que acabado.

"Eu não diria que ele era nada", disse eu.

Ela ergueu os olhos e me deu um olhar vago e os abaixou de novo.

"Menos do que nada", disse ela, já com uma nota nova de sarcasmo na voz. "Ele sabia muito bem quem era ela, e casou assim mesmo. Então, pelo fato de que ela era mesmo o que ele pensava que ela era, ele a matou. E depois fugiu, e depois se matou."

"Ele não a matou", disse eu, "e você sabe disso".

Ela se empertigou com um movimento suave e me encarou com um olhar vazio. Spencer produziu um ruído qualquer.

"Foi Roger quem a matou", disse eu, "e você sabe disso também".

"Ele te contou?", perguntou ela com calma.

"Não precisou dizer. Ele me deu uma ou duas dicas. Acabaria dizendo tudo, a mim ou a outros. Era uma coisa que estava acabando com ele por dentro."

Ela abanou de leve a cabeça. "Não, sr. Marlowe. Não era isso que estava acabando com ele por dentro. Roger não sabia que a tinha assassinado. Ele teve um apagão completo de memória. Sabia que tinha alguma coisa errada e tentava trazer isso para a superfície, mas não conseguia. O choque tinha destruído a lembrança de tudo. Talvez lhe voltasse um dia, quem sabe até no último instante da vida dele. Mas, antes, não. Antes, não."

Spencer emitiu uma espécie de grunhido: "Esse tipo de coisa não pode acontecer, Eileen."

"Ah, pode, sim", disse eu. "Sei de dois exemplos bem comprovados. Um deles é o de um alcoólatra que matou uma mulher que tinha conhecido em um bar. Ele a estrangulou com um xale que ela estava usando, preso com um fecho vistoso. Ela foi para casa com ele e o que ocorreu em seguida não se sabe muito bem, exceto que ela morreu e quando a polícia o localizou ele estava usando esse fecho vistoso na gravata e não tinha a menor ideia de onde o tinha encontrado."

"Nunca ficou sabendo?", perguntou Spencer. "Ou foi só naquele momento?"

"Ele nunca admitiu nada. E não está mais por aí para ser interrogado. Pegou a câmara de gás. O outro caso diz respeito a um cara com um ferimento na cabeça. Ele vivia com um ricaço meio pervertido, esse tipo de cara que coleciona primeiras edições e gosta de fazer culinárias sofisticadas e tem uma caríssima biblioteca secreta escondida atrás de uma estante falsa. Os dois brigaram. Quebraram a casa inteira, de quarto em quarto, o lugar foi todo depredado, e a certa altura o cara mais velho acabou se dando mal. O assassino, quando foi preso, tinha dezenas de equimoses e um dedo quebrado. A única coisa que ele sabia com clareza era que estava com dor de cabeça e que não conseguia encontrar um meio de voltar para Pasadena. Ele ficava rodando pelo local, parando para pedir informações no mesmo posto de gasolina. O rapaz do posto achou que ele era maluco e chamou a polícia. Na vez seguinte em que ele apareceu, estavam à sua espera."

"Não acredito que isso ocorresse com Roger", disse Spencer. "Ele não era mais psicopata do que eu sou."

"Ele perdia a memória quando bebia demais", falei.

"Eu estava lá. Eu *vi* ele fazer aquilo", disse Eileen, calmamente.

Tentei sorrir para Spencer. Era um tipo especial de sorriso; talvez não fosse muito animado, mas eu podia sentir minha cara dando o melhor de si.

"Ela vai nos contar", falei. "Escute, somente. Ela vai nos contar. Ela não consegue mais se conter."

"É, é verdade", disse ela gravemente. "Há coisas que a gente não gosta de dizer de um inimigo, quanto mais do próprio esposo. E se eu tiver que dizer isso em público, de um banco de testemunhas, você não vai se divertir nem um pouco, Howard. Seu autor charmoso, talentoso, tão popular e tão lucrativo vai ser mostrado como uma coisa muito reles. Era um símbolo sexual, não? Mas só no papel. E como o pobre imbecil tentou viver à altura disso! Tudo o que aquela mulher significava para ele era um troféu. Eu espionava os dois. Eu devia ter vergonha. Alguém precisa falar essas coisas. Não tenho vergonha de nada. Eu vi a cena nojenta do começo ao fim. A casa de hóspedes que ela usava para seus encontros é um local tranquilo e reservado, com sua própria garagem e acesso por uma rua lateral, que é uma rua sem saída, sombreada por árvores. Houve uma vez, como sempre acontece com gente como Roger, em que ele não foi um amante satisfatório. Sempre um pouco bêbado além da conta. Ele tentou ir para casa mas ela veio atrás dele gritando, nua em pelo, e brandindo uma espécie de estatueta. Usava uma linguagem cuja imundície e depravação não posso sequer lhes sugerir. Então ela tentou atingi-lo com a estatueta. Vocês dois são homens e devem saber que nada choca mais um homem do que escutar uma mulher que se supõe sofisticada usar a linguagem da sarjeta e dos mictórios públicos. Ele estava bêbado, e já tinha tido rompantes súbitos de violência, e teve um nesse momento. Arrancou a estatueta da mão dela. Vocês podem adivinhar o resto."

"Deve ter havido muito sangue", disse eu.

"Sangue?" Ela riu, com amargura. "Devia ter visto em que estado ele chegou em casa. Quando corri para pegar meu carro e ir embora ele estava lá parado olhando para ela. Então apenas se abaixou, ergueu-a nos braços e levou-a para dentro da casa de hóspedes. Eu sabia que o choque faria parte da sua bebedeira se dissipar. Ele chegou em casa cerca de uma hora depois. Estava muito quieto. Teve um choque quando me encontrou acordada. Mas não estava mais bêbado. Estava desnorteado. Havia sangue no seu rosto, no seu cabelo, em toda a parte da frente de sua roupa. Levei ele para o lavabo do escritório e consegui que tirasse a roupa e que se limpasse o bastante para poder subir e tomar uma chuveirada. Eu o pus na cama. Peguei uma mala velha e joguei dentro dela as roupas ensanguentadas, guardei tudo lá.

Limpei o lavabo e o piso e depois peguei uma toalha molhada e me certifiquei de que o carro dele ficou limpo. Guardei o carro e saí no meu. Fui até a Represa Chatsworth e pode imaginar o que eu fiz com a mala cheia de roupas e toalhas manchadas de sangue."

Ela parou. Spencer estava coçando a palma da mão esquerda. Ela o olhou rapidamente e prosseguiu.

"Enquanto estive fora, ele se levantou e bebeu muito uísque. E na manhã seguinte não se lembrava de coisa alguma. Quer dizer, não disse uma palavra a respeito nem se comportou como se tivesse outra coisa em sua mente a não ser uma bela ressaca. E eu não falei nada."

"Ele deve ter dado pela falta das roupas", disse eu.

Ela assentiu. "Acho que acabou acontecendo a certa altura, mas ele não se queixou. Era um momento em que tudo parecia estar acontecendo ao mesmo tempo. Os jornais não falavam em outra coisa, e logo Paul estava desaparecido, e daí a pouco estava morto no México. Como eu podia saber o que ia acontecer? Roger era meu marido. Ele tinha feito algo terrível, mas ela era uma mulher terrível. E ele não sabia o que estava fazendo. Então, do mesmo jeito que tinham começado, os jornais pararam de falar no caso. O pai de Linda deve ter tido algum papel nisso. Roger lia os jornais, é claro, e fazia o tipo de comentários que a gente espera ouvir de um mero transeunte que por acaso conhece as pessoas envolvidas."

"Não ficou com medo?", perguntou Spencer.

"Eu estava doente de medo, Howard. Se ele se lembrasse de tudo, talvez me matasse. Ele era um bom ator, muitos escritores são, e talvez ele já soubesse de tudo e estivesse apenas esperando uma chance. Não posso ter certeza. Talvez, estou dizendo talvez, ele tivesse esquecido a história toda permanentemente. E Paul estava morto."

"Se ele nunca tocou no assunto das roupas que você jogou na represa, isso prova que ele suspeitava de alguma coisa", disse eu. "E lembre-se, naquele material que ele deixou sobre a máquina, daquela vez — naquela vez em que ele disparou a arma no andar de cima e eu a encontrei tentando tomar a arma dele —, ele disse que um cara decente havia morrido por causa dele."

"Ele disse isso?" Os olhos dela se dilataram apenas o necessário.

"Ele escreveu, na máquina. Eu destruí esse texto. Ele me pediu que o fizesse. Imaginei que a senhora já o tivesse lido."

"Eu nunca li coisa alguma que ele escreveu nesse escritório."

"Leu o bilhete que ele deixou quando foi embora com Verringer. Já chegou inclusive a catar coisas no cesto de papéis."

"Isso era diferente", disse ela com frieza. "Eu estava procurando por uma pista de onde ele poderia estar."

"Está bem", disse eu, e me recostei. "Algo mais?"

Ela balançou a cabeça devagar, com profunda tristeza. "Suponho que não. Na reta final, na tarde em que se matou, ele pode ter se lembrado. Nunca saberemos. Será que queremos saber?"

Spencer limpou a garganta. "Qual era o suposto papel de Marlowe nisso tudo? Foi ideia sua trazê-lo. Você que me convenceu, como bem sabe."

"Eu estava com medo demais. Com medo de Roger e com medo *por* ele. O sr. Marlowe era um amigo de Paul, um dos últimos que estiveram com ele em vida. Talvez Paul lhe tivesse dito alguma coisa. Eu tinha que ter certeza. Se ele fosse perigoso, eu preferia tê-lo ao meu lado. Se ele descobrisse a verdade, talvez ainda houvesse alguma maneira de salvar Roger."

De repente, e por nenhuma razão visível, Spencer resolveu endurecer. Inclinou-se e projetou a mandíbula para a frente.

"Deixe ver se entendi direito, Eileen. Aqui estava um detetive particular que já era malvisto pela polícia. Tinha sido posto na cadeia. Dizia-se que foi ele quem ajudou Paul — eu o chamo assim porque é como você o chama — a fugir para o México. Isso é um crime, se Paul for um assassino. Então, se ele descobrisse a verdade e com isso pudesse limpar a própria barra, ele iria sentar em cima das mãos e não faria mais nada, não é mesmo? Você tinha em mente o quê?"

"Eu estava com medo, Howard. Não pode compreender isso? Eu estava vivendo numa casa com um assassino que bem podia ser um maníaco. Eu passava a maior parte do tempo sozinha com ele."

"Isso eu entendo", disse Spencer, ainda na atitude de durão. "Mas Marlowe não aderiu, e você continuou sozinha. Então Roger disparou a arma e por uma semana depois você se viu abandonada. Então Roger se matou e de maneira superconveniente era Marlowe quem estava sozinho dessa vez."

"É verdade", disse ela. "O que acha? Eu podia evitar?"

"Está bem", disse Spencer. "É possível que você tenha pensado que Marlowe pudesse descobrir a verdade e com o precedente da arma sendo disparada, seria possível para ele pressionar Roger e dizer algo como: 'Olhe aqui, meu velho, você é um assassino, eu sei disso, sua mulher sabe disso. Ela é uma boa mulher. Ela já sofreu o bastante. Para não falar no marido de Sylvia Lennox. Por que não faz a coisa decente a fazer, e puxa o gatilho, e todo mundo vai concordar que foi um caso de bebida em excesso? Muito bem, nesse caso vou caminhar até o lago e fumar um cigarrinho, meu velho. Boa sorte e adeus. Oh, aqui está a arma. Está carregada e é toda sua.'"

"Você está se tornando horrível, Howard. Nunca pensei nada dessa maneira."

"Você disse ao policial que Marlowe tinha matado Roger. O que quis dizer com isso?"

Ela me deu um olhar muito rápido, quase tímido. "Cometi um erro muito grande. Não sabia o que estava falando."

"Talvez você achasse que Marlowe tinha atirado nele", sugeriu Spencer com toda a calma.

Os olhos dela se estreitaram. "Oh, não, Howard. Por quê? Por que ele faria isso? É uma sugestão abominável."

"Por quê?", quis saber Spencer. "O que há de abominável nisso? A polícia teve a mesma ideia. E Candy deu a eles um motivo. Disse que Marlowe ficou no seu quarto por duas horas na noite em que Roger disparou para o teto — depois que Roger foi posto a dormir com o auxílio de comprimidos."

Ela enrubesceu até a raiz dos cabelos. Ficou olhando para ele, sem dizer nada.

"E você estava sem roupa", disse Spencer com brutalidade. "Foi o que Candy disse a todos."

"Mas no inquérito...", ela começou a dizer, numa voz quebradiça. Spencer a interrompeu.

"A polícia não acreditou em Candy. Por isso ele não comentou nada no inquérito."

"Oh." Foi um suspiro de alívio.

"Além disso", disse Spencer com frieza, "a polícia suspeitou de você. Ainda suspeita. Tudo o que eles precisam é um motivo. E me parece que a essa altura é bem possível que eles consigam formular um".

Ela ficou de pé. "Eu acho que seria melhor vocês dois deixarem a minha casa", disse, zangada. "Quanto mais cedo, melhor."

"E então? Foi você ou não foi você?", perguntou Spencer com toda calma, movendo-se apenas para procurar o copo e encontrá-lo vazio.

"Fui eu o quê?"

"Quem atirou em Roger."

Ela estava de pé, encarando-o. O rubor desaparecera. O rosto dela estava franco e tenso e zangado.

"Só estou lhe perguntando o que eles perguntarão no tribunal."

"Eu tinha saído. Tinha esquecido minhas chaves. Tive que tocar para poder entrar em casa. Ele estava morto quando entrei. Tudo isso já é sabido. O que há com você, pelo amor de Deus?"

Ele puxou um lenço e enxugou os lábios. "Eileen, já fiquei hospedado nessa casa umas vinte vezes. Nunca vi essa porta da frente ficar trancada durante o dia. Não estou dizendo que você o matou. Só lhe perguntei. E não me diga que seria impossível. O modo como as coisas se encaixaram facilitou."

"Eu matei meu marido?", perguntou ela devagar, num tom intrigado.

"Se considerarmos", disse Spencer com voz impassível, "que ele era mesmo seu marido. Afinal, você já tinha outro quando se casou com ele".

"Obrigada, Howard. Muito obrigada. O último livro de Roger, o seu canto de cisne, está aí à sua frente. Leve-o embora. E acho que seria bom chamar a polícia e dizer a eles tudo que pensa. Vai ser um final encantador para nossa amizade. Muito encantador mesmo. Adeus, Howard. Estou muito cansada e com dor de cabeça. Vou para o meu quarto, me deitar um pouco. Quanto ao sr. Marlowe, e eu suponho que ele o tenha levado a pensar tudo isso, só posso dizer a ele que, se ele não matou Roger no sentido literal da palavra, ele certamente o conduziu para a morte."

Ela se virou para sair, e eu disse, com rapidez: "Sra. Wade, só um momento. Vamos encerrar o assunto. Não há necessidade de palavras amargas. Todos nós estamos querendo fazer a coisa certa. Aquela mala que a senhora jogou na Represa Chatsworth. Era muito pesada?"

Ela se virou para me encarar. "Era uma mala velha, como eu disse. Sim, era muito pesada."

"Como conseguiu jogá-la por cima daquela cerca de arame tão alta em volta da represa?"

"O quê? A cerca?" Ela fez um gesto desamparado. "Acho que numa emergência a gente consegue forças fora do normal para fazer o que tem que ser feito. De uma maneira ou de outra eu consegui. Isso é tudo."

"Não existe nenhuma cerca", falei.

"Nenhuma cerca?", repetiu ela numa voz sem vida, como se não significasse nada.

"E não havia sangue nenhum nas roupas de Roger. E Sylvia Lennox não foi morta do lado de fora da casa de hóspedes, mas dentro dela, e na cama. E não houve praticamente nenhum sangue, porque ela já estava morta, morta a tiros com uma pistola, e quando a estatueta foi usada para esmagar seu rosto já estava batendo numa mulher morta. E os mortos, sra. Wade, sangram muito pouco."

Ela torceu o lábio para mim com desdém. "Imagino que o senhor devia estar lá", disse com sarcasmo.

E então se retirou.

Olhamos enquanto se afastava. Começou a subir devagar a escada, movendo-se com calma e elegância. Desapareceu dentro do quarto e a porta se fechou suavemente por trás dela, mas com firmeza. Silêncio.

"Que história foi essa de cerca de arame?", perguntou Spencer numa entonação vaga. Estava movendo a cabeça para a frente e para trás. Seu rosto estava vermelho e suado. Estava assimilando aquilo tudo com bravura, mas não era algo fácil de assimilar.

"Só um truque", falei. "Nunca cheguei perto da Represa Chatsworth para saber que aparência tem. Talvez tenha uma cerca ao redor, talvez não tenha."

"Entendi", disse ele, com voz triste. "A questão é que ela também não sabia."

"Claro que não. Ela matou os dois."

43

E então houve um movimento rápido e Candy estava na extremidade do sofá, olhando para mim. Tinha na mão a faca de mola. Apertou o botão e a lâmina saltou. Apertou de novo e a lâmina recuou para dentro do cabo. Havia um brilho untuoso nos seus olhos.

"*Milliones de perdones, señor*", disse ele. "Estava enganado ao seu respeito. Ela matou o patrão. Acho que eu—" Ele se calou. A lâmina saltou de novo para fora.

"Não." Fiquei de pé e ergui a mão. "Me dê essa faca, Candy. Você é apenas um bom empregado mexicano. Eles jogariam a culpa em você e se dariam por satisfeitos. Seria o tipo da cortina de fumaça que eles iriam adorar. Você não sabe o que eu estou falando. Mas eu sei. Eles já distorceram esse caso a tal ponto que não conseguiriam endireitá-lo agora, se quisessem. E eles não querem. Iriam botar uma confissão na sua boca tão depressa que você mal teria tempo de lhes dizer seu nome completo. E você estaria sentado de bunda em San Quentin com uma sentença de prisão perpétua daqui a três semanas."

"Já te disse antes. Eu não sou mexicano. Sou chileno, de Viña del Mar, perto de Valparaíso."

"A faca, Candy. Sei de tudo. Você é livre. Você tem dinheiro guardado. Você provavelmente tem oito irmãos e irmãs lá na sua terra. Seja esperto e volte para o lugar de onde veio. Esse seu emprego aqui já era."

"Tem muitos empregos", disse ele com calma. Depois estendeu o braço e soltou a faca na minha mão. "Por sua causa eu faço isso."

Pus a faca no bolso. Ele ergueu os olhos para o mezanino. "*La señora*... o que a gente faz agora?"

"Nada. Não vamos fazer nada. A *señora* está muito cansada. Tem sofrido uma tensão muito grande. Ela não quer ser perturbada."

"Temos que chamar a polícia", disse Spencer com esforço.

"Por quê?"

"Deus do céu, Marlowe. É nosso dever."

"Amanhã. Pegue seu romance inacabado e vamos embora."

"Temos que chamar a polícia. Existe uma coisa chamada lei."

"Não temos que fazer nada desse tipo. As provas que temos não derrubariam uma mosca. Deixe o pessoal da polícia fazer esse trabalho sujo que é deles. Deixe os advogados explicarem tudo. Eles escrevem as leis para que outros advogados as dissequem na frente de outros advogados chamados juízes, e para que outros juízes possam dizer que o primeiro grupo de juízes estava errado e a Suprema Corte dizer que quem estava errado era o segundo grupo. Claro que existe uma coisa chamada lei. Estamos afundados nela até o pescoço. Ela só serve pra dar emprego aos advogados. Quanto tempo você acha que os chefões do crime organizado durariam, se os advogados não lhes dessem instruções sobre como fazer as coisas?"

Spencer retrucou, irritado: "Isso nada tem a ver. Um homem foi morto nessa casa. Por acaso era um escritor, um escritor importante e de muito sucesso, mas também não tem nada a ver com isso. Era um homem, e eu e você sabemos quem o matou. Existe uma coisa chamada justiça."

"Amanhã."

"Você é tão criminoso quanto ela se a deixar escapar disso. Estou começando a pensar melhor sobre você, Marlowe. Você podia ter salvo a vida dele se tivesse se comportado direito. Em certo sentido, você deixou que ela fizesse o que bem queria. E por tudo que sei essa cena teatral daqui nessa tarde não passou disso — uma cena teatral."

"Tem razão. Uma cena de amor disfarçada. Você viu que Eileen é doida por mim. Quando as coisas se acalmarem, talvez a gente se case. Ela deve estar numa boa situação financeira. Ainda não ganhei um dólar da família Wade, até agora, e estou começando a ficar impaciente."

Ele tirou os óculos e começou a dar-lhes um polimento. Enxugou o suor acumulado nas cavidades em torno dos olhos, pôs os óculos de volta e olhou para o chão.

"Sinto muito", disse. "Essa tarde me reservou um choque muito grande. Já era grave o bastante saber que Roger se suicidou. Mas essa outra versão faz com que eu me sinta degradado, só em saber a verdade." Ergueu os olhos. "Posso confiar em você?"

"Para quê?"

"Para fazer a coisa certa, seja ela qual for." Ele se inclinou, arrumou a pilha de folhas amarelas e a colocou embaixo do braço. "Não, esqueça. Acho que sabe o que está fazendo. Sou um editor bastante bom, mas isso está fora da minha linha de ação. Acho que no final eu sou só um maldito engomadinho."

Passou por mim, e Candy se afastou para lhe dar passagem, depois adiantou-se rápido para abrir a porta da frente. Spencer passou por ela dando-lhe apenas um leve aceno. Eu o segui. Parei junto de Candy e o olhei bem dentro dos olhos negros e brilhantes.

"Nada de truques, *amigo*", falei.

"A *señora* está muito cansada", disse ele com calma. "Foi para o quarto dela. Não deve ser perturbada. Não sei de nada, *señor. No me acuerdo de nada... A sus órdenes, señor.*"

Tirei a faca do bolso e a estendi para ele. Ele sorriu.

"Ninguém confia em mim, mas eu confio em você, Candy."

"*Lo mismo, señor. Muchas gracias.*"

Spencer já estava no carro. Entrei, liguei o motor e dei marcha à ré pela rampa, e vim com ele de volta até Beverly Hills. Ele desceu diante de uma entrada lateral do hotel.

"Vim pensando durante todo o trajeto", disse ele ao descer do carro. "Ela deve estar um pouco insana. Acho que nunca irá para a prisão."

"Não vão nem tentar", disse eu. "Mas ela própria não sabe."

Ele controlou com algum esforço a montanha de papel embaixo do braço, e assentiu. Olhei enquanto ele empurrava a porta e entrava. Soltei o pé do freio e o Olds desceu suavemente a rampa, e foi esta a última vez em que vi Howard Spencer.

Cheguei em casa tarde e cansado e deprimido. Era uma daquelas noites em que o ar é pesado e os ruídos da noite parecem abafados e distantes. Havia uma lua alta, nublada, indiferente. Andei pela casa, ouvi alguns discos e mal lhes dei atenção. Era como se estivesse escutando alguma coisa fazer tique-taque, mas não houvesse na casa nada capaz de tiquetaquear. O tique-taque estava na minha cabeça. Eu era um guarda solitário, fazendo a vigília de um condenado à morte.

Pensei na primeira vez em que eu vira Eileen Wade, e na segunda e na terceira e na quarta. Depois disso, alguma coisa dela começava a escapar da figura. Ela não parecia mais totalmente real. Um assassino é sempre meio irreal depois que a gente descobre que é um assassino. Há pessoas que matam por causa de ódio ou de medo ou de cobiça. Existem os matadores sagazes que planejam tudo e contam escapar impunes. Existem os matadores furiosos que não pensam em nada. E existem os matadores que estão apaixonados pela morte, para os quais o assassinato é uma forma distante de suicídio. Em certo sentido, todos são insanos, mas não no sentido que Spencer tinha pensado.

Era quase dia claro quando finalmente fui para a cama.

A campainha do telefone me arrastou para fora de um poço negro de sono. Rolei de lado na cama, tateei com os pés até achar os chinelos e percebi que não tinha dormido mais do que um par de horas. Eu me sentia como um jantar mal digerido de um pé-sujo qualquer. Meus olhos estavam grudados e minha boca cheia de areia. Fiquei de pé com muito esforço e arrastei os pés até a sala e puxei o receptor do telefone e disse: "Espere um momento."

Pousei o fone e fui ao banheiro e joguei alguma água fria no rosto. Lá fora da janela alguma coisa fez tlic, tlic, tlic. Olhei para fora com olhos erráticos e vi um rosto moreno e sem expressão. Era meu jardineiro japonês que vinha uma vez por semana. Eu o chamava de Harry Insensível. Ele estava podando a árvore de tecoma, do jeito que um japonês poda uma tecoma. Você pede quatro vezes que ele venha e ele diz, "semana que vem", e então ele aparece às seis da manhã e começa a fazer a poda do lado de fora da janela do seu quarto de dormir.

Enxuguei o rosto e voltei ao telefone.

"Sim?"

"Aqui é Candy, *señor*."

"Bom dia, Candy."

"*La señora es muerta*."

Morta. Que palavra fria e negra e silenciosa em qualquer idioma. A senhora está morta.

"Nada que você tenha feito, espero."

"Acho que foi o remédio. Ele se chama Demerol. Acho que tinha quarenta, cinquenta no frasco. Agora, vazio. Não jantou ontem à noite. Esta manhã subi numa escada e olhei pela janela. Vestida como estava ontem à tarde. Quebrei o vidro da janela. *La señora es muerta. Fria como agua de nieve*."

Fria como água de neve. "Chamou alguém?"

"*Sí. El doctor* Loring. Ele chamou a polícia. Não chegaram ainda."

"Dr. Loring, hein? Que sujeito para só chegar tarde demais."

"Não mostrei a ele a carta", disse Candy.

"Carta para quem?"

"*Señor* Spencer."

"Entregue a carta à polícia, Candy. Não deixe que o dr. Loring toque nela. Somente a polícia. E mais uma coisa, Candy. Não esconda nada, não diga nenhuma mentira a eles. Diga a verdade. Dessa vez, a verdade, toda a verdade."

Houve apenas uma pequena pausa. Então ele disse: "*Sí.* Entendi. *Hasta la vista, amigo.*" Desligou.

Liguei para o Ritz-Beverly e perguntei por Howard Spencer.

"Um momento, por favor. Vou transferir para a recepção."

Uma voz de homem. "Recepção. Posso ajudá-lo?"

"Pedi para falar com Howard Spencer. Sei que é muito cedo, mas é um assunto urgente."

"O sr. Spencer deixou o hotel ontem à noite. Ele pegou o avião das oito para Nova York."

"Oh, lamento. Eu não sabia."

Fui para a cozinha fazer um café — litros de café. Rico, forte, amargo, fumegante, implacável, depravado. A seiva vital dos homens cansados.

Foi apenas umas duas horas depois que Bernie Ohls me telefonou.

"OK, espertinho", disse ele. "Está na hora de vir até aqui e sofrer um pouco."

44

Foi como na vez anterior, exceto que agora foi durante o dia e estávamos na sala do capitão Hernandez e o xerife estava em Santa Barbara para a abertura da Fiesta Week. Estavam lá o capitão Hernandez e Bernie Ohls e um homem do escritório do legista e o dr. Loring, que tinha a aparência de ter sido flagrado durante um aborto, e um homem chamado Lawford, um funcionário do escritório do promotor, um cara alto, emaciado, sem expressão, cujo irmão, segundo rumores vagos, era o chefão das loterias clandestinas no distrito de Central Avenue.

Hernandez tinha à sua frente algumas folhas de papel escritas à mão, num papel cor-de-rosa com as bordas cheias de rebarba, escritas em tinta verde.

"Isto aqui é informal", disse Hernandez, depois que todo mundo ficou tão confortável quanto era possível naquelas cadeiras duras. "Sem estenógrafa, sem gravador. Podem falar o que quiserem. O dr. Weiss está aqui representando o legista, que decidirá se é necessária a abertura de um inquérito. Dr. Weiss?"

Ele era gordo, jovial e parecia competente. "Por mim, sem inquérito", disse. "Todos os indícios superficiais são de envenenamento por narcóticos. Quando a ambulância chegou a mulher ainda respirava debilmente e estava num coma profundo e todos os reflexos eram negativos. Nesse estágio, salva-se um em cada cem. A pele estava fria e a respiração só seria percebida com um exame muito próximo. O criado pensava que ela estava morta. Morreu aproximadamente uma hora depois. Pelo que entendi, a senhora era sujeita a ataques ocasionais de asma brônquica. O Demerol foi receitado pelo dr. Loring para medicação de emergência."

"Alguma informação ou dedução sobre a quantidade de Demerol que foi ingerida, dr. Weiss?"

"Uma dose fatal", disse ele, com um leve sorriso. "Não há um modo rápido de determinar isso sem conhecer a história médica da pessoa, e se tinha alguma tolerância natural ou adquirida. De acordo com a confissão que deixou, ela tomou 2.300 miligramas, quatro ou cinco vezes a dose letal mínima para um não viciado." Ele olhou interrogativamente para o dr. Loring.

"A sra. Wade não era viciada", disse o doutor friamente. "A dose receitada para ela era de um ou dois comprimidos de 50 miligramas. Três ou quatro, durante um período de 24 horas, seria o máximo permitido."

"Mas o senhor deu a ela um frasco com cinquenta numa só tacada", disse o capitão Hernandez. "Uma droga muito perigosa pra se ter por perto numa tal quantidade, não acha? Era muito grave aquela asma brônquica, doutor?"

O dr. Loring deu um sorriso desdenhoso. "Era intermitente, como toda asma. Nunca atingiu aquele ponto que chamamos de *status asthmaticus*, um ataque tão grave que o paciente parece em risco de morrer sufocado."

"Algum comentário, dr. Weiss?"

"Bem", disse o dr. Weiss devagar, "digamos que não houvesse o bilhete, e digamos que não tivéssemos nenhuma outra indicação da dose que ela poderia ter tomado, poderia ser uma overdose acidental. A margem de segurança não é muito larga. Amanhã saberemos com certeza. Não está querendo suprimir esse bilhete, Hernandez, pelo amor de Deus?".

Hernandez fez uma carranca ao olhar para a mesa. "Estou apenas pensando. Eu não sabia que narcóticos eram um tratamento padrão para asma. Vivendo e aprendendo."

Loring enrubesceu. "Uma medida de emergência, como eu disse, capitão. Um médico não pode chegar instantaneamente em qualquer lugar. Um ataque de asma pode ocorrer de maneira muito repentina."

Hernandez deu-lhe somente uma olhadela e virou-se para Lawford. "O que acontece com o seu gabinete, se eu liberar esse bilhete para a imprensa?"

O representante da promotoria olhou para mim com um olhar vazio. "O que esse cara tá fazendo aqui, Hernandez?"

"Eu convidei ele."

"Como posso saber que ele não vai repetir tudo o que ouviu aqui pra algum repórter?"

"É, ele é um grande falastrão. Você já descobriu isso. Quando mandou ele pra cadeia."

Lawford sorriu e limpou a garganta. "Eu li essa suposta confissão", disse, com muito cuidado. "E não acredito numa só palavra dela. Você tem aí um quadro de exaustão emocional, desorientação, algum uso de drogas, o estresse da vida sob o bombardeio de Londres durante a guerra, o casamento clandestino, o homem que reaparece etc. e tal. Sem dúvida ela desenvolveu um sentimento de culpa e tentou expiá-lo por uma espécie de transferência."

Ele se deteve e olhou em volta, mas tudo o que viu foram rostos sem expressão. "Não posso falar pelo promotor, mas minha impressão pessoal é que essa confissão não poderia servir de suporte para indiciar alguém, mesmo que a mulher tivesse sobrevivido."

"E já tendo acreditado numa confissão você não se daria ao trabalho de acreditar em outra que contradiz a primeira", disse Hernandez num tom cáustico.

"Vai devagar, Hernandez. Qualquer órgão da Justiça tem que levar em conta as relações públicas. Se os jornais publicarem essa confissão vamos ter problemas. Quanto a isso não há dúvida. Temos muitos grupos de ativistas e reformadores ansiosos por uma chance como essa pra nos cravarem uma punhalada. Temos um grande júri que já está bastante inseguro por causa do espancamento que seu oficial de Narcóticos sofreu semana passada, já faz uns dez dias."

Hernandez disse: "OK, você é o pai da criança. Assine o recibo."

Ele reuniu as folhas cor-de-rosa e Lawford se inclinou para assinar um formulário. Ele recebeu as folhas, dobrou-as, guardou-as no bolso interno do paletó e saiu.

O dr. Weiss se ergueu. Era um homem duro, de boa índole, e não estava impressionado. "Nosso inquérito anterior sobre a família Wade foi muito apressado", disse. "Acho que dessa vez nem vamos nos dar ao trabalho de abrir outro."

Cumprimentou Ohls e Hernandez com um leve aceno da cabeça, apertou formalmente a mão de Loring e saiu. Loring também se levantou para sair, mas aí hesitou.

"Creio que posso avisar a certas pessoas interessadas que não haverá mais investigações sobre este assunto?", perguntou, muito teso.

"Lamento tê-lo mantido longe dos seus pacientes todo esse tempo, doutor."

"Não respondeu à minha pergunta", disse Loring com voz cortante. "Devo avisá-lo de que—"

"Cai fora daqui, mané", disse Hernandez.

O dr. Loring quase cambaleou com o choque. Então deu meia-volta e saiu aos trambolhões pela porta afora. Quando a porta se fechou, passou-se quase meio minuto antes que alguém dissesse alguma coisa. Hernandez deu de ombros e acendeu um cigarro. Então olhou para mim.

"E então?", perguntou.

"Então o quê?"

"O que está esperando?"

"Isso é o final, então? Encerrado? *Kaput*?"

"Diga a ele, Bernie."

"É, claro que é o fim", disse Ohls. "Eu estava pronto pra interrogar ela. Wade não se matou. Álcool demais no cérebro. Mas, como te falei, cadê o motivo? A confissão dela pode estar errada em alguns detalhes, mas prova que ela o espionava. Ela conhecia a disposição interna da casa de hóspedes em Encino. A perua Lennox tinha tomado os dois homens dela. O que aconteceu naquela casa é mais ou menos o que você pode imaginar. Há uma pergunta que você esqueceu de fazer a Spencer: Wade possuía uma Mauser PPK? A resposta é sim: ele tinha uma pequena Mauser automática. Já conversamos com Spencer hoje, pelo telefone. Wade era um desses bêbados que têm amnésia. O pobre infeliz pensava ou que tinha matado Sylvia Lennox ou de fato a matou ou tinha alguma razão para crer que sua esposa a matara. Em qualquer hipótese mais cedo ou mais tarde tudo ficaria claro para ele. Certamente, ele já vinha enchendo a cara desde muito antes, mas era um sujeito casado com uma beldade vazia. O mexicano sabe toda a história. Aquele filhozinho da puta sabe praticamente de tudo. Ela era uma garota dos sonhos. Uma parte dela estava no aqui e agora, mas a maior parte estava lá e naquele tempo. Se alguma vez ela chegou a molhar a calcinha, não foi pelo marido. Sabe do que estou falando?"

Eu não respondi.

"Você quase mandou ver nela, não foi mesmo?"

Dei-lhe a mesma ausência de resposta.

Ohls e Hernandez deram sorrisos amargos. "Nós aqui não somos propriamente sem cérebro", disse Ohls. "Sabíamos que havia alguma coisa naquela história de ela ter tirado a roupa pra você. Você o derrotou na conversa e ele desistiu. Ele estava magoado e confuso e ele gostava de Wade e queria ter certeza. Quando ele tivesse certeza, usaria a faca. Era uma questão pessoal para ele. Ele nunca traiu Wade. A esposa de Wade sim, e ela turvou as águas deliberadamente só pra confundir Wade. Tudo se encaixa. Já no final acho que ela começou a ter medo dele. E Wade nunca a jogou escada abaixo. Foi acidente. Ela tropeçou e o cara tentou segurá-la. Candy viu isso também."

"Nada disso explica por que ela me queria por perto."

"Posso pensar em alguns. Um deles é bem batido. Qualquer policial já viu essa história cem vezes. Você era uma ponta ainda solta, o cara que ajudou Lennox a fugir, o amigo dele, e até certo ponto quem sabe o confidente dele. Até que ponto Lennox sabia, e até que ponto ele lhe disse? Ele pegou a arma que tinha matado Sylvia e ele viu que tinha sido disparada. Talvez ela tenha pensado que ele fez tudo aquilo por ela. Isso a fez imaginar que ele sabia que ela tinha usado a arma. Quando ele se matou, ela teve a certeza. Mas e quanto a você? Você continuava a ser uma ponta solta. Ela queria tirar de você o que pudesse, e ela tinha muitos encantos pra botar em ação, e uma situação feita por encomenda pra servir de desculpa e ter você por perto. E, se ela precisava de um bode expiatório, você era o próprio. Dá pra dizer que ela estava colecionando bodes expiatórios."

"Você está atribuindo conhecimentos demais a ela", disse eu.

Ohls partiu um cigarro em dois e começou a mastigar um dos pedaços. O outro ele alojou atrás da orelha.

"Outro motivo é que ela queria um homem, um cara grande e forte, capaz de esmagar ela nos braços e fazer ela sonhar de novo."

"Ela me detestava", disse eu. "Essa aí eu não compro."

"Mas é claro", disse Hernandez secamente. "Você não quis nada com ela. Ela acabaria passando por cima disso. Mas aí você escancarou a história inteira na cara dela, na frente de Spencer."

"Vocês dois são umas figuras. Têm ido ao psiquiatra ultimamente?"

"Meu Deus", disse Ohls. "Você não está sabendo? Eles vivem pendurados nos nossos cabelos hoje em dia. Temos dois na nossa equipe. Isso aqui não é mais um trabalho policial. Está se tornando uma subdivisão da picaretagem médica. Eles vivem entrando e saindo das celas, dos tribunais, das salas de interrogatório. Escrevem relatórios de quinze páginas explicando a razão de um jovem delinquente ter assaltado uma loja de bebidas ou estuprado uma estudante ou feito pequenos tráficos para os veteranos. Daqui a dez anos caras como Hernandez e eu estarão fazendo testes Rorschach e livres associações de palavras, em vez de flexões e instruções de tiro. Quando a gente for investigar um caso, levaremos pequenas malas pretas com detectores de mentira portáteis e frascos de soro da verdade. É uma pena que a gente não tenha conseguido pôr as mãos nos quatro macacos amestrados que passaram o rodo em Big Willie Magoon. A gente poderia compensar os desajustamentos deles todos, e deixá-los amando suas mamães."

"Tudo bem se eu bater em retirada?"

"O que ainda não ficou claro pra você?", perguntou Hernandez, dando estalos com uma tirinha de elástico.

"Eu estou convencido. Caso encerrado. Ela morreu, todo mundo morreu. Uma rotina tranquila por toda parte. Não há nada a fazer senão ir pra casa e esquecer que isso aconteceu. É o que eu vou fazer."

Ohls tirou o meio cigarro de trás da orelha, olhou para ele como que imaginando como tinha ido parar ali e o jogou por cima do ombro.

"Está reclamando do quê?", disse Hernandez. "Se ela não tivesse ficado sem armas, talvez tivesse completado o escore com você."

"Outra coisa", disse Ohls, soturno. "Os telefones estavam funcionando normalmente ontem."

"Ah, claro", falei. "Vocês teriam vindo a toda velocidade e o que iriam encontrar era uma história feita de retalhos onde ninguém admitia outra coisa senão ter pregado umas mentirinhas. Agora de manhã, o que vocês têm equivale a uma confissão completa. Vocês não me deixaram ler, mas não teriam chamado alguém da promotoria se fosse apenas um bilhete de amor. Se alguém tivesse feito um trabalho profissional e sério no caso Lennox, desde o início, alguém acabaria por exumar seu histórico militar e onde ele foi ferido e todo o resto. A certa altura do fio narrativo, surgiria uma conexão com os Wade. Roger Wade sabia quem era Paul Marston. E um detetive particular com quem tive ocasião de conversar também sabia."

"É possível", admitiu Hernandez, "mas não é assim que são feitas as investigações policiais. Você não fica mexendo sem parar num desses casos abre-fecha, mesmo que não haja pressão para que seja resolvido e arquivado. Já investiguei centenas de homicídios. Alguns são uma peça inteiriça, nítidos, certos, de acordo com o figurino. A maior parte deles faz sentido aqui, mas não faz muito sentido naquela outra parte. Mas quando você tem o motivo, tem os meios, a oportunidade, uma fuga, uma confissão escrita, um suicídio logo em seguida... você deixa pra lá. Nenhum departamento de polícia do mundo tem pessoal ou tempo pra questionar o óbvio. A única coisa contra a teoria de que Lennox era o criminoso era que alguém o considerava um cara legal que jamais faria aquilo. Mas os outros caras não fugiram, não confessaram, não deram um tiro nos miolos. Ele fez isso. E se é por ter sido um cara legal eu acho que sessenta ou setenta por cento dos assassinos que terminam sua vida na câmara de gás ou na cadeira elétrica ou na ponta de uma corda são pessoas que seus vizinhos considerariam tão inofensivas quanto um vendedor da Fuller Brush. Tão inofensivo e tão quieto e tão bem-criado quanto a sra. Roger Wade. Quer ler o que ela escreveu naquele bilhete? OK, leia. Eu tenho que dar um pulo ali no corredor."

Ele ficou de pé, abriu uma gaveta e pôs uma pasta em cima da mesa. "Há cinco cópias fotostáticas aqui, Marlowe. Não posso flagrar você olhando pra elas."

Ele foi na direção da porta e então virou a cabeça e disse a Ohls: "Não quer ir comigo falar com Peshorek?"

Ohls assentiu e foi atrás dele. Quando fiquei sozinho na sala, abri a pasta e olhei as cópias em preto e branco. Depois, tocando apenas a borda, eu as contei. Eram seis ao todo, iguais, cada cópia contendo várias páginas agrupadas. Tirei uma, dobrei-a e a escondi no bolso. Então comecei a ler a próxima. Quando terminei, fiquei sentado, esperando. Cerca de dez minutos depois Hernandez voltou, sozinho. Voltou a sentar atrás de sua mesa, arrumou as cópias dentro da pasta e a colocou de volta na gaveta.

Ele ergueu os olhos e me olhou sem qualquer expressão. "Satisfeito?"

"Lawford sabe que você guardou isso?"

"Através de mim, não. Nem de Bernie. Foi Bernie quem as fez. Por quê?"

"O que aconteceria se uma delas se perdesse?"

Ele deu um sorriso desagradável. "Não pode. Mas se acontecesse, não seria culpa de ninguém do escritório do xerife. A promotoria também tem equipamento fotostático."

"Você não simpatiza muito com o promotor Springer, não é mesmo, capitão?"

Ele pareceu surpreso. "Eu? Eu gosto de todo mundo, gosto até de você. Cai fora daqui. Tenho que trabalhar."

Fiquei de pé para sair. Ele disse de repente: "Você tem andado armado esses dias?"

"Parte do tempo."

"Big Willie Magoon levava duas armas. Fico pensando por que não as usou."

"Acho que ele imaginava que todo mundo tinha medo dele."

"Pode ter sido", disse Hernandez, num tom casual. Ele pegou uma tira de elástico e a esticou entre os polegares. Foi esticando cada vez mais e mais. Finalmente, com um estalo, ela se partiu. Ele esfregou o polegar onde o chicote do retorno tinha batido. "Qualquer um pode ser esticado até não poder mais", disse ele. "Não importa se parece durão. A gente se vê."

Cruzei a porta e saí depressa do edifício. Uma vez otário, sempre um otário.

45

De volta ao meu pardieiro no sexto andar do Edifício Cahuenga comecei meu beisebol costumeiro com o correio matinal. Caixa do correio para escrivaninha para cesto de papéis... Tinker para Evers para Chance... Abri um espaço vazio na mesa e desenrolei a cópia fotostática em cima dela. Eu a havia enrolado com cuidado para não deixar vincos.

Li tudo pela segunda vez. Era detalhado o bastante e razoável o bastante para contentar alguém de mente aberta. Eileen Wade assassinou a esposa de Terry Lennox num acesso de fúria ciumenta, e depois, quando teve a oportunidade, assassinou Roger porque estava certa de que ele sabia. O disparo da arma no teto do quarto naquela noite fazia parte do plano. A questão sem resposta, e que agora jamais poderia ser respondida, era por que Roger tinha se mantido passivo e deixado que ela levasse tudo até o fim. Ele devia saber como aquilo ia acabar. Então, tinha jogado a toalha e não se importava mais. Palavras eram o seu instrumento de trabalho, ele tinha palavras para quase tudo, menos para aquilo.

"Tenho ainda quarenta e seis comprimidos de Demerol da minha última receita", ela tinha escrito. "Minha intenção agora é tomá-los e deitar na cama. A porta está trancada. Dentro de pouco tempo ninguém poderá me salvar. Isso, Howard, precisa ficar bem claro. O que estou escrevendo é na presença da morte. Cada palavra é verdadeira. Não tenho queixas — exceto, talvez, de não ter podido encontrar os dois juntos e matá-los juntos. Não lamento nada em relação a Paul, de quem você ouviu falar sob o nome de Terry Lennox. Ele era apenas a casca vazia de um homem que eu amei e com quem casei. Não significava nada para mim. Quando eu o vi naquela tarde, a única vez em que o vi depois que ele voltou da guerra, não o reconheci a princípio. Quando vi que era ele, ele também me reconheceu de imediato. Ele devia ter morrido jovem nas neves da Noruega, o meu amor que eu entreguei à morte. Quando voltou era amigo de trapaceiros, marido de uma puta rica, um homem estragado e arruinado, e talvez tivesse sido meio desonesto em sua história recente. O tempo deixa tudo assim, mau, mesquinho, envelhecido. A tragédia da vida, Howard, não é que as coisas belas morram jovens, mas que elas continuem vivas até ficarem velhas e más. Não vai ser o meu caso. Adeus, Howard."

Guardei a cópia numa gaveta e a fechei a chave. Era hora do almoço, mas eu não estava a fim. Minha garrafa do escritório ficava na gaveta de baixo. Tirei-a, servi e tomei uma boa dose, peguei a Lista Telefônica que ficava pendurada junto à mesa e procurei o número do *Journal*. Disquei e pedi à garota para falar com Lonnie Morgan.

"O sr. Morgan não estará aqui antes das quatro horas. Pode tentar a sala de imprensa da prefeitura."

Liguei para lá, e o encontrei. Ele se lembrava de mim. "Vi que você esteve muito ocupado ultimamente."

"Tenho uma coisa aqui para você, se estiver interessado. Não sei se está."

"É mesmo? O quê?"

"Uma cópia fotostática da confissão de dois assassinatos."

"Onde você está?"

Eu lhe disse. Ele quis mais informações. Eu não queria falar pelo telefone. Ele disse que não estava trabalhando no setor criminal. Eu disse que ele era um jornalista, e do único jornal independente da cidade. Ele ainda queria argumentar.

"Onde você a conseguiu, seja lá o que for? Como posso saber se não estou perdendo o meu tempo?"

"O original está no escritório da promotoria. Não vai ser liberado. Ele complica duas ou três coisas que eles preferem deixar guardadas na geladeira."

"Ligo pra você de volta. Tenho que checar com meus chefes."

Desligamos. Fui até a lanchonete e comi um sanduíche de frango com salada e bebi um pouco de café. O café era requentado, e o sanduíche estava tão saboroso quanto um pedaço de camisa velha. Os americanos comem qualquer coisa, desde que venha tostada, fixada com dois palitos e tenha alface saindo pelas bordas, murcha, de preferência.

Por volta das três e meia Lonnie Morgan veio me ver. Era aquele mesmo pedaço longo, magro e rijo de ser humano, cansado e sem expressão, que tinha me dado uma carona para casa quando saí da cadeia. Apertou minha mão com indiferença e remexeu num maço de cigarros todo amarfanhado.

"O sr. Sherman, meu editor-chefe, disse que eu podia vir aqui e ver o que você tem pra mostrar."

"Vai ser em *off*, a não ser que concorde com as minhas condições." Destranquei a gaveta e lhe entreguei a cópia. Ele leu as quatro páginas do texto bem depressa, e depois releu, devagar. Parecia muito animado, tão animado quanto um papa-defuntos num enterro pobre.

"Me dê o telefone."

Empurrei o telefone através da mesa. Ele discou, esperou e disse: "Aqui é Morgan. Me passe para o sr. Sherman." Esperou, foi atendido por outra voz feminina, finalmente chegou à pessoa que queria e pediu que lhe telefonasse de outra linha.

Desligou e ficou segurando o telefone no colo com o dedo pressionando o botão para baixo. Quando tocou, ele o soltou e levou o fone ao ouvido. "Aqui vai, sr. Sherman."

Leu devagar e com voz clara. No final houve uma pausa. Depois: "Um momento, senhor." Ele abaixou o fone e me olhou por cima da mesa. "Ele quer saber como você teve acesso a isso."

Estendi o braço e tirei a cópia da mão dele. "Diga a ele que 'como' eu consegui não interessa porra nenhuma a ele. 'Onde' eu consegui é outra história. Tem um carimbo no verso da cópia."

"Sr. Sherman, aparentemente é um documento oficial do escritório do xerife de Los Angeles. Acho que é relativamente fácil de verificar a autenticidade. E há um preço, também."

Escutou mais um pouco e disse: "Sim, senhor, aqui mesmo." Empurrou o telefone sobre a mesa. "Quer falar com você."

A voz era brusca e cheia de autoridade. "Sr. Marlowe, quais são os seus termos? E lembre-se de que o *Journal* é o único jornal de Los Angeles capaz de pelo menos considerar a possibilidade de tocar nesse assunto."

"Vocês não fizeram muita coisa no caso Lennox, sr. Sherman."

"Sei disso. Mas na época era puramente uma questão de escândalo pelo escândalo. Não se punha em dúvida quem fosse o culpado. O que temos agora, caso seu documento seja genuíno, é algo muito diferente. Quais são os seus termos?"

"Que publiquem a confissão por inteiro, sob a forma de uma reprodução fotográfica. Ou isso ou nada."

"Vai ter que ser checada, o senhor sabe disso."

"Não vejo como, sr. Sherman. Se perguntarem ao promotor, ou ele vai negar tudo ou vai distribuir cópias para todos os jornais da cidade. Vai ser forçado a isso. Se perguntar ao escritório do xerife, eles vão dizer que é assunto da promotoria."

"Não se preocupe com isso, sr. Marlowe. Temos os nossos meios. E quanto aos seus termos?"

"Acabei de lhe dizer."

"Oh. Não espera nenhum pagamento?"

"Em dinheiro, não."

"Bem, suponho que o senhor sabe dirigir seus negócios. Posso falar com Morgan?"

Dei o telefone de volta a Lonnie Morgan.

Ele falou brevemente e desligou. "Ele está de acordo", disse. "Vou levar a cópia e ele vai checar tudo. Vai fazer como você pediu. Reduzida à metade, dará metade da página 1A."

Eu lhe devolvi a fotocópia. Ele a segurou, e ficou puxando de leve a ponta do nariz. "Se incomoda se eu te disser que te acho um completo idiota?"

"Eu concordo com você."

"Ainda pode mudar de ideia."

"Não. Lembra daquela noite em que você me levou pra casa, saindo do xadrez? Você disse que eu tinha um amigo de quem me despedir. Nunca cheguei a me despedir dele, pra valer. Se vocês publicarem essa fotocópia, vai ser essa minha despedida. Já faz muito tempo... muito, muito tempo."

"OK, parceiro." Ele deu um sorriso meio torcido. "Mas ainda acho que você é um completo idiota. Preciso dizer por quê?"

"Diga, sempre."

"Eu sei mais a respeito desse caso do que você imagina. Esse é o lado frustrante de trabalhar em jornal. A gente sempre acaba sabendo muita coisa que não pode publicar. Acaba ficando cínico. Se essa confissão for publicada no *Journal*, muita gente vai ficar furiosa. O promotor, o legista-chefe, a turma do xerife, uma poderosa e influente pessoa física chamada Harlan Potter, uma dupla de valentões chamados Menendez e Starr. Você vai acabar provavelmente no hospital, ou de volta ao xadrez."

"Não penso assim."

"Pense o que quiser, companheiro, eu estou te dizendo o que *eu* penso. O promotor vai ficar furioso porque ele jogou um lençol por cima do caso Lennox. Mesmo que isso pareça justificável, à luz da confissão e do suicídio de Lennox muita gente vai querer saber como é que Lennox, um homem inocente, acabou fazendo uma confissão, como foi que ele morreu, se cometeu mesmo suicídio ou recebeu uma ajudazinha, por que não se investigou melhor esse episódio, e por que este assunto desapareceu tão depressa das manchetes. Ademais, se ele tem o original que foi fotocopiado, ele pode achar que foi traído pelo pessoal do escritório do xerife."

"Você não precisa imprimir o carimbo que tem no verso."

"E não vamos. Nós nos damos bem com o xerife. Achamos que ele é um cara direito. Nós não o culpamos por ele não poder botar as mãos num cara como Menendez. Ninguém pode impedir a existência do jogo enquanto ele for totalmente legalizado em alguns lugares e parcialmente legalizado por toda parte. Você roubou isso do escritório do xerife. Não sei como conseguiu. Vai me dizer?"

"Não."

"OK. O legista-chefe vai se aborrecer porque ele fez merda no suicídio de Wade. O promotor o ajudou nisso, também. Harlan Potter vai ficar aborrecido porque isso vai reabrir alguma coisa que ele teve de empregar todo o seu poder para manter fechada. Menendez e Starr vão ficar furiosos por motivos que não avalio com certeza, mas eu sei que você já recebeu avisos. E quando esses dois caras se aborrecem alguém sempre acaba machucado. Você corre o risco de receber o mesmo tratamento que foi dado a Big Willie Magoon."

"Magoon provavelmente estava ficando gordo demais para o trabalho que tinha."

"Sabe por quê?", disse ele. "Porque esses caras têm de mostrar que o que eles falam se escreve. Se eles se dão ao trabalho de dizer a você que vá cuidar da sua vida, vá cuidar da sua vida. Se você não obedecer e eles deixarem que isso passe em branco, darão sinais de fraqueza. Os caras durões que tocam esses negócios, os grandes cabeças, o conselho diretor, não querem saber de gente fraca por perto. Gente fraca é um perigo. E além de tudo ainda há Chris Mady."

"Ele atua em Nevada, ouvi falar."

"Ouviu bem, parceiro. Mady é um cara legal, mas ele sabe exatamente o que é bom pra Nevada. Os bandidos ricos que operam em Reno e Las Vegas têm todo o cuidado de não incomodar o sr. Mady. Se o fizerem, seus impostos vão começar a subir bem depressa e a cooperação da polícia vai decrescer na mesma medida. Então os cabeças na Costa Leste podem decidir que é preciso fazer algumas mudanças. Um operador que não consegue se relacionar bem com Chris Mady não está operando corretamente. Tiram o cara daqui rapidinho e botam alguém no seu lugar. Tirar rapidinho significa apenas uma coisa para eles. Num caixão de madeira."

"Eles nunca ouviram falar em mim", falei.

Morgan franziu a testa e fez um gesto vago com o braço. "Não é preciso. A propriedade de Mady no lago Tahoe, na banda que dá para Nevada, é vizinha à propriedade de Harlan Potter. Quem sabe eles trocam um alô de vez em quando. Quem sabe algum sujeitinho que está na folha de pagamento de Mady ouve, de outro cara na folha de Potter, que um vagabundo chamado Marlowe está fazendo barulho demais em torno de coisas que não são da conta dele. Quem sabe um comentário desse tipo vai passando no boca a boca até que um telefone toca em algum apartamento em Los Angeles e um sujeito fortão recebe a sugestão de que vá dar uma volta e exercitar a musculatura, com dois ou três amigos. Se alguém quiser que você seja posto a nocaute ou estraçalhado, os caras que vão fazer o serviço não precisam saber por quê. Pra eles é uma rotina. Ninguém está aborrecido. Fica sentado aí enquanto eu quebro seu braço. Quer isso de volta?"

Ele me estendeu a fotocópia.

"Você sabe o que eu quero", eu disse.

Morgan levantou-se devagar e guardou a fotocópia no bolso interno do paletó. "Posso estar errado", disse. "Pode ser que você saiba sobre isso tudo mais do que eu sei. Eu não sei como um sujeito como Harlan Potter olha para as coisas."

"Olha fazendo uma careta", disse eu. "Já estive com ele. Mas ele não iria agir usando uma quadrilha. Não conseguiria conciliar isso com a própria opinião sobre como quer viver a vida."

"Pelo que eu sei", disse Morgan, "bloquear uma investigação de homicídio com um telefonema e bloqueá-la eliminando uma testemunha é apenas uma questão de método. A gente se vê... espero".

Ele foi embora do escritório como alguém soprado pelo vento.

46

Peguei o carro e fui ao Victor's pensando em beber um gimlet e esperar até os jornais da noite estarem na rua. Mas o bar estava muito cheio e nem um pouco interessante. Quando o barman que eu conhecia se aproximou, ele me chamou pelo nome.

"Você gosta do seu com um pouquinho de bitter, não?"

"Geralmente não. Mas, por hoje, duas pitadinhas de bitter."

"Não tenho visto sua amiga ultimamente. Aquela que gosta de bebidas verdes."

"Eu também não."

Afastou-se e logo voltou com o drinque. Fiquei bebericando para fazê-lo durar mais tempo, porque não estava a fim de ficar de fogo. Ou bebia até apagar ou ficava sóbrio. Depois de algum tempo pedi outro igual. Passava um pouco das seis quando o garoto dos jornais entrou no bar. Um dos garçons gritou com ele, enxotando-o, mas ele conseguiu vender uma rodada rápida aos clientes antes de ser agarrado e posto para fora. Eu fui um dos tais clientes; abri o *Journal* e olhei a página 1A. Tinham publicado, sim. Estava tudo ali. Tinham reproduzido a fotocópia em negativo, deixando-a em preto no branco, e reduzindo-a em tamanho de modo que se encaixava na metade superior da página. Havia um editorial curto e seco em outra página, e mais adiante uma pequena coluna assinada por Lonnie Morgan, que continuava na página seguinte.

Terminei meu drinque e saí, fui jantar em outro lugar, e de lá voltei para casa.

O texto de Lonnie Morgan era uma recapitulação sóbria, factual, dos fatos e das ocorrências em torno do caso Lennox e do "suicídio" de Roger Wade — os fatos como tinham sido publicados. Não adicionava nada, não deduzia nada, não imputava nada. Era uma reportagem clara e profissional. O editorial era outra coisa. Ele fazia perguntas — o tipo de perguntas que os jornais fazem às autoridades quando estas são apanhadas com a boca na botija.

Eram cerca de nove e meia quando o telefone tocou e Bernie Ohls disse que daria uma passada para me ver, no caminho para casa.

"Viu o *Journal*?", perguntou ele, casualmente, e desligou antes que eu respondesse.

Quando chegou, resmungou contra os degraus e disse que tomaria uma xícara de café, caso eu tivesse uma. Eu disse que iria preparar um pouco. Enquanto o fazia, ele ficou andando pela casa, ficando à vontade.

"Você vive muito sozinho, para um cara que pode vir a ser antipatizado", disse ele. "O que tem do outro lado dessa colina, aí nos fundos?"

"Outra rua. Por quê?"

"Só perguntando. Esses arbustos aí atrás estão precisados de uma poda."

Levei o café para a sala e ele se instalou e ficou bebendo de pouquinho. Acendeu um dos meus cigarros e deu baforadas por um minuto ou dois, depois o apagou. "Estou deixando de gostar desse troço", disse ele. "Talvez seja por causa dos comerciais de TV. Fazem você ficar odiando tudo o que estão tentando vender. Meu Deus, esses caras pensam que o público é imbecil. Toda vez que algum espertalhão de jaleco branco com um estetoscópio pendurado no pescoço mostra uma pasta de dentes ou um maço de cigarros ou uma garrafa de cerveja ou um refrescante bucal ou um frasco de xampu ou uma caixinha de alguma coisa que faz um lutador obeso ficar cheirando como o lilás das montanhas, eu sempre faço uma anotação mental pra nunca comprar. Que diabo, eu não compraria um produto desses mesmo que gostasse. E aí, você leu o *Journal*?"

"Um amigo me mostrou. Um repórter."

"Você tem amigos?", perguntou ele, admirado. "Ele não lhe disse como foi que conseguiram aquele material, disse?"

"Não. E nesse Estado ele não é obrigado a dizer a você."

"Springer está dando pulos de raiva. Lawford, o funcionário da promotoria que levou consigo a carta hoje de manhã, afirma que a entregou diretamente ao chefe, mas isso deixa a gente pensativo. O que o *Journal* mostrou parece uma reprodução direta do original."

Eu dei um gole de café e nada disse.

"Bem feito pra ele", continuou Ohls. "Springer é quem deveria ter tomado a frente. Pessoalmente não acredito que tenha vazado através de Lawford. Ele é um político também." Ele me olhou, o rosto sem expressão.

"O que veio procurar aqui, Bernie? Você não gosta de mim. Nós já fomos amigos, até o ponto em que se pode ser amigo de um policial valentão. Mas azedou um pouquinho."

Ele se inclinou para a frente e deu um sorriso, um sorriso meio lupino. "Nenhum policial fica feliz quando um cidadão particular fica fazendo trabalho policial pelas suas costas. Se você tivesse me mostrado a conexão entre Wade e os Lennox, quando Wade morreu, eu teria entendido tudo. Se você tivesse conectado a sra. Wade e esse Terry Lennox eu a teria na palma da minha mão, viva. Sem falar em Lennox. Você acha que é um macaco muito bem amestrado, não?"

"O que você quer que eu diga?"

"Nada. É tarde demais. Já falei que um esperto não engana ninguém além de si mesmo. Falei alto e claro. Mas não bateu. Neste exato momento, seria bastante esperto de sua parte sair da cidade. Ninguém gosta de você e há um par de caras que tomam providências quando não gostam de alguém. Informantes meus me disseram isso."

"Eu não sou importante, Bernie. Vamos parar de arreganhar os dentes um para o outro. Até a morte de Wade você nem sequer estava envolvido no caso. Depois, ninguém estava ligando, nem você nem o legista-chefe nem o promotor nem ninguém. Talvez eu tenha feito algumas coisas erradas. Mas a verdade apareceu. Você podia ter pego ela ontem à tarde — mas com o quê?"

"Com tudo o que você tinha para nos contar a respeito dela."

"Eu? Com o trabalho policial que fiz pelas suas costas?"

Ele ficou de pé abruptamente. Seu rosto estava vermelho. "OK, esperto. Ela estaria viva. Podíamos tê-la detido para averiguações. Você *queria* era que ela morresse, seu vagabundo, e sabe disso."

"Eu queria que ela desse um grande e tranquilo olhar para si mesma. O que ela fez em resultado disso foi assunto dela. Eu queria inocentar um homem inocente. Não me importei com porra nenhuma pelo que fiz, e não me importo agora. Estarei por aqui quando você precisar de alguma coisa comigo."

"A turma da pesada é quem vai lidar com você, otário. Não preciso me incomodar. Você acha que não é importante o bastante pra incomodar alguém. Como um detetive chamado Marlowe, OK, não é. Como um cara a quem eles mandaram cair fora e que cuspiu molho na cara de todos publicamente num jornal... é diferente. O orgulho deles está ferido."

"É uma pena", disse eu. "Só de pensar nisso eu sangro por dentro, para usar uma expressão sua."

Ele foi até a porta e a abriu. Olhou os degraus de madeira vermelha que desciam até a rua, as árvores da colina à nossa volta e a ladeira no fim da rua.

"Bom e tranquilo aqui", disse ele. "Tranquilo o bastante."

Desceu a escada e entrou no carro e foi embora. Policiais nunca se despedem. Estão sempre esperando reencontrar você na fila dos suspeitos.

47

Por um certo tempo, no dia seguinte, as coisas ficaram animadas. O promotor Springer convocou uma entrevista coletiva e apresentou uma declaração oficial. Ele era um sujeito grande, vistoso, com o cabelo prematuramente grisalho, daquele tipo que costuma se dar bem na política.

> Li o documento que pretende ser a confissão feita por uma senhora infeliz e desafortunada que recentemente tirou a própria vida, um documento que pode ou não ser genuíno, mas que, se genuíno, é obviamente o produto de uma mente desorientada. Estou pronto para aceitar que o *Journal* publicou esse do-

cumento de boa-fé, a despeito dos muitos absurdos e inconsistências, de cuja descrição tediosa os pouparei. Se Eileen Wade escreveu aquelas palavras, e meu escritório juntamente com a equipe do meu prestigiado coadjutor, o xerife Petersen, determinarão em breve se ela de fato o fez ou não, então eu lhes afirmo que ela não escreveu aquilo num momento em que tinha as ideias claras, nem uma mão firme. Faz apenas semanas que essa pobre senhora encontrou o marido numa poça de seu próprio sangue, derramado pela sua própria mão. Imaginem o choque, o desespero, a terrível solidão que deve ter se seguido a um desastre tão abrupto! E agora ela se juntou a ele no mundo amargo da morte. Há alguma coisa a ser ganha perturbando as cinzas dos que repousam? Há alguma coisa, meus amigos, além da venda de alguns exemplares de um jornal grandemente necessitado de circulação? Nada, meus amigos, nada. Vamos deixar as coisas como estão. Como Ofélia naquela obra-prima dramática chamada *Hamlet*, pelo imortal William Shakespeare, Eileen Wade usou sua arruda com uma distinção. Meus inimigos políticos gostariam de explorar essa distinção, mas meus amigos e meu eleitorado não se deixarão enganar. Eles sabem que este escritório trabalha há muito tempo em prol de uma aplicação da lei sábia e amadurecida, pela justiça exercida e temperada com misericórdia, o objetivo de todo governo sólido, estável e conservador. Em prol do que trabalha o *Journal* eu não sei, e seja o que for não é algo que me interesse muito. Que o público esclarecido saiba julgar por si mesmo.

O *Journal* publicou esse lero-lero na sua edição da manhã (era um jornal com reimpressões constantes) e Henry Sherman, o editor-chefe, respondeu a Springer à altura, com um texto assinado.

O senhor promotor, sr. Springer, estava em boa forma hoje pela manhã. Ele é um homem de boa aparência e fala com uma rica voz de barítono que é um prazer ouvir. Ele não quis nos entediar com fatos. Sempre que o sr. Springer necessitar de provas da autenticidade do documento em questão, o *Journal* ficará feliz em atendê-lo. Não esperamos que o sr. Springer tome nenhuma medida para reabrir casos que foram oficialmente dados como encerrados com sua sanção e sob sua direção, assim como não esperamos que o sr. Springer fique de cabeça para baixo no alto do prédio da Prefeitura. Como o próprio sr. Springer soube dizer tão bem, há alguma coisa a ser ganha perturbando as cinzas dos que repousam? Ou, como o *Journal* preferiria dizer, talvez de um modo menos elegante, há alguma coisa a ser ganha descobrindo quem cometeu um assassinato quando o assassino já está morto? Nada a ganhar, é claro, a não ser justiça e verdade.

Em defesa de William Shakespeare, o *Journal* deseja agradecer ao sr. Springer pela sua elogiável menção a *Hamlet*, e por sua substancialmente (embora não exatamente) correta alusão a Ofélia. "Use sua arruda com uma distinção" não foi dito de Ofélia, mas por ela, e o que queria dizer exatamente com isso nunca ficou claro para mentes menos eruditas como as nossas. Mas deixemos isso para lá. Soa bem, e ajuda a misturar as ideias. Talvez nos permitam citar, também dessa produção dramática, oficialmente endossada, chamada *Hamlet*, uma boa coisa que foi dita por um homem mau: "E ali onde está a ofensa, que o machado venha a cair."

Lonnie Morgan me ligou por volta do meio-dia e me perguntou o que eu tinha achado. Falei que na minha opinião não iria causar nenhum mal a Springer.

"Somente com os idiotas", disse Lonnie Morgan, "e esses já estavam mesmo contra ele. Mas e quanto a você?".

"Comigo, nada. Estou apenas sentado esperando que um dinheirinho fácil venha acariciar meu rosto."

"Não era bem isso que eu estava falando."

"Estou com saúde. Pare de tentar me amedrontar. Eu consegui o que queria. Se Lennox estivesse vivo poderia ir direto até Springer e cuspir na cara dele."

"Você fez tudo isso por ele. E a esta altura Springer já sabe disso. Eles têm cem armadilhas diferentes pra pegar um cara que eles não gostam. Não entendo por que acha que tudo isso valeu a pena. Lennox não era grande coisa como um homem."

"E o que isso tem a ver?"

Ele ficou calado por um momento. Depois disse: "Desculpe, Marlowe. Vou calar essa minha bocona. Boa sorte."

Desligamos depois das despedidas costumeiras.

Por volta das duas da tarde Linda Loring me ligou. "Nada de nomes, por favor", disse ela. "Acabei de desembarcar de um voo, vindo do lago lá no Norte. Alguém lá está esfumaçando de raiva a respeito de alguma coisa que saiu no *Journal* ontem à noite. Meu quase ex-marido está como se tivesse levado um soco no olho. O pobre coitado estava chorando quando parti. Ele também viajou para testemunhar."

"O que quer dizer, quase ex-marido?"

"Não seja estúpido. Pelo menos dessa vez meu pai aprova. Paris é um lugar excelente para se ter um divórcio tranquilo. Sendo assim, em breve estarei viajando para lá. E se você tivesse um resto de juízo não hesitaria em gastar um pouco daquela gravura que me mostrou, fazendo também uma longa viagem."

"O que isso tem a ver comigo?"

"Essa é a segunda pergunta estúpida que você faz. Você não engana ninguém, só a si mesmo, Marlowe. Sabe como se faz para caçar tigres?"

"Como vou saber?"

"Eles amarram um bode numa estaca e se escondem por trás de um biombo. Não é muito fácil para o bode. Eu gosto de você. Tenho certeza de que não sei por que, mas gosto. E detesto a ideia de ver você sendo o bode. Você fez tanta força para fazer a coisa certa, do modo como via as coisas."

"Muito gentil da sua parte", disse eu. "Se eu esticar o pescoço e ele for decepado, ainda assim é o meu pescoço."

"Não banque o herói, seu burro", disse ela com intensidade. "Só porque uma pessoa que conhecemos escolheu ser o bode expiatório, você não tem que imitá-lo."

"Eu lhe pago uma bebida, se ficar o bastante por aqui."

"Me pague uma em Paris. Paris é linda no outono."

"Gostaria disso também. Ouvi dizer que é ainda mais bonita na primavera. Como nunca fui lá, não tenho como saber."

"Do jeito que se comporta não saberá nunca."

"Adeus, Linda. Espero que encontre o que procura."

"Adeus", disse ela com frieza. "Eu sempre encontro o que procuro. Mas, quando encontro, descubro que não quero mais."

Ela desligou. O resto do dia passou em branco. Jantei e deixei meu Oldsmobile numa oficina 24 horas para dar uma checada nos freios. Voltei de táxi. A rua estava vazia como sempre. Na caixa de correio havia um cupom de sabonete. Subi os degraus lentamente. Era uma noite suave com um pouquinho de neblina no ar. As árvores da colina mal se moviam. Nenhuma brisa. Destranquei a porta e a abri parcialmente e então parei. A porta estava aberta menos de meio metro. Lá dentro estava escuro, não havia nenhum som. Mas eu tive a sensação de que aquele aposento não estava vazio. Talvez uma mola tivesse rangido bem baixinho, ou eu tive um vislumbre de paletó branco na escuridão. Talvez, numa noite quente e parada como aquela, a sala por trás daquela porta não estivesse quente o bastante, parada o bastante. Talvez pairasse um odor de homem no ar. Ou talvez eu estivesse tenso demais.

Dei um passo de lado, sem entrar, e desci da varanda para o chão, agachando-me junto dos arbustos. Nada aconteceu. Nenhuma luz acendeu lá dentro, não houve movimento em lugar algum que eu ouvisse. Eu tinha uma arma num coldre do lado esquerdo, uma Police .38 de cano curto, a coronha saindo do coldre. Puxei-a para fora, e isso não me levou a lugar nenhum. O silêncio continuou. Eu concluí que eu era um estúpido de um imbecil. Me endireitei e ergui um pé para retornar à porta da frente, quando um carro virou a esquina e subiu a toda a ladeira, e parou quase sem fazer barulho diante da minha escada. Era um grande sedã negro com linhas de Cadillac. Podia ser um carro de Linda Loring, exceto por duas coisas. Ninguém abriu a porta e as janelas do meu lado estavam fechadas. Esperei e fiquei à escuta, agachado junto ao arbusto, e não aparecia ali nada para escutar e nada para esperar. Somente um carro negro parado ao pé dos meus degraus de madeira, e com as janelas fechadas. Se o motor estava funcionando eu não conseguia ouvir. Então, um grande holofote vermelho se acendeu e seu jato de luz acertou a uns sete metros da quina da casa. E então, bem devagar, o grande carro deu marcha à ré até que o holofote pudesse varrer toda a frente da casa, varrer o teto e de lá para cima.

Policiais não andam de Cadillac. Cadillacs com holofotes vermelhos pertencem aos grandes cabeças, aos prefeitos e aos comissários de polícia, talvez ao promotor. Ou a um gângster.

O facho de luz veio varrendo tudo e eu me estirei no chão, mas ele me pegou do mesmo jeito. Fixou em mim. Nada mais. Mesmo assim a porta do carro continuou sem se abrir, e a casa continuou silenciosa e apagada.

Então uma sirene soltou seu mugido grave por um ou dois segundos, e parou. E nesse instante as luzes da casa se acenderam todas e um homem vestindo um *dinner jacket* branco caminhou pela varanda até o degrau mais alto e olhou de lado, na direção do muro e dos arbustos.

"Suba aqui, baixa renda", disse Menendez com um risinho. "Tem visitas."

Eu poderia acertar-lhe um tiro dali sem dificuldade, mas ele recuou alguns passos e já era tarde — mesmo que eu fosse capaz de fazê-lo. Então o vidro de uma janela se abaixou na traseira do carro e eu pude ouvir o barulho surdo da porta sendo aberta. E então uma metralhadora abriu fogo e descarregou uma breve rajada na ladeira da encosta, a uns dez metros de onde eu estava.

"Vamos, vamos, baixa renda", disse Menendez de novo, parado na porta. "Não tem nenhum outro lugar pra onde ir."

Portanto eu me endireitei e me pus a caminho, e o holofote me seguiu com precisão. Voltei a botar a arma no coldre do ombro. Subi até a varanda de madeira e entrei porta adentro e parei na entrada da sala. Um homem estava sentado, no lado oposto da sala, com as pernas cruzadas e uma arma descansando de lado sobre a coxa. Era o tipo magro e rijo e sua pele tinha aquela secura de quem vive em climas de sol quente. Usava um casaco de gabardine marrom-escuro e o zíper estava aberto até quase a cintura. Estava olhando para mim e nem seus olhos nem a arma se mexeram. Estava tão calmo quanto um muro de adobe à luz do luar.

48

Olhei para ele tempo demais. Houve um breve vislumbre de movimento bem do meu lado e uma dor estonteante na ponta do meu ombro. Meu braço inteiro ficou dormente até a ponta dos dedos. Eu me virei e vi um mexicano grande e de má aparência. Não estava sorrindo, estava somente me vigiando. Trazia uma .45 na mão, pendurada junto ao corpo. Tinha um bigode e sua cabeça parecia volumosa de tanto cabelo, preto e oleoso, penteado para aqui, para lá, indo, voltando. Na sua cabeça pendia um sombrero sujo e as tiras de couro do chapéu corriam paralelas e soltas por cima da camisa remendada que cheirava a suor. Não existe nada mais duro do que um mexicano duro, assim como não existe ninguém mais gentil do que um mexicano gentil, ninguém mais honesto do que um mexicano honesto, e acima de tudo ninguém mais triste do que um mexicano triste. O rapaz ali era um dos durões, e não sei de mais durões do que eles, seja onde for.

Esfreguei o braço. Ainda sentia agulhadas e a dor continuava lá, tanto quanto a dormência. Se eu tentasse puxar a arma certamente a deixaria cair no chão.

Menendez estendeu a mão na direção do matador. Quase sem dar atenção ele jogou a arma no ar e Menendez a pegou na queda. Parou na minha frente e a pele do seu rosto brilhava. "Onde gostaria que fosse, baixa renda?" Seus olhos negros dançaram.

Fiquei somente olhando para ele. Não há resposta para esse tipo de pergunta.

"Eu te fiz uma pergunta, baixa renda."

Passei a língua nos lábios e fiz uma também. "O que aconteceu com Agostino? Achei que ele era seu pistoleiro pessoal."

"Chick amaciou", disse ele cortesmente.

"Ele sempre foi macio, aliás, ele e o patrão."

O homem na poltrona piscou os olhos. Ele quase sorriu, mas ficou no quase. O valentão que tinha paralisado meu braço também não se mexeu nem disse nada. Eu sabia que ele estava respirando. Dava para sentir o cheiro.

"Alguém esbarrou no seu braço, baixa renda?"

"Tropecei numa *enchilada*."

Num gesto negligente e quase sem olhar para mim ele me bateu em plena cara com o cano da pistola.

"Não banque o rapaz alegre comigo, baixa renda. Você se sujou depois de tudo isso. Eu te avisei, e te avisei bem direitinho. Quando eu me dou ao trabalho de visitar alguém pessoalmente pra dizer a uma figura que saia de cena, a figura sai de cena. Ou então ela cai e não levanta mais."

Eu sentia um filete de sangue escorrendo pelo rosto. Sentia a dor e a dormência da pancada no meu osso da face. Elas se espalharam até que minha cabeça toda doía. Não tinha sido um golpe muito forte, mas o instrumento que ele usou era duro. Eu ainda era capaz falar, e ninguém ia me deter.

"É você agora quem bate pessoalmente, Mendy? Pensei que isso era trabalho braçal para aqueles tipos que surraram Big Willie Magoon."

"É somente um toque pessoal", disse ele muito tranquilo, "pelo fato de que eu tinha razões pessoais pra falar com você. O fato com Magoon foi questão interna do trabalho. Ele começou a achar que estava me intimidando — eu, que compro as roupas dele e os carros dele e enchi o cofre dele e paguei o que ele ainda devia da casa. Todos esses meninos da Narcóticos são assim. Já paguei até mensalidade escolar de criança. Você fica pensando que o filho de puta vai demonstrar certa gratidão, mas o que é que ele faz? Ele entra no meu escritório privado e me mete a mão na cara diante dos meus funcionários".

"Por causa do quê?", perguntei, na vaga esperança de fazê-lo ficar com raiva de outra pessoa.

"Porque uma perua laqueada disse que a gente usava dados viciados. Parece que era uma das comidas dele. Botei ela pra fora do clube — com cada centavo que tinha levado."

"Parece compreensível", eu disse. "Magoon devia saber que nenhum jogador profissional se mete em jogos desonestos. Ele não precisa. Mas o que eu fiz pra você?"

Ele me bateu de novo, conscientemente. "Você me fez sair mal na cena. No meu ramo, não se avisa um cara duas vezes. Nem mesmo um dos durões. Você vai lá e faz, senão você perde o controle. Se você perde o controle, perde todo o seu trabalho."

"Tenho a impressão de que há mais coisas envolvidas", disse eu. "Me dê licença de pegar aqui um lenço."

A arma me acompanhou enquanto eu o peguei e limpei o sangue do rosto.

"Um espiãozinho fuleiro", disse Menendez devagar, "acha que pode obrigar Mendy Menendez a fazer papel de macaco. Ele faz o pessoal rir de mim. Ele pensa que pode cuspir na minha cara, na minha, Mendy Menendez. Estou pensando em usar minha faca em você, baixa renda. Cortar você todo em fatias de carne crua".

"Lennox era seu amigo", disse eu, fitando-o bem nos olhos. "Acabou morrendo. Foi enterrado como um cachorro, sem nem sequer o nome escrito na terra que o cobriu. E eu tinha uma tarefa simples: mostrar que ele era inocente. Então isso deixa mal a sua imagem, hein? Ele salvou sua vida e perdeu a dele, e isso pra você não teve a menor importância. A única coisa que tem importância pra você é ficar fazendo esse seu papel de bandidão. Você não solta um traque que não seja pensando em si mesmo. Você não é grande — você é barulhento, e mais nada."

O rosto dele congelou e ele girou o braço para trás para me acertar mais uma vez, e dessa vez com toda a força. Seu braço ainda estava recuando quando eu dei meio passo à frente e lhe acertei um chute bem na boca do estômago.

Eu não pensei. Não planejei. Não calculei as minhas chances nem achei que tinha alguma. Eu estava era cheio daquela empáfia e minha cara doía e sangrava e talvez eu estivesse meio grogue das pancadas que levei na cara.

Ele se dobrou em dois, arquejando, e a arma caiu da sua mão. Ele tateou para recuperá-la, fazendo gargarejos horríveis no fundo da garganta. Meti-lhe uma joelhada na cara e ele ganiu.

O homem na cadeira soltou uma risada. Isso me balançou. Então ele ficou de pé e a arma na sua mão se ergueu com ele.

"Não mate ele", falou com calma. "A gente quer usar ele de isca."

Então houve um movimento nas sombras da sala e Ohls entrou pela porta, com os olhos vazios, sem expressão e totalmente calmo. Abaixou os olhos até Menendez. Menendez estava de joelhos, a testa tocando o chão.

"Mole", disse Ohls. "Mole como um mingau."

"Ele não é mole", disse eu. "Ele está machucado. Qualquer homem pode ser machucado. Será que Big Willie Magoon era mole?"

Ohls olhou para mim. O outro homem olhou para mim. O durão mexicano junto à porta não fez um som sequer.

"Tire essa porra desse cigarro da sua cara", rosnei para Ohls. "Ou fume essa merda, ou jogue fora. Estou de saco cheio de ver você fazer isso. Estou de saco cheio de você, ponto final. Estou de saco cheio da polícia."

Ele me olhou com surpresa. Depois sorriu.

"Foi plantado, garoto", disse ele com voz jovial. "Está machucado? O homem mau bateu no seu rostinho? Ora, garanto que você sabia que isso ia acontecer, e foi útil pra cacete." Ele baixou o olhar até Mendy. Mendy estava dobrado sobre os joelhos. Estava na lenta escalada para sair do fundo de um poço, alguns centímetros de cada vez. Sua respiração era rascante.

"Que sujeito falador que ele é", disse Ohls, "quando não tem três advogados em volta pra fazer ele calar a boca".

Ele agarrou Menendez e o fez ficar de pé. O nariz de Mendy sangrava. Ele mexeu no bolso do paletó branco e tirou um lenço e o aplicou sobre o nariz. Não disse uma palavra.

"Traíram você, meu querido", disse Ohls, com cuidado. "Não estou derramando muitas lágrimas por causa de Magoon. Ele sabia que ia dar naquilo. Mas ele era um policial, e vagabundos como você têm que aprender a respeitar um policial, agora e sempre."

Menendez baixou o lenço e olhou para Ohls. Olhou para mim. Olhou para o homem que tinha estado sentado na poltrona. Virou-se devagar e olhou para o mexicano durão perto da porta. Todos o encararam de volta, com os rostos vazios. Então viu-se de repente uma faca saltar do nada e Mendy deu um bote sobre Ohls. Ohls se esquivou para o lado e o agarrou pela goela com uma mão e derrubou a faca com um golpe, quase com indiferença. Ohls afastou os pés e retesou as costas e flexionou as pernas um pouco e ergueu Menendez do chão apenas com a mão que o agarrava pela goela. Deu alguns passos e prendeu Mendy de encontro à parede. Deixou-o escorregar até pôr os pés no chão, mas não soltou sua garganta.

"Me toque com um dedo e eu te mato", disse Ohls. "Um dedo." Então ele o soltou.

Mendy lhe deu um sorriso cheio de escárnio, olhou para o lenço e o dobrou para esconder o sangue. Colocou-o de novo de encontro ao nariz. Olhou para o chão, para a arma que tinha usado para me espancar. O homem da poltrona disse, tranquilo: "Mesmo que pudesse chegar nela, não está carregada."

"Plantaram uma armadilha", disse Mendy para Ohls. "Ouvi quando você disse."

"Você pediu três valentões", disse Ohls. "O que recebeu foram três policiais de Nevada. Alguém lá em Las Vegas não gostou do modo como você se esqueceu de acertar as coisas com eles. Esse alguém quer conversar com você. Você pode ir agora, com os policiais, ou pode ir até o centro da cidade comigo e ser pendurado num gancho da porta por um par de algemas. Tenho um ou dois rapazes por lá que adorariam ver você de perto."

"Deus salve Nevada", disse Mendy baixinho, olhando novamente para o mexicano junto à porta. Então ele se benzeu rapidamente e caminhou com firmeza para a porta. O mexicano o seguiu. Depois o outro, o da pele tostada, apanhou no chão a arma e a faca e saiu também. Fechou a porta. Ohls ficou esperando, imóvel. Ouvimos o som de portas de carro batendo, depois o motor, sumindo na noite.

"Tem certeza de que esses pistoleiros são policiais?", perguntei a Ohls.

Ele se virou quase surpreso da minha presença ali. "Eles tinham estrelas", foi tudo o que disse.

"Belo trabalho, Bernie. Muito bom mesmo. Acha então que ele chega vivo em Las Vegas? Você é muito frio mesmo, filho da puta."

Fui ao banheiro e liguei a água fria e mantive uma toalha molhada apertada de encontro ao ferimento no rosto. Olhei para mim mesmo no espelho. A bochecha estava inchada, azulada, e o cano da arma tinha deixado um corte em zigue-zague bem por cima do malar. Havia também uma descoloração por baixo do olho esquerdo. Eu não ia ficar muito bonito nos próximos dias.

Então vi Ohls aparecer no reflexo do espelho. Continuava rolando o maldito cigarro apagado na boca, como um gato abocanhando um rato semimorto e fazendo de conta que vai soltá-lo de novo.

"Da próxima vez não tente ser mais esperto do que a polícia", disse ele, rabugento. "Acha que deixamos você roubar aquela fotocópia só pra dar risada? A gente sabia que Mendy cairia com tudo em cima de você. Mostramos a situação a Starr, friamente. Dissemos que não podíamos parar com o jogo lá no estado dele, mas podíamos dificultar a coisa a ponto de influir nos lucros. Em nosso território, nenhum bandido espanca um policial, nem mesmo um policial corrupto, e fica por isso mesmo. Starr nos convenceu de que não tinha nada com esse episódio, que o grupo dele estava chateado a esse respeito, e que Menendez ficaria sabendo. Assim, quando Mendy ligou pra ele e pediu um grupo de arruaceiros de fora do estado pra vir aqui e te dar uma lição, Starr mandou três rapazes que conhecia, no carro dele, pagando todas as despesas. Starr, aliás, é comissário de polícia em Las Vegas."

Eu me virei para encarar Ohls de frente. "Os coiotes lá no deserto vão ter o que comer hoje à noite. Parabéns. O trabalho da polícia é uma coisa maravilhosa, Bernie, uma coisa edificante, idealista. A única coisa errada no trabalho da polícia são os policiais que o executam."

"Pior pra você, meu herói", disse ele com um rompante frio de selvageria. "Quase não segurei o riso quando te vi entrando em sua própria sala pra levar uma surra. Me diverti muito com a situação. Era um trabalho sujo e tinha que ser feito de um jeito sujo. Pra fazer um cara desses confessar é preciso dar uma ilusão de poder. Você nem ficou muito machucado, mas era preciso deixar que ele batesse um pouco."

"Sinto muito", falei. "Lamento ter feito vocês passarem por tudo isso."

Ele ergueu o rosto tenso para me encarar. "Detesto jogadores", disse ele com voz rouca. "Odeio, do jeito que odeio traficantes de drogas. Eles espalham uma doença que é tão corruptora quanto a droga. Você acha que aqueles palácios em Reno e Las Vegas são só pro divertimento inofensivo? Não, eles estão ali pra pegar os peixes pequenos, o otário que quer um prêmio a troco de nada, o rapaz que entra ali com o contracheque no bolso e perde o dinheiro da feira da semana. Os jogadores ricos perdem quarenta mil e dão risada e voltam no outro dia para perder mais. Mas não são os jogadores ricos que sustentam o jogo. A massa do lucro deles é em forma de moedas de dez e de vinte e cinco centavos e meios dólares e de vez em quando um dólar ou mesmo uma nota de cinco. O grande dinheiro do jogo brota como a água sai da torneira, uma corrente incessante que nunca para de correr. Toda vez que alguém quiser derrubar um jogador profissional, conte comigo. Eu gosto. E toda vez que um governo estadual toma dinheiro do jogo e chama a isso de impostos, esse governo está ajudando a manter as quadrilhas em atividade. O barbeiro ou a manicure do salão apostam dois dólares. Isso vai para o sindicato do crime, isso é o que constitui o lucro deles. As pessoas querem uma polícia honesta, não é mesmo? Pra quê? Pra proteger os sujeitos que têm cartões de cortesia? Nós temos corridas de cavalos legalizadas neste estado, durante o ano inteiro. Operam de maneira honesta, e o estado fica com a sua fatia, mas pra cada dólar deixado no guichê passam cinquenta pelas mãos dos *bookmakers*. Há oito ou nove corridas em cada programa, e em metade delas, as corridas menores que não chamam a atenção, é possível forjar um resultado, basta que alguém dê a ordem. Só existe uma maneira de um jóquei vencer uma corrida, mas há vinte maneiras diferentes de perder, mesmo com um fiscal vigiando de oito em oito postes, e eles não podem fazer nada a respeito, se o jóquei conhece as manhas. Isso é jogo legalizado, companheiro, um negócio limpo e honesto, aprovado pelo Estado. Então está tudo bem, não é verdade? Mas não no meu manual, isso não. Porque isso é trapaça no jogo, e ela produz mais trapaceiros, e quando você vai juntando isso tudo acaba tendo somente um tipo de jogo, o tipo errado."

"Está se sentindo bem agora?", perguntei, passando um pouco de iodo nos meus ferimentos.

"Eu sou um policial velho e cansado e batido. Tudo que eu sinto dói."

Eu me virei para encará-lo. "Você é um policial bom pra cacete, Bernie, mas mesmo assim você está todo errado. Tem um detalhe em que todo polícia pensa do mesmo jeito. Todos botam a culpa na coisa errada. Se um cara perde o ordenado dele numa mesa de dados, proíbam o jogo. Se ele fica bêbado, proíbam a bebida. Se ele mata alguém num acidente de carro, proíbam a fabricação de carros. Se ele é pego com uma garota num quarto de motel, proíbam as relações sexuais. Se ele cai de uma escada, proíbam a construção de casas."

"Ah, cala a boca."

"Claro, pode me calar, eu sou apenas um cidadão. Saia dessa, Bernie. Nós não temos quadrilhas e sindicatos do crime e gangues de arruaceiros porque temos políticos corruptos e seus representantes na prefeitura e nas assembleias legislativas. O crime não é uma doença, é um sintoma. A polícia parece um médico que nos dá aspirina pra curar um tumor no cérebro, com a diferença de que a polícia prefere curar com um cassetete. A gente é um povo grande e duro e rico e selvagem, e o crime é o preço que a gente paga por ser assim, e o crime organizado é o preço que a gente paga por saber organizar. Vamos ter isso conosco durante muito, muito tempo. O crime organizado é apenas o lado sujo do dinheiro fácil."

"E qual é o lado limpo?"

"Eu nunca vi. Mas talvez Harlan Potter possa te dizer. Vamos tomar uma dose."

"Você estava bastante bem ao entrar nessa sala hoje", disse Ohls.

"Você esteve melhor ainda quando Mendy puxou aquela faca pra você."

"Aperte aqui", disse ele, e estendeu a mão.

Tomamos uma dose e ele saiu pela porta traseira, que tinha forçado para entrar, tendo me visitado na véspera para fazer um reconhecimento do terreno. Portas dos fundos são um ponto delicado se elas dão direto para fora e se são velhas o bastante para a madeira estar ressecada, contraída. Você solta os pinos das dobradiças e o resto é fácil. Ohls me mostrou a marca que tinha deixado na porta e saiu por trás, escalando a colina até a rua do lado oposto, onde estava seu carro. Ele poderia ter aberto minha porta da frente com a mesma facilidade, mas teria quebrado o trinco, e isso ficaria visível demais.

Fiquei olhando enquanto ele subia a encosta por entre as árvores, com o facho da lanterna apontado à frente, até que sumiu do outro lado. Tranquei a porta e preparei uma bebida leve e voltei para a sala e me sentei. Olhei para o relógio. Ainda era cedo. Era somente uma sensação de que muito tempo tinha se passado desde que cheguei em casa.

Sentei perto do telefone e disquei a telefonista e lhe dei o número da casa dos Loring. O mordomo indagou quem estava ligando e foi ver se a sra. Loring estava em casa. Ela estava.

"Eu servi mesmo de bode", disse eu, "mas pegaram o tigre vivo. Sofri apenas uns arranhões".

"Qualquer dia desses precisa me contar como foi." Ela soava tão distante que já parecia em Paris.

"Podia contar durante um drinque, caso você tenha tempo."

"Hoje? Oh, estou embalando minhas coisas para me mudar. Receio que seja impossível."

"Certo. Compreendo. Bem, só achei que você gostaria de ficar sabendo. Foi muito gentil de sua parte ter me prevenido. Era um assunto que não tinha nada a ver com o seu pai."

"Tem certeza disso?"

"Positiva."

"Oh. Só um instante." Ela se afastou por algum tempo, depois voltou e a voz já estava cálida. "Talvez eu possa encaixar um tempinho para uma bebida. Onde?"

"Onde preferir. Estou sem carro hoje à noite, mas posso pegar um táxi."

"Bobagem. Vou buscá-lo, mas vai ter que ser daqui a uma hora, ou mais. Qual o endereço daí?"

Eu lhe disse e ela desligou e eu acendi a luz da varanda e depois fiquei parado na porta, aspirando a noite. O tempo tinha refrescado bastante.

Voltei para dentro e tentei falar com Lonnie Morgan, mas não o encontrei. Então, só por uma veneta repentina, fiz uma ligação para o Terrapin Club, em Las Vegas, para o sr. Randy Starr. Ele provavelmente não aceitaria. Mas aceitou. Tinha uma voz calma, competente, de homem de negócios.

"Que bom que tenha feito contato, Marlowe. Qualquer amigo de Terry é meu amigo. O que posso fazer pelo senhor?"

"Mendy está a caminho."

"A caminho de onde?"

"De Vegas, com os três capangas que você mandou para ele num grande Cadillac negro com holofote vermelho e sirene. Imagino que seja seu."

Ele deu uma risada. "Em Vegas, como já disse um desses jornalistas, a gente usa Cadillacs como trailers. O que quer dizer isso tudo?"

"Mendy me emboscou na minha casa com uma dupla de valentões. A ideia dele era me dar uma surra — pra começar — por algo que saiu num jornal e que ele acha que foi minha culpa."

"E foi culpa sua?"

"Eu não sou dono de nenhum jornal, sr. Starr."

"E eu não sou dono de nenhum Cadillac com capangas, sr. Marlowe."

"Talvez fossem policiais."

"Não posso saber. Algo mais?"

"Ele me bateu no rosto com uma pistola. Eu lhe dei um chute no estômago e usei meu joelho em seu nariz. Ele pareceu incomodado. Mesmo assim confio que chegará vivo a Vegas."

"Tenho certeza que sim, se é para cá que está vindo. Receio que seja obrigado a interromper nossa conversa agora."

"Só um segundo, Starr. Você estava envolvido naquele trabalho em Otatoclán — ou Mendy agiu sozinho dessa vez?"

"Podia repetir?"

"Não brinque, Starr. Mendy não estava com raiva de mim pelo que ele alegou — não a ponto de invadir minha casa pra me dar o mesmo tratamento que deu a Big Willie Magoon. Não havia motivo bastante. Ele tinha me prevenido que eu devia me comportar bem, e não mexer com o caso Lennox. Mas eu tive que mexer, porque as coisas acabaram levando a isso. Então ele fez o que eu acabei de lhe contar. Esse era um motivo muito melhor."

"Sei", disse ele, devagar, e ainda com a voz suave e tranquila. "Você acha que houve alguma coisa que não batia bem, no modo como Terry morreu? Que ele não atirou em si mesmo, por exemplo, mas alguém o fez?"

"Acho que alguns detalhes podem ajudar. Ele escreveu uma confissão que era falsa. Escreveu uma carta pra mim e conseguiu que ela fosse posta no correio. Um garçom ou camareiro do hotel onde ele estava ia levar a carta pra fora sem ninguém perceber, e colocá-la no correio. Ele estava encurralado naquele hotel e não podia sair. Havia uma nota de alto valor junto com a carta, e ele terminou de escrever a carta com alguém batendo na porta. Eu gostaria de saber quem entrou naquele quarto."

"Por quê?"

"Porque se tivesse sido o garçom ou camareiro, Terry teria acrescentado uma ou duas linhas dizendo isso. Se tivesse sido um policial, a carta nunca teria sido postada. Então, quem era — e por que Terry escreveu aquela confissão?"

"Não faço ideia, Marlowe. A mínima ideia."

"Desculpe ter incomodado, sr. Starr."

"Incômodo nenhum, fiquei feliz por termos conversado. Perguntarei a Mendy se ele sabe algo a respeito."

"Sim, caso ainda consiga ver ele com vida. Se não... descubra de outra maneira. Ou alguém vai acabar descobrindo."

"Você?" A voz dele endureceu, mas ainda mantendo a calma.

"Não, sr. Starr. Eu, não. Alguém que pode varrer o senhor de Las Vegas com um sopro, sem fazer muita força. Pode acreditar em mim, sr. Starr. Acredite, apenas. É a pura verdade."

"Eu ainda verei Mendy vivo, não se preocupe com isso, Marlowe."

"Imaginei que entenderia tudo. Boa noite, sr. Starr."

49

Quando o carro parou em frente de casa e a porta dele se abriu, eu saí até o topo da escada para avisar que estava descendo. Mas o chofer negro de meia-idade estava abrindo a porta para que ela saísse. Então ela subiu a escada e ele veio atrás, carregando uma valise pequena, daquele tipo para pernoite. Sendo assim, fiquei esperando.

Ela chegou ao alto e virou-se para dizer ao motorista: "O sr. Marlowe me levará depois para o meu hotel, Amos. Obrigada por tudo. Ligarei para você pela manhã."

"Sim, sra. Loring. Posso fazer uma pergunta ao sr. Marlowe?"

"Claro, Amos."

Ele pousou a valise no chão, já dentro da sala, enquanto ela passava por nós dois e entrava na casa.

"'Envelheço... envelheço... vou enrolar as barras da calça pelo avesso.' O que significa isso, sr. Marlowe?"

"Coisíssima alguma. Soa bem, apenas."

Ele sorriu. "É um verso de 'A Canção de Amor de J. Alfred Prufrock'. Aqui vai mais um. 'No salão as mulheres vão e vêm/ falando de Michelangelo.' Isso lhe sugere alguma coisa, senhor?"

"Sim, sugere que o sujeito não sabia muita coisa a respeito de mulheres."

"Exatamente a minha impressão, senhor. Não obstante, sou um grande admirador de T. S. Eliot."

"Você disse 'não obstante'?"

"Ora, disse, senhor. Está incorreto?"

"Não, mas nunca diga isso na frente de um milionário. Ele pode pensar que você está se divertindo às custas dele."

Ele sorriu com tristeza. "Nem sonho com isso. Sofreu algum acidente, senhor?"

"Não. Foi planejado. Boa noite, Amos."

"Boa noite, senhor."

Ele desceu a escada e eu voltei para dentro de casa. Linda Loring estava parada no meio da sala, olhando em redor.

"Amos se graduou na Universidade Howard", disse ela. "Você não mora num lugar muito seguro, para quem leva uma vida insegura como a sua."

"Não existem lugares seguros."

"Pobrezinho do seu rosto. Quem fez isso?"

"Mendy Menendez."

"E o que você fez com ele?"

"Não muita coisa. Dei um ou dois pontapés. Ele caiu numa armadilha. Está agora a caminho de Nevada em companhia de três ou quatro policiais de lá. Esqueça ele."

Ela sentou no sofá.

"O que gostaria de beber?", perguntei. Peguei uma caixinha de cigarros e a estendi para ela. Ela disse que não queria fumar. Disse que beberia qualquer coisa.

"Pensei em champanhe", disse eu. "Não tenho balde de gelo, mas o champanhe está gelado. Eu o estou guardando há anos. Duas garrafas. Cordon Rouge. Acho que é bom, mas não sou entendedor."

"Guardando para quê?", perguntou ela.

"Para você."

Ela sorriu, mas seu olhar ainda estava no meu rosto. "Você está todo cortado." Ela estendeu os dedos e tocou de leve minha bochecha. "Estava guardando para mim? Não é muito provável. Nós nos conhecemos há apenas uns dois meses."

"Então eu estava guardando até que a gente se conhecesse. Vou buscá-lo." Eu peguei a valise dela e comecei a atravessar a sala.

"Aonde pensa que vai com isso?", perguntou ela rapidamente.

"É uma valise de pernoite, não é?"

"Ponha isso no chão e volte aqui."

Obedeci. Os olhos dela estavam brilhantes e ao mesmo tempo um pouco sonolentos.

"Isso é uma coisa nova", disse ela bem devagar. "Uma coisa bastante nova."

"Em que sentido?"

"Você nunca me tocou com um dedo. Nenhuma gracinha, nenhuma sugestão indireta, nenhuma mão me agarrando, nada. Eu achava que você era durão, sarcástico, cruel e frio."

"Eu acho que sou — às vezes."

"Agora eu estou aqui e imagino, sem maiores preâmbulos, que depois de tomarmos uma quantidade razoável de champanhe você tem a intenção de me agarrar e me jogar na sua cama. É verdade?"

"Falando francamente", disse eu, "uma ideia desse tipo me passou de leve pela cabeça".

"Estou lisonjeada, mas suponhamos que eu não queira as coisas assim? Eu gosto de você. Gosto muito de você. Mas isso não implica que eu quero ir para a cama com você. Você não estará tirando conclusões apressadas, somente porque eu trouxe comigo uma valise de pernoite?"

"Posso ter cometido um engano", disse eu. Me levantei, fui buscar a valise e voltei a colocá-la junto da porta da frente. "Vou buscar o champanhe."

"Não quis ferir seus sentimentos. Talvez devesse poupar seu champanhe para uma ocasião mais propícia."

"São só duas garrafas", disse eu. "Uma ocasião realmente propícia precisaria de doze."

"Oh, estou vendo", disse ela, subitamente com raiva. "Estou apenas guardando um lugar até que alguém, mais bela e mais atraente, resolva aparecer. Muitíssimo obrigada. Agora foi você quem feriu meus sentimentos, mas é bom saber que estou em segurança aqui. Se acha que uma garrafa de champanhe vai me transformar numa mulher fácil, está muito enganado."

"Eu já reconheci o meu engano."

"O fato de que eu lhe disse que ia me divorciar do meu marido e de que pedi a Amos que me trouxesse para cá, com uma valise de pernoite, não me torna uma mulher fácil", disse ela, ainda irritada.

"Que se dane a valise de pernoite", resmunguei. "Que a valise de pernoite vá pro inferno. Fale nela de novo e eu jogo essa porcaria lá embaixo da escada. Eu lhe ofereci uma bebida. Estou indo agora à cozinha buscar a bebida. Isso é tudo. Nunca tive a menor intenção de embebedá-la. Você não quer ir para a cama comigo. Eu entendo perfeitamente. Não há razões para que quisesse. Mas ainda podemos tomar uma ou duas taças de champanhe, não? Isto não precisa se transformar numa arenga sobre quem vai ser seduzido e quando e onde e com quanto champanhe."

"Não precisava perder a calma", disse ela, ruborizando-se.

"Isso é só outro joguinho", grunhi. "Conheço cinquenta deles e odeio todos. São todos falsos e têm certo ar perverso ao redor deles."

Ela se levantou e veio até mim, e passou a ponta dos dedos sobre os cortes e as partes inchadas do meu rosto. "Sinto muito. Sou uma mulher cansada e desiludida. Por favor, seja gentil comigo. Não sou um bom negócio para ninguém."

"Você não está cansada e não está mais desiludida do que a maioria das pessoas. De acordo com as probabilidades você era para ser o mesmo tipo de perua mimada, vazia e promíscua que sua irmã era. Mas, por algum milagre, não é assim. Você tem toda a honestidade e grande parte do tutano da sua família. Você não precisa da gentileza de ninguém."

Dei-lhe as costas e cruzei o hall até a cozinha e tirei uma das garrafas de champanhe do refrigerador e estourei a rolha e enchi um par de taças rasas bem depressa e virei uma delas. O ardor do álcool trouxe lágrimas aos meus olhos, mas bebi a taça inteira. Depois a enchi de novo. Então coloquei tudo em cima de uma bandeja e a levei para a sala.

Ela não estava lá. A valise de pernoite tinha sumido. Pousei a bandeja e abri a porta da frente. Eu não tinha ouvido o som da porta sendo aberta, e ela estava sem carro. Eu não ouvira som algum.

Então ela falou às minhas costas. "Idiota, achou que eu ia sair correndo?"

Fechei a porta e me virei. O cabelo dela estava solto e ela tinha calçado pantufas e vestia um roupão de seda da cor de um pôr do sol numa gravura japonesa. Veio na minha direção devagar, com um sorriso inesperadamente tímido. Estendi-lhe uma taça. Ela a recebeu, deu dois goles do champanhe e me devolveu.

"Muito bom", disse. Então, muito calmamente e sem nenhum traço de artificialismo ou afetação, ela veio para os meus braços e apertou a boca de encontro à minha e seus lábios e seus dentes se abriram. A ponta da sua língua tocou a minha. Depois de um longo tempo ela afastou a cabeça mas manteve os braços em volta do meu pescoço. Seus olhos estavam luminosos.

"Quis fazer isso o tempo todo", ela disse. "Mas tinha que me manter difícil. Não sei por quê. Nervosismo, talvez. Não sou mesmo uma mulher fácil. Isso é uma pena?"

"Se eu achasse que você era, teria lhe dado uma cantada na primeira vez em que a encontrei, no Victor's."

Ela balançou a cabeça devagar e sorriu. "Não acho que o fizesse. Por isso estou aqui."

"Talvez não naquela noite", disse eu. "Aquela noite foi voltada para outra coisa."

"Talvez você nunca dê cantadas em mulheres nos bares."

"Não é frequente. A iluminação não é boa."

"Mas uma porção de mulheres vai para os bares justamente para levar cantadas."

"Uma porção de mulheres acorda todas as manhãs com a mesma ideia."

"Mas bebida é um afrodisíaco... até certo ponto."

"Os médicos recomendam."

"Quem falou em médicos? Me dê meu champanhe."

Beijei-a mais. Era um trabalho leve e agradável.

"Quero beijar seu pobre rosto", disse ela, e o fez. "Está muito quente", falou.

"O resto todo está congelado."

"Não está. Quero meu champanhe."

"Por quê?"

"Vai perder as bolhas se não bebermos. Além disso, eu gosto do sabor."

"Tudo bem."

"Você me ama muito? Ou amará, se eu for para a cama com você?"

"É possível."

"Não tem que ir para a cama comigo, você sabe. Eu não insisto de forma alguma nesse ponto."

"Obrigado."

"Quero meu champanhe."

"Quanto dinheiro você possui?"

"Ao todo? Como posso saber? Cerca de oito milhões de dólares."

"Resolvi que vou para a cama com você."

"Mercenário", disse ela.

"Eu paguei pelo champanhe."

"Que se dane o champanhe", disse ela.

50

Uma hora depois ela estendeu um braço nu para cutucar minha orelha e disse: "Você pensaria em se casar comigo?"

"Não duraria seis meses."

"Ah, pelo amor de Deus", disse ela, "suponhamos que não. Não valeria a pena? O que você espera da vida — cobertura total contra todos os riscos possíveis?".

"Tenho quarenta e dois anos. A independência me deixou mimado. Você é um pouco mimada — não muito — pelo dinheiro."

"Eu tenho trinta e seis. Não é uma vergonha ter dinheiro, e não é uma vergonha casar com quem tem. A maioria dos que o têm não o merecem e não sabem o que fazer com ele. Mas não vai durar muito. Vamos ter outra guerra e quando ela acabar ninguém mais vai ter dinheiro, exceto os corruptos e os trapaceiros. Vamos pagar impostos até ficar sem nada, todo o restante de nós."

Acariciei o cabelo dela e enrolei uma mecha no dedo. "Talvez você tenha razão."

"Podíamos voar para Paris e passar um tempo maravilhoso por lá." Ela se ergueu sobre um cotovelo e baixou o olhar para o meu. Eu podia ver o brilho dos olhos mas não a expressão no seu rosto. "Tem alguma coisa contra o casamento?"

"Para duas pessoas em cada cem é uma coisa maravilhosa. O resto se vira como pode. Depois de vinte anos todo o espaço que o cara tem para si é uma bancada com ferramentas na garagem. As garotas americanas são extraordinárias. Já as esposas americanas ocupam um território grande pra cacete. Além disso—"

"Quero um pouco de champanhe."

"Além disso", continuei, "seria para você apenas um incidente a mais. O primeiro divórcio é o único que é sofrido. Depois dele, é só um problema econômico. Nenhum problema para você. Daqui a dez anos você podia passar por mim na rua e ficar pensando de onde diabo me conhece. Isso se notasse a minha presença".

"Você é um filho da puta autossuficiente, autossatisfeito, autoconfiante, intocável. Quero um pouco de champanhe."

"É bom, assim você se lembra de mim."

"Presunçoso também. Um bloco de presunção. Meio avariado no momento. Acha que eu vou lembrar de você? Não importa com quantos homens eu case, ou com quantos vá pra cama, acha que eu vou lembrar de você? Por que lembraria?"

"Desculpe, acho que exagerei na minha argumentação. Vou buscar o champanhe."

"Nós não somos mesmo tão doces, tão razoáveis?", disse ela com sarcasmo. "Sou uma mulher rica, querido, e vou ser infinitamente mais rica. Eu podia comprar o mundo pra você se ele valesse a pena ser comprado. O que é que você tem agora? Uma casa vazia para onde voltar à noite, sem nem sequer um cachorro ou um gato, um escritório pequeno e abafado onde você se senta e espera. Mesmo que eu me divorciasse de você, eu nunca permitiria que voltasse a esse ponto."

"Como iria me impedir? Eu não sou Terry Lennox."

"Por favor. Não vamos falar dele. Nem sobre aquele pingente de gelo dourado, a tal da Wade. Nem sobre aquele coitado daquele bêbado que casou com ela. Você quer ser o único homem que me dispensou? Que tipo de orgulho é esse? Eu lhe fiz o maior elogio que sou capaz de fazer. Pedi a você que casasse comigo."

"Você me fez um elogio maior que esse."

Ela começou a chorar. "Seu idiota, seu grande idiota!" O rosto dela estava molhado. Eu podia sentir as lágrimas rolando. "Digamos que só durasse seis meses. Ou um ano, ou dois anos. Você teria perdido o quê, além da poeira na mesa do seu escritório e a sujeira nas suas persianas e a solidão de uma vida totalmente vazia?"

"Você ainda quer champanhe?"

"Tudo bem."

Puxei-a para mim e ela chorou no meu ombro. Ela não estava apaixonada por mim, e nós dois sabíamos disso. Ela não estava chorando por minha causa. Era somente o momento adequado para ela soltar as lágrimas.

Então ela se afastou e eu levantei da cama e ela foi ao banheiro lavar o rosto. Fui buscar o champanhe. Quando ela voltou ao quarto estava sorrindo.

"Desculpe o faniquito", disse ela. "Daqui a seis meses não vou nem lembrar como você se chamava. Traga para a sala. Quero ver luzes."

Fiz o que ela disse. Ela sentou no sofá como antes. Pus o champanhe diante dela. Ela olhou para a taça mas não a tocou.

"Eu direi quem sou", falei. "E tomaremos um drinque juntos."

"Como nessa noite?"

"Nunca mais será como essa noite."

Ela ergueu a taça de champanhe, bebeu um pouquinho devagar, girou o corpo e jogou o resto na minha cara. Então começou a chorar de novo. Fui pegar um lenço, limpei meu rosto e depois limpei o dela.

"Não sei por que fiz isso", disse ela. "Mas pelo amor de Deus não diga que eu sou uma mulher e que uma mulher nunca sabe por que faz as coisas."

Servi um pouco mais de champanhe e dei uma risada olhando para ela. Ela bebeu devagar e então girou novamente o corpo e arriou sobre os meus joelhos.

"Estou cansada", disse. "Desta vez você vai ter que me carregar."

Depois de algum tempo ela adormeceu.

Quando o dia amanheceu ela ainda dormia, e eu me levantei para fazer café. Tomei um chuveirada, fiz a barba e me vesti. A essa altura ela acordou. Tomamos o café da manhã juntos. Chamei um táxi e desci a escada com ela, levando sua valise de pernoite.

Dissemos adeus. Fiquei olhando até o táxi sumir. Subi de volta os degraus, entrei no quarto, joguei tudo para fora da cama e voltei a forrá-la com cuidado. Havia um longo cabelo negro em um dos travesseiros. Havia um bloco de chumbo no meu estômago.

Os franceses têm uma frase para isso. Os filhos da puta têm uma frase para tudo e é sempre a frase certa.

Dizer adeus é morrer um pouco.

51

Sewell Endicott disse que iria ficar trabalhando até um pouco tarde, e que eu poderia aparecer por lá às sete e meia da noite.

Ele tinha um escritório de quina no edifício, com um tapete azul, uma escrivaninha de mogno avermelhado com cantos entalhados, muito antiga e claramente muito valiosa, as costumeiras estantes envidraçadas cheias de livros de direito em encadernação cor de mostarda, os costumeiros cartuns de Spy retratando famosos magistrados ingleses, e um grande retrato do juiz Oliver Wendell Holmes na parede do lado sul, isolado. A cadeira de Endicott era forrada de couro negro. A um lado via-se uma escrivaninha de tampo corrediço atulhada de papéis. Era um escritório que nenhum decorador jamais tivera a chance de afrescalhar.

Estava em mangas de camisa e parecia cansado, mas ele tinha esse tipo de rosto. Fumava um daqueles seus cigarros sem gosto. A cinza tinha caído em sua gravata, que estava frouxa. Seu cabelo preto e liso ia em todas as direções.

Ele me olhou em silêncio enquanto me sentei. Então disse: "Você é um filho da puta de um teimoso, se é que eu já vi algum na minha vida. Não me diga que ainda está remexendo naquela encrenca."

"Tem uma coisa que me preocupa um pouco. Tudo bem se eu concluísse que o senhor estava representando o sr. Harlan Potter quando foi falar comigo na cadeia?"

Ele assentiu. Toquei o lado do meu rosto, devagar, com as pontas dos dedos. Já estava sarando e o inchaço tinha diminuído, mas uma das pancadas tinha avariado um nervo. Parte da bochecha ainda estava insensível. Eu não conseguia parar de tocar nela. Acabaria melhorando, com o tempo.

"E que quando esteve em Otatoclán o senhor estava temporariamente cumprindo funções delegadas pela equipe do promotor?"

"Sim, mas não precisa ficar esfregando na cara, Marlowe. Era uma conexão importante. Talvez eu tenha botado muito peso nela."

"Ainda é, eu espero."

Ele abanou a cabeça. "Não. Esse é assunto encerrado. O sr. Potter conduz suas atividades jurídicas com escritórios de San Francisco, Nova York e Washington."

"Acho que ele me odeia — se é que pensa em mim."

Endicott sorriu. "É curioso, mas a verdade é que ele põe toda a culpa no genro, o dr. Loring. Um homem como Harlan Potter tem que botar a culpa em alguém. Ele próprio jamais cometeria um erro. Ele acha que se Loring não estivesse fornecendo drogas perigosas àquela mulher, nada disso teria acontecido."

"Ele está errado. O senhor viu o corpo de Terry Lennox, em Otatoclán, não viu?"

"Sem dúvida que sim. Num quarto dos fundos, na oficina de um marceneiro. Eles não têm mortuárias propriamente ditas, por lá. O cara estava também preparando o caixão. O corpo estava frio, gelado. Eu vi o ferimento na têmpora. Não há dúvidas sobre a identidade, se é que está especulando nessa direção."

"Não, sr. Endicott, não especulei, porque no caso dele isso dificilmente seria possível. Mas ele estava um pouco disfarçado, não é mesmo?

"O rosto e as mãos escurecidos, cabelo tingido de preto. Mas as cicatrizes ainda eram óbvias. E as impressões digitais, é claro, foram facilmente comparadas com coisas que ele tinha tocado em casa."

"Que tipo de polícia eles têm lá?"

"Primitiva. O *jefe* mal sabia ler e escrever. Mas tinha conhecimento de digitais. E fazia muito calor, você sabe. Muito calor." Ele franziu o rosto e tirou o cigarro da boca e o deixou cair num gesto negligente num enorme receptáculo de algum tipo de basalto negro. "Eles tiveram que mandar buscar gelo do hotel", ele ajuntou. "Muito gelo." Olhou para mim de novo. "Não há embalsamamento lá. As coisas têm que ser feitas logo."

"Fala espanhol, sr. Endicott?"

"Só algumas palavras. O gerente do hotel nos serviu de intérprete." Ele sorriu. "Um sujeito bem-vestido, cheio de gingas, esse cara. Parecia durão, mas foi muito educado e atencioso. Tudo foi concluído com presteza."

"Eu tenho uma carta de Terry. Acho que o sr. Potter gostaria de tomar conhecimento dela. Eu disse isso à filha dele, a sra. Loring. Eu a mostrei a ela. Havia um retrato de Madison dentro dela."

"Um o quê?"

"Uma nota de cinco mil."

Ele ergueu as sobrancelhas. "Puxa. Bem, é algo que estava ao alcance dele. A esposa lhe deu um belo quarto de milhão de dólares na segunda vez em que se casaram. Tenho a impressão de que ele pretendia ir para o México e viver de qualquer maneira, distante de tudo o que aconteceu. Não sei o que aconteceu com o dinheiro. Não tenho informação sobre isso."

"Aqui está a carta, sr. Endicott, se lhe interessar."

Tirei a carta e a entreguei a ele. Ele a leu com todo cuidado, que é como os advogados leem tudo. Colocou-a sobre a mesa, recostou-se e ficou olhando para o nada.

"Um pouco literária, não é mesmo?", disse ele baixo. "Eu me pergunto por que ele fez isso."

"Confessado o crime, se matado ou escrito essa carta?"

"Confessado e depois se suicidado, é claro", disse ele com firmeza. "A carta dá para entender. Pelo menos você recebeu uma razoável recompensa por tudo o que fez por ele, e depois da morte dele."

"Essa caixa de correio está me incomodando", eu disse. "Na parte onde ele diz que havia uma caixa de correio na rua, por baixo da janela dele, e o camareiro do hotel ia erguer a carta antes de colocá-la ali, para que Terry visse que ela tinha sido enviada."

Alguma coisa nos olhos de Endicott começou a cochilar. "Por quê?", perguntou ele com indiferença. Ele pegou outro daqueles cigarros com filtro de uma caixa quadrada. Estendi para ele o meu isqueiro aceso.

"Não teriam uma dessas num lugar como Otatoclán", falei.

"Continue."

"A princípio, não liguei. Mas depois fui me informar sobre esse lugar. É um mero vilarejo. Não mais de mil e duzentos habitantes. Há uma rua parcialmente calçada. O *jefe* local anda num Ford Modelo A como carro oficial. O correio local fica de esquina com uma loja, um prédio administrativo, um açougue. Um hotel, umas duas cantinas, nenhuma estrada que preste, um pequeno campo de pouso. Tem muita caça a redor dali, nas montanhas — bastante caça. Daí o campo de pouso. É o único jeito decente de se chegar lá."

"Continue. Eu sei sobre a caça."

"E de repente tem uma caixa de correio na rua. É como se tivesse também um hipódromo e uma pista de corridas para cachorros e um campo de golfe e uma quadra de *jai alai* e um parque com uma fonte luminosa e uma banda num coreto."

"Então ele deve ter se enganado", disse Endicott com frieza. "Talvez fosse alguma coisa que ele tomou por uma caixa de correio, como um recipiente de lixo, digamos."

Fiquei de pé. Peguei a carta, dobrei de novo e guardei no bolso.

"Um recipiente de lixo", falei. "Claro, isso mesmo. Pintado com as cores mexicanas, verde, branco, vermelho, e um recado impresso em letras grandes: MANTENHA NOSSA CIDADE LIMPA. Em espanhol, é claro. E, em volta dele, sete cachorros famintos."

"Não se meta a engraçado, Marlowe."

"Desculpe se meu cérebro apareceu. E tem outro pequeno detalhe, que eu já discuti com Randy Starr. Como é que a carta pôde ser postada, afinal? De acordo com a carta, o método estava combinado de antemão. Portanto, alguém lhe falara a respeito da caixa de correio. Portanto, alguém mentiu. Portanto, alguém postou uma carta com cinco mil dentro, mesmo assim. Desconcertante, concorda?"

Ele soltou uma baforada de fumaça e ficou a vê-la ir embora.

"Qual é a sua conclusão — e qual o motivo de ir falar com Starr a propósito dela?"

"Starr e um delinquente chamado Menendez, a essa altura removido de cena, foram amigos de Terry no Exército britânico. São uns sujeitos do mal, de certo modo, eu diria até de quase todas as maneiras, mas entre eles ainda há lugar para orgulho pessoal, esse tipo de coisa. Houve uma operação de ocultação aqui, executada por motivos óbvios. E houve outra operação de ocultação lá em Otatoclán, por motivos totalmente diferentes."

"Qual é a sua conclusão?", ele perguntou de novo, e com maior intensidade.

"Qual é a sua?"

Ele não me respondeu, de modo que eu agradeci o tempo que tinha me dedicado, e saí.

Ele tinha a testa franzida quando abri a porta para sair, mas achei que era uma perplexidade sincera. Ou talvez ele estivesse tentando se lembrar de como era a rua diante do hotel e se havia alguma caixa de correio por ali.

Era outra rodinha da engrenagem que tinha de estar rodando, nada mais. Ela rodou durante um mês inteiro até acontecer alguma coisa.

Então, numa certa manhã de sexta-feira, encontrei um estranho à minha espera no escritório. Era um mexicano bem-vestido, ou um sul-americano qualquer. Estava sentado junto à janela aberta, fumando um cigarro marrom de cheiro forte. Era um sujeito alto e esguio e muito elegante, com um bigode bem preto e cabelos pretos, um pouco mais longos do que os que a gente usa, e um terno castanho-claro de um material de malha larga. Usava um daqueles óculos verdes. Ficou de pé, educadamente.

"*Señor* Marlowe?"

"O que posso fazer pelo senhor?"

Ele me estendeu um papel dobrado. "*Un aviso de parte del Señor Starr en Las Vegas, señor. Habla usted español?*"

"Sim, mas não depressa. Inglês seria melhor."

"Inglês então", disse ele, mudando. "Para mim tanto faz."

Peguei o papel e li. "Apresento aqui Cisco Maioranos, um amigo meu. Acho que ele pode ajudá-lo. S."

"Vamos entrar, *señor* Maioranos", eu disse.

Abri a porta e esperei que ele passasse. Ele cheirava a perfume, e suas sobrancelhas eram também cheias de afetação. Mas talvez não fosse tão afetado como parecia, porque havia cicatrizes de faca nos dois lados do seu rosto.

52

Ele sentou na cadeira do cliente e cruzou as pernas. "Deseja algumas informações a respeito do *Señor* Lennox, pelo que me disseram."

"Somente a cena final."

"Eu estava lá, naquele momento, *señor*. Eu ocupava uma função no hotel." Encolheu os ombros. "Nada muito importante, e temporário, em todo caso. Eu era o recepcionista diurno." Ele falava um inglês perfeito, mas com um ritmo espanhol. O espanhol — o espanhol norte-americano — tem um sobe e desce perceptível que aos ouvidos dos americanos não parece ter nada a ver com o sentido. É como o balanço de um mar.

"Não parece a função para o seu tipo", disse eu.

"A gente passa por uns apertos."

"Quem postou aquela carta pra mim?"

Ele estendeu uma caixa de cigarros. "Experimente um desses."

Abanei a cabeça. "Forte demais pra mim. Cigarro colombiano eu gosto. Cigarro cubano é a morte."

Ele sorriu de leve, acendeu um para si mesmo e soltou a fumaça. O indivíduo era tão escancaradamente elegante que estava começando a me incomodar.

"Eu sei a respeito da carta, *señor*. O *mozo* ficou com medo de subir ao quarto do *Señor* Lennox, depois que *el guarda* se instalou ali. O policial, o detetive, como dizem vocês. Assim, eu mesmo levei a carta para o correio. Depois do tiro, o senhor entende."

"Devia ter olhado dentro dela. Havia um bom dinheiro lá dentro."

"A carta estava lacrada", disse ele com frieza. "*El honor no se mueve de lado como los cangrejos.* A honra não anda de lado como os caranguejos, *señor*."

"Peço desculpas. Por favor, continue."

"O *señor* Lennox tinha uma nota de cem pesos na mão esquerda quando entrei no quarto e fechei a porta na cara do guarda. Na mão direita, tinha a pistola. Na mesa diante dele estava a carta. E outro papel, que não cheguei a ler. Eu recusei a nota."

"Era dinheiro demais", disse eu, mas ele não reagiu ao meu sarcasmo.

"Ele insistiu. Então eu peguei a nota de cem, e depois eu a dei para o *mozo*. Levei a carta para fora do quarto embaixo da toalha de uma bandeja de café que eu viera buscar. O policial me deu um olhar duro. Mas não disse nada. Eu estava descendo as escadas e lá pela metade ouvi o tiro. Escondi a carta rapidinho e voltei correndo lá para cima. O policial estava metendo o pé na porta, tentando arrombá-la. Eu usei minha chave. O *señor* Lennox estava morto."

Ele passou as pontas dos dedos devagar na borda da mesa e suspirou. "O resto o senhor sabe, sem dúvida."

"O hotel estava cheio?"

"Não, cheio não. Uma meia dúzia de hóspedes."

"Americanos?"

"Dois *americanos del Norte*. Caçadores."

"Gringos de verdade ou apenas mexicanos transplantados?"

Ele passou a ponta do dedo no tecido fulvo da calça, por cima do joelho. "Acho que um deles podia ser de origem espanhola. Falava espanhol de fronteira. Muito deselegante."

"Eles chegaram em algum momento a ir ao quarto de Lennox?"

Ele levantou rapidamente a cabeça, mas aquelas lentes verdes não me ajudaram muito. "E por que iriam fazer isso, *señor*?"

Eu assenti. "Bem, foi uma enorme gentileza sua vir até aqui e me falar sobre tudo isso, *señor* Maioranos. Diga a Randy que estou muito agradecido, certo?"

"*No hay de qué, señor.* De nada."

"E mais tarde, quando ele tiver um tempo, diga a ele que da próxima vez me mande alguém que sabe do que está falando."

"*Señor?*" Sua voz era suave, mas gelada. "Duvida da minha palavra?"

"Vocês estão sempre falando em honra. Honra é a capa que abriga os ladrões — às vezes. Não fique furioso. Sente aí e deixe que eu te conte a história como eu imaginei."

Ele sentou e se recostou, desdenhoso.

"Veja bem, estou só especulando. Eu posso estar enganado. Mas também posso estar certo. Aqueles dois americanos estavam ali com um objetivo. Vieram num avião pequeno. Diziam ser caçadores. Um deles dizia chamar-se Menendez; era um tipo metido com jogatina. Ele pode ter se registrado sob outro nome, ou não. Não tenho como saber. Lennox já sabia que eles estavam lá. E ele sabia por quê. Ele me escreveu aquela carta porque estava com a consciência pesada. Tinha me feito de otário e era um sujeito legal demais para assimilar isso facilmente. Ele pôs a nota — a de cinco mil dólares, é a que me refiro — na carta porque ele tinha uma montanha de dinheiro e ele sabia que eu não. Ele também colocou na carta uma pista quase casual, que eu poderia ou não perceber. Ele era o tipo de cara que sempre quer fazer a coisa certa, mas seja como for sempre dá um jeito de fazer outra coisa. O senhor disse que levou a carta para o correio. Por que não a colocou na caixa de correio diante do hotel?"

"A caixa, *señor*?"

"A caixa de cartas. O *cajón cartero*, como dizem vocês, acho."

Ele sorriu. "Otatoclán não é Cidade do México, *señor*. Uma caixa de correio numa calçada de Otatoclán? Ninguém lá iria entender para que ela servia. Ninguém iria recolher cartas ali."

Eu disse: "Oh. Bem, vamos deixar passar. O senhor não levou nenhum café e nenhuma bandeja para o quarto do *señor* Lennox, *señor* Maioranos. O senhor não entrou no quarto passando pelo policial. Mas os dois americanos entraram, sim. O policial estava devidamente acertado, claro. Ele e várias outras pessoas. Um dos americanos deu uma coronhada em Lennox pelas costas. Depois ele pegou a Mauser, abriu-a, retirou um dos cartuchos, removeu a bala dele e pôs o cartucho vazio de volta na câmara da arma. Então encostou a Mauser à têmpora de Lennox e puxou o gatilho. Fez uma ferida de péssima aparência; mas não o matou. Então ele foi carregado para fora, numa padiola bem coberta, com tudo bem escondido. Então, quando o advogado americano chegou, Lennox estava dopado e conservado em gelo e mantido num recanto escuro da carpintaria onde um homem fabricava seu caixão. O advogado americano viu Lennox lá, ele estava gelado, totalmente insensível, e havia um ferimento negro e sangrento no seu rosto. Parecia bastante morto. E no dia seguinte o caixão foi enterrado cheio de pedras. O advogado americano voltou pra casa com as impressões digitais e algum documento que dizia exatamente o que eles precisavam. O que acha disso, *señor* Maioranos?"

Ele encolheu os ombros. "Seria possível, *señor*. Iria requerer dinheiro e influência. Seria possível, quem sabe, se esse *señor* Menendez tivesse relações muito próximas com alguém de Otatoclán, o prefeito, o dono do hotel e assim por diante."

"Bem, isso também é possível. É uma boa ideia. Poderia explicar por que escolheram um lugarzinho tão remoto quanto Otatoclán."

Ele deu um sorriso presto. "Então o *señor* Lennox pode ainda estar vivo, *no*?"

"Claro. O suicídio tinha que ser uma encenação qualquer que combinasse com a confissão. Tinha que ser bem feita o bastante para iludir um advogado que já foi promotor, mas caso isso vazasse iria fazer um tremendo estrago na imagem do promotor atual. Esse Menendez não é tão durão quanto imagina ser, mas foi duro o bastante para agredir meu rosto com uma pistola porque não obedeci às suas ordens de me comportar bem. Isso quer dizer que ele tinha seus motivos. Se a simulação fosse descoberta, Menendez estaria bem no centro de um tremendo escândalo internacional. Os mexicanos não gostam de polícia corrupta mais do que nós."

"Tudo isso é possível, *señor*, sei disso muito bem. Mas o senhor me acusou de mentir. O senhor disse que eu não entrei no quarto onde o *señor* Lennox estava, para pegar sua carta."

"Você já estava lá, parceiro. Escrevendo a carta."

Ele ergueu a mão e tirou os óculos escuros. Ninguém pode mudar a cor dos olhos de um homem.

"Acho que ainda está um pouco cedo para um gimlet", disse ele.

53

Tinham feito um belo de um trabalho nele lá no México. Por que não? Os médicos deles, os técnicos, os hospitais, os pintores, os arquitetos são tão bons quanto os nossos. Às vezes um pouquinho melhores. Foi um policial mexicano quem inventou o teste de parafina para acusar a presença de nitrato de pólvora. Não podiam deixar o rosto de Terry perfeito, mas tinham feito muita coisa. Tinham até mesmo modificado o nariz dele, tiraram um pouco de osso e o fizeram parecer mais achatado, menos nórdico. Não podiam eliminar todos os vestígios das cicatrizes, de modo que puseram um par delas do outro lado também. Cicatrizes de faca não são fora do comum em países latinos.

"Enxertaram até um nervo aqui", disse ele, tocando o que tinha sido o lado feio do seu rosto.

"E aí, cheguei perto?"

"Bastante. Alguns detalhes errados, mas sem importância. Foi um plano feito às pressas e uma parte dele foi toda improvisada e nem mesmo eu sabia exatamente o que ia acontecer. Me disseram para fazer algumas coisas e para deixar um rastro bem claro. Mendy não gostava da ideia de que eu escrevesse uma carta para você, mas eu insisti. Ele subestimava você um pouco. Nunca percebeu esse detalhe sobre a caixa de correio."

"Você sabe quem matou Sylvia?"

Ele não me respondeu diretamente. "É muito cruel denunciar uma mulher por assassinato, mesmo que ela nunca tenha significado muito para você."

"É um mundo cruel. Harlan Potter estava por dentro disso tudo?"

Ele sorriu de novo. "Ele permitiria que alguém soubesse? Meu palpite é que não. Meu palpite é que ele pensa que eu estou morto. Quem diria o contrário a ele, a menos que fosse você?"

"O que eu diria a ele pode ser embrulhado numa folha de grama. Como está Mendy atualmente — se é que está vivo?"

"Ele está bem. Em Acapulco. Fugiu para lá por causa de Randy. Mas os rapazes não aprovam que se espanque um policial. Mendy não é tão mau quanto você pensa. Ele tem coração."

"Uma cobra também tem."

"Bem, o que acha daquele gimlet?"

Eu me levantei sem responder e fui até o cofre. Girei o botão do segredo e tirei de lá o envelope com o retrato de Madison e as cinco notas de cem que cheiravam a café. Joguei tudo em cima da mesa e depois recolhi as cinco de cem.

"Eu fico com essas. Gastei mais ou menos isso em despesas e pesquisa. Foi divertido brincar com o retrato de Madison. É todo seu agora."

Abri a nota sobre a mesa, à frente dele. Ele a olhou, mas sem tocá-la.

"Pode ficar com ela", disse. "Tenho bastante dinheiro. Você podia ter deixado as coisas quietas."

"Eu sei. Depois que ela matou o marido e ficou por isso mesmo, ela podia ter dedicado a vida a fazer coisas mais nobres. Ele não tinha muita importância, claro. Era somente um ser humano que tinha sangue e um cérebro e emoções. Ele sabia também o que tinha acontecido, e fez o que pôde para conviver com isso. Ele escrevia livros. Talvez você tenha ouvido falar no seu nome."

"Olhe, eu não tive muito como evitar tudo o que eu fiz", disse ele devagar. "Eu não queria que ninguém se machucasse. Se eu ficasse aqui, não teria a menor chance. Um homem não pode julgar todas as possibilidades tão depressa. Fiquei com medo e fugi. O que podia ter feito?"

"Não sei."

"Ela teve um acesso de loucura. Podia tê-lo matado, do mesmo jeito."

"É, poderia."

"Bem, relaxe um pouco. Vamos tomar uma bebida por aí, num lugar menos quente e mais tranquilo."

"Não tenho tempo agora, *señor* Maioranos."

"Já fomos bons amigos antigamente", disse ele com tristeza.

"Fomos mesmo? Esqueci. Pelo que me lembro, eram dois outros caras. Vai se fixar no México?"

"Ah, claro. Nem sequer estou legalmente aqui. Nunca estive, a propósito. Eu lhe disse que tinha nascido em Salt Lake City. Nasci na verdade em Montreal. Me tornarei um cidadão mexicano em breve. Tudo o que preciso é de um bom advogado. Sempre gostei do México. Não acho que correríamos muito perigo se fôssemos ao Victor's para aquele gimlet."

"Pode pegar seu dinheiro, *señor* Maioranos. Há muito sangue nele."

"Você é um cara pobre."

"Como pode saber?"

Ele pegou a nota e a esticou entre os dedos e a guardou com um gesto casual no bolso do paletó. Mordeu os lábios com aqueles dentes brancos que você adquire quando adquire uma pele morena.

"Não posso dizer, tanto quanto não pude naquela manhã em que você me levou a Tijuana. Dei a você uma chance de chamar a polícia e me entregar."

"Não estou magoado com você. Esse é o seu jeito de ser, nada mais. Por muito tempo eu não conseguia entendê-lo. Você tinha um comportamento educado e muitas qualidades, mas havia alguma coisa errada. Você tinha parâmetros e vivia de acordo com eles, mas eles eram muito pessoais. Não tinham relação com qualquer tipo de ética ou de escrúpulos. Você era um cara legal somente porque tinha uma índole legal. Mas você se sentia tão à vontade entre criminosos e pistoleiros quanto entre gente honesta. Desde que os criminosos falassem um inglês razoável e tivessem boas maneiras à mesa. Você é um derrotista moral. Talvez a guerra o tenha deixado desse jeito e mesmo assim eu penso que você já nasceu assim."

"Não entendo", disse ele. "Não entendo mesmo. Estou tentando te pagar e você não deixa. Eu não podia ter te contado mais do que contei. Você não iria aguentar isso."

"Essa é uma das coisas mais gentis que já me disseram."

"Fico feliz que alguma coisa que eu faça te deixe contente. Eu me meti numa sinuca das piores. Por acaso eu conhecia pessoas que sabem como lidar com sinucas desse tipo. Eles se sentiam meus devedores por causa de um incidente que aconteceu há muito tempo, na guerra. Provavelmente a única vez na minha vida em que fiz a coisa certa na hora certa, rápido como um rato. E, quando eu precisei deles, eles se apresentaram. E de graça. Você não é o único cara no mundo que não cobra um preço, Marlowe."

Ele se inclinou sobre a mesa e pescou um dos meus cigarros no maço. Houve uma ruborização desigual no seu rosto por baixo daquele bronzeado todo.

As cicatrizes apareceram com mais contraste. Fiquei olhando enquanto ele puxava do bolso um isqueiro modernoso a gás e acendia o cigarro. Senti um bafejo do seu perfume.

"Você já me comprou em muitos momentos, Terry. Com um sorriso e um gesto e um aceno da mão e algumas doses tranquilas num bar tranquilo, aqui e acolá. Foi bom enquanto durou. Até um dia, *amigo*. Não vou dizer adeus. Já lhe dei adeus quando isso ainda significava alguma coisa. Num momento em que era uma coisa triste e solitária e definitiva."

"Voltei tarde demais", disse ele. "Essas cirurgias plásticas demandam tempo."

"Você não teria voltado se eu não o tivesse forçado a isso."

Vi de repente um brilho de lágrimas nos seus olhos. Ele voltou a colocar os óculos verdes.

"Eu não tinha certeza de nada", disse ele. "Não tinha me decidido ainda. Eles não queriam que eu te dissesse nada. Eu ainda não tinha me resolvido."

"Não se preocupe com isso, Terry. Sempre vai haver alguém por perto pra tomar as decisões por você."

"Eu servi nos Commandos, parceiro. Eles não deixam você se alistar ali se você é uma florzinha. Fui ferido gravemente e também não passei um tempo muito divertido com aqueles médicos nazistas. Isso mexeu comigo."

"Eu sei disso tudo, Terry. Você é um doce de pessoa, em inúmeros sentidos. Não o estou julgando. Nunca fiz isso. O que há é que você não está mais aqui. Você já foi embora há muito tempo. Você está vestindo belas roupas e usando perfume e está tão elegante quanto uma puta de cinquenta dólares."

"Isso aqui é uma fantasia", disse ele, quase em desespero.

"Mas te dá prazer, não é mesmo?"

A boca dele se dobrou num sorriso azedo. Ele deu uma sacudida de ombros expressiva, cheia de energia, bem latina.

"Claro. Tudo o que sobrou é uma fantasia. Não tem mais nada. Aqui" — ele bateu no peito com o isqueiro — "não existe mais nada. Acabei, Marlowe. Acabei muito tempo atrás. Bem... acho que isso meio que encerra as coisas."

Ele ficou de pé. Eu fiquei de pé. Ele estendeu a mão fina. Eu a apertei.

"Até um dia, *señor* Maioranos. Foi um prazer conhecê-lo, mesmo com brevidade."

"Adeus."

Ele se virou, foi até a porta e saiu. Fiquei olhando a porta se fechar. Ouvi seus passos indo embora pelo corredor e seu piso de imitação de mármore. Aos poucos o som foi diminuindo e depois tudo ficou em silêncio. Continuei escutando, mesmo assim. Para quê? Será que eu esperava que ele parasse de repente e desse a volta e viesse de novo e conseguisse dizer algo para dissipar o que eu estava sentindo? Bem, ele não fez isso. Aquela foi a última vez em que o vi.

Nunca voltei a ver nenhum deles — com exceção dos policiais. Ninguém conseguiu ainda inventar uma maneira de dar adeus a eles.

Apêndice

Carta de Raymond Chandler para D. J. Ibberson

D. J. Ibberson era um leitor inglês que escreveu a Chandler com inúmeras perguntas sobre a vida de Philip Marlowe. A resposta foi esta carta, na qual o autor tentou fazer um balanço do personagem.

19 de abril de 1951

Prezado sr. Ibberson:

É muito gentil de sua parte interessar-se tanto pelos fatos da vida de Philip Marlowe. A data de nascimento dele é incerta. Acho que ele diz em alguma parte que tem trinta e oito anos, mas isso já faz bastante tempo e ele não parece estar mais velho hoje. Isso é algo que você vai ter que aceitar. Ele não nasceu no Meio-Oeste, mas numa pequena cidade da Califórnia chamada Santa Rosa, que no mapa você vai encontrar a cerca de oitenta quilômetros ao norte de San Francisco. Santa Rosa é famosa por ser a cidade onde morou Luther Burbank, um horticultor de frutas e legumes que já foi razoavelmente famoso. Ela é um pouco menos conhecida como a locação do filme de Hitchcock *Sombra de uma dúvida*, que teve a maioria de suas cenas filmadas em Santa Rosa. Marlowe nunca fala de seus pais, e ao que parece não tem parentes vivos. Isso pode ser corrigido, se necessário. Passou um par de anos na universidade, que tanto pode ter sido a Universidade do Oregon, em Eugene, ou a Universidade Estadual do Oregon, em

Corvallis, Oregon. Não sei por que veio para o sul da Califórnia, exceto que cedo ou tarde é o que a maioria das pessoas faz, embora nem todas permaneçam aqui. Ele parece ter tido alguma experiência como investigador para uma companhia de seguros e depois como investigador do promotor do condado de Los Angeles. Isso não faz dele necessariamente um policial, nem lhe dá o direito de dar voz de prisão. As circunstâncias em que perdeu aquele emprego são do meu conhecimento, mas não posso ser muito específico quanto a elas. O senhor vai ter que se contentar com a informação de que ele se tornou um pouco eficiente demais num momento e num lugar onde eficiência era a última coisa desejada pelos responsáveis. Ele tem um pouco mais de um metro e oitenta de altura e pesa cerca de oitenta e sete quilos. Tem cabelo castanho-escuro, olhos castanhos, e a expressão "uma aparência passavelmente boa" não o deixaria nem um pouco satisfeito. Não acho que ele tenha a aparência de um bruto. Ele pode ser bruto. Se eu tivesse a chance de escolher um ator de cinema que o interpretasse em minha mente, acho que seria Cary Grant. Acho que ele se veste tão bem quanto é de se esperar. Claro que não tem muito dinheiro para gastar com roupas, ou com qualquer outra coisa, aliás. Os óculos escuros com aro de tartaruga não o deixam mais distinto. Praticamente todo mundo na Califórnia usa óculos escuros num momento ou em outro. Quando você diz que ele usa pijamas mesmo no verão, não sei o que quer dizer. Quem não usa? Você tinha a impressão de que ele usava um camisolão de dormir? Ou que ele deve dormir despido quando faz calor? Esse último caso é possível, embora o tempo aqui raramente seja quente à noite. Você está certo a respeito dos hábitos de fumante dele, embora eu não ache que ele tenha preferência por Camel. Quase qualquer tipo de cigarro o deixará satisfeito. O uso de caixas para guardar os cigarros não é tão comum aqui quanto é na Inglaterra. Ele certamente não usa aqueles fósforos chamados fósforos de segurança. Ou usa aqueles grandes fósforos de madeira, que chamamos "fósforos de cozinha", ou um pequeno fósforo do mesmo tipo que vem em pequenas caixas e pode ser riscado em qualquer lugar, até mesmo na unha do polegar, se o tempo estiver bastante seco. No deserto ou na montanha é fácil riscar um fósforo na unha, mas em volta de Los Angeles a umidade é bastante alta. Os hábitos de Marlowe em relação à bebida são mais ou menos como você descreve. Não creio que ele prefira o uísque de centeio ao bourbon, no entanto. Ele beberá praticamente qualquer coisa que não seja doce. Certos drinques, como Pink Ladies, coquetéis de Honolulu e highballs com creme de menta são coisas que ele consideraria um insulto. Sim, ele sabe passar um bom café. Qualquer um pode fazer um bom café nesse país, embora na Inglaterra isso pareça ser quase impossível. Ele usa creme e açúcar no café, mas não leite. Também costuma bebê-lo preto, sem açúcar. Ele prepara seu próprio café da manhã, o que é algo simples, mas não as outras refeições. Sua inclinação é por acordar tarde, mas pode fazê-lo muito cedo, quando há necessidade. Não somos todos assim? Eu não diria que o xadrez dele é em nível de torneio. Não sei onde ele conseguiu a brochura com jogos de torneios publicada em Leipzig, mas ele gosta dela porque prefere o método europeu de designar as casas do tabuleiro. Também não sei se ele é bom jogador de cartas. Isso não me ocorreu. O que você quer dizer com "moderadamente afeiçoado aos animais"? Se uma pessoa mora num apartamento, o máximo que pode se afeiçoar a eles é moderadamente. Tenho a impressão de que você tende a interpretar qualquer observação casual como uma indicação de um gosto permanente. Quanto ao interesse dele pelas mulheres ser "francamente carnal", são palavras suas, não minhas.

*

Marlowe não é capaz de reconhecer um sotaque de Bryn Mawr, porque isso é uma coisa que não existe. Tudo o que ele sugere com essa expressão é uma maneira afetada, presunçosa de falar. Duvido bastante que ele seja capaz de distinguir entre uma mobília genuinamente antiga e uma falsificação. Peço licença para dizer também que duvido de que muitos especialistas possam fazê-lo, se a falsificação for realmente boa. Vou passar sobre a questão da mobília eduardiana e da arte pré-rafaelita. Não consigo lembrar de onde você tirou essas informações. Eu não diria que o conhecimento de Marlowe sobre perfume se limita a Chanel nº 5. Do mesmo modo, isso é também um símbolo para algo que é caro e ao mesmo tempo razoavelmente discreto. Ele aprecia os perfumes ligeiramente pungentes, mas não os enjoativos ou exagerados. Ele mesmo é, como você deve ter notado, um indivíduo bastante pungente. Claro que ele sabe o que é a Sorbonne, e sabe também onde fica. Claro que sabe a diferença entre um tango e uma rumba, e também entre uma conga e um samba, e sabe a diferença entre um samba e uma mamba, embora ele não acredite que a mamba possa ser mais rápida que um cavalo a galope. Duvido que ele conheça uma dança nova chamada mambo, porque parece ter sido criada ou descoberta há pouco tempo.

Agora, vejamos; onde isso tudo nos leva? Vai ao cinema com regularidade, diz você, não gosta de musicais. Confere. Pode ser um admirador de Orson Welles. É possível, principalmente quando Orson é dirigido por alguém em vez de por si mesmo. Os hábitos de leitura de Marlowe e seu gosto musical são um mistério para mim, tanto quanto para você, e se eu tentar improvisar aqui receio que vou acabar por misturá-los com meu gosto pessoal. Se me perguntar por que ele acabou se tornando detetive particular, não vou poder responder. Evidentemente há momentos em que ele preferiria ser outra coisa, assim como há momentos em que eu preferiria ser qualquer coisa, menos escritor. O detetive particular da ficção é uma criatura fantástica que age e fala como um homem real. Ele pode ser completamente realístico em todos os sentidos menos em um: na vida como a conhecemos, um tal homem não seria detetive particular. As coisas que lhe acontecem poderiam continuar acontecendo, mas aconteceriam devido a uma justaposição muito peculiar de coincidências. Tornando-o um detetive particular, evitamos a necessidade de justificar suas aventuras.

Onde ele mora: em *O sono eterno* e algumas histórias iniciais ele aparentemente morava num apartamento quarto e sala, com uma daquelas camas embutidas na parede que são puxadas para baixo, e que têm um espelho na face inferior. Depois ele se mudou para um apartamento semelhante àquele onde morava um personagem chamado Joe Brody em *O sono eterno*. Pode até ser o mesmo apartamento, e ele pode tê-lo conseguido mais barato por ter havido um assassinato no local. Acho, mas não tenho certeza, que esse apartamento fica no quarto andar. Tem uma sala na qual se entra diretamente pela porta do corredor, e do lado oposto à porta há janelas envidraçadas dando para uma varanda ornamental, algo que serve apenas para ser visto de longe, mas não um lugar onde se possa passar algum tempo sentado. Na parede à direita, do lado do corredor, há uma porta que conduz a um corredor interno. Na parede à esquerda, perto da entrada do apartamento, há uma porta que leva a uma saleta. Depois disso, contra a parede esquerda, há uma velha escrivaninha de carvalho, uma poltrona etc.; e também há uma passagem em arco que conduz à cozinha e à *dinette*. A *dinette,* como é conhecida nos apartamentos norte-americanos ou pelo menos nos apartamentos da Califórnia, é apenas um espaço separado da cozinha propriamente dita por uma arcada ou por uma cristaleira embutida. Esse espaço é pequeno, assim como a cozinha também é bem pequena. Quem entrar pela porta da frente, passa da sala para um pequeno corredor interno onde se vê à direita a porta do banheiro e seguindo em frente chega-se ao quarto de dormir. O quarto de dormir tem um daqueles closets, um espaço onde é possível entrar. O banheiro, num prédio desse tipo, contém um chuveiro diretamente por cima da banheira, e uma cortina. Nenhum desses aposentos é muito grande. O aluguel do apartamento, que se aluga já mobiliado, seria de sessenta dólares por mês, quando Marlowe se mudou para lá. Sabe Deus quanto custaria hoje. Tremo só em pensar. Meu palpite é que não seriam menos de noventa dólares por mês, provavelmente mais.

Quanto ao escritório de Marlowe, vou ter que dar uma olhada nele em algum momento, para refrescar a memória. Parece que ele fica no sexto andar de um edifício de frente para o norte, e que a janela do seu escritório é voltada para o leste. Mas não estou muito certo disso. Como você disse, há uma recepção que ocupa metade do total do escritório, talvez metade do espaço de um escritório situado na esquina do prédio; esse espaço foi convertido em duas recepções com portas de entrada independentes, e portas de comunicação à direita e à esquerda respectivamente. Marlowe tem o escritório privado que se comunica com essa recepção, e há uma conexão que faz soar uma campainha dentro do escritório sempre que a porta da recepção externa é aberta. Mas essa campainha pode ser desligada por um botão. Ele não tem, e nunca teve, uma secretária. Ele poderia facilmente ser assinante de um desses serviços telefônicos de recados, mas não me lembro de ter mencionado isso em nenhum lugar. E não me lembro de que a escrivaninha dele tenha o tampo coberto por um vidro, mas talvez eu o tenha dito. A "garrafa do escritório" fica guardada na gaveta de arquivos da escrivaninha — uma gaveta-padrão nas escrivaninhas norte-americanas (talvez também seja assim na Inglaterra) que tem a profundidade de duas gavetas normais, e serve para guardar pastas de arquivo, mas raramente é usada para isso, já que a maioria das pessoas guarda essas pastas num arquivo específico. A mim parece que esses detalhes são bastante flutuantes. As armas dele também variam muito. Ele começou com uma pistola automática Luger alemã. Parece que ele possuiu automáticas Colt de vários calibres, mas nenhum maior do que .38, e da última vez que ouvi falar ele tinha um Smith & Wesson .38 especial, talvez um de cano de quatro polegadas. Essa é uma arma poderosa, embora não a mais poderosa já fabricada, e tem sobre uma automática a vantagem de usar cartuchos de chumbo. Ela não vai emperrar ou disparar por acidente, mesmo que caia numa superfície dura, e provavelmente é uma arma tão eficaz a curta distância quanto uma automática calibre 45. Seria melhor com um cano de seis polegadas, mas isso a tornaria muito incômoda de carregar. Mesmo uma de quatro polegadas não é muito conveniente, e a divisão de detetives da polícia geralmente carrega uma arma com um cano de apenas duas polegadas e meia. Isso é tudo o que tenho no momento, mas se houver algo mais que queira saber por favor escreva novamente. O problema é que o senhor parece saber muito mais sobre Philip Marlowe do que eu, e talvez eu é que devesse estar lhe fazendo perguntas, em vez de responder às suas.

Notas

Os números de referência a seguir indicam a página e a linha de cada nota (a contagem de linha inclui o título dos capítulos).

p.66, l.31 *Sewell Endicott* — O personagem aparece pela primeira vez, como promotor, no romance anterior de Chandler, *A irmãzinha* (1949).

p.87, l.10 *Costello* — Frank Costello (1891-1973), figura do submundo nova-iorquino associada a Lucky Luciano, investigado pelo senado norte-americano em 1951 e posteriormente condenado por sonegação de impostos.

p.88, l.12 *Frank Merriwell* — Personagem atlético de uma série de histórias populares, quadrinhos e programas de rádio, criado em 1896 e conhecido até os anos 1940. Esportista nato, forte, saudável e inteligente, ele resolve uma série de crimes e malfeitos em Yale.

p.95, l.16 *Flatbush* — Região de classe proletária do Brooklyn que, na primeira metade do século XX, era ocupada majoritariamente pela comunidade judaica e por descendentes de irlandeses e italianos.

p.112, l.33 *Arthur Murray* — Dançarino (1895-1991) e fundador de uma rede de escolas de dança.

p.113, l.7 *Monogram* — Estúdio de Hollywood (1930-1953) especializado em westerns e policiais de baixo orçamento.

p.120, l.5 *"O último magnata"* — *"The Last Tycoon"*, romance inacabado de F. Scott Fitzgerald sobre Hollywood, publicado somente após a sua morte.

p.155, l.30 *Camarillo* — Hospital psiquiátrico estadual no sul da Califórnia. Fechado em 1997.

p.183, l.16 *Come back, little Sheba* — Título de uma peça de William Inge (1913-1973), produzida pela primeira vez em 1950, em que um dos personagens é um alcoólatra em recuperação, que fatalmente volta à bebida.

p.187, l.16 *Pittsburgh Phil* — Harry "Pittsburgh Phil" Strauss (1909--1941), assassino profissional do crime organizado norte-americano nos anos 1930. Matava com o que estivesse ao alcance da mão, incluindo picadores de gelo.

p.190, l.11 (...) *imortal com um beijo teu.* — Christopher Marlowe, *Doutor Fausto* (1604), ato V, cena 1.

p.221, l.25 *September Morn* — Quadro do artista francês Paul Emile Chabas (1869-1937). Terminado em 1912, ele causou polêmica nos Estados Unidos ao ser exibido no ano seguinte, e sua imagem — uma mulher desnuda à beira d'água — foi amplamente reproduzida em litografias por mais de uma década.

p.247, l.13 *Ruptured Duck* — Emblema usado pelos ex-militares norte-americanos, que indica afastamento honorário do Exército.

p.267, l.26 *Bernie Ohls* — Personagem do primeiro romance de Chandler, *O sono eterno* (1939).

p.306, l.10 *Special Air Service* — Serviço Aéreo Especial, ou SAS, na sigla em inglês. Regimento de elite do Exército britânico. As unidades territoriais fazem parte da Reserva do Exército britânico.

p.335, l.10 *Tinker para Evers para Chance...* — Menção a uma jogada defensiva famosa dos jogadores de beisebol Joe Tinker, Johnny Evers e Frank Chance, dos Chicago Cubs, e popularizada pelo colunista Franklin P. Adams em um poema seu de 1910.

p.346, l.21 (...) *usou sua arruda com uma distinção.* — *Hamlet*, ato IV, cena 5, linhas 175-176 (Q2). No verso original: "(...) *You may wear your rue with a difference.*" A arruda era usada, entre outras coisas, como abortivo, e estava ligada a arrependimento, desgosto.

p.347, l.29 — (...) *que o machado venha a cair.* — *"And where th'offence is let the great axe fall."* *Hamlet,* ato IV, cena 5, linha 210 (Q2). Frase dita pelo rei Claudius.

p.374, l.20 jai alai — Variação da pelota basca. A quadra é semelhante à de squash, e os jogadores atiram a bola com uma raquete côncava, em forma de cesto.

Este livro foi impresso
pela Geográfica para a
Editora Objetiva em
outubro de 2014